한국 현대소설, 이주와 상처의 미학

푸른사상 학술총서 16

한국 현대소설, 이주와 상처의 미학

이정숙

이제는 돌아가셨을 아버지와
평생을 기다림과 함께 살아오신 어머니께
이 책을 바칩니다.

『한국현대소설연구』라는 거창한(?) 제목 아래 현대소설의 무늬와 결을 짚어보는 책을 낸 게 1999년이었습니다. 그 직후 안식년을 맞아 하버드 대학교 옌칭 연구소에 1년 가 있으면서 21세기를 나름대로 의미 있게 시작하게 되었습니다. 그때 얻게 되었던 자료들, 관심을 갖게 되었던 주제들을 가지고 여러 편의 논문을 썼습니다. 이 책에 반 이상을 차지한 논문들이 그것입니다.

사람마다 다르겠지만 우리의 현대소설을 연구하면서 저에게는 역사의 소용돌이 속에서 개인이나 집단이 떠날 수밖에 없었던 상황과 그로 인한 상처, 즉 '떠남'과 '상처'가 대단히 중요한 키워드로 자리 잡고 있습니다. 박사논문을 「실향소설연구」(1989)로 쓰게 된 것도 그러한 관심의 표현이었습니다. 그때의 글이 일제 강점기, 고향 떠남의 배경과 그 양상에 초점을 맞추었다면 이 책의 글들은 그렇게 이 땅을 떠나 망명을 택한 한 개인의 내면세계에 대한 관심과 그 이후 해방 공간과 6 · 25 전쟁 등 역사의 격랑을 헤쳐 온 개인들에 대한 관심에서 출발하여, 이데올로기와 월북, 그로 인한 가족의 이산과 그 이후의 양상 등에 초점을 맞추게 되었습니다.

일제 강점기의 한복판에서 소련으로 망명한 작가 조명희에 대한 관심은 3편의 논문으로 만들어졌습니다만 이 책을 엮으면서 중복되는 부분을 빼고, 작가 개인의 내면세계 천착과 작품세계 탐구로 나누어 두 편으로 정리하였습니다.

김사량도 참 오랫동안 마음에 담아두면서 들여다보고 싶은 작가였습니다. 일본에서 재일 조선인으로 살아가는 모습을 살펴본 이후 평양과의 관계를 들여다보게 된 건 순전히 하버드 대학교 한국학연구소에서 있었던 북한 관련 workshop에 참여, 발표한 덕분입니다. 가끔씩 생각나는 김선주 교수—그 workshop을 주관한—에게 고마움을 전할 뿐입니다. 그리고 보면 그 전 해에 북한을 방문해서 구해오신 〈민족과 운명〉 비디오테이프를 기꺼이 빌려주신 David McCann 교수님도 고맙고, 옌칭 도서관 한국관 관장으로 계시던 윤충남 선생님도 고맙습니다. 지금도 반갑게 만나뵙는 선생님은 '가족상봉소설'을 쓰면서 남북한 소설만으로는 어딘가 미흡해서 빈 칸으로 남겨 놓았던 조선족 소설을 채워주셨습니다.

『토지』에 대한 두 편의 글은 읽어내는 키워드는 비슷하지만 대상이 다릅니다. 소설이 워낙 방대하다 보니 '의식의 이중성과 아이러니'라는 키워드로 읽어가는 재미가 큰 만큼 하나의 논문으로 담아내기에는 그 양이나 대상이 크고 달랐습니다. '인물 설정에 나타난 이율배반'을 따로 덜어낸 소이입니다.

6·25 전쟁 중에 발생했던 월북의 주체인 아버지를 대상으로 하는 '아버지 찾기와 만나기'는 그 장소가 외국인 만큼 일단 여행소설의 형태로 다양하게 형상화되고 있다고 보았습니다. 이후 주제에 맞는 용어인 '가족상봉소설'로 하여 월북한 아버지 사후에 형제간의 만남까지 대상을 확장시켜 보았습니다.

그러한 와중에 발생할 수 있는 여러 형태의 상처를 치유하는 방식을 들여다보는 것은 아직도 요원하기만 한 통일문학을 대비하는 한 방향이라고 의미부여를 해보았습니다.

발표한 논문들이 그때그때 독서와 관심의 방향을 보여주고 있지만 이 책의 목차는 시대 순으로 엮었습니다. 일제 강점기에 활동한 작가와 그때가 배경이 되는 작품들을 1부로 묶고, 2부에서는 해방과 6 · 25, 6 · 25 전쟁 이후와 현재까지 시간의 흐름을 바탕으로 이데올로기와 떠남 혹은 이주와 귀환의 궤적을 살펴보고자 했습니다.

지난 10여 년 제 관심의 흔적을 살펴보면서 고마운 분들이 참 많다는 사실에 머리 숙여 인사드리게 됩니다. 제가 제 일에만 전념할 수 있게 든든히 받쳐주는 가족은 더 말할 나위가 없습니다. 올해로 제 학문 연구의 바탕이 되는 한성대학교에 재직한 지 30년이 되는데, 이 책을 내면서 그 의미가 더 커진 것 같아 기쁜 마음으로 두루두루 감사를 드립니다. 꼼꼼하게 편집해 주신 출판사 푸른사상 여러분들에게도 그 마음을 전합니다.

2012년 겨울
서울 성곽이 보이는 낙산 연구실에서
이 정 숙

김사량과 재일 조선인의 문학적 거리

김사량과 평양의 문학적 거리

『토지』에 나타난 의식의 이중성과 아이러니

『토지』의 인물 설정에 나타난 이율배반과 아이러니

제2부 이데올로기 · 이주 · 귀환

해방기 소설에 나타난 귀환의 양상 고찰

6 · 25 전쟁 60년과 소설적 수용의 다변화, 그 심화와 확대

〈민족과 운명〉에 나타난 카프작가군 형상화 고찰
— '카프작가 편'을 중심으로

1. 남북한 문학의 공분모적 영역, 카프문학
  －서론을 대신하여

1992년에 북한의 조선예술영화촬영소에서 제작하기 시작한 다부작 예술영화 〈민족과 운명〉의 한 시리즈인 '카프작가 편'[1]은 혁명시인 이찬[2]을 주인공으로 하여 동경 카프 지부의 문인들이 대거 등장, 그들의 삶과

---

1 〈민족과 운명〉 '카프작가 편', 목란 비데오, 조선민주주의인민공화국, 평양, 1996. 북한에서는 극영화를 예술영화라고 표현한다. 이 비디오테이프는 연구자가 2000년에 Harvard 대학교 Yenching 연구소에 visiting scholar로 가 있는 동안, 동 대학교 한국문학 담당 David McCann 교수에게서 빌려본 것이다. 북한 방문시 구해온 테이프를 볼 수 있게 배려해 주신 데 대해 감사드린다.

2 이찬(1910. 1. 15~1974. 1. 4)은 남한에는 잘 알려져 있지 않으나 북한에서는 혁명시인으로, 항일혁명문학의 거두로 찬양받으면서 체제 수호와 연결하여 영화의 주인공으로 등장할 정도로 높이 평가받고 있다. 그런데 지난 2002년 8월 민족문학작가회의, 민족문제연구소, 계간 『실천문학』 등이 발표한 친일문학인 42명의 명단에 이찬이 포함됨으로써 남과 북에서 다른 평가를 받고 있어 흥미롭다. 이찬에 대한 상세한 이력은 윤여탁, 「이찬 시의 현실인식과 변모과정에 대한 연구」(『한국현대리얼리즘 시인론』, 태학사, 1990)에서 참고한 바 크다.

사랑과 문학과 투쟁을 극적으로 그리고 있는 대하드라마이다. 배경은 1930년대 동경과 서울, 그리고 6 · 25 전쟁 중의 서울과 평양인데 여기 등장하는 문인들은 〈김일성 장군의 노래〉를 지어 '혁명시인'이라는 칭호를 받은 이찬 외에 조명희, 이기영, 최서해, 강경애, 송영, 박세영, 박팔양 등 카프 문인들과 춘원, 월파[3], 그리고 홍난파 등이 등장하고 있다. 최서해, 김소월, 김우진과 윤심덕의 죽음이 배경으로 비중 있게 처리되고 이상화가 자주 언급되며, 한설야, 임화, 김동인도 잠깐씩 등장한다. 이들 중 이기영, 한설야, 송영 등은 특히 카프 해산에 동조하지 않았던 이른바 카프 비해소파의 중심인물로 '이념적 강경파' [4]에 속한다고 볼 수 있고, 동경파는 카프 내부에서도 급진적인 것으로 평가[5]받고 있었던 만큼 영화의 등장인물들은 카프의 급진적 이념적 강경파들이 주류를 이룬다고 할 수 있으며, 그 기관지인 『문학 건설』이나 『예술운동』 발간과 카프 해체 등이 중요 모티브로 그려져 있다.

그런데 이야기 전개의 큰 줄기는 남녀 간의 사랑을 토대로 하여 전개하고 있으니 연정시를 즐겨 쓴 이찬과 김경란의 사랑[6], 최서해와 「보석

---

3 이 영화에서 월파로 나오는 카프작가는 박세영, 송영, 이찬 등과 함께 비중 있게 등장하는데 한국문학사에서 같은 호를 쓰는 시인으로 월파 김상용이 있다. 『월파 김상용 전집』(김학동 편, 새문사, 1983)에 의하면 月坡나 月波, 越波 모두 김상용으로 보고 있다 (490쪽). 여기서 월파가 김상용이라고 단정할 수는 없지만, 일본 유학시기나 당시의 작품경향으로 볼 때 그 개연성은 있다고 본다.

4 권영민, 「월북 문인을 어떻게 볼 것인가」, 『월북 문인연구』, 문학사상사, 1989, 34쪽.

5 박영희, 「초창기의 문단 측면사」, 『카프시대의 회고와 문학사』, 태학사, 1990, 387쪽 참고.

6 영화 속에서 이찬은 무종(務鍾)이란 호로 많이 불리는데, 통상 작품의 발표는 본명으로 일관했다. 실제로 1932년 동경에서 귀국하여 송계월이란 여류 문인과 교류를 맺고 그녀는 줄곧 이찬의 주위를 맴돌고 있는 만큼 극중 김경란의 모델일 가능성이 크다. (윤여탁, 앞의 글 참고) 송계월은 이찬과 같은 고향 북청 출신으로 잡지 『신여성』의 기자로

 •• 한국 현대소설, 이주와 상처의 미학

반지」(『시대일보』, 1925. 7)의 여성인 혜경(숙향)과의 지순한 사랑 등 사랑에 관한 내용으로 이끌어가고 있다. 사랑을 통해 조국과 민족으로 더 가까이 가게 되는 설정으로, 문학작품에서 그려지는 사랑[7]이 예외 없이 혁명적 사랑이긴 하지만 그만큼 대중에 가까이 다가갈 수 있는 문학적 장치로 작용하면서, 빈번한 시의 삽입, 낭송과 함께 일단 인간적이고 유화적인 인상을 주는 데 기여하고 있다.

〈민족과 운명〉은 다부작이라는 이름만큼 현재 50부가 넘게 제작되고 있다.[8] 이 가운데 제34부부터 42부까지가 '카프작가 편'으로 전체 9부로 되어 있으며, 1996년에 만들어졌다. '카프작가 편'이 북한에서 비교적 최근에 만들어졌다는 것은 문학에서 특히 통일문학을 염두에 둘 때 그 의미가 남다르다 하겠다. 무엇보다도 카프문학이 남북한 모두에게 공동의 시공간영역이기 때문이다. 주인공 이찬은 1988년 해금된 작가들을 분류한 네 가지 유형 중에서 "일제 카프 일원으로 맹렬하게 항일민족문학을 건설하려고 노력했던 사람들로 8 · 15 직후 문학가동맹에 참가했

근무하면서 비슷한 시기에 등단한 강경애, 최정희 등과 함께 경향성을 띤 작품을 발표했으나 24세로 요절한다.

7 이렇게 사랑의 문제가 문학작품의 전면에 나서기 시작했다는 것이 "북한 문학의 변화를 드러내거나 예고하는 징후"로 보기도 한다.(신형기, 「90년대 북한 문학의 동향」, 『문예중앙』, 1995. 봄, 339쪽)

8 북한에서 발간된 『문학예술사전』(하)(과학백과사전종합출판사, 평양, 1993, 819쪽)에서는 "다부작으로 구성되어 있는 작품은 현재 10부까지 완성되었다."고 쓰여져 있어 계속 더 만들어질 가능성을 열어 놓고 있었다. 실제로 김정일의 50회 생일을 맞아 50부작으로 늘려졌으며, 현재 56부 이상 만들어졌다. 최근 조총련 기관지 『조선신보』에 의하면 앞으로 100부까지 제작된다고 한다.(『연합뉴스』, 1996. 5. 22, 2002. 7. 9) 이 영화에 대한 정보는 현재로서는 북한 뉴스를 전하는 매체에서 얻을 수밖에 없는 형편이다.

다가 월북한 유형"[9]에 속한다. 김재용에 의하면 이 유형에 속하는 작가들이 다른 유형의 경우와 비교할 수 없을 만큼 많으며 이러한 사실은 해금 조치로 인해 문학사에서 가장 두드러지게 조명 받고 다루어져야 할 부분이 일제하 카프운동이라는 사실을 웅변적으로 말해주는 것으로 해석한다. 말하자면 카프문학에서 남북한이 함께 만나고 공유할 수 있는 가능성을 찾을 수 있는 것이다. 그런 시각이 타당하다면 이 영화를 통해 일제 시대 카프작가들의 행적을 살펴보고 그들의 비판적 시각과 평가를 들여다보는 것은 민족문학, 혹은 통일문학으로 가기 위한 도정에서 되짚어볼 필요가 있는 남북 문학의 공분모적 요소라 하겠다. 그러나 무엇보다도 르포도 논픽션도 아닌 영화를 대상으로 하는 만큼 인물이나 사건들의 사실성 및 진실성 여부도 문제이고 그 시각이나 의미 부여에도 주관적 한계나 시행착오가 있을 수 있다. 그럼에도 불구하고 카프작가들에 대한 다양한 방면의 연구는 올바른 시각의 정립을 위해서 아직은 유효할 뿐 아니라 불가피하다는 생각이다. 더구나 북한의 문학이란 것이 어느 한 개인의 창작이 아니라 당 내지 김일성·김정일의 교시에 의한 집체작, 총화작이니 만큼 작품 안에 드러난 시각이나 평가가 곧 북한 전체의 그것임에랴. 영화의 모두(冒頭)에서도 "노래 〈내 나라 제일로 좋아〉를 가지고 다부작 예술영화 〈민족과 운명〉을 만들어야 하겠습니다."라는 김정일의 교시가 명기되어 있듯이, 이 영화는 1991년 4월에 가요 〈내 나라 제일로 좋아〉를 주제로 해외 동포를 겨냥한 다부작 극영화를 만들라는 지시에 따라 제작된 것이다.

---

9 김재용, 「해금 작가들과 민족 문학사」, 『월간 중앙』, 1988. 9, 250~251쪽.

2. 북한 문학의 실상과 〈민족과 운명〉

〈민족과 운명〉은 민족의 운명이 곧 개인의 운명이라는 종자에 기초하여 민족의 한 성원으로서 사람은 어떻게 살아야 하는가 하는 민족의 자주성 문제를 제기하여 "각이한 길을 걸어온 각이한 인간들, 주인공들의 곡절 많은 인생행로에 대한 형상을 통하여 우리 수령, 우리 당, 우리 인민, 우리 사회주의 조국이 제일이라는 조선민족 제일주의사상을 반영"[10] 하여 만들어졌다. 지난 1992년 2월 김정일의 50회 생일을 맞아 1, 2부가 동시에 개봉된 이래 천도교령 최덕신(1~4부), 재독 작곡가 윤이상(5부와 14~16부), 국제태권도연맹 회장 최홍희(6~9부), 그리고 이인모, 허정숙, 종군위안부, 북한 거주 일본인 처 등을 내세워 북한 체제의 우월성을 선전하고 있다. 25~33부는 '노동계급편', 34~42부가 '카프작가편'이다. 중앙방송은 '카프작가 편'의 시사회가 있었음을 보도하면서 "여러 작가들의 형상을 통해 민족자주정신과 애국애족의 이념을 가진 사람이라도 혁명의 영도자를 만나지 못하면 자신의 운명, 민족의 운명을 지켜나갈 수 없다는 것을 강조"하고 있다고 전한다.

그런데 이 〈민족과 운명〉은 김정일이 직접 제작에 간여한 마지막 작품[11]으로 알려졌는데 기획단계부터 '〈민족과 운명〉 창작 국가준비위원회'가 구성되어 국가적 사업으로 제작되면서 북한 영화사상 최대의 물량이 투입되었다. 주지하다시피 북한에서 김정일은 김일성과 함께 예술분야에서 위대한 이론가, 지도자로 되어 있다. 그들의 이론과 지도에 따라,

---

10 『문학예술사전』(하), 과학백과사전종합출판사, 평양, 1993, 809~819쪽.
11 「영화 〈민족과 운명〉은 어떤 작품인가?」, 『연합뉴스』, 2001. 5. 25.

문학이나 혁명가극, 연극 등이 과도하게 이용되어 왔으니, 정권수립 과정에서는 국가 형성의 도구로 쓰였고, 6·25 전쟁 후에는 국가 재건의 도구로, 또 근대화 과정에서는 국가의 정체성을 확보해 주는 도구와 사상적 무기로 존재해 왔던 만큼 북한 영화 또한 다른 문학 장르와 마찬가지로 당 지도부의 체제 선동과 사회 통합의 수단으로 발전되어 왔음을 상기할 필요가 있다. 특히 영화는 그 매체의 특성상 가장 효과적인 대중 교양(조작) 수단이라 할 수 있다.

빔 벤더스의 영화 〈리스본 스토리〉에서 현자처럼 보이는 노인은 "신을 닮을 수 있기에 예술가들은 우리에게 필요한 존재"라고 말하지만, 북한의 예술가들은 신을 닮을 수 있는 것이 아니라 그 자체가 신인 한 사람의 교시를 충실히 이행하기 위하여 필요한 존재라고 할 만하다. 영화의 시작부분에서 '무릇 작가들은 시대의, 양심의 대변자' 요, '자기가 산 시대의 위대한 양심', 또 마지막 부분에서 '시인의 생명은 작가적 양심'(9부)[12]이라고 그럴듯하게 내세워졌지만 실제로 그들은 도구의 문학을 생산하는 또 하나의 도구에 지나지 않는다. 일본 경찰의 입을 빌어서 "한 명의 프로작가가 제국의 정책을 좌우할 수 있다"(6부)고 고리키와 비유할 정도로 프로작가에 대해 무게비중을 두고 있는 것이다.

북한 문학이 일반적으로 '긍정적 주인공에 기초한 혁명적 낭만주의의 성격을 강하게 띤 교조적 사회주의·사실주의로 고정화'[13]되었다면 이 영화도 주인공 이찬을 중심으로 그대로 적용되고 있다. 그는 휴머니티가 강하면서도 시인으로서의 열정을 혁명의지로 승화시키면서 김일성

---

12 본 논문에서는 편의상 34부를 1부로, 42부를 9부로 표시하기로 한다.

13 김재용, 『북한문학의 역사적 이해』, 문학과지성사, 1994, 12쪽.

을 찬양하는 불멸의 노래를 만들어 사회주의 조국에 기여하는 인물이기 때문이다.

8 · 15 해방 후 분단고착화 과정 속에서 북한이 제시한 정통성의 근거는 바로 항일무장투쟁인 바, 이는 민족항일투쟁사에서만이 아니라 문학예술사에서도 그 정통성을 확보하면서 주체사관이 이루어지고, 항일 혁명문학[14]은 김일성의 주체적 문예사상을 가장 충실하게 구현한 가치 있는 참문학으로 지금까지도 불멸의 '혁명적 문예전통'[15]으로 평가되고 있다. 이의 중요성은 '카프작가 편'의 절정에 해당하는 6부부터 그대로 강조되는데, 이찬이 러시아로 망명한 포석 조명희를 찾아 하바로프스크로 왔다가 그가 죽은 것을 알게 되고 유고작 『만주 빨치산』[16]을 넘겨받으면서 만주 빨치산 항일유격대를 찾아가게 되는 대목부터 김일성의 찬양이 본격화되기 때문이다.

한편 동구권의 몰락 이후 국가사회주의의 붕괴라는 위기적 상황에서

---

14 임헌영, 「북한의 항일혁명문학」, 『북한의 문학』, 권영민 편, 을유문화사, 1989, 144쪽.
　　이형기 · 이상호, 『북한의 현대문학1』, 고려원, 1990, 20쪽.
　　1926년 10월17일 김일성이 공산주의 혁명조직인 '타도제국주의동맹'이라는 것을 조직하여 문학분야에서도 직접 지도를 하게 되고 그 지도를 받아 산출된 문학을 "항일혁명문학"이라고 부르면서 해방까지의 문학의 주종으로 잡고 있다. 이로 인하여 북한은 현대문학의 기점을 1926년으로 잡고 있을 정도이다.
15 민족문학사연구소, 『북한의 우리문학사 인식』, 창작과비평사, 1991, 391쪽.
16 장편으로 '김일성 항일빨찌산에 드린다'는 부제가 붙은 것으로 영화에는 묘사되고 있다. 실제로, 만주에서의 독립운동을 다룬 이 작품은 포석이 1937년 봄부터 집필에 들어갔으나 그해 가을에 체포되어 끝마치지 못했고 원고는 분실되었다고 한다.(고송무, 『쏘련의 한인들 고려 사람』, 유네스코 한국위원회 엮음, 이론과실천, 1990, 178쪽. 이 책의 저자는 1947년에 태어나 핀란드 헬싱키 국립대에서 수학한 후 동 대학교의 교수로 있는데, 소련의 한인들을 직접 취재하여 이 책을 썼다.)

1990년대 북한 문학은 주체사실주의[17]로 복귀하게 되는데 이는 곧 1930년대 문학인 항일혁명무장투쟁으로의 복귀를 의미하는 만큼 '혁명적 낭만주의'와 연결시켜 이 영화의 시대사적 의미를 읽을 수 있는 항목이 된다. 실제로 이 영화는 김정일이 후계체제의 확고함을 상징적으로 선언한 '제2차 문예혁명'의 기폭제 역할을 했고, 사상적으로도 80년대 후반부터 몰아친 사회주의 이념 몰락현상으로부터 북한 체제를 지켜주는 하나의 방파제 역할을 해냈으며, 체제 유지를 위한 사상 강화정책이 '모기장 전략'[18]으로 바뀌는 과정에서 상당히 효과적으로 대응할 수 있는 사상적 힘의 배경이 됐다고 평가받고 있다. 말하자면 '카프작가 편'은 내 나라 내 민족이 제일로 좋다는 주제가 곧 반외세의식이라는 자주성을 강조하고 있으며, 이찬을 중심으로 한 카프문인들의 사랑과 항일혁명을 날줄과 씨줄로 엮으면서 '혁명적 낭만주의' 문학을 체현하고 있다는 면에서 북한 문학의 전통을 이어받으면서 90년대 이후 최근까지의 동향을 반영하고 있는 것이다.

3. '카프작가 편'의 내용과 구성의 작위성

〈민족과 운명〉 '카프작가 편'은 80분 정도 분량의 비디오테이프 9개로 되어 있어서 대하드라마라고 하는 것이 더 적합하다고 하겠다. 첫 장

---

17 주체사실주의 이론은 당 정책을 선동 선전하는 당 문학이며, 최고지도자에 대한 무한한 충성을 요구하는 개인숭배이론이다.(김성수, 「북한에서의 현대소설 연구」, 「현대소설연구」 16호, 2002. 6, 110쪽)

18 모기장 전략은 "모기장을 친다. 그러나 전면적으로 막지는 못할 것이다. 어차피 막지 못할 바에는 면역이 될 만큼 조금씩 들어오게 한다"는 북한 당국의 외풍에 대한 대응 전략이다.(「100만회 상영 기록한 북 영화 '민족과 운명'」, 「연합뉴스」, 2001. 5. 25)

면은 남부여대하고 조국을 떠나 국경지방이나 만주 벌판을 헤매는 조선 사람들이 그림자로 멀리 처리되고 아리랑이 배경음악으로 깔려 나오다가, 청승맞고 음산하던 배경음악이 갑자기 경쾌한 음악으로 바뀌면서 화면도 밝아지고 김정일의 교시가 자막으로 나타난다. 공훈배우 김철이 이찬 역을 맡고 나머지 등장배우들도 공훈배우, 인민배우들이다. 우선 그 내용이 전혀 알려져 있지 않은 만큼 일단 그 줄거리부터 살펴보아야 할 필요가 있다. 그런데 6·25가 발발하면서 서울로 오게 된 서기장 이찬의 과거 회상을 통해 이야기가 전개되는 만큼 현재와 과거의 넘나듦이 워낙 빈번하게 나타나는 관계로 이해를 돕기 위해 과거 회상부분은 글씨체를 달리하여 처리하고자 한다.(5, 6, 7부는 모두 과거)

제1부(34부): 춘원은 6·25 전쟁이 일어난지도 모르고 산사[19]에 머물고 있고, 전쟁의 와중에 서기장 이찬은 해방된 서울에서 공산주의 문예정책을 알리고 문학가들을 포섭할 목적으로 서울로 오면서 연인인 시인 김경란과의 과거를 회상한다. **동경 와세다대 학생들은 '춘원 문학회 결성식'과 춘원의 강연 등을 열 정도로 춘원이 그들의 우상이었으나 점점 실망의 대상이 된다. 일본 하숙집에 있는 조선 유학생들, 홍난파, 조명희, 손영빈 등의 딱한 생활이 그려지고 하숙집의 소련 처녀 소냐[20]가 자주 등장한다.**

2부(35부): 6·25 전쟁 중의 서울, 문인등록소에서 이찬은 남쪽 작가들을

---

19 양주 봉선사인 듯. 이 절은 이광수의 8촌 아우 이학수가 있던 곳으로 1924년 11월 춘원이 자신을 찾아온 서해에게 가 있으라고 권했던 절이다. 서해는 이곳에서 「탈출기」를 써 가지고 왔다. 〈민족과 운명〉에서는 6·25 동란 중에 이 절에 서해의 여인이 머물러 있으면서 춘원과 마주치는 것으로 묘사되고 있다.

20 그녀는 3부에서 조명희가 소련으로 가는 데 안내 역할을 하고 5부에서 이찬과 경란이 소련에 밀항하다 잡혔을 때 이들의 신분을 보증, 석방케 하고 조명희의 유고를 전달함으로써 이찬으로 하여금 김일성 장군을 찾아가게 하는 결정적 계기를 부여한다.

포섭하지 말라는 협박 전화를 받고 그 핵심을 이광수, 김동인 등으로 추정한다. 춘원이 묵은 절에 서해의 여인도 묵고 있다. 동경에서 윤심덕과 김수산의 죽음 3년을 추도하는 모임 이후 조명희를 중심으로 카프 일본 유학생 모임에서 기관지 『예술운동』을 발간하기로 의결한다.[21] 조명희는 와세다대 노문과 학생인 이찬을 격찬하며 카프에 가입하게 한다.

3부(36부): 절에 숨어 있던 이광수를 이찬이 인계한다. 조명희의 심부름으로 동경 카프 지부 자금 모금차 서울에 온 이찬은 이기영에게서 중편 「쥐불」 원고료를 찬조금으로 받는다. 최서해는 각혈한다. 조명희는 『예술운동』이 나오게 되면서 반동의 투쟁을 본격화하자고 고무하지만 이찬이 우에노 공원에서 경란을 기다리다 체포된다. 그러자 일경은 이찬의 사건을 잡지 『무산자』[22]와 연결, 확대시켜 추방하고, 조명희 이하 카프 요원들도 공범으로 추방, 동경 카프 지부가 자연 해산토록 유도한다. 1933년 동경 카프 지부가 해산되면서 포석은 러시아로 떠난다.[23]

4부(37부): 점령된 서울에서 김동인 등 자유문인협회 회원들이 창작의 자유를 요구한다. 동경에서 온 이찬은 서울 카프 지부에 실망한다. 민촌이 브나로드 운동을 내세워 민중 속으로 들어가기로 했지만 그들의 곤궁한 생활상은 민촌의 막내아들이 수술비가 없어 생죽음 당했을 정도였다. 이찬을 피해 경란이 장연으로 강경애를 찾아가고, 그녀는 사랑 때문에 붓을 꺾는 경란을 힐난한다. 장연까지 찾아온 이찬을 피한 경란은 다시 6·25 와중, 피난 가던 중에 카프 동료를 만나 이찬이 서울에 와 있음을 알게 된다.

---

21 여기서 시간차를 볼 수 있는데 '예술운동' 간행은 1927년이고, 김수산, 윤심덕의 죽음 (1926년) 3년이 되는 해는 1929년인 만큼 그 같은 순서 바뀜은 묵과된 채 전개되고 있다.

22 『예술운동』 2호 발행하고 3호부터 동경지부에 위촉 간행하도록 했는데, 그 후 동경지부는 해체되고 잡지 『예술운동』을 『무산자』로 변경해 버렸다고 한다.(김기진, 「조선에 있어서 프롤레타리아 예술운동의 과거와 현재」, 임규찬, 한기형 편, 위의 책, 100쪽)

23 실제로 포석 조명희가 러시아로 간 해는 1928년이다.

5부(38부): 경란의 오빠이자 카프작가인 이중첩자 경석의 밀고로 소련에서 열리는 '세계무산자 작가회의' 대표로 파견되던 박세영이 연행된다. 경석을 의심하는 손영빈을 제거하기 위해 일경은 사건을 조작하여 카프 내부에서 각축전을 벌이게 하고 결국 손영빈이 밀고자로 몰려 매도당하고 자살한다. 경란이 동아방직 사건에 선동시를 낭송하며 적극 참여하는 것을 계기로 이찬과 경란의 멀어졌던 사랑이 동지애로 승화된다. 그 즈음에 서해도 죽고, 영결식에 소월도 참석한다. 서해 장례식[24]에 일경이 급습, 카프의 총검거를 초래하게 되고, **1934년 8월 카프가 해체된다.**

6부(39부): 이찬은 출옥 후 경란과 과거 카프 동지들을 찾아보고 곽산으로 소월을 찾아갔다가 자살한 소월의 장례식에 참석한다. 실망한 이들은 포석을 찾아 소련으로 가나 밀입국자로 체포되고, 포석이 간첩 누명을 쓰고 죽은 것[25]을 알고 절규한다. 이찬은 만주 빨치산 항일유격대를 찾아가겠다고 다짐하고 도중에 박팔양의 귀순 권유시가 실린 비라를 발견한다. 봉천 역시 일본 경찰의 공작과 회유가 난무한다. 박세영 등 붓을 꺾은 카프문인들은 떠나고 이찬과 경란만 남게 된다.

7부(40부): 만주에 강연차 온 춘원과 경석은 궁핍하게 사는 경란을 설득한다. 이들의 타락 과정을 보며 이찬은 문학 기생들이라 분노하고 경란은 그들과 떠나간다. 이찬은 「소금」을 쓴 강경애를 찾아 나서는데 그녀는 눈이

---

24 최서해가 삼호 의원에서 작고한 해는 1931년 6월. 시기적으로 간극이 크다.

25 포석은 하바로프스크에서 한인신문 『선봉』의 주필로 일하다가 일제의 간첩으로 몰려 1938년 5월 11일 처형되었다. 1989년에 사형당한 구체적인 날짜와 장소를 알게 되었다. 사망 연도가 일부 논문에서는 수정되었지만 여전히 1942년 2월로 되어 있는 경우가 더 많다. 역사학자이며 조명희의 처남인 황동민 모스크바 국제 관계 대학 교수가 편한 『조명희선집』(조명희 문학유산위원회, 소련 과학원 동방도서출판사, 1959)에서 "1942년 2월 20일 그 재능과 창작적 의욕이 한창 개화되던 때에 세상을 떠났다."(13쪽)고 되어 있어서 이를 그대로 따른 탓으로 보인다. 한편 출생년도가 1894년, 1892년, 1895년 등으로 분분한 데 대해서는 여러 논문에서 지적하고 있다.

멀었지만 구술로 혁명가 등 김일성을 찬양하는 글을 쓰고, 항일빨치산 가요들을 수집하여 시평을 쓰고 있다. 김일성 태양을 찾아 함께 나서지만 강경애는 건강 때문에 포기하고, 이찬만 끝까지 찾아간다. 「북관천리」「갈망」등 공산 토비를 위한 시를 써내는 이찬은 '혜산 사건'으로 검거되고 빨치산을 찬양하며 혁명적 시를 썼다는 죄로 사형이 선고된다.

8부(41부): 이찬의 형 집행 4일 전에 해방이 된다. 평양에서 프로문인들을 부르고 있다며 이기영, 김경석 등은 월북한다. 경석은 원산 문예지『응향』의 편집국장을 맡았다가 숙청당하게 되자 도주하여 경란에게 이찬을 모함한다. 한편 '문예총' 서울 지부 결성 모임이 동양극장에서 열리고 경석은 북한 문예총 결성 모임을 저지·파괴시키라는 지시를 받으나 박팔양, 송영이 종군작가로 건재를 과시, 결국 자유문인협회의 주장이 모함임이 증명된다. 해방 후 평양에서 발간된 서해 전집, 춘원 시집 등이 기증되며 춘원까지 김일성의 포용, 화해에 감격한다. '북남 문예인들의 연단'에서 경석은 자기 정체를 고백한다.

9부(42부): 만선일보 학예부장을 지낸 박팔양을 매도하고 자아비판을 하는 분위기에서 김책은 장군님의 하해 같은 마음을 전달하여 모두들 감동한다. 장군은 작가들에게 집도 주면서 창작을 격려하고 김정숙은 백두산에 있을 때의 일기와 동지들의 장군 찬양 노래책을 내려준다. 태양이 크게 비치며 이찬의 시가 〈김일성 장군의 노래〉로 만들어져 나온다. 서울, 자유문인협회의 간판이 내려지고 춘원이 쓸쓸하다. 경석은 자살하고, 서울, 부산 등지에서 민중들이 봉기한다. 그 가운데 춘원을 포함한 남쪽의 문인들은 북으로 가고 경란은 폭격에 희생된다. 북행길의 예술인들은 드디어 만포의 작은 언덕에서 김일성을 만나게 된다.

작품의 내용이 거의 알려져 있지 않아 이해를 돕기 위해, 주로 카프작가들의 활동이나 에피소드, 작가들에 대한 시각 등에 초점을 맞추어 기본 내용만 거칠게 정리해 보았다. 화면이 흐리고 대사 전달이 불확실한 것은 어쩔 수 없다 해도, 갑작스런 과거 회상이나 이야기의 작위성, 장면 처리의 미숙함 등이 이야기를 연결시키는 데 방해가 되고 6부 이후로 오면서 영화를 만든 의도와 목적이 생경하게 노출되면서 진행도 함께 늘어져 긴장감이 떨어지고 있다. 무엇보다도 수시로 과거 회상이 남발되고 이야기 전개의 상당부분을 장면 바뀌는 것으로 처리하면서 과거에서 또 다른 과거로 이어 전개되는 식이라 좋게 보면 자유 연상법이겠지만 구성이 엉성하고 내용을 따라가기가 쉽지 않다.

구성이 작위적이고 우연으로 처리되는 예는, 카프 해산의 공작을 주도하는 중요 인물로 만주까지 따라가 괴롭히는 일본인 경사가 춘원이 중매하여 경란이 결혼했던 고관의 여동생이라는 설정, 8·15 직후 프로문학을 하겠다고 월북한, 이 작품에서 가장 파렴치한 이중첩자로 그려지는 김경석이 원산에서 『응향』의 편집국장을 했다는 설정 등등 한두 경우가 아니다. '응향 필화 사건'[26]은 1946년 말 '문예총' 원산 지부에서 펴낸 원산 지역의 유·무명 시인들의 시를 한데 모은 종합시집 『응향』이 반동으로 규탄받은 사건을 말한다. 이 사건으로 숙청될 위기에 처한 경석이 서기장인 이찬에게 도움을 요청하였다가 거절당하자

---

26 '응향 사건'은 문예총(북조선문학예술총동맹, 1946년 3월 결성, 초대 위원장에는 이기영, 부위원장에 안막, 서기장에 이찬)의 지부인 원산문학동맹이 발간한 시집 『응향』에 실린 일부 시가 조선 현실에 대해 회의적, 공상적, 퇴폐적이라 하여 이를 비판하고 북조선문예총에서 최명익, 송영, 김사량, 김이석 등 검열원을 보내 조사하게 한 사건. 구상의 「여명도」, 「길」 등이 문제가 되었고 구상은 이를 기화로 도피, 월남하게 된다. 그런데 이 시집의 장정은 화가 이중섭이 맡았다. 이 영화에서 카프 동인 중에 음악가로는 홍난파, 화가로는 서상기가 자주 등장하는데 동경 유학 시절부터 서상기가 주로 '소'를 그린다고 한 것과 『응향』의 장정을 실제로 이중섭이 맡은 것으로 보아 서상기는 다분히 이중섭을 의식하고 그려진 인물일 가능성은 여기서도 나타난다.

분개, 도주하면서 서울의 경란에게 이찬이 결혼하여 아이까지 있다고 모함하여 복수한다는 설정은 이야기 전개를 위해 갑자기 짜 맞춘 것 같다. 또 남으로 내려온 경석에게 육군 보도처 소령이 찾아와 남파 간첩으로 몰아가며 전향하도록 협박하고, 경란에게도 접근하다가 자포자기한 경란과 후에 결혼까지 하게 된다는 설정, 북의 화해정책에 감격하며 경석이 자기 정체를 밝히며 경란과 이찬의 관계가 복원되려는 때에 경란의 남편이 총을 쏘는 식의 전개는 작위적이고 유치할 수 있는 한계를 넘고 있다.

영화 후반에 올수록 왜곡과 억지 뜯어 맞추기가 더욱 심해지고 그 구성의 졸렬함이나 우연의 남발, 이야기 진행을 위한 갑작스런 조작 등이 감정의 축적, 돌연한 극적 전환을 통한 감정의 폭발, 혹은 판이한 감정의 대조 등을 통해 그대로 노출되고 있다. 이러한 노출은 7부 이후 더욱 심해지는데, 이찬이 만주에서 경란을 떠나보내고 강경애와 함께 김일성을 찾아 나서는 부분부터 영화가 끝날 때까지 김일성 김정숙 찬양에 초점이 맞추어지면서, 그때까지 비교적 짜임새 있게 전개되던 이야기가 작위적 치졸함으로 치닫다가 춘원의 자진 월북 등 허위적 선동적인 결말로 끝맺는 것이다.

4. 작가들의 형상화와 그 의미

이 영화에 그려진 작가들의 모습을 통해 북한에서 그들을 바라보는 시각을 살펴보면서 동시에 우리의 기존 시각과 대비해 보는 것은 한 작가에 대한 온당한 평가를 내리는 데 도움이 될 수 있을 것이다. 흥미로운 것은 춘원 이광수는 카프작가가 아님에도 불구하고 영화의 처음부터 끝까지 계속 등장하고 있다는 점이다. 춘원 이광수는 주인공들의 생애에 지대한 영향을 미치면서 궤변으로 자기합리화하고 친일과 변절로 매도당하다가 결국 월북 대열에 합류하는 것으로 일생이 그려져 있다. 춘원은 첫 회부터 부정적으로 묘사된다. '민족개조론'을 강조한 그가 자신의 이론을 실험해 보느라고 경란을 중매, 제국대 출신 총독부 고관인 남성과 일선(日鮮) 동화를 위해 결혼하게 하여, 민족개조를 실현해 보려 했다는 것 자체가 춘원의 비인간적 비열함을 보여주는 것이니, "조선의 문단은 춘원의 혈액형을 검사해 봐야 한다"는 비난을 통해 "춘원이야말로 조선문학의 가장 철저한 매장자"(1부)가 되는 것이다. 당시의 문단 상황에서 춘원과 동인의 존재가 독보적이었기 때문인지 그들에 대한 왜곡이 매우 심하다.

춘원이 친일과 변절 등에도 불구하고, 이태준, 김남천과 함께 반동작가로 거론되면서도 마지막 부분에서 북행하는 피난 대열에 끼어 월북하는 것으로 그려지는 대목에서는 춘원에 대한 부담스러움도 읽게 된다. 북한에 실제로 잘 가꿔진 춘원의 묘소도 있는 것으로 보아 납북이 아닌 월북으로 합리화한 것으로 보인다. 3부에서 춘원은 박팔양이 총독문학상 때문에 교수형에 처해졌다고 믿고 이찬에게 이북에는 항일혁명문학 외에 모든 문학은 불살랐느냐고 묻는 대목이 있다. 이찬은 부인하면서 공산주의가 무서워서, 과거가 두려워서 함께 하기를 꺼리는 사람들도 과거를 진실로 뉘우치고 새 사회 건설에 협조하면 받아들일 것이라고 했지만 춘원은 월북한 것으로 그려졌음에도 그 관대함으로부터 벗어나 있는 것 같다.

서해 최학송은 춘원과 비교하는 식으로 그 존재를 강조 부각시키고 있다. 서해는 "나는 차라리 죽을지언정 불합리한 제도에 순종하지 않고 저 한다"(2부)는 절규를 통해 그의 정직하고 강인한 면이 강조되는가 하면, "카프를 한때 선망의 눈으로 봤으나, 망망대해의 쪽배"(4부)로 카프의 암담한 길을 예언하기도 한다. 각혈하면서 병들고 죽어 가는 서해의 모습을 그려가다가 '프로문학이 마치 임종을 앞둔 서해와 같다' (5부)고 비유할 정도로 서해의 존재는 남다르다. 「박돌의 죽음」을 쓰게 된 서해에 대한 일화가 소개되고. 서해가 춘원보다 '정신적 부자' 라고 높이 평가하고 있으며 포석, 소월, 상화 등과 함께 추모해야 할 대상으로 거론되고 있다.

포석 조명희는 서울 카프 본부의 이기영과 연락하며[27] 동경 카프를 실제로 주도한 지도자적 인물로 그려져 있다. 동경 카프 동지들에게 "이기영, 한설야, 송영, 박세영 등이 춘원, 염상섭, 김동인, 김화산 등 어용 매문작가들에게 정면 도전장을 보내고 있다"고 격려하며, "프로 사실주의 신문학이 동경 한복판에서 자기 몫을 하게 되었다"고 흐뭇해하고, "민중과 독자들은 언제나 우리 프로문학예술에 전적인 지지를 보낼 것"(3부)이라고 고무한다. 김수산, 윤심덕 3주기 추도사를 통해 윤심덕은 일본 노래를 부를 것을 거부하다가 죽었고, 김수산은 '불쌍한 조선아' 라고 절규, 투신했다며 카프 동지들의 용기를 북돋우는 식이다. 와세다대 노문과 학생인 이찬을 카프로 이끈 그의 소련행의 동기[28]를 동경 카

---

27 포석과 민촌은 한집에서 방을 갈라 가지고 살림할 정도로 가까운 사이였다. (한설야, 「포석과 민촌과 나」, 『중앙 28호』, 1936. 2)

28 포석의 망명 동기 중 하나로 시대일보에서 함께 근무하면서 절친했던 김우진의 영향을 드는 견해도 있다. 1925~6년 무렵 김우진이 러시아 망명을 구상했던 바, 그것이 동기의 하나가 되었을 것으로 짐작한다.(정덕준, 「포석 조명희의 생애와 문학」, 『조명희』, 새미, 1999, 15~16쪽) 북한의 시각은 그의 소련행이 "사회주의에 대한 열렬한 이상과 그의 실현을 위한 확신성과 떼어서는 생각할 수 없다."고 보는 식이

프 지부 해산에 초점을 맞추어 뜻을 세울 넓은 땅을 찾아 떠나는 것으로 설정한 것은 시기적인 차이는 있지만 가능한 해석으로 여겨진다. 6부에서 이찬이 카프 해체 후에 감옥에서 나와 프로문단이 현재의 질곡을 벗어나기 위해서는 소련으로 가야 한다고 포석을 찾아가는 부분, 포석의 유고작 『만주 빨치산』과 유고 시집 『짓밟힌 고려』를 넘겨받으면서 포석의 꿈을 이루겠노라고 다짐하며 만주 항일유격대, 즉 김일성을 찾는 부분 등에서 포석에 대한 기대를 읽을 수 있다. 북한 문학에서 가장 중요한 만주 항일문학과 김일성을 만나게 되는 접점에서 그 계기를 포석을 통해 부여하고 있는 것이다.

한편 민촌 이기영은 온건하고 합리적인 지도자적 인물로 그려진다. 이찬이 조명희의 심부름으로 동경 카프 지부의 자금 융통을 위해 서울의 이기영에게 들렀을 때 서울 공산당의 여러 종파들이 서로 주도권을 잡겠다고 이기영의 사무실에 드나들고 있음을 목도하는 데서 그의 지도적 위치를 알 수 있다. 또한 수술비가 없어 아들을 생죽음 당하게 하거나, 카프 해체 후 낙향한 데서 그의 깐깐하지만 나약한 모습을 볼 수 있다. 또, 손영빈의 자아비판 과정에서 임화, 이기영, 한설야 등의 지도부 중에서 임화는 손영빈의 출맹을 주장하고, 이찬은 동경 카프 지부에 이어 서울 카프도 일경에 농락당하는 것이라고 손영빈의 출맹을 반대한다. 이에 임화는 거부하는 이찬도 출맹시키자고 하지만 이기영이 중재하는 식으로 이기영은 온건한 인물로 그려져 있다.

강경애에 대한 호의적 시각은 여기서도 드러난다. 그녀는 장연에 있

다.(리상태, 「조명희의 창작과정과 그 특성에 대하여」, 『현대작가론1』, 조선작가동맹 출판사, 1961, 44쪽)

으면서 경란의 상담자가 되어 "계급문학의 필봉에 선 여류 시인이 사랑 때문에 필봉을 꺾느냐"고 자극을 주기도 하는데, 동아일보 부사장인 춘원이 원고 독촉을 위해 일부러 장연까지 찾아올[29] 정도로 비중이 큰 인물이다. 그런 그녀가 백두산 천하제일 장군에게 민심이 쏠리고 있다며 용정으로 장군님을 찾아가겠다고 하고, 눈 먼 상태에서도 구술로 김일성을 찬양하는 글을 쓰며 이찬과 함께 장군을 찾아 나설 정도로 혁명의식이 앞서 있는 인물로 그려져 있다.

박팔양은 실제로 1937년 만선일보 사회부장 겸 학예부장으로 있었는데 귀순 권유시를 쓰는 등의 친일행위로 비난을 받으면서도 그 비난이 동정과 믿음을 바탕에 두고 있다는 점에서 예외적이다. 예를 들어 이찬이 만주 항일유격대를 찾아가는 과정에서 봉천에 들렀을 때 동경 카프 동료인 서상기의 미술방을 발견하여 그곳에서 송영, 박세영 등을 반갑게 만난다. 그들은 박팔양의 면전에서 변절을 비난하며 그의 제사를 지내는데 이에 대해서는 박팔양이 나름의 항변을 하고, 박팔양의 과거에 대한 임화의 비난에 대해서는 이찬이나 김책이 옹호하는 식이다. 또 박팔양의 만주 시절 오족 협화나 귀순 권유시를 썼던 것을 상기시키며 비난하는 장면에서 내레이터는 "이 자가 바로 이력 기만하고 당시 문예총 책임자로 있던 미일의 이중첩자 임화"(9부)라고 강조함으로써 박팔양을

---

29 춘원은 1933년 8월 방응모, 주요한의 권고로 조선일보 부사장으로 취임했다. 동아일보에는 1923년 김성수, 송진우 등의 권유로 입사, 논설과 소설을 썼고 조선일보로 옮길 때까지 동아일보에 몸담고 있었다. 따라서 실제로는 동아일보 부사장이 아니라 조선일보 부사장이었고 강경애는 이 영화에 등장하는 시기에 동아일보에 「인간문제」(1934. 8. 1~12. 22)를 연재했다. 경란의 모델로 추론되는 송계월과 같은 시기 등단, 활동을 함께 했다.

비난하기 위한 설정이 아니라 임화를 매도하기 위한 장면이 되고 만다. 한설야[30]의 경우는 숙청되기까지 아직 시간이 있어서인지 그에 대한 비판이 표면으로 드러나지는 않고 있다.

내레이터의 개입을 통한 노골적인 직접 서술도 결함으로 지적할 수 있지만 이 부분에서 오히려 걸러지지 않은 그대로의 시각을 읽을 수 있다. 특히 i) 동경 카프 해산과 ii) 카프 본부 해산에 대해서는 다음과 같이 직접 평가하고 있다.

> i) 이 나라 문예운동사에 수난의 흔적만 남긴 동경 카프 지부! 1933년 드디어 자기의 비참한 종말을 고한다. 프로 사실주의의 푸른 꿈을 안고 현해탄을 건너온 그들이 청운의 꿈마저 무참히 빼앗긴 채 길 잃은 나그네 신세가 되어 서로 운명의 갈림길에 서게 된 것이다. (3부)

> ii) 이른바 문학은 인생의 무게를 다루는 학문이며 작가는 진실과 허위를 파헤치는 비수라고 했다. 하물며 카프작가들인 경우에 그들의 필봉이 어떠했으랴. 전국 각지에서 200여 명의 카프작가들을 일시에 체포 구금하는 전대미문의 파쇼적 폭거를 감행하였고 1934년 8월 그 을씨년스러운 날에 드디어 조선 프롤레타리아 예술동맹은 자기의 조직적인 종말을 고했으며 지조 잃은 자들은 일제의 창녀로, 뜻 있는 자들은 그때부터 더욱 고난의 수행길

---

30 한설야는 초기 북한의 문예정책을 선도했던 인물로 불멸의 역사 시리즈로 대를 이어 김일성 가족을 우상화해서 성공하지만, 1962년 12월 문학평론가 엄호석 등의 공격에 의해 숙청되었고, 그 후 『조선문학사 2』(1995)에서 새롭게 조명된다. 최근 발표된 한 논문에 의하면 "2001년 2월에서 2002년 1월에 걸쳐 북한에서 완전히 복권된 것으로 판단"하고 있다.(서경석, 「한설야의 「열풍」과 북경 체험의 의미」, 『국어국문학』 131, 국어국문학회, 2002. 9) 한설야의 숙청과 복권의 과정에 대해서는 B. Myers, *HanSorya and North Korean Literature*, East Asia Program Cornell University, Ithaca, New York, 1994, pp.143~150 참고.

을 걷지 않으면 안 되었다. (5부)

언급된 시기의 차이는 있으나 동경 카프 지부 해체 후나, 서울 카프 해체 후 문인들의 전향과 방황, 갈등 등을 상기하게 되는 대목이다.

한편 김정숙의 입을 통해 "장군님은 훌륭한 시 한 편이 백만 군보다 더 가치가 있다"고 말했다는 김일성은 카프 해산을 특히 가슴 아파했다. 카프작가들이 민중의 전폭적인 지지를 받지 못한 이유가 '작가들의 세계관적 제약성에 그 원인이 있다' (7부)고 진단했다고 한다.

그렇다면 이찬은 세계관적 제약성을 넘어선 것일까? 이찬은 실제 카프에서의 위치나 해방 직후의 활동에서 영화에 등장하는 다른 문인들에 비해 그다지 눈에 띠는 존재는 아니었다.[31] 그러나 혁명 송가 〈김일성 장군의 노래〉[32]를 지음으로써 영화의 주인공으로 등장하는 이찬은 만주 광야 벌판을 헤맬 때 김일성 장군을 만고의 영웅으로 숭배하기 시작했고, 신앙에 가까운 한 시인의 숭배가 드디어 태양을 맞은 것이 해방 후 조국이라고 회고할 정도로 혁명적 낭만주의를 구현한 인물이다. 사형선고를 받은 후 찾아온 경란에게 "나 죽은 후 카프작가들 만나거든 장군님의 품으로 가라고 전해달라"(7부)고 당부하고, 김책, 이기영, 한설야가 있는 자리에서 '장군님 송가'를 짓겠노라고 선언(9부)하고 있다. 그래서 내레이터가 "프롤레타리아 사실주의 문학의 참된 길을 찾아

---

31 이찬은 해방 직후 조직된 '조선 프롤레타리아 문학동맹'(1945. 9. 17)에서 이기영, 한설야, 박세영, 송영, 박팔양 등이 중앙집행위원으로 선정되었을 때 단지 맹원의 한 사람이었고, 이후 조선 공산당의 지시로 합쳐진 '조선문학가 동맹'(1945. 12. 13) 조직 임원에는 그 이름이 없다.(권영민, 앞의 책, 24쪽)

32 1946년 7월 이찬이 지음. 그 직전인 4월에 함경남도 현지지도를 하던 김일성의 연회석상에서 즉흥시 「김일성 장군 찬가」를 읊기도 했다.(『문학예술사전』, 앞의 책, 332~333쪽)

만주를 방황하던 이찬은 마침내 장백에서 권영벽을 만나 항일**빨**치산과 손잡게 된다."(7부)고 감격스러워 할 정도이다. 이찬이 다른 작가와 다르게 대접받고 있는 것(서울에 남은 카프 출신의 마지막 문인으로 나옴.)은 경란이 국군에게 인질로 잡혀 있으면서도 〈김일성 장군의 노래〉를 쓴 이찬이 바이런, 푸시킨보다 위대하다고, 이찬 같은 시인이 하나라도 있었으면 한국 문단이 '양키들의 시녀'는 안 되었을 거라며 당당하게 주장하는 데서도 잘 나타난다. 혁명성뿐 아니라 문학성에서도 예외적으로 그의 존재는 부각되는데 프로문인들이 이찬의 시를 보고 월북했고, 김소월, 서해의 '님'이 곧 이찬의 '님'이며 춘원까지도 "이찬과 있는 게 더 무섭다"(3부)고 할 정도이다. 실제로 북한 문학사에서도 점점 이찬에 대한 언급이 많아지고 있는데[33] 이는 그만큼 당의 과업에 대한 충성도가 북한 문학의 평가 잣대임을 단적으로 보여주고 있는 것이다.

이찬은 자유문인협회 측에서 요구한 창작의 자유에 대해 "친미 색정 문학의 자유, 염세 타락을 강요하는 서방 실존주의 문학의 자유"(4부)는 안 된다고 하는데 여기서 반미, 반서방문학을 주장하는 그들 논리의 일단을 볼 수 있다. 이찬은 문예총 서울 지부 결성 모임에서 카프문인들에 대한 추모를 제의할 정도로 의리나 지도력도 뛰어난 것으로 묘사되는데 여기서 거론된 문인들은 서해, 상화, 포석, 소월, 강경애, 홍난파, 나운규, 손영빈, 이적효 등이다. 또 김일성이 훌륭한 창작 여건을 만들어주

---

33 이찬은 단순히 사회주의 문예미학 확립이나 그에 입각한 문예정책에 따라 연구가 이루어진 『조선문학통사』(1959)에는 거론되지 않았고 주체사상이 확립된 이후에 서술된 『조선문학사』(1981), 『조선문학개관』(1986)에서 거론되고 있다.

기 위해 작가들에게 집을 하사하는 대상은 이기영, 한설야, 박팔양, 박세영, 송영, 이찬 등이다.

한편, 이찬이 카프의 중요한 사건, 즉 동경 지부의 해산에 직접적인 원인을 제공했다는 설정은 그와 '무산자' 와의 관련[34]을 염두에 둘 때 근거 없는 연결은 아니나, 1934년 서울 카프의 해산에서도 이찬이 중요한 역할을 했다거나 실제로 1931년에 죽은 최서해의 장례식이 계기가 되어 카프가 해체되었다는 식의 설정은 사실과 부합되지 않는다.[35] 이렇게 사실과 상치되는 상당 부분에 대해서는 단순히 구성상의 문제인지, 아니면 목적을 위한 의도된 사실 왜곡인지 판단할 수 있는 안목이 절실히 요청된다 하겠다.

문제는 이 영화가 목적을 위해서는 구성이나 필연성 같은 것은 무시하고 있으며, 나아가 '카프작가 편' 전체를 통해 목적을 위한 진실 왜곡이 심한 정도가 아니라 실제 인물에 대해서도 완전히 다르게 그려 놓는 경우도 있다는 점이다.

우선 춘원이 6·25 당시 절에 은거하고 있었다는 설정은 실제와 다르다. 춘원은 6·25 당시 신열이 39도까지 올라 병상에 누워 있었고 피난을 떠나지 못한 채 6·25를 만나 7월 6일 공산군에게 소환되어 일차 심문을 받았고 7월 12일 새벽 함경도 사투리를 쓰는 공산군 장교가 나타나

---

34 신범순, 「이찬론, 현실주의적 흐름과 비관적 낭만성」, 권영민 편저, 『월북 문인 연구』, 문학사상사, 1989, 331쪽. '무산자' 에는 김두용, 임화, 김삼규, 이북만, 안막, 김남천 등이 활동하였다.

35 그러나 이찬이 카프 일원으로 활약하다가 1931년 9월부터 감옥살이를 만 3년 했다는 사실과 서해의 작고 시기가 1931년 6월인 것은, 이 영화에서 이찬이 서해의 장례식과 연결된 카프 검거로 감옥에 갔었다는 설정과 일정 부분 부합되고 있다.

얼마 후 연행[36]되었다. 김동인의 경우도 6·25 전쟁 중에 자유문인협회의 회장으로 여러 회의를 주재하는 것으로 그려지고 있지만, 사실은 1948년에 이미 동맥경화증으로 눕게 되고 불면증, 신경통, 약물 중독 등이 겹쳐 편한 날이 없었으며 1951년 1월 5일 완전히 폐인이 된 상태에서 임종을 맞는다.[37] 그런 동인이 남쪽 문인들의 단체장이 되어서 이찬에게 항의나 협박을 하는 것으로 그려지고 있는 것이다. 그 외에 일일이 거론하지 못한 사실과의 상치나 왜곡 등도 상당할 터이니, 이런 식의 왜곡에 이르면 남북한 문학의 간극 해소로 가는 길이 험로임을 예상하게 된다. 특히 이광수의 경우 첫 회부터 마지막 회까지 그의 삶의 노정을 매우 상세하게 그리면서도 친일반동작가로 많은 부분을 왜곡하고 있고, 임화가 악질적 이중첩자로서 그 일그러진 모습이 후반부에서 느닷없이 강조되고 이태준, 김남천이 6·25 전쟁 중 서울의 반동작가들로 특별하게 언급되는 부분에서는, "특히 이광수, 임화, 이태준, 김남천 등 부르주아 반동작가들의 사상적 여독"[38]이 시간이 흘렀어도 여전히 청산해야 할 대상으로 거듭 강조되고 있음을 볼 수 있는 만큼, 간극 해소와는 다른 차원의 방법론이 모색되어야 할 것이란 생각이 든다.

---

36 『이광수 전집』 별권(화보 평전 연보), 삼중당, 1971, 67쪽. 이와 같은 사실은 한승옥 편저, 『이광수 문학사전』, 고려대 출판부, 2002, 연보 775쪽에서도 확인되고 있다.

37 이동하, 「자존과 시대고/김동인론」, 김용성·우한용 공편, 『한국근대작가연구』, 삼지원, 1985, 86~88쪽.

38 1956년 노동당 제3회 당 대회 보고 강연에서 시달된 문예정책이다.(김윤식, 「북한의 문학 이론」, 『문예중앙』, 1988. 가을, 300쪽) 영화의 배경과는 시기적으로 가깝지만 영화가 만들어진 시기와는 40년 정도 차이가 나는데도 불구하고 그 시각이나 해석이 변하지 않음을 지적한 것이다.

5. 남북한 문학 혹은 통일문학을 위하여 — 맺음말을 겸하여

이 영화는 그 배경이 일제 강점기부터 6·25 전쟁까지라는 시간적 한계가 있고 그동안 연구되어 온 우리가 알고 있는 카프문인들에 대한 북한의 시각과 크게 다르지는 않지만, 미처 알지 못했던 그들의 삶의 이면과 어떤 사건이나 행동에 대한 북한식의 시각과 해석이 흥미롭게 전개되고 그 과정에서 때로는 미심쩍었던 어느 부분들의 간극이 해소될 가능성도 볼 수 있는 만큼, 북한에서 이 영화를 만든 정치적 의도와는 무관하게 남북한 문학에서의 시각 차이와 그 거리를 확인도 하고 조정도할 수 있는 자료로서 의미가 있다고 생각된다. 물론 해금 이후 국민의정부에 들어서 더욱 활발하게 진행된 남북의 교류에 힘입어 상당히 많이 공개된 북한의 자료들을 통해서 북한 문학의 현상이나 실태도 많이알려졌고 그에 대한 연구도 진일보하면서 시각 차이도 조금씩 극복되는방향으로 진행되고 있다. 그러나 워낙 다른 체제와 이념, 문화적 토양에서 만들어진 문학인 만큼 그것을 통해 제대로 융화와 공생의 방향을 모색하기까지는 넘어야 할 산이 너무 많다.

북한에서 발간된 『문학예술사전』에는 〈민족과 운명〉이 "주체문학예술의 성과를 집대성한 빛나는 총화작이며 조선의 넋과 조선의 기상, 조선의 향취가 집중적으로 체현되어 있는 조선을 대표하는 영화, 세계적 의의를 가지고 있는 민족의 자주성 문제를 제기하고 철학적으로 심오하게해명하고 있는 세계적인 걸작" "우리 당의 주체적 문예사상과 리론의 요구를 깊이 있게 구현하여 영화문학을 완성하고 있는 본보기 작품"[39]으

---

39 『문학예술사전』(하), 앞의 책, 819쪽.

로 설명되고 있다. 최근의 소식에 의하면 이 영화의 의미는 첫째 김정일 총비서가 제작에 간여한 마지막 영화라는 점, 둘째 북한 영화사상 최대의 물량이 투입되었다는 점, 셋째 소재와 주제뿐 아니라 내용면에서도 선택의 폭을 넓혔다는 점[40]으로 평가되고 있다.

실제로 이 〈민족과 운명〉 시리즈는 9년 만에 100만여 회 상영 기록을 세웠다고 조선중앙방송에서 밝힐 정도로 북한 영화사에서 최고 걸작으로 일컬어지는데 그 저변에는 북한 문학이 1990년대에 주체사실주의로 복귀, 항일혁명문학을 강조할 수밖에 없었던 정치적 의미도 상당하다고 본다.

그렇다면 우리가 특히 '카프작가 편'에서 얻은 것은 무엇이고 어떻게 소화시켜야 하는가가 남아 있다. 이 작품을 통해서 포석의 소련 망명 배경이나 서해, 민촌의 삶의 애환 등에 대해 인간적으로 이해할 수 있고, 동경 카프 지부 해산과 서울 카프의 해산을 둘러싼 여러 정황도 참고가 될 수 있다. 카프 검거로 감옥에 갔던 이찬이 출옥한 후 경란과 옛 동지들을 찾아 나설 때 '이기영, 한설야는 낙향, 홍난파는 도미, 박팔양, 박세영, 송영, 엄흥섭, 류원, 서상기는 강제 월경 도주했다'(6부)고 파악한 일제가 민족협화에 이들을 이용하고자 공작하는 것 등 어느 정도 유의할 만한 사항들이 있기 때문이다.

한편 작품에 등장하는 개별작가들에 대한 연구에도 참고, 고려할 바가 클 것이다. 예를 들어 이찬이 카프 해체와 혜산 사건에 연루되어 2차

---

40 『연합통신』, 2001. 5. 25. 이 기사 내용 중 영화가 내용면에서도 선택의 폭을 넓혔다며 예를 든 반체제인사 한설야를 주인공으로 내세웠다는 것은 사실이 아니다. 한설야는 카프의 지도자로 후반에 잠깐씩 등장할 뿐 주인공이 아니다. 따라서 체제에 대한 자신감과 김정일의 '인덕정치'의 한 상징이라는 의미 부여도 받아들이기 어렵다.

레 투옥되는 내용은 이찬 연구에서 해결하지 못했던 어느 부분에 한 방향을 제시해 줄 수도 있을 것이다. 해방 후 북한 정권의 작가들에 대한 포용정책의 정도도 가늠할 수 있고, 춘원이나 동인에 대한 진실 왜곡 부분 또한 북한 문학의 시각과 동시에 그들의 콤플렉스를 읽을 수 있는 부분이기도 하다. 물론 이러한 포용정책이나 콤플렉스를 분석하고 그것이 카프작가에 대한 평가에 어떻게 작용하고 있는가를 구체화시키는 작업이 필요할 것이다.

무엇보다도 일제 시대 동경과 서울을 잇는 카프문학이 남북한 문학의 공통 영역임을 다시 한 번 확인하면서 남북의 이질적인 상황에서 무엇보다 중요한 것은 남과 북이 서로 왜곡된 부분을 찾아내고 진실이 무엇인가를 밝히고 인정하는 자세라고 생각한다. 쉽지는 않겠지만 뒤틀린 부분부터 바로 잡으려는 노력이 앞으로의 과제이며 통일문학은 거기에서부터 출발할 수 있을 것이다. 그런 의미에서 〈민족과 운명〉 '카프작가편'은 이후의 남북한 문학 혹은 통일문학이 나아가야 할 방향을 모색하는데 하나의 이정표 역할을 하게 될 것이다. 남북한 문학의 공분모에 해당하는 카프문학에 대해 양쪽이 굳이 같은 시각을 공유해야 하는 것은 아니다. 다만 지금까지 남북한 모두 자기 측 문인과 작품들을 일방적인 잣대로 상이하게 정리, 평가해온 기존의 틀을 해체하여 "새롭게 하나로 세우는 통일 작업"[41]이 필요할진대 이 영화는 그런 작업에 나름대로 기여할 수 있을 것이라고 기대한다.

---

41 이명재, 『통일시대 문학의 길찾기』, 새미, 2002, 141쪽.

조명희 소설을 통해 본 내면세계 고찰

— 망명 동기를 중심으로

1. 망명 배경에 대한 추론 – 서론을 대신하여

조명희는 우리나라 근대 작가 가운데 다른 나라로의 망명을 실행한 거의 유일한 작가이다. 그는 1928년 7월 소련으로 가서 1937년 가을에 하바롭스크에서 스탈린의 정책에 의해 체포된 후 일본을 위해 간첩 행위를 하는 자들에게 협력했다는 혐의로 1938년 5월 11일 재판 없이 처형당하고 만다. 개화기 이후 근대소설에서 애국지사들의 망명을 그린 작품들은 많아도 작가 자신이 망명을 한 경우는 극히 드물다. 그 많은 카프작가들이 소련을 다녀와서 소련 기행문을 발표하고 찬양하기는 했어도 소련으로의 망명을 감행한 것으로 알려진 작가는 없다. 북간도에서 나서 자란 그 곳이 고향이거나 안수길처럼 거의 뿌리를 내릴 수 있었던 작가들이 망명문단을 운위했어도 결국은 고향을 그리워하면서 고국으로 돌아올 것을 대비하거나 돌아오는 것[1]이 인지상정이다. 물론 포석도

---

1 일제 식민지 시대 고향을 떠나 타향, 타국에서 살 수 밖에 없었던 우리 민족의 삶을 그린 소설들은 초점을 어디에 맞추는가에 따라 실향소설, 유민, 이민 혹은 유이민소설, 이

좀 더 오래 살아 해방을 맞았다면 달라졌을 수도 있겠지만 지금까지 알려진 한정된 자료에 의하면 그의 소련에서의 생활은 귀향에 대비한 사람의 행적은 아니었다.[2]

아무리 나라를 빼앗겼고, 생존이 위협받으며 생활이 곤궁했어도 이념만을 위해 자기의 터전이었던 고향을 버리고 부모와 형제 그리고 처자를 버리고 다른 나라로 아주 가버린다는 것이 가능할 수 있을까? 그 시대에 조명희는 그런 일들을 과감하게 선택했다. 필자에게 조명희는 일반적으로 그에 대해 따라 다니는 평가들, 예컨대 이론만 승하고 구체적 작품은 없었던 카프 쪽에 비로소 문학성을 겸한 「낙동강」을 내세울 수 있게 했던 작가, 「낙동강」이 1927년 소위 카프의 방향 전환 직후 발표되

향소설, 귀향소설 등의 명칭으로 연구되었다.

오양호, 『한국문학과 간도』, 문예출판사, 1988.

이정숙, 『실향소설연구』, 한샘, 1989.

채훈, 『일제 강점기 재만한국문학 연구』, 깊은샘, 1990.

민현기, 「한국유이민소설연구」, 어문학 51, 1990. 5.

이대규, 「한국근대귀향소설연구」, 전북대 박사논문, 1994.

이정은, 「한국유민소설연구」, 영남대 박사논문, 1994.

조구호, 「일제 강점기 이향소설연구」, 『한국근대소설연구』, 국학자료원, 2000.

2 지금까지 조명희 연구에서 중요한 자료는 조명희의 탄생 65주년을 맞아 소련 작가 동맹 내에 조직된 조명희 문학유산위원회에서 엮은 『포석 조명희 선집』(소련과학원 동방도서출판사, 1959)이 있다. 제1부 「봄잔디밭 우에서」는 창작 생활 초기(1920~1924)의 시를, 제2부 『락동강』은 망명 전(1925~1928)의 단편소설, 수필, 희곡을, 제3부 『10월의 노래』는 소련 망명 후의 작품들, 제4부는 망명 후의 평론, 서한을, 그리고 이기영, 한설야, 강태수의 회상기가 부록으로 수록되어 있다. 이 중, 강태수의 회고 「기억의 한 토막」에 의하면 조명희는 "내가 조선사람이며 쏘베트의 애국자라는 것이 내 미래 작품의 지침"(556쪽)이라고 했다. 강태수는 소련 고려사람 작가로서 이 글 외에 조명희에게 바치는 시를 『레닌 기치』(1986. 8. 13)에 싣기도 했다. 이후 이 자료의 인용은 『선집』으로 표기하고 작품 인용은 이 책의 쪽수만 밝힌다.

어 "무산계급 문학운동 제2기의 先鞭을 던진 작품"[3]으로 격찬 받으면서 "카프 문예운동의 정치성을 작품으로 형상화하는 데 성공한 대표적인 작가"[4] 등등 그에 대한 문학사적 가치 평가 이전에 떨칠 수 없는 의문이 있었다. 우리 시대의 거인이라 할 수 있는 최인훈이 자전적 소설 『화두』에서 가장 영향 받은 작가라고 우선적으로 꼽으면서 「낙동강」을 중심으로 그 지면의 상당 부분을 할애하고 있는 조명희, 그는 과연 무엇 때문에 소련으로 망명을 한 걸까? 그에 대한 해명을 작품 속에서 찾을 수는 없을까? 이 논문의 동기는 이렇게 소박한 데서 출발한다. 물론 소련행의 배경에 대해서 몇 가지 추론은 가능하다.

조명희는 1928년 7월 러시아로 망명한다. 망명 직전, 조명희는 그의 가족과 함께 성공회 교회에서 세례를 받는다. 그리고 며칠 후 모친에게 하직 인사를 한 그는, 가족들에게조차 행방을 알리지 않은 채 돌연 종적을 감춘다. 그 후 가족들에게 온 단 한 통의 안부 편지로 그의 망명이 구체적으로 확인된다. 그의 망명, 활발히 창작활동을 (하던) 그가 왜 어떤 경로를 통해 갑자가 러시아로 망명하게 되었는지에 대해 정확히 밝혀진 것은 아직까지 아무것도 없다. 다만 포석과 김우진과의 매우 긴밀한 교류로 미루어 볼 때, 1925~6년 무렵 김우진이 구상한 바 있는 러시아 망명이 조명희의 망명 결정에 하나의 동기가 되었을 것으로 짐작해 볼 수 있다. 또한, 일본 경찰의 박해와 추궁이 심해지면서 체포와 투옥의 위기에 놓이게 되자, 조명희는 신변의 위험에서 벗어나기 위해, 그리고 당대의 사회주의 운동가들이 러시아에서 경험과 역량을 축적한 후 귀국하여 운동을 펼쳐나갔던 것처럼 그가 지향하던 사회주의 사회의 실체를 체험하기 위해 망명한 것으로 짐작될 따름이다.[5]

---

3 김기진, 「時感 二篇」, 『조선지광』, 1927. 8, 11쪽.
4 정덕준, 「포석 조명희의 생애와 문학」, 『조명희』, 새미, 1999, 19쪽.
5 정덕준, 위의 책, 15~16쪽.

지금까지의 조명희 연구를 총 정리한 것으로 보이는 이 논문에 의하면 그의 망명에 대해 1) 시대일보에서 같이 기자 생활을 하며 절친했던, 그러나 1926년 현해탄에서 윤심덕과 함께 생을 마감했던 김우진의 영향 2) 일제의 박해, 체포와 투옥을 피해서 3) 사회주의 사상의 구현을 위해서, 이렇게 세 가지 정도로 추론하고 있음을 볼 수 있다.

조명희가 김수산의 죽음을 애도하며 "무던히 친구의 복이 없는 사람"이라고 한탄하면서 1주기를 맞아 쓴 글에 다음과 같은 내용이 있다.

> 그는 러시아 같은 데로 나가서 이때껏 하여 오던 마음에 맞지 않던 자기의 생활을 바로 잡기도 하고 또는 하여 오던 방면의 연구도 더하여 볼 작정이었다. ─그가 그때에 바로 북행을 하였을 것이지만 길 소개 기타 사정관계로 말미암아 먼저 몇 달 동안은 동경 같은 데 가서 어학준비를 하고 있었다. 적어도 그해 9월 안으로는 북행을 할 작정이었다.[6]

조명희를 "처음으로 이 세상에서 발견한 친구"로 생각했던 김우진이 '먼저 자기의 생활을 고통 속으로부터 건져내어놓자'며 북행을 생각했다면 그것은 더한 고통 속에 있었던 조명희의 뜻일 수도 있을 법하다. 그런 면에서 망명은 조명희에게 김우진 식의 죽음보다는 차라리 현실적 선택이었을지도 모른다.

북한의 한 연구자는 조명희의 소련행이 어떤 우연한 충동이나 막연한 환상에 의거한 것이 아니라 "사회주의에 대한 열렬한 이상과 그의 실현을 위한 확신성과 떼어서는 생각할 수 없다."[7]고 해석하고 있다. 또, 북

---

6 조명희, 「김수산군을 懷함」, 『조선지광』, 1927. 9. (맞춤법은 현행어법으로 고쳤음─필자)
7 리상태, 「조명희의 창작과정과 그 특성에 대하여」, 『현대작가론1』, 조선작가동맹출판사, 1961, 44쪽.

한에서 나온 단편소설집 『낙동강』 해제에는 "사회주의 10월 혁명 현실
에 대한 동경심을 가지고 세계에서 첫 사회주의 국가로 출현한 쏘련으
로 들어갔다."[8]고 설명하고 있다. 한편, 북한에서 1996년에 제작된 다부
작 예술영화 〈민족과 운명〉의 '카프 작가 편'[9]에서 보면 그의 소련행의
동기를 일제에 의해 동경 카프 지부가 강제 해산당하자 뜻을 세울 넓은
땅을 찾아 떠나는 것으로 설정하고 있다. 이 영화는 조명희의 『만주 빨
치산』[10]을 통해서 〈김일성 장군의 노래〉를 지은 '혁명시인' 이찬이 만
주 항일유격대 김일성 장군을 찾으러 가게 된다는 설정으로 북한 문학
에서 가장 중요한 만주 항일문학과 김일성을 연결하는 접점에서 그 계
기를 포석을 통해 부여하고 있다. 조명희의 처남이기도 하고 후에 조명
희 탄생 65주년을 맞이하여 소련 조명희 문학유산위원회에서 편찬한

---

8 「락동강」, 『현대조선문학선집』 11, 문예출판사, 1991, 8쪽.

9 김정일의 지시로 1992년에 북한의 조선예술 영화촬영소에서 제작하기 시작한 다부작
　예술영화 〈민족과 운명〉의 한 시리즈인 '카프작가 편'은 혁명시인 이찬을 주인공으로
　하여 동경 카프 지부의 문인들이 대거 등장, 그들의 삶과 사랑과 문학과 투쟁을 극적으
　로 그리고 있는 대하드라마이다. 배경은 1930년대 동경과 서울, 그리고 6·25 전쟁 중
　의 서울과 평양이고, 제34편부터 제42편까지 9부로 되어 있다.

10 1930년대 중국 동북 지방에서 조선 인민의 생명과 행복과 자유를 위하여 싸우던 조선
　애국자들의 투쟁 모습을 묘사한 '서사시적 화폭'(*이기영, 「포석 조명희에 대하여」의
　표현임. 황동민의 글에는 이기영이나 한설야가 조명희에 대해 쓴 표현이 그대로 쓰였
　고, 북한에서 연구된 리상태 등 포석에 대한 글에서는 황동민의 표현이 그대로 인용되
　는 식이다.)인 장편소설로 소설의 주인공은 조선 인민의 전설적 영웅 김일성 장군과
　그의 영도하에서 조국의 자유와 독립을 위하여 싸우는 항일유격대의 혁명적 투사들이
　다. 1937년 봄부터 시작 8월경에 장편소설의 기본 부분(원고용지로 2,000매 정도)을 완
　성하고 에필로그만 쓰면 될 때 1937년 9월에 '뜻하지 않은 사정'(*포석의 체포)으로
　미완으로 남겨진 채 원고까지 분실되었다. 미발표소설 「붉은 깃발 아래에서」 또한 첫
　작품집에 수록하기 위해 원동국립출판사에 보냈으나 분실된다.(『선집』, 14쪽 참조. (*)
　표시는 필자의 부연설명임.)

『포석 조명희 선집』을 주도한 황동민은 "일제 경찰의 모진 박해와 추궁을 받게 되어, 체포와 투옥이 신변을 위협하게 되자 1928년 7월 항상 열렬히 사랑하였으며 지지하여 온 소련으로 망명"[11]하게 되었다고 밝히고 있다. 북한 쪽의 견해는 앞의 2), 3)과 같은 범주에 속하는데 이런 견해들은 모두 작품 외적인 요소들을 토대로 한 상식적인 추론의 영역에서 크게 벗어나 있지 못하다. 포석의 망명에 대해 이상의 세 가지 추론과 조금 방향을 달리 해서 내면의 요인에 가능성을 제기한 다음과 같은 견해도 있다.

> 포석의 망명 행위에 개인적인 생활 문제나 심리적 요인이 전혀 개입되지 않았다고 할 수는 없겠지만, 그보다는 당시 조선 사회의 기층 단위인 가정이 파괴되는 것을 직접 체험하고 목격할 수밖에 없었던 그가 그것을 다시 민족적 단위의 절박한 생체험으로 해석하여 마침내 그 극복태로서 사회주의 이념을 선택한 결과로 해석된다.[12]

이 논문에서는 개인적인 문제와 심리적 요인의 가능성을 조심스럽게 언급하고 있지만 결국에는 민족과 이념의 문제에 초점을 맞추고 있음을 볼 수 있다. 물론 민족과 이념이라는 대승적 명제가 가장 중요하게 작용했음은 당연한 사실이겠지만 그런 대단한 결심을 촉발케 했던 내적 심리적 요인을 작품 안에서 구명해 볼 수는 없을까. 그런 시각에서 본고는 작품 안에서 그 내적인 요소를 찾아보고자 한다.

---

11 『선집』, 11쪽.
12 이강옥, 「조명희의 작품 세계와 그 변모과정」, 김윤식 · 정호웅 편, 『한국근대리얼리즘 작가연구』, 문학과지성사, 1988, 210쪽.

2. 망명 전후의 주변 풍경

조명희는 1894년 충북 진천군 진천면 벽암리에서 태어났고, 호를 포석(抱石, 包石), 노적(蘆笛, 갈대잎을 말아서 만든 피리, 갈피리라는 뜻), 목성(木星) 등으로 썼는데 전반기에는 호를 노적으로, 1923년 후반기부터 포석이란 필명을 사용했다.[13] 집안은 대대로 양반 가문으로 권력과 부를 누렸으나 포석의 유년 시절 불과 10여 년 사이에 몰락의 길로 접어들어 서울중앙고보에 다닐 때는 북경사관학교에 가겠다고 여비도 없이 가출했다가 중형에게 평양 부근에서 잡혀 고향으로 돌아오기도 했다. 다시 동경 유학을 계획하며 여비 마련을 위해 고생하지만 결국 친구의 도움으로 겨우 1919년 겨울 동경 소재 동양대학 인도철학부 윤리학과에 적을 두게 된다. 이때도 역시 학비문제와 생활난으로 시달리게 되는데 이러한 궁핍한 생활은 동경 유학생활 5년 이후 귀국해서 망명할 때까지도 내내 그를 괴롭히게 된다.[14] 물론 그 사이에 포석은 1907년 13세의

---

13 단편소설집 『낙동강』 해제에서도 "그는 1925년 2월 조선문단에 「땅 속으로」를 발표하면서 필명을 좀 전의 '로적'(갈피리라는 뜻)으로부터 '포석'(돌을 안는다는 뜻)으로 고쳤는데 이것만 보아도 그의 창작세계에서 일어난 정신적 변화의 진보적 측면을 알 수 있다."(5쪽)고 밝히고 있다. 그런데 조명희의 호가 어느 책에는 '노적(蘆笛)'으로, 어느 논문에는 '적노(笛蘆)'로 되어 있어 매우 혼란스럽다. 심지어는 조명희의 작가론 총서로 한데 묶여진 여러 논문에서도 제각각이다. 이는 조명희에 대한 연구가 본격화되었을 때 많은 연구자들이 거의 전적으로 의존했던 황동민이 편한 『선집』 해제인 「작가 조명희」에 '적노'로 되어 있어(7쪽) 그대로 따랐던 탓으로 보인다. 본고에서는 같이 활동하면서 고락을 같이 했던 이기영의 기록(「포석 조명희에 대하여」, 같은 책, 526쪽)이 전후 문맥으로 보아 신빙성이 있다고 생각되어 '노적'으로 분명히 한다. 포석의 글에 갈대가 나오는 대목이 두어 군데 있음도 아울러 참고했다.

14 조명희의 수필 「생활 기록의 단편─문예에 뜻을 두던 때부터」(『조선지광』, 1927. 3)에 그의 문학적 편력이 어린 시절 신구 소설을 탐독하던 시절부터 동경 시절, 서울로 나

어린 나이에 네 살 위의 여흥 민씨와 결혼했는데 워낙 빈궁한 생활로 부부간의 애틋함은 거의 없었던 것 같다.[15] 1928년 소련 망명 3년 후 연해주 흑룡강 상류에 있는 한인촌 뿌질릅까 마을에 정착하여 교편을 잡으면서 1931년 황명희(해삼위에서 강습했음)와 재혼한 후에 비로소 가정의 행복을 얻게 된다.[16] 포석은 하바롭스크에서 한인신문 『선봉』의 주필로 일하다가 1937년 9월 스탈린의 탄압정책과 연결되어 일본을 위한 간첩 행위를 하는 자들에게 협력한 죄로 체포된 후 이듬해 1938년 5월 11일 처형된다.[17]

조명희의 창작활동은 동경 유학 시절에 시작된다. 유학 초기에는 주로 시 창작에 몰두하다가 생활난으로 1923년 봄에 귀국하면서 자신의

온 뒤로 나뉘어 상세하게 나타나 있다.

15 앞으로 논의해 나갈 부분이지만 자전적 작품들이나 조명희의 조카 조벽암의 글(「나의 수업시대」, 『동아일보』, 1937. 8. 19~8. 21)에서 그들의 각박한 삶을 볼 수 있다. 이미 결혼한 사람으로서 연애에 대해서도 "연애라고는 말만 듣던 이십이 훨씬 넘은 사람이 뒤늦게 이웃집 어느 일본 처녀-얼굴이 붉어지고 가슴이 두근거려 본 일도 처음 당하여 보던 일"(조명희, 「늣겨 본 일 몃 가지」, 『개벽』, 1926. 6)이라고 할 정도이다.

16 황명희는 처음에는 조명희에게 아내가 있고 아이들이 있는 것을 알고 혼삿말을 거절했다. 그러나 조명희가 해삼위까지 그녀를 찾아가고 일제의 박해가 싫어 조선에는 가지 않겠다고 하여 결국 결혼했다고 한다. 조명희가 머물고 가르쳤던 륙성촌 소학교 제자 최 예까쩨리나 미하일롭나(우리식 이름 최금순)의 회고나 조명희의 딸 조 왈렌찌나(우리식 이름 조선아)의 이야기를 헬싱키 국립대 고송무 교수가 취재한 내용에 의하면 그렇게 추론된다.(고송무 지음, 유네스코 한국위원회 엮음, 『쏘련의 한인들 고려사람』, 이론과실천, 1990)

17 1956년 포석은 흐루시초프의 해빙정책으로 복권되고, 1989년에 사형당한 구체적인 날짜와 장소를 알게 되었다. 사망 연도가 일부 논문에서는 수정되었지만 여전히 1942년 2월로 되어 있는 경우가 더 많다. 그 이유는 주 13)의 경우처럼 『선집』에서 "1942년 2월 20일 그 재능과 창작적 의욕이 한창 개화되던 때에 세상을 떠났다."(13쪽)고 되어 있어서 이를 그대로 따른 탓으로 보인다. 한편 출생년도가 1894년, 1892년, 1895년 등으로 분분한 데 대해서는 여러 논문에서 지적하고 있다.

'마음의 역사'인 시들을 모아 '노적'이란 필명으로 첫 시집 『봄 잔디밭 위에』(춘추각, 1924. 6)를 내게 된다. 조명희는 생활을 넘어서는 영혼의 세계에서 방황하다가 '관념의 성'이 무너지면서 '타고르'의 경지와 같은 위대한 영혼의 추구와 배고픈 육신의 고통 사이에서 고민하다가, '타고르 류의 신낭만주의'와 '고리키 류의 사실주의' 사이에서 '고리키 류의 사실주의', 즉 사회주의적 사실주의를 택하게 된다. 이 과정에서 그에게 현실의 준엄함을 깨우친 것이 바로 배고픔[18]이다. 그리고 "모순과 투쟁으로 충만된 복잡한 생활 화폭을 표현하기에는 시 형식이 협착함을 느끼고 운문에서 산문으로 이행"[19]한 후에 '사실주의다. 현실에 부닥치자. 뚫고 나가자.' '현실을 해부하고 비판하여 체험과 지식 우에 사상의 기초를 쌓자.'고 다짐하며 초기 프로문학의 기반을 다지는 작품들을 발표하는 것이다. 1925년 발표한 처녀작 「땅 속으로」를 비롯한 「R군에게」, 「저기압」 등은 모두 자전적 작품이다. 이렇게 시작하여 1928년 망명하기 전까지 13편의 소설을 남기는데 「농촌 사람들」, 「새 거지」, 「춘선이」, 「마음을 갈아먹는 사람」은 농민들의 곤궁한 극빈의 삶이 떠남, 유리걸식으로 이어지는 사정을 그렸고, 그들이 도시로 흘러와 걸인이 되는 「한여름밤」과 이런 비참한 현실을 타개하기 위해서 사회주의 이념과 계급투쟁을 강조한 「아들의 마음」, 「낙동강」, 「동지」 등으로 이어진다. 「땅 속으로」, 「저기압」 등 자전적 작품들과 함께 이들 작품들에서 포석이 어딘가로 떠날 수밖에 없었던 정황 혹은 내면의 세계를 엿볼

---

18 "위대한 영혼 앞에 요따위 조그마한 육신의 고통이란 것이 다 무엇이냐?" 그러나 '요것'이란 것이 꽤 맹랑치가 않다. 갈수록 육신을 치기커녕 영혼이란 놈을 뒤범벅을 만들어 놓는다. (「생활 기록의 단편」, 『선집』, 260쪽)
19 황동민, 앞의 글, 10쪽.

수 있다.

물론 이 당시는 "극도로 불안해 가는 조선 현실 속에서, 아름다운 꿈의 문학만으로는 만족할 수 없었"고, 회의와 불안이 날로 커간 데다 글을 쓰는 것도 무의미한 것 같았으며 답답하고 피로한 신경을 좀 힘있게 해 줄 수 있는 무엇이 필요했었던 때였다. 그 무엇을 "제정 시대 노국문학에서 찾아보려고"[20] 했었던 그런 상황에서 카프문학이 나오게 되었지만 이 시기에 이광수, 염상섭이나 이기영[21]을 비롯한 많은 작가들이 러시아문학의 지대한 영향을 받았음은 잘 알려진 사실이다. 이런 저간의 사정 속에서 가까웠던 문인들이나 가족들의 기록을 통해서 당시의 사정을 짐작해 보면 포석의 망명은 아주 가까운 사람에게조차 알리지 않은 채 매우 비밀스럽게 이루어졌음을 알 수 있다.

당시 친하게 어울렸던 한설야의 회고에 의하면 조명희가 보이지 않아서 그냥 공장 취업이나 고향으로 간 것으로 생각했다는 것이다.

> 나는 단편 「과도기」와 「씨름」에 대한 구상을 하기 시작하였고 고향에 눌러 있으면서 인민 항쟁의 기세찬 파문 속에서 이 작품들을 탈고하였다. 그래서 현지 동무들의 의견을 들은 후 서울에 올라가 조명희 동무를 비롯한 그룹쇼크 동무들과 먼저 토론해 보려고 하였으나 그때는 조명희 동무가 서울에 있지 않았다. 그래서 나는 조명희 동무도 역시 다른 작가들 모양으로 어느 공장 지대나 그렇지 않으면 고향으로 간 것이나 아닌가 생각하였다. 그러다가 얼마 뒤에 그가 조국을 탈출하여 소련으로 간 것을 알게 되었으나 때가 때이라 이 말은 절대 비밀에 붙여 두었다. 그의 가족들이 박해받을 것

---

20 박영희, 「초창기의 문단 측면사」, 「현대문학」 제56호, 1959. 8.
　임규찬, 한기형 편, 「카프 시대의 회고와 문학사」, 태학사, 1990, 347쪽.
21 "참으로 쏘비에트 문학은 나의 인생관과 세계관을 확 바꿔놓게 하였다."(이기영, 「이상과 노력」, 정호웅 편, 「이기영」, 새미, 1995, 297쪽)

을 생각했기 때문이다.[22]

이렇게 가까운 친지도 눈치 채지 못할 정도로, 또 주 5) 인용문의 밑줄 친 부분에서 보듯이 "가족들에게조차 행방을 알리지 않은 채 돌연 종적을 감춘"것도 그의 망명이 가족들에게 미칠 위험을 방지하기 위한 깊은 배려라고 할 수 있겠다. 그러나 그 후 가족들에게 단지 안부 편지를 보내는 식으로 그의 망명을 통보한 것이라면 가족에 대한 사랑이나 도리와는 거리가 멀다는 생각이다. 조명희가 망명한 소련에서의 삶은 다음과 같다.

> 창작열에 불타는 조명희는 쏘련에 입국한 후 창작 사업에 전력을 기울이려고 하였다. 우선 그는 이때껏 자기뿐만 아니라 다른 조선 프로레타리아 작가들도 손을 대지 않은 예술적 장르 즉 장편을 계획하였다. 그리하여 그는 쏘련에 발을 들여놓은 직후―1928년 9월에 장편소설 『붉은 깃발 아래에서』를 탈고하였다. 이것이 곧 조명희가 쏘련에 와서 쓴 첫 작품이며 또 그와 동시에 조선 프로레타리아 문학사에 있어서 첫 장편이었다. 그러나 극히 유감스러운 것은 이 소설이 햇빛을 보지 못하고 사라져버린 것이다. (…중략…) 이로 말미암아 조명희는 자기의 장편을 발표하지 못하고 당분간 교편을 잡는 수밖에 없었다.[23]

조명희는 소련에 간 직후 식민지 조선의 비참함을 그린 산문시 「짓밟힌 고려」(1928. 10)를 발표하여 조국을 떠나 살던 동포들에게 깊은 감동을 주지만, 소설은 출판을 맡았던 조선인 문화기관에서 10여 년을 불성

---

22 한설야, 「정열의 시인 조명희」, 『선집』, 548~549쪽.
23 황동민, 「해제」, 앞의 책, 11~12쪽.

실하게 다루다가 끝내 잃어버렸다. 교편을 잡는 동안 재혼을 하게 된 조명희는 시인으로 활동하였다. 특히 연해주 한인신문 『선봉』에 작품을 많이 발표하면서 초창기 러시아 한인문학의 기반을 다지는 데 기여함으로써 그야말로 러시아 한인문학의 '선봉'에 서게 된다.

조명희 선생은 자기 식솔도 없이 동무의 집에 혼자 살며 ─이 산기슭을 돌아다니며 시를 지었다. ─우리 소학교 학생들이 하학시간에 학교마당에 나가 보면 조명희 선생은 혼자서 학교마당을 거털있게 걸어다니며 무슨 생각을 하였다. 진회색 양복을 아주 멋있게 입고 몸 맵씨는 행행하며 다리는 꼿꼿해 발을 활발하게 내디디며 장수처럼 늘 걸었다. 그는 조선에서 들어온 지 얼마 아니되어 국제 프롤레타리아 혁명가 위원회에서 양복을 탔다. 그는 혼자서 시를 지었으며 누구도 그를 방해하지 않았다. 우리 어린이들은 그를 보고 어디서 저렇게 모범있는 사람이 왔는가 하고 생각하였다. 1931년에 그는 우리 반에서 문학을 가르쳐 주었다. 문학 시간에 그는 아주 평범하며 또 침착스럽게 수업을 시작하였다. 우리는 그에게서 존경심과 친숙감을 느꼈다. (…중략…) 그는 여러 큰 도시에서 일할 수 있다는 것을 다 거절하고 먼 촌으로 가서 농민들이 어떻게 집단화를 하는가를 알아보려 하였다. 그는 륙성촌으로 1929년 가을에 왔다. 륙성촌 생활이 매우 유쾌하며 자유스러웠고 행복하였다.[24]

회고담 특유의 미화된 부분을 어느 정도 감안하더라도, 또 제3자의 눈에 비친 풍경이지만 적어도 소련에서의 조명희는 서울의 힘겨웠던 생활과 달리 평화스러웠던 것으로 보인다.

소련에서의 조명희를 기억하는 글[25]에 의하면 그는 배를 타고 흑룡강을 건너며 "이것이 바로 신선 놀음"이라고 흡족해하고, 기가 막힌 조선

---

24 고송무, 앞의 책, 174~175쪽.
25 강태수, 앞의 글, 『선집』, 554~556쪽.

이야기를 하면서 '지금 자신의 만족한 생활을 말씀' 하기도 하고, '이와 같은 훌륭한 환경에 살면서 아직도 내 마음에 드는 작품을 하나도 쓰지 못한 건 도무지 용서하지 못할 일'이라고도 했다. 도무지 조선 땅에 있을 때는 볼 수 없었던 밝은 표현들이다.

3. 소설에 나타난 내면 풍경

1) 가난과 포석—궁핍의 극한 상황

그다지 도수가 지나도록 배가 고프지 아니할 때는 길에 나서면 그래도 무슨 시상도 나고 사색도 일어나고 하더니 <u>그 고비를 지내고 나면 이것도 저것도 없다. 길에 널린 것이 모두 다 먹을 것으로만 보인다. 돌덩이고 나무쪼각 같은 것이 무슨 떡 조각이나 면보 조각으로 보인다.</u> (…중략…) 어떤 때는 하루에 한 끼쯤 먹거나 말거나 하고 3~4일 계속하는 기근기가 닥쳐올 때에는 친구고 무엇이고 사람이라면 귀치않은 생각이 나서 취운정이나 삼청동 같은 나무그늘 좋고 잔디밭 있는 곳으로 찾아가서 <u>낮으로부터 밤까지 혼자 구부리고 앉아 쑥 들어간 검은 눈을 끄덕끄덕하고 지낼 때도 있었다.</u> (30~31쪽)

처녀작 「땅 속으로」의 한 부분이다. 소설은 주인공이 구걸보다는 차라리 강도가 낫다고 생각하여 더 이상 견딜 수 없어 강도로 나섰다가 순사에게 잡히는데 그게 고약한 꿈이었다며 별다른 결말이나 다른 장치 없이 그냥 끝나버린다. 「마음을 갈아먹는 사람」, 「새 거지」에서도 꿈은 주인공의 의식의 한 반영으로 원용될 뿐 어떤 긍정적 모색의 차원으로 발전되지 못한다. 이렇게 조명희 소설에서는 현실의 고통을 해결할 구체적인 방법을 모색하기보다 억눌려진 상태에서 꿈으로 어떤 탈출구를 찾는 듯하다가 그냥 그대로 허무하게 마무리 짓는 경우가 많다. 「낙동 강」 정도가 예외로, 대부분의 단편소설들은 이야기의 통일성, 필연성이 나 소설적 긴장감 같은 것이 끝까지 유지되기가 어렵고 주인공의 행동 에 대한 어떤 전망이나 비전을 찾기도 힘들게 되어 있다.

민촌 이기영은 포석을 통해 카프에 가입도 하고 문단에 등단하기도 했을 정도로 절친했다. 그들은 "한집에서 방을 갈라 가지고 살림할 정 도"[26]였는데 '그야말로 태양이 없는 집'이었다고 한다. 포석이 실과 행 상을 하려고 계획하던 것도 그때였었고 어설프게 팥죽 장사를 시작했다 가 팔리지 않아 그 어두컴컴한 부뚜막에서 주린 가족들이 모여 '상품' 을 먹어 버린 것도 이 시절의 일이다. 그는 그때 "궁지의 절정에 있었던 것"으로 한설야는 회고[27]하고 있다.

> 이때 우리들 중에서 생활상의 위험을 제일 많이 받은 사람은 아마 조명희 동무였을 것이다. 그에게는 남달리 많은 가족이 있었고 그 부양능력은 오로 지 조명희 동무 한 사람에게 있을 뿐이었다. 그런데 또 엎친 데 덮치기로 언 제나 일제 경찰과 또는 그들로 하여 빚어지는 갖은 박해와 파탄이 잊을 날 이 없이 조여들었다. 조명희 동무는 언제나 어떤 고달픈 수난 속에서 자기 의 창작 사업을 꾸준히 계속하였다.[28]

조명희는 문학을 하겠다는 조카 조벽암에게 "아서라 문학은 밥을 굶 는다, 더욱이 조선서는" "하고 싶은 것을 못하는 것도 어려운 일이지마

---

26 조벽암은 "한집 아래 웃방을 얻어 한 방씩 나누어 살림"한 것이라 한다. 앞의 글, 「동 아일보」, 1937. 8. 21.
27 한설야, 「포석과 민촌과 나」, 「중앙」 28호, 1936. 2.
28 한설야, 「정열의 시인 조명희」, 「선집」, 540~541쪽.

는 밥을 굶는 것도 어려운 일이니까” 하며 “굵은 눈물방울을 덤벙 볼을 싯처”[29] 흘릴 정도로 극도의 빈곤에 시달렸고 지옥 같은 생활에서 아귀 같은 가족에게 혐오감과 환멸을 감추지 않았다.

이렇게 포석의 생활과 소설에서 궁핍의 문제는 아무리 강조해도 지나치지 않을 만큼 특징적인데 사실 이런 현상이 포석에게만 국한되었던 것은 아니다. 주지하다시피 일본의 식민지 지배는 1910년대 토지조사사업에 의한 토지 수탈, 1920년대 산미증식계획에 의한 쌀의 수탈, 1930년대부터 해방까지 전쟁하에서의 지하자원 수탈 등의 방식으로 한국의 부를 박탈해갔다. 주로 농촌이 그 배경이 되는 궁핍함의 양상은 상상을 초월한 극심한 것이었다. 이로부터 고향을 떠날 수밖에 없는 극도의 궁핍함으로 인한 ‘고향 떠남’, 즉 실향의 양상이 소설의 주요 소재, 주제로 나타나게 된다. 고향을 떠난 농민들의 유랑의 삶은 실제로 작품에서 “고향을 떠나 도시로 흘러 들어가 요행히 공장 노동자가 되거나 아니면 날품팔이 육체 노동자 혹은 토막민으로 전락, 심하면 유리걸식하는 도시 빈민들, 혹은 남부여대하고 다른 나라로 떠나는 것”[30]으로 나타난다. 「농촌 사람들」, 「춘선이」, 「마음을 갈아먹는 사람」, 「새 거지」, 「한여름밤」, 「아들의 마음」 등의 주인공들은 대개 이 범주에서 벗어나 있지 않다.

말하자면 포석 소설은 당대 우리 소설의 중요한 일반적 양상을 그리고 있다. 문제는 그런 소설들에 그려진 아내의 형상화가 두드러지게 부정적이고 일그러져 있다는 점이다.

---

29 조벽암, 앞의 글, 「동아일보」, 1937. 8. 20.
30 졸저, 「실향소설연구」, 한샘, 1989. 11쪽.

2) 부정적 아내상

가난으로 인한 가족들의 생계나 병든 가족들의 약을 얻기 위해 아내로 대표되는 여성들이 매춘을 하는 것은 당시 소설에서 드물지 않게 나타나는 현상이었다. 이는 '매춘열녀(賣春烈女)'[31]라는 모순된 의미를 함유하고 있는데, 대개는 열녀라는 의미에 맞게 가족을 위한 희생과 헌신의 전통적 모습을 띠고 있다. 그러나 포석의 이런 유형의 소설에 그려진 아내들은 헌신과 희생보다는 주로 허영과 배신으로 남편을 버리는 결말 구조를 보여준다. 남편들도 아내에 대한 애착이 별로 없는 듯(있어도 결과는 마찬가지다.) 악다구니의 대상인 아내와 별 미련 없이 헤어지는 식으로 그려져 있다.

「R군에게」는 감옥에서 동지이자 친구인 R에게 보내는 편지글인데 결혼 전에 아내가 화자를 사랑한 나머지 음독자살까지 시도하였다 살아난 후 결혼하게 되었다는 사연 끝에 "나는 이 찐덥지 못한 새 사랑을 얻어 가지고 조선도 있기가 싫기에 그만 동경으로 건너가" 버린다. 그 후 동경에서 "새로운 생활의 진리의 길을 나가는 것처럼 감격과 정열에 넘치"게 되지만 동지들에 대한 환멸이 생기고 그 과정에서 이해해주지 못하는 아내에 대해서 '실상은 아무것도 모르는 숙맥'으로 '미운 생각'이 들게 된다. 그래서 어머니든 마누라든 "제발 좀, 빌어먹더라도 시골 내려가 그들의 꼴이 내 앞에 보이지 아니하였으면 좋겠네."(162쪽)라고 토로하고 있다.

이 작품은 별 필연성도 없이 아내가 첫사랑의 남자와의 사이에서 아

---

31 가족의 생계나 남편의 병구완을 위해 성을 상품화하는 경우 가족의 생존이 도덕 윤리보다 우위에 놓임으로써 '매춘열녀' 라는 모순된 의미의 말을 낳는다.(졸저, 앞의 책, 220쪽)

이까지 갖게 되고 결국 남편인 그를 떠난다는 내용으로, 아내의 배신에 대한 주인공의 태도에도 허탈감은 보일지언정 애착이나 연연해하는 모습은 보이지 않는다.

「농촌사람들」에서도 "일 잘하고, 부지런하고, 착하고, 규모 있고, 말썽 없고, 맘씨까지 바르다고 일컫던" 원보가 "나무 장사해서 돈량을 모으고, 그 돈으로 송아지필이나 사고, 그것이 또 늘어서 밭때기를 사게 되고, 또는 남의 땅일망정 논농사도 착실히 지으며 나이 젊고 곱게 생긴 안해와 늙은 어머니와 안팎이 다 한가지로 부지런하여 재미가 오붓하게 살아나가므로 그의 친구들도 부러워할"(200쪽) 정도였다가 완전히 불량한 사람이 된 가장 큰 이유는 그가 감옥에 가 있을 때 아내로부터 배신을 당했기 때문이다. 그 배신에 대해서도 '아니꼽지만 이혼을 쾌히 승낙' 해 주는 식이다.

> 믿고 있었던 저의 안해에게 이혼 소송을 당한 것이다. 그것은 그 안해라는 사람이 그이 위풍과 세도를 흠모함이었는지 원보와 척이 진 김참봉 아들과 배가 맞아서 그렇게 된 것이다. 이것은 그 뒤에 저의 어머니가 면회 와서 알게 된 일이지마는 어쨌든 그 때에 그 일을 당한 원보는 마음에 도리어 아니꼬운 생각이 나서 그리하였던지 재판정에 불려 가서 그 안해의 리혼 청구를 쾌히 승낙하여 주었었다.(202쪽)

「R군에게」에 나오는 아내나 「농촌사람들」에 나오는 원보 아내는 남편과 가족에게 헌신적이고 희생적인, 전통적이고 일반적인 아내의 모습이 아니다. 「마음을 갈아먹는 사람」에서 역시 아내의 매춘이 처음에는 죽어 가는 딸아이를 살리고 배고픔을 못 이겨 남편의 허락을 받은 상태에서 시작한다는 점에서는 1920년대 매춘열녀 유형의 소설과 비슷하지만 매춘열녀 유형의 소설이 남편과 가족을 살리는 것으로 끝나는 데 비해, 주인공 삼득이는 '계집 잃은 사람'이 되어 "한강철교 수선공사 모군군 가운데 중대가리로 남루한 옷을 입은" 채 끼어 있음으로써 결국 아내에게 버림받는다는 점에서 조명희 소설의 아내 유형과 동일하다.

「이쁜이와 룡이」에서도 이쁜이는 결혼한 몸이지만 처녀 적부터 마음을 준 자기 집 머슴인 룡이와 야반도주할 정도로 둘의 사랑이 깊었다. 하지만 서울로 도망 와서 살면서 가난한 살림 때문에 그만 마음이 떠나게 된다. 결국 룡이는 노동운동을 주도하다가 감옥으로 가고 이쁜이는 돈 많은 남자에게 간다는 결말로, 여자가 단순히 가난 때문에 남편을 배신하는 차원이 아니라 돈을 따라 움직이는 허영기가 많은 여자로 그려지고 있다. 여기서 이쁜이의 변모에 어떤 동기가 부여되기보다는 작가의 의도된 설정에 따라 그려지는 식이니 말하자면 작가의 아내관 혹은 여성관의 부정적인 발로라고 생각된다.

가족에 대한 시각도 별로 정겹지 않은데 「저기압」에서는 노골적으로 혐오스러워 하는 대목이 나온다.

> (저 몹쓸 아귀들, 내 육신과 정신을 뜯어먹는 이 아귀들) 하며 염오증이 왈칵 나던 생각이 다시 난다. "아— 인제 그 꼴을 보기도 참 싫다. 그 시덥지 않은 생활을 되풀이하기도 참 멀미난다!"(234쪽)

물론 주인공은 가장으로서 '어머니의 한숨, 녀편네의 눈물, 아이들의 짜증'을 생각하면서도 "내 가슴속이 얼마나 튼튼한가 좀 시험"해 보는 오기도 부려보다가 조그만 월급으로 가족들이 즐거워하는 걸 보며 "갑자기 나는 멜랑콜리한 기분에 싸여 갑갑한 가슴을 안고 밖으로 뛰여"(236쪽) 나오는 여린 심성도 가지고 있다. 「땅 속으로」에서도 가족들이 애처로이 누운 모양을 보며 '어두운 가슴속에 굵은 비방울이 떨어지는' 걸 느끼기도 한다. 그러나 그보다는 훨씬 더 많은 부분에서 가족에 대한 혐오를 보이고 있다. 동경 유학에서 돌아와 오랜만에 만나게 되는 아내에 대해서 노골적으로 싫어하는 대목들이 수시로 등장하는데 '무슨 원수나 대적을 하는 셈' '세상에 참 망할 악연, 고약한 운명' 같은 식이다.

포석의 사람됨을 보면 그 생김이 심중하여 말이 적고 늘 우울하였으며 행동 또한 둔하였다. 다작하지 않았고 또 기교도 극히 없으나 꾸밈이 없는 대신 솔직하고 침착하고 사려 깊으며, '후배를 키우며 고무하는 선배'로서 '다심한 길나잡이' 역할을 했다. '아무리 급박한 경우를 만난다 하더라도 언제나 태고인하도록 유장하고 여유 있'어서 그만 보면 자연 맘이 훈훈해지면서 일이 제치고 나갈 구멍이 내다보이곤 하였다고 한다. 그래서 '부드럽고도 강한 문학상의 전략 전술'을 통해 '보다 많이 부르주아 출판물들에 등장'시켜 문화말살정책과 살인적인 검열제도 아래에서 어느 정도 살려 갈 수 있었다[32]고 한다. 여기서 다작하지 않았다는 것은 원고료 수입과 연결되어 그만큼 생활 대책이 힘들었다는 의미일 수 있고, 아무리 급박한 경우에도 여유가 있었다는 점은 가정에서는 속 답답한 구석이 많았을 수 있다. "드러누워 오느냐 가느냐는 말도 없이 오전불타같이 함구불언으로 책만 보고" "그만치 어려우면서도 원고를 들고 가서 팔려하지도 않고 뉘게 가서 돈 한 푼 꾸어달라는 법도 없"었던 그의 모습이 오버랩된다. 말하자면 문학과 사회생활은 바람직하게 운용하는데 가정생활은 혐오스러울 정도였다면 그러한 차이에서 오는 갈등이 대단했으리라 쉽게 짐작된다.

---

32 조명희 성격에 대한 이 부분은 박영희, 한설야, 조벽암의 앞의 글들을 참고했다.

지금까지 살펴본 바, 조명희는 가정에 대한 애정은 별로 크지 않았지만 그렇다고 가족들을 내팽개칠 정도로 무책임하지는 않았던 것 같다. 그러나 찌들 대로 찌든 가난을 극복하지 못하고 시대·사회에 대한 환멸과 절망을 이겨내기 위해 어떤 돌파구가 필요했는데, 그 대상이 당시 빠져든 이념의 종주국인 소련이었던 것이다. 가난한 삶이 그토록 극빈의 절망을 주지 않았다면 책임감이나 가족애를 외면하지는 않았을지도 모른다. 그러나 가족에 대한 사랑이 그 모든 것을 감싸고 포석에게 이상과 희생을 감수하면서까지 이 땅에서 살아가게 할 정도로 크지는 않았던 것으로 판단된다.

3) 환멸과 떠남

조명희는 3·1 독립운동에 참여했다가 체포되어 수개월 옥살이를 하다가 석방된 후 동경으로 갔다. 동양대학 동양철학과에 겨우 적을 둔 후 학비 문제로 고생하면서 '노동'과 '문학 수업' 사이에서 갈등한다. 이러한 고민을 "그가 아직도 부르죠아 문학의 영향으로부터 탈각하지 못하였기 때문이며 로동이란 문학의 세계와 인연이 없는 별개의 것으로 생각하였기 때문"[33]으로 보는데 말하자면 노동을 통해 문학이 더욱 그 깊이와 다양함에서 빛날 수 있음에도 불구하고 조명희의 의식이 그에 미치지 못했음을 지적한 것이다.

동경생활은 포석에게 '사상 생활의 전환'을 주었다. 「R군에게」의 주

---

33 리상태, 「조명희의 창작과정과 그 특성에 대하여」, 『현대작가론 1』, 조선작가동맹출판사, 1961, 19쪽. 이런 식의 시각은 조명희의 처남이며 역사학자인 황동민의 해설에서 그대로 차용한 것으로 보인다.

인공은 거기서 풋정열을 느낄 정도다.

> 사람이 새로운 생활의 진리의 길을 나가는 것처럼 감격과 정열에 넘칠 때
> 는 또다시 없을 것일세. 동지와 동지 사이에 믿고 사랑하는 마음이라든지
> 모임에 발을 들여놓을 때 감격한 마음이 일어나는 것이라든지, 인간 사회에
> 서는 이보다 더 큰 위대한 무엇은 없는 것 같이 생각되데. 어떠한 무서운 사
> 회악의 더러움이라도 이 뜨거운 불ㅅ길 앞에는 다 타고 녹을 듯 싶데. 말하
> 자면, 이것이 동경 시대의 풋정열이라고 할는지.(173쪽)

이렇게 벅차 하던 주인공이 동지에 대해 환멸을 느끼는 부분과 수필
「생활 기록의 단편」의 한 부분은 그 환멸에 대한 동일한 대목이다. 창작
의 초기이니 만큼 자전적인 내용이나 실 체험과 연관되는 경우가 그대
로 작품으로 노출된 것이라 추측할 수 있다. 두 부분 모두 동경 생활, 조
선으로 나오기 직전의 상황이다.

> 이 기분 운동에서 실제 운동으로 들어갈 때에는 그같이 믿어 오던 어떤
> 몇몇 <u>동지들에게 환멸이 닥쳐오데.</u> 그 사람에게서 결점들이 드러나고 그들
> 의 의지의 약함과 불순한 야심이 들여다보일 때에 나는 그들을 미워하지 않
> 으면 아니 되었네. ─내가 좀 경솔한 탓인지는 모르나 그때부터 나는 <u>모든</u>
> <u>인간이라는 것을 다 의심하고 미워하게 되었네.</u> 내 사상이 '니히리스틱' 하
> 고 '테로리스틱' 한 경향을 띠게 된 것도 그때부터일세. <u>닥치는 대로 죽이</u>
> <u>고, 없애고 싶은 생각이 나데.</u> 그뿐 아니라 <u>내 자신도 미운 생각이 나데.</u> 나
> 도 남과 같이 약한 데가 있고 불순한 곳이 잇음을 인제서야 발견하고─ 이
> 우주의 모든 것을 다 눈흘겨 보게 되었네.(「R군에게」, 174쪽)

> 그러나 내게는 <u>환멸이 닥쳤다. 동지에 대한 환멸이다. 인간에 대한 불신</u>
> <u>임안이다.</u> 유심론자들이 의례히 하는 말마따나 사회 개조보다도 인심 개조
> 가 더 급하다고 나도 부르짖었다. (…중략…) 그리하여 <u>나는 반항의 길을 걷</u>
> <u>게 되었다.</u> 사람이라면 욕하고 저주만 하려 하였다. 그 다음에는 자기 차례

다. 자기의 추악한 면을 들여다 볼 때 남에게 하던 욕이 자기에게로 돌아가
지 아니할 수 없었다. 허무다, 절망이다, 말기 자연주의 문학사상이 가져지
는 과학적 숙명론이다.(「생활 기록의 단편」 258~259쪽)

이렇게 동지들에 대한 환멸을 통해 자신의 약점이나 추악한 면을 발
견하게 되면서 허무와 절망을 통해 도달하게 된 결론은 '자기를 속이지
않고 진실하게 살아나가자는 것 외에 더 위대한 것이 없다' 는 것이다.
동지들에 대한 환멸은 「낙동강」에서 박성운이 서울생활을 버리고 고향
인 경상도로 내려 왔던 동기도 된다.

> 그가 갓 서울로 와서, 일을 하여 보려 하였으나, 그도 뜻과 같지 못하였
> 다. 그것은 이 땅에 있는 사회운동단체란 것이 일에는 힘을 아니 쓰고, 아무
> 주의주장에 틀림도 없이, 공연히 파벌을 만들어가지고, 동지끼리 다투기만
> 일삼는 판이다. 그는 자기와 뜻이 같은 사람끼리 얼리여, 양방의 타협 운동
> 도 일으켰으나 아무 효과도 없었고, 여론을 일으켜보기도 하였으나, 파쟁에
> 눈이 뻘건 사람들의 귀에는 그도 크게 울리지 못하였다.(308쪽)

포석은 함께 일하던 동지들에게서도 어떤 희망을 못 읽은 것 같다. 이
렇게 후배를 잘 챙기고 어른 노릇을 잘 하는 포석이 가정에서 가장으로서
가장 기본적인 배고픔의 문제조차 해결하지 못하는 데에 따른 갈등과 자
신에 대한 환멸, 또 동지들에 대해 느꼈던 환멸은 그 모든 것으로부터의
탈출을 꿈꾸게 할 수 있다. 물론 이러한 이념의 문제가 사치스러울 정도
로 현실은 절박했고 그러한 절박감이 소설을 통해 그대로 노정되고 있다.

4. 고적한 사람을 위한 남은 말 — 결론을 겸하여

포석이 사회주의 이념의 구현을 위해 소련으로 망명했다는 것은 일반

적이고 도식적인, 너무나 당연한 정답일 수 있다. 본고는 그것 이외의 다른 내면적인 것을 찾아보고자 했고 따라서 이념 부분은 상대적으로 비중을 두지 않았다. 그런 시각으로 포석의 망명 전 작품들을 중심으로 그의 내면 풍경을 살펴본 바, 그는 극빈의 생활난으로 인하여 별 애정이 없는 처자식으로부터 벗어나고 싶어 했고 생활에 권태를 느꼈으며 배고 픔으로 인한 비참함과 함께 끊임없이 어딘가로 탈출하거나 부딪쳐 보고 싶은 충동을 느끼고 있었다.

"가다가 울적한 생각이 일제 훵하고 이대로 달아나고 싶은 마음이 나"(「단상수편」)고, '엣 어데로 가자! 오늘 밤에 정처 없이 어데로 가버 리자!' (「땅 속으로」) 같은 표현은 아내와 자식으로부터의 도피이면서 부 양할 가족들에 대한 책임으로부터 벗어나고 싶은 마음의 발로였다. 그 는 당시의 시대 사회를 '수채' 구멍으로 보고 '십 년 만에 능참봉 하나 얻어 걸렸다' 는 자조적 표현과 함께 겨우 취직한 신문사 안의 풍경을 '수채에 내던진 썩은 콩나물 대가리 같은 것들' (「저기압」)로 표현하기도 했다. 일상생활에서 권태를 느끼면서 '생활이 없' 는 삶에서 '눈만 멀뚱 멀뚱한 산 진렬품들이 죽— 늘어앉아' 있는 이 조선 땅에 사는 젊은이의 비애를 노골적으로 내뱉기도 한다.

> "에끼— 이 조선 땅 젊은 놈의 썩는 속은 누가 알까?" (「저기압」)
> "그러면 네미—우리 조선 사람은 살 곳도 없고 갈 곳도 없구나!" (「농촌사 람들」)

조명희는 극도의 궁핍 속에서 아마도 "이 사회 제도를 흘겨보는 복수 의 감정이 타올랐" (「박군의 로맨스」)는지도 모른다.

포석은 민족주의자라고 자신을 내세우지는 않았지만, 또 계급의식에만 붙들려 버리지도 않았다. 그러나 그는 아주 천천히 마르크스주의를 이해하려고 노력하면서 결정적으로 인생의 길을 찾은 것 같다. 그래서 당시 사회주의자들의 이상향이었던 소련으로의 탈출이 가능한 것 아니었나 추론된다. 그런 의미에서 가장 큰 사상적 발전을 보여주었던 「낙동강」 마지막 부분은 상징하는 바가 크다. 로사가 박성운이 밟던 길을 따라 북으로 가는 기차를 타고 떠나는 것처럼, 스스로 '고적한 사람아 시인아/하늘 끝 회색의 나라/영원의 빛을 찾아가다'(「나의 고향이」)라고 뇌었듯이 작가 자신도 북으로 갔기 때문이다.

이렇게 포석의 소설을 그의 망명 동기에 초점을 맞추어 읽다 보면 여러 면에서 그가 현실로부터 벗어나기를 꿈꿀 수밖에 없음을 이해하게 된다. 물론 작가의 외적 상황을 작품에 직결시켜 해석하려는 환원론적 오류의 가능성을 배제해야 하지만 그럼에도 불구하고 소설의 내면 풍경에서 그의 '살이의 고달픔'과 그로 인한 사회와 가족에 대한 부정적 시각을 지워버리기가 어렵다.

> 아아 나는 어데로 갈가 나는 어데로 가
> 현실이란 잿더미를 디디고 서서
> 허무한 나락에 혼을 굴리여
> 주려 죽은 갈가마귀의 넋도 길드릴 곳이 있지
> 썩은 외가지의 그늘좇차 부딧칠 데 없어라.

초기 시 「혈면오음(血面嗚吟)」에서 읊었던 절박했던 심정이 시간이 흐르면서 더욱 현실적인 이유들이 겹쳐져 망명으로 이어졌을 가능성은 이렇게 도처에 드러나 있었다.

조명희의 삶과 문학, 낭만성과 혁명성

1. 문제적 작가 조명희와 망명 배경

한국 근대문학사에서 그 삶과 문학이 매우 극적인 문제적 작가로는 우선 조명희를 꼽을 수 있다. 그는 1928년 7월 사회주의 이데올로기의 종주국인 소련으로 망명을 감행했고 망명한 지 10년 만에 일본을 위해 간첩 행위를 한 민족주의자라는 이유로 1938년 5월 재판 없이 처형당한다. 새로운 삶을 찾아간 곳에서 적응하고 만족해했지만 아이러니하게도 배신을 당하는 그의 삶과 죽음이 매우 극적이고 비극적이다. 한동안 그가 사형당했다는 사실이 베일에 가려 있다가 나중에야 그 죽음의 진실이 알려졌는데, 1956년 복권된 이후 그는 '소련 한인문학의 아버지'[1]라고 평가받으면서 1988년에는 타슈켄트에 '조명희 상설 전람관'이 개관되었고 1992년에는 같은 도시에 '조명희 거리'가 마련되었다. 이렇게 망명과 비극적 죽음으로 끝난 그의 생애와 그 후의 문학적 평가를 통해서도 그가 충분히 문제적 인물임을 알 수 있다.

---

1 1984년 조명희 탄생 90주년기념 『레닌 기치』 신문에서 평가.

한편 국내적으로 조명희는 카프 결성 이후, 이론만 승하고 구체적 작품은 없었던 카프 쪽에 비로소 문학성을 겸한 「낙동강」을 내세울 수 있게 했던 당사자이다. 「낙동강」이 1927년 소위 카프의 방향 전환 직후 발표되어 "무산계급 문학운동 제2기의 先鞭을 던진 작품"[2]으로 격찬 받으면서 "카프 문예운동의 정치성을 작품으로 형상화하는 데 성공한 대표적인 작가"[3]로 평가받았고 이에 대해서는 거의 이론이 없어 왔다. 최인훈은 자전적 소설 『화두』에서 영향을 많이 받은 작가로 조명희를 우선적으로 꼽으면서 「낙동강」의 독후감을 쓴 글이 자신을 소설가의 길로 이끌었음을 밝히고 있다. 사실 개화기 이후 근대소설, 특히 일제 강점기 하에서 독립운동을 하기 위하여 만주나 간도 등지로 일시적 망명생활을 하는 애국지사들을 그린 작품들은 많지만 작가 자신이 망명을 한 경우는 극히 드물다. 아예 일본에 귀화를 한 장혁주나 손창섭의 경우는 개인적 사유가 유별하고 경우도 다르다. 북간도에서 나서 자란 작가들이나 안수길처럼 거의 뿌리를 내릴 수 있었던 작가들이 망명문단을 운위했어도 결국은 고국으로 돌아올 것을 대비하거나 돌아오는 식이었던 데 비해 조명희처럼 일제 강점기 한가운데에 카프의 중요 작가로 활동하고 있다가 카프의 뿌리이자 사회주의 이데올로기의 메카인 구소련, 바로 그 나라로 망명을 감행한 것은 매우 특별한 경우이다. 게다가 그의 죽음은 일제 강점기 간첩 행위로 오인 받아 사형당하는 비극적 삶으로 마무리된다. 이렇게 국내외적 정황에서 볼 때 그는 문제적이라 할 만하다. 물론 포석이 좀 더 오래 살아 해방을 맞았다면 그도 귀국의 대열에 참여

---

2 김기진, 「時感 二篇」, 『조선지광』, 1927. 8, 11쪽.
3 정덕준, 「포석 조명희의 생애와 문학」, 『조명희』, 새미, 1999, 19쪽.

했을지도 모른다. 그러나 지금까지 알려진 한정된 자료에 의하면 그의 소련에서의 생활은 귀향에 대비한 사람의 행적은 아니었다.[4]

지금까지의 조명희 연구에서 보면 그의 망명 배경은 크게 세 가지 정도로 정리하고 있다. 첫째, 『시대일보』에서 같이 기자생활을 하며 절친했던 친구 김우진의 영향, 둘째, 일제의 박해, 체포와 투옥을 피해서, 셋째, 사회주의 사상의 구현을 위해서[5] 그가 망명한 것으로 추론[6]하고 있다. 여기에 덧붙여 넷째, 극심한 생활난으로 인한 애정 없는 가정으로부터의 탈출[7]을 덧붙일 수 있겠다.

우선 친구 문제를 좀 더 들여다보면, 조명희를 "처음으로 이 세상에서 발견한 친구"로 생각했던 김우진이 1926년 윤심덕과 함께 현해탄에서 생을 마감하자 조명희는 그의 죽음을 애도하며 "무던히 친구의 복이 없는 사람"이라고 한탄[8]했는데 1925~26년 무렵 김우진이 구상한 바 있는

---

4 『포석 조명희 선집』(소련과학원 동방도서출판사, 1959)에 수록된 강태수의 회고 「기억의 한 토막」에 의하면 조명희는 "내가 조선 사람이며 쏘베트의 애국자라는 것이 내 미래 작품의 지침"(556쪽)이라고 했다. 『포석 조명희 선집』은 이후 『선집』으로 표기한다. 강태수는 소련 고려사람 작가로서 이 글 외에 조명희에게 바치는 시를 「레닌 기치」(1986. 8. 13)에 싣기도 했다.

5 김성수는 특히 소련으로 망명한 시기가 프로문학운동의 목적의식기였고 국제주의 입장이 자연스럽게 받아들여졌던 시기임에 주목한다. 그에 맞추어 스탈린 시대 농업집단화 정책에 호응한 선동 선전문학을 적극적으로 창작할 수 있었던 것으로 보고 있다.(「소련에서의 조명희」, 『창작과 비평』, 1989. 여름, 119쪽)

6 정덕준, 위의 책, 15~16쪽.

7 이정숙, 「조명희 소설을 통해 본 내면세계 고찰―망명 동기를 중심으로」, 『동아시아 연구』 제2집, 한성대학교 동아시아 연구소, 2002. 12. 한편 이명재는 「포석 조명희 연구」(『국제한인문학연구』 창간호, 2004, 267쪽, 각주 8)에서 처자를 버리고 망명한 사실에서 조혼한 처자에 대한 알뜰한 정이 없었음을 재확인하고 있다.

8 조명희, 「김수산군을 懷함」, 『조선지광』, 1927. 9. 김우진이 "먼저 자기의 생활을 고통 속으로부터 건져내어놓자"며 북행을 생각했다면 그것은 더한 고통 속에 있었던 조명희

러시아 망명이 조명희의 망명 결정에 하나의 동기가 되었을 수도 있다. 반면에 포석의 소설에서는 희망에 벅차 하던 주인공이 동지에 대해 환멸을 느끼는 부분이 자주 나오는데 이는 수필 「생활 기록의 단편」에 나오는 환멸[9]과 동일하다. 작가 스스로 '동경 시대의 풋정열'이라고 하는 창작의 초기이니 만큼 자전적인 내용이나 실 체험과 연관되는 경우가 그대로 작품으로 노출된 것으로 볼 수 있다. 그리고 소설이나 수필에서 보여주었던 동지들에 대한 환멸과 그것을 통한 소극적인 자기 성찰은 시[10]에서도 같은 양상으로 드러나 있다. 이렇게, 절친했던 친구는 세상을 뜨고 다른 친구들에게서는 환멸을 느꼈던 상황은 조명희의 망명의 한 배경이 될 수 있겠다.

한편, 북한에서 1996년에 제작된 다부작 예술영화 〈민족과 운명〉의 '카프작가 편'에서 보면 그의 소련행의 동기를 일제에 의해 동경 카프

의 뜻일 수도 있을 법하다. 그런 면에서 망명은 조명희에게 김우진 식의 죽음보다는 차라리 현실적 선택이었을지도 모른다.

9 "이 기분 운동에서 실제 운동으로 들어갈 때에는 그같이 믿어 오던 어떤 몇몇 동지들에게 환멸이 닥쳐오데. 그 사람에게서 결점들이 드러나고 그들의 의지의 약함과 불순한 야심이 들여다보일 때에 나는 그들을 미워하지 않으면 아니 되었네. ―그때부터 나는 모든 인간이라는 것을 다 의심하고 미워하게 되었네. 내 사상이 '니히리스틱' 하고 '테로리스틱' 한 경향 을 띠게 된 것도 그때부터일세. 닥치는 대로 죽이고, 없애고 싶은 생각이 나데. 그뿐 아니라 내 자신도 미운 생각이 나데. … 이 우주의 모든 것을 다 눈흘겨 보게 되었네."(「R군에게」, 174쪽) "그러나 내게는 환멸이 닥쳤다. 동지에 대한 환멸이다. 인간에 대한 불신임안이다. (…중략…) 그리하여 나는 반항의 길을 걷게 되었다. 사람이라면 욕하고 저주만 하려 하였다. 그 다음에는 자기 차례다. 자기의 추악한 면을 들여다 볼 때 남에게 하던 욕이 자기에게로 돌아가지 아니할 수 없었다. 허무다. 절망이다. (「생활 기록의 단편」, 258~259쪽)

10 "어느 술 座席끝헤/엽헤안진동무들이/엇지그리되지안코밉던지/주먹을쥐고이러스며" (「驚異」의 일절)

지부가 강제 해산당하자 뜻을 세울 넓은 땅을 찾아 떠나는 것으로 설정하고 있다. 이 영화는 주인공 이찬(〈김일성 장군의 노래〉를 지은 '혁명 시인')이 조명희의 『만주 빨치산』을 통해서 만주 항일유격대 김일성 장군을 찾으러 가게 된다는 설정으로 북한 문학에서 가장 중요한 만주 항일문학과 김일성을 연결하는 접점에서 그 계기를 포석을 통해 부여하고 있다.[11] 이 경우는 일제의 박해를 피하면서 동시에 사회주의 사상을 구현하기 위한 포괄적인 망명 목적을 보여주고 있다.

넷째의 경우는 조명희만의 내면 풍경을 작품을 통해 추론해 본 경우인데, 포석 조명희의 망명은 아주 가까운 사람에게조차도 알리지 않은 채 매우 비밀스럽게 이루어졌었다. 당시 친하게 어울렸던 한설야도 그 사실을 나중에 알게 되었지만 "그의 가족들이 박해받을 것을 생각"[12]해서 절대 비밀에 붙여두었다고 한다. 필자는 흔히 말하는 민족 해방과 사회주의 이념의 구현을 위해 소련으로 망명했다는 일반적이고 도식적인 이유 외에 조명희만의 내면적인 이유가 무엇일지, 그에 대한 해명을 작품 속에서 찾아보았다. 조명희의 작품에는 자전적인 소설이 많아서 그의 내면세계를 들여다보기가 비교적 수월한 편인데, 포석의 망명 전 작품들을 중심으로 그의 내면 풍경을 살펴본 바[13], 그는 극빈의 생활난으로 인하여 별 애정이 없는 처자식으로부터 벗어나고 싶어 했고, 생활에 권태를 느꼈으며, 배고픔으로 인한 비참함과 함께 끊임없이 어딘가로 탈출하거나 부딪쳐 보고 싶은 충동을 느끼고 있었다. 이러한 방황은 일

---

11 이정숙, 「〈민족과 운명〉에 나타난 카프작가군 형상화 고찰」, 『국어교육』 110, 2003. 2. 28 참조
12 한설야, 「정열의 시인 조명희」, 『선집』, 548~549쪽
13 졸고, 「조명희 소설을 통해 본 내면세계 고찰 – 망명 동기를 중심으로」, 『동아시아 연구』 제2집, 한성대학교 동아시아 연구소, 2002. 12.

찍이 시에서도 나타난 바 있다.

그는 가정에 대한 애정은 별로 대단하지 않았지만[14] 그렇다고 가족들을 내팽개칠 정도로 무책임하지는 않았던 것 같다. 그러나 찌들 대로 찌든 가난과 함께 시대나 사회에 대한 환멸과 절망을 이겨내기 위해서는 어떤 돌파구가 필요했는데, 그 대상이 당시 빠져든 이념의 종주국인 소련[15]이었던 것이다. 가난한 삶이 그토록 극빈의 절망을 주지 않았다면 책임감이나 가족애를 외면하지는 않았을지도 모른다. 그러나 가족에 대한 사랑이 포석에게 다른 모든 것을 감싸고 이상과 희생을 감수하면서까지 이 땅에서 살아가게 할 정도로 크지는 않았던 것으로 판단된다. 물론 이 당시는 "극도로 불안해 가는 조선 현실 속에서, 아름다운 꿈의 문학만으로는 만족할 수 없었"고, 회의와 불안이 날로 커갔으며 글 쓰는 것도 무의미한 것 같았고 답답하고 피로한 신경을 좀 힘있게 해줄 수 있는 무엇이 필요했었던 때였다. 그 무엇을 "제정시대 노국문학에서 찾아보려고"[16] 했었던 상황이었고 이광수, 염상섭이나 이기영[17]을 비롯한 많은 작가들이 러시아문학의 지대한 영향을 받았음은 잘 알려진

---

14 조명희는 망명 후 소련에서 재혼한 아내와 살던 시기를 '생애에서 가장 행복스러웠던 시기'라고 했다 한다. (조 왈렌찌나, 「부친(조명희 작가)에 대한 추억담」, 『레닌기치』, 1990. 11. 8)

15 구소련권에서 활동했던 문학평론가 정상진은 대담에서 다음과 같이 말했다. "저의 생각으로 조명희 선생은 옛날 소련 좌익 작가들이 가지고 있었던 일련의 환상─소련을 세계 민족들의 친선의 조국으로 생각한다거나 앞으로 조선이 반드시 이루어야 할 나라의 모범으로 생각하는 것 등─을 가지고 혁명운동과 문학작품을 했습니다."(『억압과 망각, 그리고 디아스포라』, 한국문화사, 2004, 356쪽)

16 박영희, 「초창기의 문단 측면사」, 『현대문학』 제56호, 1959. 8.
임규찬, 한기형 편, 『카프 시대의 회고와 문학사』, 태학사, 1990, 347쪽.

17 "참으로 쏘비에트 문학은 나의 인생관과 세계관을 확 바꿔놓게 하였다."(이기영, 「이상과 노력」, 정호웅 편, 『이기영』, 새미, 1995, 297쪽)

사실이다. 이렇게 그의 소설을 살펴보는 과정에서 포석의 전기적 사실에 대한 사소한 정리와 함께 그의 소설 작법을 비롯한 문학에 대한 재검토의 필요성을 절감하게 되었다. 소설에서 특히 스토리 중심의 단선적인 구성이 두드러졌기 때문인데 포석의 시에 대한 평가 또한 그렇게 호감적인 편은 아니다. 그럼에도 불구하고 그에 대한 문학사적인 평가에 변함이 없다면 그 이유는 무엇일까? 본고의 목적에는 그 점을 밝히는 것도 포함된다.

2. 망명과 죽음의 아이러니

조명희는 1928년 소련 망명 3년 후 연해주 흑룡강 상류에 있는 한인촌 뿌질릅까 마을에 정착하여 교편을 잡고, 1931년 황명희(해삼위에서 강습했음)와 재혼하면서 비로소 가정의 행복을 얻게 된다.[18] 이후 하바롭스크에서 한인신문 『선봉』의 주필로 일하다가 1937년 9월, 스탈린의 탄압정책과 관련되어 일본을 위한 간첩 행위를 하는 자들에게 협력한 죄로 체포되었다. 그리고 이듬해 1938년 4월 15일 사형 언도를 받고 같은 해 5월 11일 처형된다. 최근 연구에서는 그가 소련 비밀경찰에 잡혀간 이유를 그가 쓰고 있던 작품이 민족주의적 성향을 갖고 있었기

---

18 황명희는 처음에는 조명희에게 아내가 있고 아이들이 있는 것을 알고 혼삿말을 거절했다. 그러나 조명희가 해삼위까지 그녀를 찾아가서 일제의 박해가 싫어 조선에는 가지 않겠다고 하여 결국 결혼했다고 한다. 조명희가 머물고 가르쳤던 륙성촌 소학교 제자 최 예까쩨리나 미하일롭나(우리식 이름 최금순)의 회고나 조명희의 딸 조 왈렌찌나(우리 식 이름 조선아)의 이야기를 헬싱키 국립대 고송무 교수가 취재한 내용에 의하면 그렇게 추론된다.(고송무 지음, 유네스코 한국위원회 엮음, 『쏘련의 한인들 고려사람』, 이론과 실천, 1990)

때문[19]이라고 보고 있다. 여기서 그가 쓰고 있던 작품은 「만주 빨치산」
인데 이 작품은 북한에서 1992년부터 만들기 시작한 다부작 예술영화
〈민족과 운명〉의 한 시리즈인 '카프작가 편'에서 주인공인 '혁명시인'
이찬(〈김일성 장군의 노래〉 지음)이 만주 항일유격대 김일성 장군을 찾
으러 가게 되는 동기로 설정되어 있다. 그러나 작품의 자세한 내용은
알려져 있지 않고 다만 홍범도와 김일성 같은 항일 독립투사들의 빨치
산활동을 그리고 있다는 정도로만 알려져 있다. 그런데 이 「만주 빨치
산」 때문에[20], 작품이 출간되기도 전에 그 작품의 민족주의적 성향으로
인해 사형을 당했다면 그가 바로 이 작품을 통하여 만주 항일문학과 김
일성의 연결고리 역할을 해주고 있다는 점은 매우 아이러니컬하다. 마
치 새로운 삶을 찾아간 곳에서 배신을 당하는 그의 삶과 죽음에서 느끼
게 되는 아이러니와 같은 차원이다. 그런데 〈민족과 운명〉에서 「만주 빨
치산」을 북한 문학에서 가장 중요한 만주 항일문학과 김일성을 연결[21]
시키는 고리로 설정한 것은 북한 문학에서의 포석의 위치를 말해주는
것이라 하겠다.

  북한의 문학이란 것은 어느 한 개인의 창작이 아니라 당 내지 김일
성·김정일의 교시에 의한 집체적 총화작임은 주지의 사실이다. 그런
점에서 영화의 기획단계부터 '〈민족과 운명〉 창작 국가준비위원회'
가 구성되어 국가적 사업으로 제작되면서 북한 영화사상 최대의 물량

---

19 우정권 편저, 『조명희와 선봉』, 역락, 2005, 17쪽. 이 책은 망명 후 조명희가 주로 활동
   했던 연해주에서 한글로 발간되는 신문 『선봉』에 발표된 조명희의 작품 및 관련 자료
   들이 수록되어 있는 자료집이다.
20 김기현, 「조명희 선생 처형 사유는 소설 '만주 빨치산' 때문」, 『동아일보』, 2000. 4. 26.
21 이정숙, 「〈민족과 운명〉에 나타난 카프작가군 형상화 고찰」, 『국어교육』 110, 2003.

이 투입되었다는 이 영화의 시각은 곧 북한 당국의 시각이라고 할 수 있다.

그의 죽음에 대한 구체적 사실은 1956년 포석이 흐루시초프의 해빙정책으로 복권되면서, 1989년에 사형당한 구체적인 날짜와 장소를 알게 되었다. 사망 연도가 일부 논문에서는 수정되었지만 여전히 1942년 2월로 되어 있는 경우가 더 많다. 그 이유는 아호에 대한 논란과 마찬가지로 조명희에 대한 연구가 본격화되었을 때 많은 연구자들이 거의 전적으로 의존했던 황동민의 글 「작가 조명희」에서 "1942년 2월 20일 그 재능과 창작적 의욕이 한창 개화되던 때에 세상을 떠났다."(13쪽)고 되어 있어서 이를 그대로 따른 탓으로 보인다. 이 글이 수록되어 있는 『포석 조명희 선집』은 지금까지 조명희 연구에서 중요한 자료로서 조명희의 탄생 65주년을 맞아 소련작가동맹 내에 조직된 '조명희 문학유산위원회'에서 엮은 책이다. 한편 출생년도가 1894년, 1892년, 1895년 등으로 분분한데 이에 대해서는 여러 논문에서 지적하고만 있을 뿐 확실한 자료는 아직 나와 있지 않은 상태이다.

3. 낭만적 이상과 혁명적 이상의 접점

동경 유학 시절부터 시작된 조명희의 시는 빈곤과 애상에 시달리면서도 자기발견을 위해 방황하고 그러면서 또 인간과 현실을 혐오하고 있다. 동경 유학 시절 초기에 썼던 시에서는 방황이 적나라하게 드러나고 있다.

"저녁 西風 끝읍시부는 밤/들새도보금자리에꿈꿀 때에/나는 누구를 차저/어두운벌판에 터벅어리노…저녁서풍긋읍시부러오고/벳장이우는밤/나는 누구를 차저/어두운벌판에 헤매이노”

― 「누구를 차저」 일부

이렇게 어딘가로 떠나고 싶은 방황의 심사는 바로 “가다가 울적한 생각이 일제 횡하고 이대로 달아나고 싶은 마음이 나”(수필 「단상수편」)고, 그런 마음은 ‘엣 어데로 가자! 오늘 밤에 정처없이 어데로 가버리자!’ (자전적 단편 「땅 속으로」)면서 답답하고 희망 없는 현실, 부양할 가족들에 대한 책임으로부터 벗어나고 싶은 마음을 드러내는 것과 동일하다.

> 세상에서富를求하느니/ 가을의썩은落葉을줏지
> 그것이狡猾의報酬로온다더라.
>
> 세상에서명예를구하너니/ 사막길위에모래탑을쌋지
> 그것이아첨의보수로온다더라
>
> (…중략…)
>
> 그러면 고적한 동무야
> 연옥에신음자야
> 안아라너의가슴을.
> 냉가슴을 안고가자가자
> 저저문사막의길로 저별밋흐로
>
> 그별에게말을청하다가
> 별이말이업거든
> 그때홀로쓰러지자 홀로사러지자.

― 「별밋흐로」

이 시는 조명희가 동경에서 느꼈던 여러 가지 현실적인 절망감과 그 극복에의 의지가 보이는 작품인데 그 극복의 의지가 도피적이고 패배적이다. 말하자면 "절망으로부터 벗어나고자 하는 유일한 소망이 별에 대한 지향으로 표상되지만 그것도 역시 기대할 만한 것은 되지 못"하고. "별이말이업거든/그때홀로쓰러지자 홀로사러지자/라고 하는 가느다란 소망을 간직할 뿐"[22]인 것이다. 즉, 이 시에는 현실에 대한 절망감과 함께 일종의 반항적인 패배의식이 밑바탕에 흐르고 있다고 할 수 있다.

조명희가 파악한 현실은 순수와 진실, 사랑과 의리와는 거리가 먼, 눈물도 없는 세상이다. 그래서 시인은 절망 속에서 저주하며 "주여! 비노니 이땅에/비를주소서 불비를주소서!"라며 절규하지만 그 속에서도 "타는불속에서나/순실의뼈를차자볼가/썪은잿덤이위에서나/사랑의씨를차자볼가."(「불비를 주소서」)라며 순수와 진실, 사랑을 갈망하고 있다.

술자리에서 추하게 구는 동지들을 "어느 술 座席끝헤/엽헤안진동무들이/엇지그리되지안코밉던지"(「驚異」)라고 그리면서 분개해 주먹 쥐고 일어서다가 "개천물소리는더한층가느러젓나이다./나무나무들도 다 祈禱를드릴때입니다."라며 나무들이 기도하는 우주적 질서를 깨닫고 놀라워하기도 한다.

그는 당시의 시대 사회를 '수채' 구멍으로 보고 있다. '십 년 만에 능참봉 하나 얻어 걸렸다'는 자조적 표현과 함께 겨우 취직한 신문사 안의 풍경을 '수채에 내던진 썩은 콩나물 대가리 같은 것들'(「저기압」)로 표현하기도 하고, 일상생활에서 권태를 느끼면서 '생활이 없'는 삶에서 '눈만 멀뚱멀뚱한 산 진렬품들이 죽— 늘어앉아' 있는 이 조선 땅에 사는 젊은이의 비애를 노골적으로 내뱉기도 한다. 이런 식의 포석이 느꼈

---

22 김재홍, 「프로문학의 선구, 실종 문인 조명희」, 정덕준 편, 앞의 책, 81쪽.

던 동지들에 대한 환멸은 초기작뿐 아니라 「낙동강」에서도 그대로 드러 나는데 박성운이 서울생활을 버리고 고향인 경상도로 내려 왔던 이유도 바로 "일에는 힘을 아니 쓰고, 아무 주의주장에 틀림도 없이, 공연히 파 벌을 만들어가지고, 동지끼리 다투기만 일삼는 판"(308쪽) 때문이었다.

소설에서 떠남과 방황의 세계를 그렸듯이 시에서도 방황의 애상을 노 래했고, 소설에서 동료나 친구에게 배신감을 느끼며 현실에 대해 비애 를 느꼈듯이 시에서도 현실적인 절망과 부정정신을 노래하고 있는 것이 다. 이렇게 순수와 진실과 사랑을 염원하는 낭만적 이상이 현실에서 외 면 받으면서 절망할 때, 그리고 동지들에 대한 환멸을 통해 자신의 약점 이나 추악한 면을 발견하게 되면서 허무와 절망을 통해 도달하게 된 결 론은 '자기를 속이지 않고 진실하게 살아나가자는 것 외에 더 위대한 것 이 없다'는 것이다.

즉, 생활을 넘어서는 영혼의 세계에서 방황하다가 '관념의 성'이 무 너지게 되는 것이다. 그는 '타골'의 경지와 같은 위대한 영혼의 추구와 현실적으로 배고픈 육신의 고통 사이에서, 말하자면 '타골류의 신낭만 주의'와 '고리끼류의 사실주의' 사이에서 고민하다가 결국 '고리끼류의 사실주의', 즉 사회주의적 사실주의를 택하게 된다.[23] 그가 시를 통해 서 노래한 것이 소설에서도 그대로 강조되는 식이어서 신낭만주의의 애 상과 사실주의적인 현실비판을 넘나들고 있다는 생각이 들게 된다. 낭 만적 이상과 혁명적 이상이 계속 부딪치고 있는 것이다.

---

23 이 과정에서 그에게 현실의 준엄함을 깨우치게 한 것은 바로 배고픔이다. "위대한 영 혼 앞에 요따위 조그마한 육신의 고통이란 것이 다 무엇이냐?" 그러나 '요것'이란 것 이 꽤 맹랑치가 않다. 갈수록 육신을 치기커녕 영혼이란 놈을 뒤범벅을 만들어 놓는 다.(「생활 기록의 단편」, 『선집』, 260쪽)

4. 조명희 소설의 특징 – 소설 기법의 미숙함

그의 내면세계는 시와 소설 등을 통해 유사하게 드러나고 있는데, 생활의 곤란함과 이념의 표상 등과 얽히면서 그는 "모순과 투쟁으로 충만된 복잡한 생활 화폭을 표현하기에는 시 형식이 협착함을 느끼고 운문에서 산문으로 이행"[24]한다고 밝히게 된다. 그리하여 '사실주의다. 현실에 부닥치자. 뚫고 나가자.' '현실을 해부하고 비판하여 체험과 지식 우에 사상의 기초를 쌓자.'고 다짐하며 초기 프로문학의 기반을 다지는 작품들을 발표하게 된다. 그러나 그의 초기 작품들은 이러한 사상이나 이념을 강조하기에는 아직 미숙해서 대체로 생활 속의 고단함을 그린 작품 안에 잠재되어 있다가 「낙동강」이나 「아들의 마음」 등에서 비로소 표면적으로 드러나게 된다.

그의 단편소설은 대체로 자전적인데 그 내용의 공통분모는 '가난'이라고 할 수 있다. 수필이나 친지들의 글들에서 가난의 문제는 항상 언급되고 있는 생활 그 자체이다. 자전적 소설에 드러난 주인공의 모습은 종종 그의 수필에서 작가의 모습으로 증명되기도 하는 바, 서울, 빈민주택이라는 움속같이 더운 집, 셋방살이, 그것도 집세 독촉에 아귀다툼하는 곳 등, 그의 가난은 당시 일반적인 삶의 형태보다도 그 정도가 극심하여 작가에게 세상에 대한 환멸을 불러일으키기에 충분했다. 1928년 망명하기 전까지 남긴 13편의 소설 가운데 「농촌 사람들」(1926), 「새 거지」(1926), 「마음을 갈아먹는 사람」(1926), 「춘선이」(1927) 등은 농민들의 곤궁한 극빈의 삶이 떠남, 유리걸식으로 이어지는 사정을 그렸고, 이후 그

---

24 황동민, 앞의 글, 10쪽.

들이 도시로 흘러와 걸인이 되는 「한여름밤」(1927)과 이런 비참한 현실을 타개하기 위해서 사회주의 이념과 계급투쟁을 강조한 「낙동강」(1927), 「동지」(1927) 「아들의 마음」(1928) 등이 나오게 된다. 「땅 속으로」, 「저기압」 등 자전적 작품들과 함께 이들 작품들에서는 포석이 어딘가로 떠날 수밖에 없었던 정황 혹은 내면의 세계를 엿볼 수 있다.

그의 소설의 특징을 정리해 본다면 우선 극도의 궁핍이 중요한 모티브로 작용하면서, 농촌의 황폐화를 통한 가족의 이산과 유리걸식, 그로 인한 성윤리의 붕괴, 전통적 가족사회의 파탄 등으로 이어지고 있다.

「농촌사람들」에서 원보가 죽은 후 그 어머니와 어린 딸이 서간도로 떠나는 이주 대열에 끼어 있고 「새 거지」에서 장돌이 형제와 그 어미는 결국은 죽지 못하고 걸인이 되고 만다. 「춘선이」에서 간난네는 서북간도로 가기 위한 노자돈을 마련하기 위해 딸 간난이를 지주인 일본 사람에게 팔고 떠날 생각을 한다. 대개 당시 소설들에서 보면 농촌의 궁핍화가 극도에 달하면서 극빈에 처한 사람들은 유랑민이 되거나 도시로 나가서 날품팔이꾼, 심한 경우 걸인으로 전락하게 된다. 여기에는 선택의 여지가 없을 정도이다.

이 시기의 실향이나 이농은 '조상 전래의 최소한의 농토로부터의 강제 축출'을 의미했으며, 그 결과가 농촌은 황폐화되고, 구체적 개인들은 이민, 가족의 이산, 유리걸식 등을 겪게 되면서, 정신적으로는 성윤리의 붕괴나 전통적 가족사회의 무너짐이라는 비극적 양상으로 치닫게 되었던 것이다.[25]

---

25 이정숙, 위의 책, 34쪽.

당시의 삶 자체가 어느 한 부분만으로 끝나는 것이 아니라 연쇄적으로 연결될 수밖에 없는 만큼 농촌의 황폐화→가족의 이산이나 유리 걸식→전통적 가족 사회 붕괴의 과정을 밟게 되는 것이다. 그 과정에서 아내나 딸이 가족을 위해 매춘을 하여 성윤리가 붕괴되면서 가정이 파괴되는 식이다.

이런 소설에 등장하는 아내가 대체로 부정적으로 그려져 있다는 점이 매우 독특하다.[26] 가난으로 인한 가족들의 생계를 위해 혹은 병든 가족들의 약을 얻기 위해, 아내로 대표되는 여성들이 매춘을 하는 것은 당시 소설에서 드물지 않게 나타나는 현상으로 '매춘열녀'[27]라는 모순된 의미를 함유하고 있는데, 우리말에서 합성어의 경우 그 의미가 뒤에 나오는 말에 강세가 있는 만큼, 대개는 열녀라는 종결어에 맞게 가족을 위한 희생과 헌신의 전통적 모습을 띠고 있다. 그러나 포석의 이런 유형의 소설에 그려진 아내들은 헌신과 희생보다는 주로 허영과 배신으로 남편을 버리는 결말 구조를 보여준다. 남편들도 아내에 대한 애착이 별로 없는 듯(있어도 결과는 마찬가지다.) 악다구니의 대상인 아내와 별 미련 없이 헤어지는 식으로 그려져 있다.

「R군에게」는 감옥에서 동지이자 친구인 R에게 보내는 편지글인데 아내가 화자를 사랑한 나머지 음독자살까지 하였다 살아난 후 결혼하게 되었다는 사연 끝에 "나는 이 찐덥지 못한 새 사랑을 얻어 가지고 조선도 있기가 싫기에 그만 동경으로 건너가" 버린다. 그 후 동경에서 "새로

---

26 이정숙, 「조명희 소설 다시 읽기」, 『문학비평』, 2006.

27 가족의 생계나 남편의 병구완을 위해 성을 상품화하는 경우 가족의 생존이 도덕윤리보다 우위에 놓임으로써 賣春烈女라는 모순된 의미의 말을 낳는다.(이정숙, 『실향소설 연구』, 한샘, 1989, 220쪽)

운 생활의 진리의 길을 나가는 것처럼 감격과 정열에 넘치"게 되지만 동지들에 대한 환멸이 생기고 그 과정에서 이해해주지 못하는 아내에 대해서 '실상은 아무것도 모르는 숙맥'으로 '미운 생각'이 들게 된다. 그래서 어머니든 마누라든 "제발 좀, 빌어먹더라도 시골 내려가 그들의 꼴이 내 앞에 보이지 아니하였으면 좋겠"(162쪽)다고 토로하고 있다. 이 작품은 별로 필연성도 없이 아내가 첫사랑 남자와의 사이에서 아이까지 갖게 되고 남편인 그를 떠난다는 내용으로, 아내의 배신과 그에 대한 주인공의 태도에도 허탈감은 보일지언정 애착이나 연연해하는 모습은 보이지 않는다.

「농촌사람들」에서도 "일 잘하고, 부지런하고, 착하고, 규모 있고, 말썽 없고, 맘씨까지 바르다고 일컫던" 원보가 "그의 친구들도 부러워할"(200쪽) 정도로 잘 살다가 완전히 불량한 사람이 된 가장 큰 이유인즉, 그가 감옥에 가 있을 때 아내로부터 배신을 당했기 때문이다. 원보는 그 배신에 대해서도 '아니꼽지만 이혼을 쾌히 승낙' 해 주는 식이다.

「R군에게」나 「농촌사람들」에 나오는 아내는 남편에 헌신적이고 가족에게 희생적인 전통적이고 일반적인 아내의 모습이 아니다. 「마음을 갈아먹는 사람」에서는 아내의 매춘이 처음에는 죽어 가는 딸아이를 살리고 배고픔을 못 이겨 남편의 허락을 받은 상태에서 시작한다는 점에서 20년대 매춘열녀 유형의 소설과 비슷하지만 이 유형의 아내들이 남편과 가족을 살리는 것으로 소설이 끝나는데 비해, 주인공 삼득이는 '계집 잃은 사람'이 되어 "한강철교 수선공사 모군군 가운데 중대가리로 남루한 옷을 입은" 채 끼어 있음으로써 결국 아내에게 버림받는다는 점에서 조명희 소설의 아내 유형과 동일하다.

「이쁜이와 룡이」에서 이쁜이는 결혼한 몸이지만 처녀 적부터 마음을 준 자기 집 머슴인 룡이와 야밤 도주할 정도로 둘의 사랑이 깊었는데 서울로 도망 와서 살면서 가난한 살림 때문에 마음들이 떠나면서 결국 룡이는 노동 운동을 주도하다가 감옥으로 가고 이쁜이는 돈 많은 남자에게 간다는 결말로 여자가 단순히 가난 때문에 남편을 배신하는 차원이 아니라 돈을 따라 움직이는 허영기가 많은 여자로도 그려지고 있다. 여기서 이쁜이의 변모에 어떤 필연적 계기가 부여되지 않은 것도 그의 소설의 한계로 지적할 수 있다. 가족에 대한 시각도 별로 정겹지 않은데 「저기압」에서는 노골적으로 혐오스러워 하는 대목이 나온다.

> (저 몹쓸 아귀들, 내 육신과 정신을 뜯어먹는 이 아귀들)하며 염오증이 왈칵 나던 생각이 다시 난다. "아—인제 그 꼴을 보기도 참 싫다. 그 시덥지 않은 생활을 되풀이하기도 참 멀미난다!"(234쪽)

물론 주인공은 가장으로서 '어머니의 한숨, 녀편네의 눈물, 아이들의 짜증'을 생각하면서도 "내 가슴속이 얼마나 튼튼한가 좀 시험"해 보는 오기도 부려보다가 조그만 월급으로 가족들이 즐거워하는 걸 보며 "갑자기 나는 멜랑코리한 기분에 싸여 갑갑한 가슴을 안고 밖으로 뛰여"(236쪽) 나오는 여린 심성도 가지고 있다. 「땅 속으로」에서도 가족들이 애처로이 누운 모양을 보며 '어두운 가슴속에 굵은 비방울이 떨어지는' 걸 느끼기도 한다. 그러나 그보다는 훨씬 더 많은 부분에서 가족에 대한 혐오를 보이고 있다. 동경 유학에서 돌아와 오랜만에 만나게 되는 아내에 대해서 노골적으로 싫어하는 대목들이 수시로 등장하는데 '무슨 원수나 대적을 하는 셈' '세상에 참 망할 악연, 고약한 운명' 같은 식이다.

그의 소설에서 꿈이 현실의 고통을 해결할 어떤 탈출구로 설정되는 경우가 많지만 구체성이 보이지 않은 채 꿈을 통한 막연한 희망으로 끝부분을 처리하는 경우가 많다. 처녀작 「땅 속으로」에서 화자는 구걸보다는 차라리 강도가 낫다고 생각하며 더 이상 견딜 수 없어 강도로 나섰다가 순사에게 잡히는데 그게 고약한 꿈이었다며 별다른 결말이나 다른 장치 없이 그냥 끝나버리는 식이다. 「마음을 갈아먹는 사람」, 「새 거지」에서도 꿈은 주인공의 의식의 한 반영으로 원용될 뿐 어떤 긍정적 모색의 차원으로 발전되지 못하는데 이렇게 현실의 고통을 해결할 구체적인 방법을 모색하기보다 억눌려진 상태에서 꿈으로 어떤 탈출구를 찾는 듯하다가 그냥 그대로 허무하게 마무리 짓는 경우가 많다. 「아들의 마음」도 마찬가지다.

그런데 대부분의 소설이 결말 처리 방식이 독특하여 조명희 단편소설의 특징, 혹은 한계라고 할 만하다. 이야기의 결말이 어떻게 되었는지 반드시 알려주는 에필로그가 있는데, 이런 설정을 어떤 필연성에 따라 전개하기보다는 과정의 복잡한 사정들을 건너뛴 채 작가의 의도를 담은 결과만 알려 주는 식이다. 아니면 시간이 흘러갔고 그 사이에 이런 변화가 있었음을 단지 서술을 통하여 알리는 식으로, 스토리 중심의 초보적 서술태도라 할 수 있다. 「낙동강」 정도를 예외로 대부분의 단편소설들이 이야기의 통일성 필연성이나 소설적 긴장감 같은 것이 끝까지 유지되기가 어렵고 주인공의 행동에 대한 어떤 전망이나 비전을 찾기도 힘들게 되어 있다.

> 이 해에도 늦은 가을이다. 어느날 이른 아침에-마을에서 떠나가는 한 떼의 무리가 있었다. -그 가운데에는 원보의 어머니와 그의 어린 딸이 섞여 있음을 볼 수 있었다.(「농촌 사람들」)

이러고나서 몇 달이 된 뒤이다. 사긇세나마 조촐한 기와집에서 살게 되었다. 그 안해의 몸에는 향수뿌린 비단옷이 감기고, 삼득이는 평생에 처음인 명주안 넌 두루마기를 걸치게 되었었다. 그리고 그 다음에 이듬해 되던 가을이다. 한강철교 수선공사 모군군 가운데 중대가리로 남루한 옷을 입은 삼득이도 끼어있음을 볼 수 있었다.(「마음을 갈아먹는 사람」)

원보의 비극적 종말 이후 피폐한 고향을 떠나 만주로 이주해 갈 수밖에 없는 그의 어머니와 어린 딸의 비참한 풍경이 그려진 「농촌사람들」이나 농민들이 대도시 서울에서 노동자 내지는 일시 걸인, 나아가 상시 걸인으로 전락하게 되는 「마음을 갈아먹는 사람들」 모두 사건들의 중간 과정에 대한 별다른 묘사나 설명이 생략된 채 일정한 시간이 흐른 후의 비극적 결말을, 객관적인 시각으로 조망하는 서술자로서 단지 전해주고 있을 뿐이다

며칠 뒤에 이 세 인간은 건너마을에서 또 건넌마을로, 이 집에서 또 저 집으로, 이리저리로 돌아다니며(「새 거지」)

얼마 뒤의 일이다. ―우연히 경무대 앞을 지나다가 문득 그 생각이 나서 먼 산을 바라보며 "그 거지 여인은 지금은 어디 가 굴러 다니노?"하고 혼자 중얼거렸었다.(「한 여름 밤」)

며칠 뒤 이른 새벽이다. (…중략…) 새벽바람에 떨그덕거리고 나가던 이 삿군이 찬 바가지가 다시 마을을 향하고 떨그덕거리며 들어온다.(「춘선이」)

삼년의 세월은 또 갔다. xxx형무소에서 아침결에 출옥하였던 룡이는 병인 차에 다시 실려 어느 병원으로 가는 길이다. 그의 얼굴은 죽은 듯이 뉘여 있을 따름이다. ―그 여자는 옛날의 이쁜이였다. 그는 지금 어떤 백만장자 아들의 셋째첩이라 한다.(「이쁜이와 룡이」)

각 작품의 에필로그 부분만을 추려 본 것인데, 각 작품마다 그때까지의 사건들에 대해 중간 과정에 대한 별다른 묘사나 필연적 연결 없이 일정한 시간이 흐른 후에 나타난 결과를 객관적으로 서술하고 있는 것이다. 이러한 단편소설들의 특징에 대해 북한의 한 연구자는 '인간관계의 체계가 단순하고 이야기 구성이 함축되어 있으며 복선적인 가지가 거의 없는 것'[28]이라고 보기도 한다. 물론 "단조롭지 않고 깊이와 굴곡이 있으며 전개되고 있는 인간과 그의 생활 형상이 다채롭고 여운이 짙다."고 덧붙이고 있지만, 덧붙여진 이런 식의 표현들은 객관적 과학적이라기보다 다분히 주관적 추상적인 비중이 크다. 그런데다가 아무리 단편소설이라 해도 인간관계가 단순하고 복선이 없는 소설이란 구성면이 소홀하다고 할 수 있다. 조명희 식의 결말 구조는 리먼 케넌식 용어[29]에 의하면 시간의 가속(acceleration)이 매우 빈번히 사용되고 있는 것으로 설명할 수 있다. 이런 식의 결말 방식은 중간에 얽혀진 사건과 시간을 생략한 채 결과만을 드러냄으로써 충격적 효과를 주는 셈이지만 조명희 소설의 경우, 이런 기법상의 의도보다는 초기 단편소설에 나타난 안이한 아직은 미숙한 서술 태도의 한 반영이기가 쉽다. 그의 소설들이 대개 스토리 위주로 전개되어 있고 '현실을 해부하고 비판' 하기에는 부족하여 오히려 작가로서의 미숙함을 드러내고 있기 때문이다. 말하자면 그의 이상

---

28 『락동강』 해제, 10쪽.
29 S. 리몬 케넌, 최상규 역, 『소설의 시학』, 문학과지성사, 1985, 83~88쪽.
　　스토리나 텍스트의 구성 요인인 시간을 지속의 측면에서 고찰할 때 사건들이 발생하는데 소요했을 시간과 그 사건을 서술하는데 소요된 텍스트 분량의 관계를 속도로 가늠할 수 있는데 통상 중요한 사건이나 대화는 상세하게 제시되고(즉, 감속되고) 덜 중요한 것은 압축된다.(즉, 가속된다.) 그러나 때로는 가장 중요한 사건을 간결하게 요약하거나 하찮은 사건을 상세하게 다룸으로써 충격이나 아이러니의 효과를 드러낸다.

이나 포부만큼 작품이 뒷받침되지는 못한 것 같아 작가 스스로 그렇게 강렬히 추구했던 고리키류의 사회주의 리얼리즘 단계로까지는 나아가지 못했[30]고 판단된다. 이러한 서술 방식은 자타가 공인하는 그의 대표작인 「낙동강」에서도 마찬가지이다.

> 그러다가 마침 독립운동이 폭발하였다. 그는 단연히 결심하고 다니던 것을 헌신짝같이 집어던지고는 독립운동에 참가하였다. 일마당에 나서고보니 그는 열렬한 투사였다. 그때쯤은 누구나 레사이지마는 그는 또한 1년반 동안이나 철창 생활을 하게 되였었다. 그것을 치르고 집이라고 나와보니 그동안에 자기모친은 돌아가고 늙은 아버지는 집도 없게 되어 자기 딸(성운의 자씨)에게 가서 얹혀 있게 되었다. 마침 그 해에도 이곳에서 살 수 없게 되어 서북간도로 떠나가는 이사군이 부쩍 늘 판이다. 그들의 부자도 이사군들 틈에 끼어 멀리 고향을 등지고 떠나가게 되었었다. 서간도로 가보니 거기도 또한 편안히 살 수가 없는 곳이었다. 그 나라의 관헌의 압박, 횡포는 여간이 아니었다. 그의 부자도 남과 한가지로 이리저리 떠돌았다. 떠돌다가 그야말로 이역 타향에서 늙은 아버지조차 영원히 잃어버리게 되었었다.(124쪽)

여기서 박성운의 삶은 "독립운동→감옥소→모친 사망, 부친과 함께 간도행→유랑, 부친 사망"으로 요약할 수 있으며 그 과정의 사건이나 묘사가 거의 없이 서술, 진술을 요약한 것에 가깝다. 그의 삶이 구체적으로 그려져 있기보다는 당시의 보편적인 삶 속에서 오히려 추상적으로 그려져 있다. 다음과 같은 문장은 묘사라기보다는 설명에 더 가깝다.

---

30 이강옥은 그의 작품이 "노동자 농민의 전위들이 어째서 과거의 방식대로는 추호도 더 이상 살지 않으려 하는가"(루카치의 표현)라는 단계까지 구체적으로 형상화하지 못했다고 함. 앞의 논문, p.204

> 예전에 중농이던 사람은 소농으로 떨어지고 소농이던 사람은 소작농으로
> 떨어지고 예전에 소작농이던 많은 사람들은 거의다 풍지박산하여 나가게
> 되고 어렸을 때부터 정들었던 동무들도 하나도 볼 수 없었다. 그들은 모두
> 도회로, 서북간도로, 일본으로 산지사방 흩어져 갔었다.(125쪽)

이렇게 「낙동강」의 곳곳에서 위와 같이 설명적 추상적이면서도 요약
적인 부분들을 발견할 수 있는데 그럼에도 불구하고 이 작품의 전체적
인 인상은 주관적이며 매우 낭만적이기까지 하다. 조명희의 작품 가운
데 문학성이 가장 강한 작품이라는 평가는 이러한 낭만성에 기인하는
것으로 생각된다.

> 이해의 첫 눈이 푸득푸득 날리는 어느 날 늦은 아침, 구포역에서 차가 떠
> 나서 북으로 움직여 나갈 때이다. ―로사―아마 그는 돌아간 애인이 밟던
> 길을 자기도 한번 밟아보려는 뜻인가 보다. 그러나 필경에는 그도 잊지 못
> 할 이 땅으로 돌아 올 날이 있겠지.(「낙동강」)

에필로그 부분 역시 조명희의 다른 작품의 마지막 부분과 다르지 않
다. 시간의 흐름을 넌지시 알리면서 사건의 전말이나 중간 과정에 대한
별다른 묘사나 필연적 연결 없이 로사의 떠남을 보여주고 있다. 이에 대
해서는 '경향성의 미적 형상화 미달'[31] 혹은 '경향성의 개념적 제시' 라
는 한계로 지적되기도 하는데, 비극적 결말을 서술자로서 단지 전해주
고 있을 뿐이다. 그러나 「낙동강」이 그의 초기 단편소설들과 확연하게
다른 점은, 이전의 작품들에서 주인공들이 지주의 횡포로 인해 가정 파
탄에 이르고 비참한 신세로 전락하면서 철저하게 피해자로 그려진 데

---

31 변경화, 「포석 조명희의 낙동강」, 정덕준 편 『조명희』, 209쪽.

비해 박성운은 비록 죽었지만 수많은 만장 행렬 속에서 거의 영웅처럼 떠나가고 있다. 더군다나 그의 뜻을 그대로 비장하게 이어받는 로사라는 여인까지 있다. 로사의 의지가 결연함을 보여주면서 이를 통해 낭만성과 혁명성을 동시에 획득하는 것이다.

조명희의 소설에서 보이는 서정성이나 낭만성은, 타고르식의 낭만주의를 꿈꾸었던 시인으로서의 그의 이력, 그리고 망명 후 주로 시작에 힘썼던 시인 조명희에게서 찾을 수 있다.

생활의 곤란함과 이념의 표상 등이 얽히면서 이념의 문제가 사치스러울 정도로 현실은 절박했지만 또 그 탈출구는 이념일 수밖에 없었을 것이다. 앞에서 살펴보았듯이 허무와 절망을 통해 도달하게 된 결론이 '자기를 속이지 않고 진실하게 살아나가자는 것 외에 더 위대한 것이 없다'는 것이라면, 결국 자기를 속이지 않고 진실하게 살아나가기 위한 선택이 망명이었다. 낭만적 이상과 혁명적 이상이 만나는 곳에 망명이 있었다. 그리고 이 부분에서 조명희를 이해하는 중요한 기호로 「낙동강」을 생각하지 않을 수 없는 것이다.

5. 낭만성과 혁명성

조명희의 경우, 시적 낭만주의와 소설에서의 사회주의적 사실주의가 '이상의 구현'이라는 공통분모를 통해 자연스럽게 그의 삶을 지배하고 문학을 이루었다고 생각한다. 소설 「낙동강」에서 보여주는 혁명성과 낭만성은 조명희의 문학과 삶을 단적으로 보여주고 있다. 사실 낭만주의와 사회주의적 사실주의의 공통점은 그 이상주의에 있다. 포석이 시에서 추구하고자 했던 낭만주의는 망명을 통해 극적으로 구현된 셈이다.

자기를 속이지 않고 진실하게 살아나가기 위해 택한 것이 소련으로의
망명인데 사실 망명 자체는 매우 극단적인 낭만주의적 행동으로 볼 수
있다. 그리고 무엇보다도 이념의 종주국으로의 망명은 자기 꿈을 실현
하기 위한 극단적 이상주의적 행동이다. 이러한 극단적 실천을 통해서
사회주의 이념을 구현하고자 했다는 점에서 조명희는 낭만성과 혁명성
을 체현한 작가라고 할 수 있다. 그는 시인으로 출발하여 소설을 쓰다가
망명 이후 장편소설을 시도[32]하지만 발표하지는 못한 채 주로 시를 썼
다. 「10월의 노래」, 「볼쉐비크의 봄」, 「여자 돌격대」 등을 통해 개인적인
인간 구원의 문제보다 사회주의 혁명을 위한 현실적인 투쟁을 강조하는
시를 쓰지만 그의 시는 "그 체계적인 깊이나 성숙도가 부족"[33]했다는
평가를 받는다.

소련으로 간 직후 아마도 조국에서 발표된 마지막 소설일 「아들의 마
음」(1928. 9, 『조선지광』)에서는 종전의 소설보다 노골적인 사회주의 계
급투쟁을 보여주고 있다. 거리에 나앉게 된 어머니의 희망을 외면하고
노동운동으로 나갈 수밖에 없다는 아들의 마음을 그리고 있기 때문이
다. 이후 망명지 소련에서 1928년 가을 발표한 산문시 「짓밟힌 고려」는
일본 제국주의 침탈에 따른 참담한 현실상과 그에 대한 저항의지가 함

---

32 "그는 이때껏 자기뿐만 아니라 다른 조선 프로레타리아 작가들도 손을 대지 않은 예
  술적 장르 즉 장편을 계획하였다. 그리하여 그는 쏘련에 발을 들여놓은 직후―1928년
  9월에 장편소설 「붉은 깃발 아래에서」를 탈고하였다. 이것이 곧 조명희가 쏘련에 와서
  쓴 첫 작품이며 또 그와 동시에 조선 프로레타리아 문학사에 있어서 첫 장편이었다.
  그러나 극히 유감스러운 것은 이 소설이 햇빛을 보지 못하고 사라져버린 것이다. (…
  중략…) 이로 말미암아 조명희는 자기의 장편을 발표하지 못하고 당분간 교편을 잡는
  수밖에 없었다."(황동민, 앞의 책, 11~12쪽)
33 김재홍, 앞의 글, 99쪽.

께 그려져 있고, "특히 「낙동강」과는 직접 간접적인 내용과 주제상의 공통점이 드러나고"[34] 있다. 「짓밟힌 고려」는 "민족해방으로서의 독립투쟁과 인간 해방으로서의 계급투쟁이라는 이념을 주제로 하면서 당대 민족이 처한 참상과 그에 대한 분노를 리얼리즘적 각도에서 묘파한 시"[35]로서 이 작품에서부터 조명희가 확고한 사회주의적 사실주의를 지향하게 되었다고 볼 수 있다.

이렇게 조명희의 삶과 문학을 시와 소설을 통해 살펴본 바, 그가 낭만주의에서 사실주의로 옮기면서 운문에서 산문으로 그 표현방법을 달리 택했다지만 시와 소설의 주제적 유사성, 소설 작법의 미숙함, 그의 낭만적 성향 등으로 미루어 볼 때 그 근본에서는 한결같이 낭만주의적 이상을 추구하면서 결과적으로 사회주의적 사실주의의 이상을 구현하고 있었다고 볼 수 있다. 말하자면 시와 소설을 통해 바로 이러한 이상을 구현하고 합일을 이루어냈다는 데에 그의 문학적 가치가 있다고 하겠다. 망명이라는 낭만주의의 극단적 방법을 택함으로써 혁명의 길로 보다 가까이 가게 되었기 때문이다.

초기 시 「혈면오읍(血面嗚泣)」에서 읊었던 절박했던 심정은 그의 생애의 마지막 순간을 예언하고 있는데 간첩으로 오해받고 사형당했던 그의 삶은 '주려 죽은 갈가마귀의 넋' 만큼이나 비극적이기 때문이다. 그러나 결과적으로 보면 그가 도중에 사형을 당하는 비극적 죽음은 그의 혁명성을 완결 짓는 대단원의 역할을 했다고 볼 수도 있다. 새로운 삶을

---

34 김재홍, 앞의 글, 86쪽.
35 위의 글, 93쪽.

찾아 간 곳에서 꿈도 펼치기 전—『만주 빨치산』이라는 작품이 출간되기도 전에 그 작품의 민족주의적 성향으로 인해 사형을 당했다고 한다면, 그리고 바로 그 작품이 만주 항일문학과 김일성을 연결시켜주는 고리 역할을 하고 있다는 〈민족과 운명〉 식의 설정과 연결시켜 볼 때 매우 아이러니컬하다고 할 수 있다. 이렇게 볼 때 그의 선택, 삶과 죽음의 방식이 조명희를 문제적 인물로 만들기에 충분했고 문학사적으로도 독특한 자리에 놓이게 했음을 알 수 있다. 그의 작품에서 보이는 미숙성이 성숙한 단계로 들어갈 여유를 시대와 운명의 거센 파도는 허여(許與)하지 않았다. 민족의 수난에 온몸으로 부딪치다가 구소련으로 망명함으로써 예술적으로 승화된 본격적인 문학작품을 쓰는 대신에 당과 이념을 위한 구호 같은 시를 쓰게 되었지만, 결과적으로는 구소련 지역에 고려인문학을 형성하는 선구자, 국외 한인문학의 개척자가 되었다. 그의 삶과 문학은 이렇게 극적인 전환을 되풀이하면서 우리 문학사의 상흔으로, 또 훈장으로 남아 있다.

김사량과 재일 조선인의 문학적 거리

1. 문제적 인물 김사량

김사량(본명 김시창, 1914~1950)은 개인으로서 또 작가로서 문제적 인물이다. 그 생애가 매우 극적이며 문학작품 또한 주로 일본에 거주하는 조선 사람들의 삶과 애환을 매우 생생하게 그리고 있다는 점에서 대단히 개성적이다. 한 사람이 살아가면서 개인이 처한 사회적·정치적 상황에 의해 그 삶의 방향이 바뀌어지는 것은 어쩔 수 없는 일이라 하더라도 김사량은 일제 강점기와 해방, 6·25라는 우리 민족사적 격변기에 자발적으로 몸을 실었다가 흔적도 없이 사라짐으로써 우리 문학사에서도 얼핏얼핏 그 이름만을 비쳤을 뿐이다. 이 글은 지금까지 문학사에서 잠깐씩 그 이름을 비치기만 했던 작가에 대한 진지한 관심의 한 표현이다.

김사량은 1914년 평양 유복한 가정의 차남으로 태어나 일본 유학을 하고 잡지 『문예수도』에 발표된 작품 「빛 속으로」가 아쿠타가와 상(芥川賞)[1]

---

1 일본 다이쇼(大正) 문단의 귀재 아쿠타가와 류노스케(芥川龍之介)를 기리며 1935년에 문예춘추사에서 창설한 이 상은 현재 일본 최고의 신인문학상으로 자리 매김 되어 있고

후보작이 되면서 한국보다 일본에 먼저 그 이름을 날렸다. 일본 문단에서 활동하다가, 1944년 평양 대동공업고등학교 독일어 선생, 두 차례의 중국 방문과 그 직후 중국 연안으로 탈출 시도, 실제로는 태항산으로 방향을 바꿔 조선의용군으로 복무, 그리고 1950년 6·25 와중에는 인민군의 종군작가로 마산 전투까지 참가했다가 인천상륙작전으로 인해 인민군이 후퇴하던 가운데 36세의 나이로 심장병이 재발하여 원주 근교 산중에 남겨져 아무도 그 죽음을 모른다는 점에서 그 생애가 파란만장하고 극적이다.

한편 그의 문학은 여러 면에서 예외적인데, 문학활동을 일제 강점기에 일본에서 활발하게 했다는 점, 평양 갑부의 아들이면서 그의 작품에는 하층민들의 삶을 아주 생생하게 그리고 있다는 점, 특히 일본 거주 조선인들의 비참한 삶을 다른 어느 작가의 작품에서도 찾아보기 어려울 정도로 생생하게 그리고 있다는 점, 이런 작품들 대부분이 일본어로 쓰였지만 그럼에도 불구하고 친일문학가가 아니라는 점 등등에서 매우 문제적이다.

평양 갑부의 아들인 김사량 덕분에 일본 문인들은 평양을 방문할 때마다 대단한 대접을 받기도 했는데, 아버지에 대한 기록은 거의 없으나 "어머니와 달리 절벽처럼 보수적이고 완고"[2]했다고 하며, 어머니는 미

지금까지 이회성, 현월, 유미리가 이 상을 수상했다. 아쿠타가와 류노스케는 1927년 7월 24일 35세의 나이에 다량의 수면제를 먹고 자살했는데, 어머니의 광기가 유전될지 모른다는 공포감이 평생 그를 괴롭혔다고 한다. '장래에 대한 막연한 불안' 이라는 자살 동기를 당시 청년, 지식인들은 쇼와시대의 위기와 불안을 반영한 죽음으로 인식하고 강한 충격을 받았다.

2 안우식 지음, 심원섭 옮김, 『김사량 평전』, 문학과지성사, 2000, 350쪽.

션계통의 숭의여학교를 졸업하고 개화사상에 눈을 뜬 선각자적 여성으로 일제에 비행기를 헌납할 정도로 재력이 있고 큰 요릿집을 경영했다고 한다. 김사량이 평양고등보통학교 5학년(1931년) 재학 중 참가했던 반일학생 투쟁, 동맹휴교 사건의 주모자 가운데 하나로 지목되어 퇴학 처분을 받고, 남의 이목을 피해가며 '어느 작은 역'에서 어머니의 전송을 받고 도일을 시도하기까지, 「어머님께 드리는 편지」를 통해 미루어 보면 어머니를 비롯한 가족의 사랑과 영향을 많이 받은 것으로 보인다. 형 김시명은 경도대학 졸업 후 고등문관시험 양과에 합격한 수재로, 조선총독부의 고위 관료, 홍천 군수 등을 거쳐 초대 전매청장까지 하였고, 출가한 고모와 누나 특실이[3], 누이동생의 특별한 사랑을 받으며 김사량은 매우 유복한 소년 시절을 보냈는데 가족과의 유대는 일본 유학 시절에도 그대로 이어진다.

> 내지에 온 이래로 그럭저럭 10년이나 되었지만 해마다 거의 두세 번은 고향에 돌아가 있다. 고등학교에서 대학으로 이어지는 학창생활 때는 휴가가 시작되는 첫날 대개 서둘러 돌아갔다. 나 자신도 이상하다고 생각할 정도로 시험을 끝내면 곧장 뛰어서 숙소로 돌아가 서둘러 짐을 싸서는 허둥지둥 역으로 갔다. 그렇게 해서 마주치는 제일 빠른 시간의 기차를 타고 돌아가는 것이다.[4]

이렇게 고향과 가족을 그리워하며 방학 때마다 혹은 결혼(김관식 목사 주례로 최창옥과 1939년 결혼)하면서 한국에 잠깐씩 오기는 했지만,

---

3 「고향을 생각한다」에 고향과 누나 특실과의 각별한 정이 잘 드러나 있다.
4 김사량, 「고향을 생각한다」, 『빛 속으로』, 소담출판사, 2001, 321쪽.

1931년부터 1942년까지, 약 12년간 그는 동경을 중심으로 하여 일본에서 살았다. 그 가운데 본격적으로 작품활동을 하는 것은 1939년 가을부터 1941년 가을에 걸쳐 2년간 정도이다. 그는 1939년 동경대 독문학과를 졸업한 후, 조선일보사 학예부 기자를 잠시 하는 동안에 「빛 속으로」를 일어로 쓰고 『문예수도』에 발표하게 된다. 이것이 이듬해 1940년 2월에 상반기 아쿠타가와 상 후보작이 되면서 『문예춘추』에 실리고 이후 그의 대표작으로 꼽을 만한 「천마」, 「덤불 숲으로」, 「무궁일가」, 「유치장에서 만난 사나이」, 「지기미」, 「향수」 등의 소설들을 잇달아 발표하는 등, 1941년 12월 초 소위 '사상범 예방구금법'으로 예비 검속되기까지 서울과 동경을 오가며 본격적인 문단활동을 한다. 석방된 이후 전시협력체제 하에서 장편역사소설 『태백산맥』을 『국민문학』에 연재하고, 장편소설 『바다에의 노래』를 『매일신보』에 연재하기도 하는데 이렇게 친일매체에 일어로 발표하면서도 "작품 속에 담지된 사상을 위장된 전술과 일제의 정책에 비협조적인 자세로서 견지"[5]시켜 가려고 했다. 이러한 위장된 노력 끝에 김사량은 해방 직전 1945년 국민총력 조선연맹 병사후원부로부터 '재지(在支) 조선 출신 학도병 위문단' 원으로 중국에 가게 된다. "연안에 잠입하여 싸울 수 있는 길을 찾아보자."[6]는 생각을 갖고 있던 만큼 그는 북경에서 중국 해방지구로 탈출, 조선독립의용군에 참가했다가 해방이 되어 평양으로 개선해 들어감으로서 북한의 인민예술가가 된다. 그리고 6 · 25 전쟁에 북한 인민군 종군작가로 참가했다가 9 · 28 서울 수복 후 퇴각하던 인민군의 대열에서 낙오된 채 지병

---

5 김재남, 「김사량 문학연구」, 『종군기』, 1992, 살림터, 294쪽.
6 이상경 편, 「복마전의 북경반점」, 『노마만리』, 동광출판사, 1989, 270쪽.

인 심장병으로 원주 근처 산중에서 생사를 달리했다. 6·25 때 서울 종로에서 김사량을 본 백철은 "그는 정말 군복 차림을 하고 소좌의 견장을 붙이고 정식 종군작가의 자격으로 나와 있었다. 노끈으로 얽어맨 인민군 장교모를 쓰고 널판쪽 같은 소좌의 견장을 붙이고 있었다. ―(오늘 저녁으로 낙동강 전선으로 가야 한다며) 그는 퍽 유쾌한 모양이었다. 전선에 가면 작가로서 귀중한 체험을 할 참이라고 무척 좋아하고 있었다."[7]며 그의 죽음을 애석해 하고 있다. 이런 면에서 남한 쪽에서는 월북작가군에서도 매우 정도가 무거운 작가로 분류될 만했다. 그는 6·25 후에 북에서 숙청 되었던 다른 월북작가와도 그 성격이나 행위가 남달랐던 것이다.

그렇다고 북한에서 그가 남다르게 높이 평가된 흔적은 별로 없다. 그는 평양 대지주의 아들로 부르주아에 속했을 뿐 아니라, 무엇보다도 1946년 〈호접(胡蝶)〉이라는 연극을 통해서 무정(武亭)장군을 비롯한 연안파 망명인들의 항일운동의 일면을 소개하여 소련파인 김일성의 비위를 건드렸던 일[8]이 있다. 김사량은 말하자면 연안파[9]에 속했다. 연안파들은 후에 숙청당했고, 김사량은 그 전에 6·25 와중에 전사했다. 그가 죽지 않았더라면 숙청되었을 것이라는 식의 추론이 가능하지만 사실로만

---

7 백철, 『문학자서전』(후편), 박영사, 1976, 407쪽.

8 이기봉, 『북의 문학과 예술인』, 사상사회연구소, 1986, 164~167쪽. 연안파 무정을 찬양하는 연극 〈호접〉을 방해하기 위해 김일성파는 김사량에게 친일 반동혐의를 씌운다. 연안파는 50년대 중반 소련파와 제휴해 김일성 주류에 도전했다가 실패하는 이른바 "8월 종파사건"을 통해서 정리, 일단락된다.

9 중국 항일지구로의 탈출을 감행한 김사량은 조선의용군 근거지가 연안에서 이미 이동한 상태라서 태항산으로 가면서 그 과정을 기록, '항일중국 기행'이라는 부제가 붙은 장편 르포 『노마만리』를 쓰게 된다.

접근해본다면, 김사량은 북한에서는 한동안 사라진 작가에 속했다. 북한에서는 1987년 『김사량 작품집』(문예출판사 간)이 출간되면서 작가로서 명예를 찾게 되는 셈인데 일본에서는 그의 작품이 부분적으로 '일본현대문학전집' 류에 수록되는 것 외에 대표작 선집인 『김사량 작품집』(理論社, 1972), 『김사량 전집』 전 4권(河出書房新社, 1974)이 발간되어 일본에서 더 일찍부터 본격적으로 조명되기 시작했다. 남한에서는 해금 이후 월북작가의 작품집들이 발간되면서 부분적으로 한글로 된 김사량의 작품이 수록되어 1990년대부터 조금씩 연구되기 시작했지만 작품집(『빛 속으로』, 소담출판사, 2001)과 평전(『김사량 평전』)이 번역, 발간되면서 본격적으로 연구될 수 있는 기반이 마련되었다. 그러다가 김사량은 "일본어로 작품을 썼지만 항일의식을 드러냈다" 하여 2002년 여름 민족문학작가회의, 민족문제연구소, 실천문학이 공동으로 작성한 친일문학작품 목록에서 그의 작품이 제외되고 따라서 친일작가의 명단에서도 제외되었다. 일본에서 주목받은 김사량은 북한에서 먼저 연구되었고, 남한에서도 비로소 빛을 보며 복권된 것으로, 이념을 넘어서 작품만으로 평가받게 된 것이다.

지금까지의 냉전적 사고에 의해 보면 남쪽에서 다루지 못할 충분한 외연적 조건을 가졌고 북한에서도 외면 받을 만한 조건을 태생적으로, 상황적으로 지니고 있던 작가, 김사량은 여러 면에서 문제적 인물이다. 이제 김사량이 비로소 그의 작품만으로 연구될 수 있는 여건이 형성되면서 그의 문학의 본령이라고 할 수 있는 재일 조선인들의 삶을 그린 작품을 통해 작가와 재일조선인, 양자의 거리를 가늠해보고자 한다. 해방 후 북한에서 발표한 작품들은 본고에서 논외로 하여 일본에서 살면서 보고 느꼈던 조선 사람들의 진솔한 삶의 모습을 그린 작품들을 대상으로 한다.

2. 김사량의 모순 — 환경과 체험의 소설화

김사량은 한국에서보다 일본에서 더 잘 알려진 작가이다. 한국에서는 1990년 전후해 그의 작품이 소개되고 발간되면서 2000년 이후 본격적으로 연구되는 데 비해 일본에서는 1970년대에 이미 『김사량 작품집』과 『김사량 전집』 전 4권이 발간되었기 때문이다. 「어머님께 드리는 편지」에 의하면 "중학교를 졸업하면 곧바로 북경의 대학에 진학했다가 미국으로 건너가려 했던" 희망[10]이 중학교(평양고등보통학교) 5학년 시절 군사 교련의 담당교사(배속 장교)인 일본 직업군인 배척 사건에 연루된 동맹휴학 사건으로―1929년 광주학생의거의 영향을 받아 반일, 항일의 민족주의적 성격이 강했다.― '논지 퇴학'을 당하면서 '남행열차를 타'고 일본으로 밀항을 시도하게 된다.[11](그러나 밀항은 하지 못하고 당시 교토제대법학부에 재학하고 있었던 형 김시명의 도움으로 일본으로 가게 된다.) 이 과정에서 북경 유학, 나아가 미국 유학이라는 미래 대신에

---

10 김사량이 북경으로 해서 미국으로 갈 꿈을 갖고 있으면서 일본으로 간 것은 김우진이 러시아로 갈 계획으로 동경부터 갔던 경우와 흡사하다. (졸고, 「조명희 소설을 통해 본 내면세계 고찰―망명 동기를 중심으로」, 『동아시아 연구 제2집』, 한성대 동아시아 연구소, 2002. 12, 31쪽) 김우진이나 김사량이 각각 목포와 평양 갑부 집안인 것을 볼 때 이들의 꿈은 사실 가능한 것이었으나 당시의 시대적 환경과 개인적 정황이 이들의 갈 길을 돌려놓은 셈이다.

11 김사량은 「현해탄 밀항」에서 밀항을 시도했던 적이 한 번 있었다고 적고 있다. 부산까지 갔던 당시 끊임없는 유혹에 고민을 거듭하다가 여관 옆방 손님의 경험담을 듣고 포기한다. 그에 관한 몇 개의 글에서 실제로 밀항을 한 것으로 나온 것은 그의 전기적 사실이 이 시기 조금 모호하게 처리된 데서 기인한 것으로 생각된다.

뜻하지 않게 식민지 지배국인 일본으로 건너갈 수밖에 없게 된 한 조선인 청년의 비애와 울분을 짐작해 볼 수 있다.[12]

김사량이 평양에서, 기독교 가정에서 태어나 자라났다는 점은 시사하는 바가 크다. 당시에 평양 그리고 기독교 집안 하면 항일의식이 투철하여 일제의 주목을 받을 만한 조건[13]이 된다. 모친이 집안에 할당된 전시공채(戰時公債)를 다 내지 않아서 경찰서에 가 있고 숙부는 그 일을 무마하기 위해 경찰 관계자를 대접하는 환경[14]은 '어중간한 키에 조금은 신경질적인 얼굴' 의 예민한 김사량으로 하여금 충분히 민족주의적인 자각을 하게 할 만하다. 그의 가족은 부유하고 굴지의 유력자들이었던 바, 김사량은 자신의 가문에 대해 명문가로서의 긍지를 느끼는 것 같다. 그

---

12 안우식은 "다감한 소년 시절에 이러한 일련의 사건을 체험하게 됨으로써 일찌감치 그가 민족주의적 운명관이라고 할 수 있을 만한 자기 사고의 패턴을 주체화할 수 있는 계기를 얻게 되었다는 점은 주목해볼 만하다."고 밝히고 있다.(안우식, 앞의 책, 81쪽)

13 이광린, 「평양과 기독교」, 『한국기독교와 역사』 10권, 한국기독교역사연구소, 1999, 7~36쪽. 조선혜, 「1941년 '만국부인기도회사건' 연구」, 『한국기독교와 역사』 5권, 한국기독교역사연구소, 1996, 117~155쪽. 이에 의하면 평양은 기도회 준비와 지휘의 중심지였던 만큼 경찰의 제재가 타 지역보다 심했다고 한다. 일제는 1941년 봄 '만국부인 기도회' 내용을 결과적으로 조선 민족에게 독립사상을 주입시키려 한 것으로 해석, 검거했는데 기도회를 준비하고 개최한 한국인 피의자들은 평양신학교, 기독교계 정규 학교, 성경학교 출신들로서 전도부인, 여전도회 지방회 임원, 선교사의 서기 등 여전도회 조직 안에서 지도력을 가지고 있으면서 선교사와의 유대도 두터운 사람들이었다. 김사량은 1941년 5월 고향의 어머니와 누이가 생각지 못했던 사건으로 경찰에 체포된 일 때문에 평양에 돌아가 있었다. "이번 탄압은 기독교 신자를 목표로 한 것이었기 때문에 저의 어머니와 누이도 당했다."(『김사량 평전』, 145쪽)고 한 이 사건은 시기적으로 기도회 사건과 연루된 것으로 보인다.

14 안우식, 앞의 책, 86쪽.

러면서도 '조선인 하층민의 처참한 생활에 붓을 들이댄 유일한 민족작가', '민족적 아이덴티티를 추구하는 작가'로 인정받고 있는데, 그 사이에서 김사량 자신이 갖고 있는 민족주의의 모순과 그것이 갖고 있는 성격의 복잡성을 읽을 수 있다. 김사량은 일제 시대 매우 부유한 명문가의 아들이면서 그의 작품은 재일 조선인들의 비참한 삶을 그리고 있다. 그런데 그의 작품에는 체험이나 견문을 토대로 쓴 것들이 많다. 얼핏 앞뒤가 맞지 않는 것 같아 보이는 이 말이 김사량의 경우 모두 진실이라면 그 모순의 연결 고리는 '재일 조선인'이라는 항목에 있다. 작가 자신이 재일 조선인으로서 일본에 거주하고 있는 조선인들의 비참한 삶을 본 대로 겪은 대로 소설화했기 때문이다. 체험의 소설화를 보여주는 작품들을 살펴보면 다음과 같다.

실제로 그의 출세작이 된 「빛 속으로」는 동경제대 시절 김사량의 세틀먼트[15] 활동 체험에 기초한 소설로 주인공 남선생은 작가 자신이 투영된 인물이다.

「덤불 숲으로」(『문예』, 1940. 7, 『조선문학』 특집호)에서 동맹파업으로 교련 선생과 함께 코풀이 선생을 몰아내는 것도 실제로 작가가 중학교 시절 체험한 일이다. 또, 1940년 4월 즈음에 귀향하여 강원도 홍천군 두촌면 가마 연봉을 중심으로 화전민 부락의 실태조사를 하게 되는데 이는 당시 형 시명이 홍천 군수로 있었던 것이 계기가 되었던 것 아닌가 추측할 수 있고, 색의(色衣) 운동과 화전민들의 삶을 다룬 이 작품은 바로 이 체험을 바탕으로 나온 것으로 보인다. 「천마」(『문예춘추』, 1940.

---

15 세틀먼트(settlement)는 빈민지구에 정착하여 현지주민과 직접 접촉하면서 생활개선을 꾀하는 사회운동 혹은 그 시설을 말한다.

6)는 당시의 사건과 인물에 원형을 두고 있는 이른바 모델소설[16]이다. 일종의 성격파탄자, 가련한 들개 등으로 표현되는 문인 현룡이 미친 듯 날뛰다가 자신이 내지인 겐노가미 류노스케(玄の上龍之介)라고 부르짖으면서 끝나는데, 여기서 현룡은 평론가 김문집[17]을 모델로 하고 있고, 작품에 등장하고 있는 인물들 또한 실제인물들이다.

작품에 그려진 현룡을 이해하기 위해서는 그 모델이라는 김문집에 대해 백철이 쓴 글을 참고할 필요가 있다. 백철은 자신이 겪어본 바로 그가 본성적으로 그렇게 악의가 있는 위인은 아니라는 것을 강조하면서 다음과 같이 밝히고 있다.

> 그의 자질은 좋게 말하여 鬼才라 할 수 있었다. 일종의 고딕적인 자질이라고 할 수 있다. 뾰족할 때는 굉장히 뾰족하면서도 전체의 부분으로선 도무지 조화가 되지 않는 기형의 것이었다. 그의 비평문장을 읽으면 사금과 같이 반짝이는 대목이 있으면서 나머지 부분에는 허튼 이야기, 특히 자기 자랑을 하는 부분이 많이 섞여 있어서 그 문장이 粗針의 질로 떨어져 버리는 식이었다. 나쁘게 말하면 그는 저널리즘의 악취미를 구미로 삼고 있어서 남을 헐뜯는 일을 과장하는 버릇이 습관처럼 되어 있었다. (…중략…) 김문집은 술을 지나치게 좋아했다. 술을 먹으면 개차반이 된다. 그 소문도 여간 평판이 나쁘게 돌고 있지 않았다. 김문집은 그때 총독부의 학무국장으로 있던 시오하라(鹽原)라는 친구한테 자주 드나들면서 그의 졸개처럼 행세를 하

16 이에 대해서는 가와무라 미나토(川村湊), 「김사량의 삶과 죽음, 그리고 문학」, 김사량, 『빛 속으로』, 소담출판사, 2001. 김재용, 「일제 말 문학계의 양극화:협력과 비협력의 저항」, 『친일문학의 내적 논리』, 역락, 2003, 13쪽 참고.

17 김문집은 일본에서 문학수업을 한 후 귀국, 1930년대 초에 문단에서 많은 활동을 하였지만 괴팍한 성격과 파격적인 행동 등으로 빈축을 사다가 후에 오에 류노스케(류무자케 노스케)로 창씨개명하고 일본에 귀화했다. 백철에 의하면 그는 본시 일본 문단에 데뷔하기를 마음먹고 橫光利一을 따라다니며 일상 대화에서도 일본말을 많이 썼다고 한다.

고 다녔다. 그런 처세법이 또 하나 김문집에겐 불순한 생활태도로 되어 있
었다. 그 시오하라가 김문집에게 엄명을 내렸다. 다시 술을 먹고 난동을 부
리면 상대를 해주지 않을 터이니까 술을 끊고 나서 다시 찾아오라는 것이었
다. 김문집으로선 어길 수 없는 명령이었다. 그 뒤 김문집은 근 두 달 동안
경성 바닥에서 자취를 감추고 어느 절간으로 들어가서 중이 되었다는 소문
이 돌았다. 그 소문이 난 얼마 뒤에 중의 가사를 입고 바랑을 메고서 길거리
에 서 있는 김문집의 사진이 일본 신문인 '京城日報' 사회면에 3단 기사와
함께 크게 나 있었다. 그가 大江龍無酒之介로 창씨개명한 이야기가 무슨 神
話처럼 보도되어 있었다. 이런 짓을 하는 것이 김문집의 문단 行狀이었다.
자기 이름을 내기 위해서는 무슨 엽기적인 일이라도 무슨 파렴치한 행동이
라도 서슴치 않고 해내는 것이 그의 下等스러운 인품이었다.[18]

이렇게 보면 「천마」에서 현룡이 처한 상황이나 이해하기 힘든 천박한
성품, 기괴한 행동 등이 모두 김문집을 통해서 나온 것이라 하겠다. 작
품에 등장하는 일인 소설가나 관료, 바로 그 관료가 현룡에게 자숙을 위
해 사찰행을 권유하는 것, 그리고 현룡의 창씨개명 등을 일본 국책의 선
전을 위해 이용하는 것 등 소설의 큰 줄기가 모두 실화를 바탕으로 하고
있는 것이다.

「십장 꼽새」(『신조』, 1942. 1)는 「곱사 왕초」라고도 번역되는데, 김사
량은 1941년 11월 김달수의 초청으로 요코스가(橫須賀)를 방문, 이 소설
의 모델이 된 이수섭(李守燮)을 만나고 그들이 개최한 운동회에 참가했는
데 이 작품은 이때 본 이야기를 토대로 했다. 작가가 쓴 소설의 제목인
'벌레' (조선 이주민을 가리킴)를 설명하는 대목 등 실체험이 그대로 드
러나 있다. 김사량은 고향을 그리워하면서도 늘 고향을 떠나 살아야 했

---

18 백철, 『문학자서전 (후편)』, 박영사, 1976, 21~25쪽.

는데 그런 만큼 그의 작품에는 유난히 사라져가는 조선적인 것을 풍기는 인물들, 한국적인 정서가 살아있는 인물들이 많이 등장한다. 그가 "나는 나를 길러주고, 우울할 것 같으면서도 너무나 유머러스하고 마음이 부드러운 조선 사람들이 너무나 좋은 것"[19]이라고 고백하는 만큼, 「토성랑」의 원삼 노인, 「무궁일가」의 최노인과 한참봉, 「짐」의 윤참봉, 「지기미」의 지기미 노인, 「십장 꼽새」의 꼽추 등이 형상화된 것이다. 이렇게 일본에 거주하고 있는 조선인들의 비참한 삶을 본 대로 겪은 대로 소설화하면서 그 과정에서 민족적 아이덴티티를 자연스럽게 추구하게 되고 민족의식은 더욱 강화되었다고 생각된다.

3. 재일 조선인의 문학적 형상화

김사량은 1939년부터 1942년 사이에 제일 활발하게 일본 내에서 작품 활동을 했는데 거의 대부분의 작품을 일어[20]로 발표했다. 이렇게 일본 통치하에서 김사량의 작품활동 기간은 3년이 채 안 되는 짧은 시기였다. 그 가운데 「빛 속으로」, 「무궁일가」, 「십장 꼽새」, 「지기미」는 재일 조선

---

19 「고향을 생각한다」, 앞의 책, 324쪽.

20 이 가운데 「유치장에서 만난 사내」(『문장』, 1941. 2)와 「지기미」(『삼천리』, 1941. 4)는 한국에서 한국어로 우선 발표되었지만, 작가 자신의 번역으로 일본에서 제목을 달리하여 「유치장에서 만난 사나이」는 「Q백작」으로 제2소설집 『고향』(1942. 2)에, 「지기미」는 「벌레(虫)」로 일역 개작하여 『신조』(1941. 7)에 실리고, 후에 『일본소설대표작전집 8』(1942. 8)에 수록된다. 한국어로 쓰인 소설은 「낙조」(『조광』, 1940. 2~1941. 1) 정도이다. 물론 해방 후의 작품은 제외한 것이다. 한 연구에 의하면 해방 전 김사량의 작품은 25편 정도라고 한다.(이주미, 『김사량 소설에 나타난 탈식민주의적 양상』, 『현대소설연구』 19호, 2003. 9, 227쪽)

인들의 비참한 삶과 애환을 매우 리얼하게 그렸고, 「덤불 숲으로」, 「토성랑」, 「유치장에서 본 사나이」, 「천마」 등은 일제 통치 하 조선을 배경으로 식민지 하 조선인들의 참담한 삶의 실상을 일본어로 쓴 소설이다. 비참한 가운데서도 희화적인 부분에서 따뜻한 인간애를 느끼게 하는 공통점이 있는 바, 본고에서는 주로 재일 조선인들의 삶을 그린 작품에 초점을 맞추어 그 문학적 형상화의 면모를 살펴보고자 한다.

1) 자기정체성에 대한 고뇌와 이중성

1940년 2월 문예춘추사 주관의 상반기 아쿠타가와 상 후보작에 오른 「빛 속으로」(3월에 『문예춘추』 수록)는 주지하다시피 조선인 어머니와 잔인한 내지인—사실은 이 내지인도 조선인과 내지인 사이에서 태어났음을 넌지시 밝히고 있다.— 아버지 사이에서 늘 구박받고 살면서 조선인에 대한 애증의 감정을 병적으로 보여주고 있는 한 소년에 대한 이야기이다. 동경제대를 다니면서 협회 시민 교육부에서 밤에 영어를 가르치며 봉사하는 '나'는 처음부터 적대감을 보이는 소년 하루오에게 관심을 갖게 된다. 하루오는 "사랑하려고도 하지 않았고 또 사랑을 받는 일도 없"[21](19쪽)는, 생김새도 음산하고 차림새도 지저분한 소년이다.

이야기는 소년의 적대감이 바로 관심의 다른 표현임을 아는 내가 조선인들이 거주했던 역 뒤 늪지에 사는 그 소년을 지켜보며 몇 가지 사건을 통해 온갖 감정의 추이를 겪으면서 소년과 애증의 관계를 넘어서 화합에 이르기까지의 과정을 보여주고 있다. 기실 소년이 겪고 있는 문제

---

21 김사량 작품집 『빛 속으로』, 소담출판사, 2001. 앞으로 이 책에서 작품을 인용한 경우는 책의 쪽수만 인용문 뒤에 밝히고자 한다.

는 곧 '나'의 문제이기도 했다. 나 또한 남들이 남(南)선생이 아닌 '미나미'라고 부르는 호칭에 대해서 마음이 불편하고, 처음에는 그런 호칭이 매우 신경에 거슬렸지만 나중에는 천진한 아이들과 같이 뒹굴며 놀기 위해서는 오히려 유별나지 않은 게 더 나을지도 모른다고 생각한다. 유난스럽게 조선인이라고 떠들고 다닐 필요를 느끼지 않아서, 또 "나쁜 의미에서의 호기심 같은, 아무튼 일종의 이상한 선입견을 갖고 나를 대할 것 같"아서 단지 남들이 불러주는 대로 '미나미'로 처신하는 나는 자신이 일본인처럼 보일 수 있다는 점도 잘 아는 만큼, 이런저런 구실로 자신의 행동을 합리화한다. 그럼에도 불구하고 "그것은 내 안에 품었던 비굴한 마음의 증거임에 틀림없다."(24쪽)고 고백하는가 하면, '나야말로 위선자가 아닐까'(26쪽) 반성하기도 한다.

"위선자, 넌 또 위선을 부리겠다는 거군." "너도 이제는 끈기가 바닥나서 비굴해지기 시작한 거 아닌가." 나는 깜짝 놀라 그 목소리를 피하듯이 대답했다. "왜 나는 비굴해지지 않겠다, 않겠다며 늘 큰 소리를 쳐야만 했던 거지? 그게 오히려 비굴의 늪으로 발을 집어넣기 시작한 증거가 아닌가—."(42쪽)

이런 식의 내적 갈등을 겪으면서 "선생으로서 우선 서글픈 일" "아니, 오히려 무서운 일"(25쪽)이라고 마음고생을 하며 자신의 정체성을 확인해 나간다.

이번에는 자신을 향해 따져들었다. 너는 저 천진한 아이들과 조금이라도 거리를 두고 싶지 않았기 때문이라고 말했다. 그러나 결국 자신을 끊임없이 감추려고 선술집을 찾는 조선인과 너가 무엇이 다르다는 거냐! 나는 항변하듯이 나 자신을 몰아붙이려고 했다. 한때의 감상이나 격정에서 '나는 조선인이다, 조선인이다' 하고 외치는 선술집 남자와 네 놈은 대체 무엇이 다르다는 말인가. 그것 또한 자신은 조선인이 아니라고 외쳐대는 야마다 하루오의 처지와 본질적인 점에서는 아무런 차이도 없는 것이다.…나는 이 땅에서 조선인임을 의식할 때는 늘 무장을 해왔던 것이다. 하지만 이제 나는 나 혼자만의 부질없는 연극에 지쳤다.(43쪽)

일본 땅에서 조선인임을 의식할 때는 늘 무장을 해야만 하는 정신적 긴장감, 내부 갈등의 동질성으로 인해 소년 하루오와 선생 미나미는 동류의식을 느끼면서 애증의 단계를 거쳐 동화된다. 그 과정에서 하루오는 남선생을 미워하면서도 주변을 맴돌고, 남선생을 경원, 거절, 경계하면서도 가슴속을 털어놓으려 한다. 그에게 적대감은 곧 관심의 다른 표현일 정도로 이중적이다.

그러다 일본인 남편한테 처참하게 맞고 실려 온 어머니와 맞닥뜨리면서 사건은 극적 반전을 맞게 되는데, 하루오는 "난 조선인 아냐."라고 외치고 이 광경을 지켜보는 나는 하루오를 나무라는 "이의 자포자기와 같은 이성을 잃은 저 행동도, 또 이 소년의 애처로운 외침 소리도, 어느 쪽도 책망할 수 없을 것 같은 심정"(34쪽)임을 고백한다. 이렇게 양가적인 태도는 의식의 이중성을 수반하게 되면서 갈등의 양상을 진폭 시킨다.

나는 주위사람들로부터 미움을 받고 배척당하고 있는 한 동족 부인을 생각했다. 그리고 내지인의 피와 조선인의 피를 물려받은 한 소년의 내부에 있는 조화되지 않은 이원적 분열의 비극을 생각했다. '아버지의 것'에 대한 무조건적인 헌신과 '어머니의 것'에 대한 맹목적인 배척, 그 두 가지가 늘 상극하고 있을 것이다. 특히 빈고의 거리에 몸을 두고 있는 그이고 보면 어머니가 지닌 애정의 세계로 순진하게 잠겨 드는 것은 방해받았을 것이 분명하다. 그는 보란 듯이 어머니에게 안겨들 수가 없었다. 그러나 '어머니의 것’에 대한 맹목적인 배척 뒤에 있어서는 역시 어머니에 대한 따뜻한 숨결이 배어 있었을 것이다. 그가 조선인을 보면 거의 충동적으로 큰 소리로 조센진, 조센진 하고 뇌까리지 않고는 견딜 수 없었던 심정을, 나는 희미하게나마 이해할 수도 있을 것 같았다. 그는 나를 본 맨 처음 순간부터 내가 조선인이 아닐까 하는 의구심을 품으면서 시종 내 주변을 맴돌았을 것이다, 그건 분명 나에 대한 애정이지 아닐까. ‘어머니의 것’에 대한 무의식적인 그리움일 것이다. 그리고 그것은 나를 통해 할 수 있는 어머니에 대한 애정의 삐뚤어진 한 표현임이 분명했다.(39쪽)

“내지인의 피와 조선인의 피를 물려받은 한 소년의 내부에 있는 조화되지 않은 이원적 분열의 비극”은 바로 재일본 조선인인 ‘나’ 자신의 비극이면서 우리의 비극이기도 하다. ‘아버지의 것에 대한 무조건적인 헌신’과 ‘어머니의 것에 대한 맹목적인 배척’은 곧 개인적인 문제가 중간에 아무 걸러주는 망조차 없이 민족의 문제로 그대로 충돌하고 있음을 의미한다. 그것은 마치 내가 조선인임을 감추려고 했던 것은 아니지만 굳이 나서서 고치지 않는 바람에 일본인 행세하는 것으로 여겨지는 과정에서 개인적인 문제가 바로 민족적인 문제로 부각되는 것과 같다.

일본 땅에서 조선인임을 의식할 때는 늘 무장을 해야만 하는 재일 조선인의 삶을 한 소년과의 관계를 통해서 이렇게 생생하게 그려놓은 작품을 찾기는 쉽지 않다.『김사량 평전』을 쓴 안우식에 의하면 작품의 무대는 바로 자기가 태어나 자라난 곳으로 “「빛 속으로」의 세계는 어린 시절 내가 걸어 온 길과 겹치는 것이었으며, 이 작품에 등장하는 사람들과 그들의 일상, 분위기는, 나의 어린 날의 기억 그것이기도 했다.”(발문, 368쪽)고 한다. 생생한 만큼 그 아픔은 실재이고 여기서 이 작품의 의미가 강조될 수밖에 없다.

이 작품을 “식민자−피식민자의 경계에 위치한 인물들”인, 정체성의 혼란을 겪는 혼혈아 하루오와 내지의 조선인 '남'(미나미) 선생을 통해서 "식민지 시대의 민족 문제를 효과적으로 보여"[22]준다고 보기도 하고, 북한의 한 평자는 "일제에게 예속되어 있는 우리 인민의 비참한 모습과 식민지 인텔리의 정신적 고민, 민족적 의식을 보여 주었다. 여기에 이 작품의 긍정성이 있다."[23]며 드물게 작품 내적인 평가를 하기도 한다.

사실 일제의 내선일체정책은 그 자체로 끊임없이 갈등을 유발하게 되어 있다. '내지'와 '조선'의 차별성을 '일체'라는 동질성 내지 유사성으로 묶으려는 것이기 때문이다.

남선생이 협회에서의 생활과 자기의 심정의 추이를 담담하게 고백하다가 때로는 신랄하게 비판도 해가면서 자신과 상대를 이해하고 하루오와의 갈등을 헤쳐 나가는 과정은 바로 남선생 스스로 자신을 인식해 가는 과정이 된다. 하루오가 이중적 사고를 할 수밖에 없는 환경에서 그렇게 커왔다지만, 남선생 또한 일본에서 의식·무의식적으로 긴장하며 살면서 이중성을 지니고 있었던 셈이다. 이들이 갈등의 과정을 통해 정체성을 찾게 되면서 하루오의 표정은 '행복한 듯 환해져 있었고 나도 넘칠 듯한 기쁨'을 온몸으로 느끼게 된다.

> 나는 그 모습이 더없이 귀여웠다. 그의 눈은 빛나고 입가에는 희미한 미소가 떠올랐다. 나에게 완전히 마음을 허락했다는 의미일 것이다. 그의 마음의 세계에도 이처럼 아름다운 것이 감추어져 있었음이 분명하다.(38쪽)

하루오의 얼굴이 "언제나 그랬듯이 의구심과 반역의 빛을 띠고 있"(59

---

22 이주미, 앞의 책, 236쪽.
23 장형준, 「작가 김사량과 그의 문학」, 『김사량 작품집』, 평양:문예출판사, 1987, 4쪽.

쪽)지만, 두 사람은 결국 "마음도 점점 청정하게 가라앉는"(64쪽) 것처럼 혼란에서 벗어나게 된다.

이러한 정체성의 문제는 재일 조선인 가족의 비참한 삶이 그대로 제목이 되는 「무궁일가」에서 다른 방식으로 반복된다. 자동차를 운전하며 온 가족의 생계를 떠맡은 채 하루하루 살아가는 동성은 야학 전문부에라도 들어가 공부하고 싶은 꿈을 갖고 있다. 그의 이름은 동쪽 나라에 건너와서 성공하라는 뜻으로 아버지가 붙여준 이름이다. 그러나 알코올 중독 아버지, 밀린 집세와 전기료, 외상으로 남겨둔 수술비 등으로 그의 어깨는 휘어져 있다. 거기에 만삭의 아내를 맡기고 홋카이도 탄광으로 떠난 세 들어 사는 강명선의 가족까지 있다. 그가 삶에 지쳐서 강명선을 생각하며 자신들의 신세를 "발돋음을 해서라도 뛰어 오르려고 뛰어 오르려고 할 때, 적어도 자신들은 그렇게 애를 쓰면 쓸수록 점점 깊이 진창 속으로 발을 딛기만 하는 게 아닌가."(274쪽)라며 자조하는 부분은 재일 조선인으로서의 실존적 정체성을 보여주고 있다. 강명선의 동생인 소년은 형 부부의 비참함을 밟지 않기 위해 뼈도 굳지 않은 어린 나이에 노무자가 되어 자기 꿈을 이루고자 노력하며 가족에게도 돈을 내놓지 않는 비정함을 보이지만 동성은 자신의 처지를 빗대어 소년을 마음 깊이 이해하여 "주변은 상관하지 말고, 앞만 보고 나가라."(244쪽)고 마음으로 격려한다. 그러나 소년 또한 가족에 대한 사랑으로 갈등하면서 해산하는 형수를 찾아온다. 가족을 외면하고자 하는 결심과 가족이 걱정되는 생래적 본심의 충돌에서 가족을 찾아오는 것이다.

여기서 재일 조선인이 지향해야 할 바, 일종의 정체성의 자각을 하게 된다.

우리는 모두 하나도 빠짐없이 마찬가지로 힘들게 산다. 그리고 그건 우리 각자에게 이어져 있는 고통이고 또 그걸 극복해 나아가려는 고민도 용기도 동경도 투쟁도 모든 사람의 것이다. 이렇게 우리는 지금까지 살아왔고 앞으로도 또 끝없는 괴로움과 기쁨 속에서 영원히 살 것이 분명하다.(283쪽)

이렇게 일본 안에서 조선인으로 살아가는 것에 대해 나름대로 의미를 부여하면서 무궁지경임에도 불구하고 회의 속에서 절망을 이겨나가고자 하는 것이다.

2) 비참한 삶의 희화화와 구원에의 전망

김사량은 제2소설집 『고향』의 후기에서 제목을 '고향'으로 하면서 "고향 반도는 나에게 아름답고 유쾌한 곳만은 아니다. 그러나 그렇기 때문에 더욱더 고향은 가련하면서도 또한 둘도 없이 소중하게 생각되는 것이다. 여기에 수록한 소설 속의 인물들도, 한두 명의 예외를 제외한다면 거의가 나처럼 고향을 그리며 그 따스한 추억 속에서 휴식할 수 있는 시간을 간절히 바라고 있다. 그들의 시의심(猜疑心) 가득한 눈과 의기소침한 마음을 지닌, 그러면서도 끊임없이 희망에 매달리려 하는 애처로운 모습들을 나는 지그시 지켜보고 있다."[24]고 밝히고 있다. 그들 주인공들에 대한 작가의 애정을 볼 수 있는 부분이다. 김사량에게 고향은 사랑하는 가족과 친척들이 있는 곳이며 동시에 누구에게나 마음껏 농담을 할 수 있는 곳이다.

말하자면 일본 땅에서 살아가면서 늘 무장을 해야만 했던 정신적 긴

---

24 『김사량 평전』, 153쪽.

장감에서 벗어날 수 있는 곳이며 일종의 감정의 분출구인 셈이다. 그리고 이렇게 고향의 순박한, 그러나 가난하고 어리석은 사람들의 모습이 작품에 희화적으로 투영되어 있는 것이 그의 문학의 한 특징을 형성하게 된다.

「지기미」[25](『삼천리』, 1941. 4)는 원래가 사람을 좋아하는 나, 걸레장사를 하는 화가 지망생인 나의 눈을 통해서 하나 밖에 없는 친구인 지기미에 대해서 이야기하고 있다. 그는 시바우라 해안에서 각 지방에서 온 뱃짐(주로 석탄 짐)을 풀고 다시 일꾼들 태워 떠나는 배들을 맞고 전송하며 함바집 궂은 잔일이나 도우며 다니면서 지기미, 지기미라고 중얼거려서 그게 곧 이름이 된 인물이다. 지기미란 '빌어먹을' 이라는 뜻의 사투리, 주로 욕으로 쓰이는데 그는 아편쟁이, 나이 60, 옛날 청년 시절 한국 병정이었었다. 이곳에서 뱃짐을 푸는 일을 하는 오끼나까시(沖仲仕)는 거진 다 조선 사람이다. "어느 함바에나 열쬬 남짓한 방에 한 40명씩이 들구 날친다. 감자더미처럼, 어쩌면 석탄더미처럼 밤만 되면 그들은—볏짚짝 같은 이불을 뒤집어쓰고 세상모르게 잠이 들어 꾸르렁"[26] 거리는데 뿌리 뽑힌 이들의 삶은 일본 사회에서도 가장 밑바닥 인생이다.[27]

김사량의 소설에 나오는 조선 사람들은 대부분 밑바닥 인생이며 희화

---

25 「지기미」는 『삼천리』, 1941. 4에 발표된 작품인데 같은 해 7월 『신조』에 발표한 「벌레 (虫)」는 같은 작품을 일본어로 발표한 것으로 여겨진다.

26 『한국근대단편소설대계』 5, 태학사, 1988, 27쪽. 본문에 있는 한자는 표기하지 않았다.

27 "조선 동포는 어느 도시 어느 촌락에를 가든지 빈민지대에 거주하고 있다. 빈민지대 중에서도 아조 사람이 살 수 없는 구역에 풍우를 가리지 못하는 가옥에 살고 있다. 이 것은 물론 돈이 없고 생활 정도가 저급하야 그러한 것이 중요 원인이다. 그러나 또 가주와 지주가 조선 사람이라 하야 집을 아니 빌닌다는 것도 한 큰 원인이 될 것이다." (신호균, 「동경재주동포들의 생활근황」, 『신동아』, 1935, 78쪽)

화되긴 했어도 참으로 따뜻한 마음들을 지니고 있다. 「지기미」에서 본 시 심한 신경쇠약에 무슨 빌어먹을 통계를 한다는 대학생이 햇빛 때문에 발광할 때도 주위 함바 사람들은 돈을 모아 고향 가는 편에 딸려 보내는가 하면, 지기미는 또 그런 발광하는 사람이 생기면 안된다고 태양이 있는 시간에는 대 위에 포대 자루를 펴고 드러누워 아래쪽으로 창살 같은 얼룩이 지는 걸 막아준다. 나는 그 옆에서 목탄 연필을 사용해 그를 모델로 그림을 그리고. 지기미 영감은 고향에 돌아가야 되지 않느냐는 나의 질문에 "내가 고향 가버리면 여기 이 사람들 뒤는 뉘가 치능교…." "고향이란 니나 내나 생각만 해도 고향이 되지만 이 사람들 일은 멀리서 생각만 해가직꼬 안된닥하이까"라고 응수한다. 이 정도라면 시바우라 해안에서 지기미의 존재의 의미는 충분하다. 가히 "존재에 대한 하염없는 향수"(28쪽)라고 할 만하다.

한편 앞에서 살핀 「무궁일가」에서 동성의 이름을 아버지 최노인이 동쪽 나라로 일단 건너왔으니 하다못해 너라도 성공하라는 뜻에서 동성(東成)이라고 붙여주었다는 부분도 눈물겨우면서 희화적인 부분이다. 「무궁일가(無窮一家)」는 제목 그대로 궁핍함이 절절한 한 가족과 이웃들의 이야기인데, 앞에서 언급한 여러 가지 일로 곤궁에 처한 동성이 결국 방을 빌려준 이웃 강씨 부인의 해산을 통해서 구원의 빛을 생각하게 된다는 점에서 희망적이다.

> 그러나 집으로 돌아오는 그는 오랜만에 절실하게 구제 받은 기분이 드는 것이었다. (…중략…) 지금까지 자기 한 사람 일에만 집착하여 절망의 구렁 텅이를 파고 있던 자신의 모습이 새삼스럽게 돌아봐지는 기분이었다. 하지만 그러다가도 이내 덜컥하고 풀이 죽은 듯이, 지금 너는 자기 연민으로 허구의 위안에 몸을 맡기고 있는 거라는 자각의 목소리가 들렸다. 무엇 하나

좋은 방향으로 해결되는 일이 없지 않은가. 그는 놀란 듯이 멈춰 섰다. 그러나 그는 어두운 하늘을 올려다보면서 고개를 가로저었다. 그리고 아니, 난 무슨 일이 있어도 어쨌거나 조금만이라도 빛을 원하는 거야 하고 중얼거렸다.(283쪽)

작가 자신의 말처럼 시의심(猜疑心) 가득한 눈과 의기소침한 마음을 지니고, 그러면서도 끊임없이 희망에 매달리려 하는 주인공의 애처로운 모습을 작가가 지그시 지켜보고 있는 듯하다. 김사량 소설에 나오는 어수룩한 인물들은 말하자면 「무궁일가」의 강명선처럼 "천성이 어수룩하고 낙천가"(265쪽)이면서 "인간이 끝없이 선량하고 너그럽기 때문이라고나 할지, 아니면 사태파악이 더디다고 해야할지."(259쪽) 작가 스스로도 딱하게 여기는 스타일들이 많이 등장한다. 「토성랑」의 원삼도 우직하여 "선달을 무서운 분노의 포로로 만든 원인이 자신이라는 것을 추호도 알지 못"(94쪽)하는 순진무구한 어리석음, 선달의 아내가 내뱉은 농담을 진심으로 여기고 그녀와(그녀 가족과) 함께 살 방을 얻으려 하는 한심할 정도로 애틋하고 눈물겨운 순정의 소유자로 결국 선달의 아내를 홍수가 범람한 가운데 구하려다 자신이 목숨을 잃고 마는 허망하고 어수룩한 존재이다. 그러나 아무리 곤궁하고 밑바닥 생활을 하지만 그들에게서 훈훈한 인정과 희망까지 빼앗지는 못한다.

「무궁일가」에서 강의 부인이 해산할 때 새롭게 태어나는 어린 생명에게서 "촛불처럼 희미하게나마 구원의 빛이 천상을 향해 솟아오르는 듯한 생각"(278쪽)과 함께 "자기도 모르게 웃음이 터질 것 같을 정도로 공허하고도 밝은 기분"(279쪽)을 느낀다. 또 "우리도 뭐든 힘이 돼주"(283쪽)겠다는 주위사람들을 보며 동성은 혼자가 아님을 느끼게 된다. "뭔가 발톱 끝에서 온몸 안에 차오르는 듯한, 힘이 불끈불끈 밀려오는 듯한 밝은 기

 •• 한국 현대소설, 이주와 상처의 미학

운"(284쪽)과 함께 '눈동자를 빛내면서' '자신만만한 기분으로' '고통을 헤쳐 나아가는 강인한 정신을 되찾은 것 같' 이 다짐을 하는 부분과 마지막 구절에서 "난 혼자가 아니야, 혼자가 아니야."라고 중얼거리는 구절에서도 그러한 희망을 읽을 수 있다. 여기서 자식의 죽음을 정리하러 온 한참봉이 떠날 때 동성의 아비 최노인과 한시를 써서 석별의 정을 나누는 장면은 희화적이라고만 표현하기에는 딱하고도 슬픈 풍경이다.

> 한참봉도 기분이 좋아져서 안경을 고쳐 쓰고,
> "내 수첩에 받아써야겠군. 나도 돌아가면 한 수 읊어서 답할테니."
> 하면서 품속에서 너덜너덜 낡은 수첩을 꺼내 연필에 침을 발랐다. 최노인은 술잔을 손에 든 채 눈을 감고 슬픔으로 떨리는 쉰 목소리로 억양을 넣어가며 읊었다. 간혹 눈물을 닦기도 하고 목소리가 잠겨 울먹이기도 하면서.(254쪽)

이들을 통해 보게 되는 사라져가는 것에 대한 애환은 이태준의 「복덕방」의 노인들을 연상시킨다. 이렇게 어려운 상황 속에서도 훈훈한 인정이 돋보이는 것이 김사량 소설의 특징 가운데 하나인데 그것을 희화적으로 처리함으로써 진지함의 경직성에서 벗어나 특유의 문학세계를 이루게 되는 것이다. 가와무라 미나토는 김사량의 소설작품이 갖고 있는 향일성(向日性)과 유머를 지적하면서 "그때까지 일본어로 쓰여진 소설에는 없는 유머와 해학, 익살미가 있다"고 하고 바로 이 점이 "일본의 식민지 지배로 유래된 당시 조선 민족의 비극과 곤궁을 테마로 하면서도 오로지 비애나 분노, 증오만으로 그 저항 정신을 묘사하지 않은 원인"[28]

---

28 가와무라 미나토, 「김사량의 삶과 죽음, 그리고 문학」, 김사량, 『빛 속으로』 해설, 소담출판사, 2001, 328쪽.

이라고 보고 있다. 이러한 희화적인 처리 방식은 주인공들의 시의심(猜疑心) 가득한 눈과 의기소침한 마음, 그러면서도 끊임없이 희망에 매달리려 하는 애처로운 모습들을 지그시 지켜보는 작가의 그들에 대한 애정과 여유, 그리고 농담을 잘하는 그의 성격[29]과 연결시켜 생각해 볼 수 있다. 김사량 문학에 나타난 해학성은 진지하게 고구해야 할 부분이라고 생각한다.

3) 내재화된 민족의식

김사량의 작품에서 읽을 수 있는 중요한 덕목 가운데 민족의식은 여러 면에서 의미가 있다. 「빛 속으로」에서 읽을 수 있는 자아의 정체성 문제 또한 민족의식에서 비롯되었으며, 주로 노인들을 통해 드러나는 사라져가는 것에 대한 애환 역시 민족의식의 다른 색깔이다.

재일본 조선인들의 곤궁하고 비참한 삶 속에서 고향을 그리는 정서가 유별남을 볼 수 있는 것 또한 민족의식과 연결시킬 수 있는 항목이다.

「무궁일가」에서는 재일 조선인 노무자들의 비참한 생활을 적나라하게 그리면서 일본의 정책이 근본적으로 문제가 있음을 지적하고 있다. 동성의 부친 최노인은 합숙소에서 죽은 노동자 아들의 유골을 가지러 온 참봉에게 "신사상을 배우겠다고 스미토모의 인부 모집에 응해 건너온 것이 애당초 몸을 망치는 틀려먹은 일"(248쪽) "한 분야의 선각자라

---

29 "나는 고향에 가면 사람이 달라진 것처럼 당황스러울 정도로 농담을 잘한다. 친구들에게는 물론 선배에게조차 정신이 어떻게 됐다고 여겨질 정도로 실없는 농담을 곧잘 건넨다. 원래 남보다 몇 배나 그런 걸 좋아하고, 심각한 듯 진지하게 구는 게 젬병인 성격이기도 하지만."(「고향을 생각한다」, 『빛 속으로』, 324쪽)

는 생각으로 뜻도 크게 품고 오사카로 건너온 순간에 이미 최하층의 노예와도 같은 생활을 강요당하는 몸이 되었"(249쪽)음을 고백하고 있기 때문이다. 절박한 상황에서도 희망의 끈을 놓지 않는 애처로운 노인들이 지적하는 식민지정책의 허점이기에 그만큼 절실하고, 그들이 자아내는 희극적 상황이니만큼 마음을 아프게 하고 연민을 자극한다.

이들 작품들을 읽으며 김사량이 비록 일본말로 작품을 썼지만 민족에 대한 연민을 절절하게 토해내고 있음을 느낀다. 장혁주[30]처럼 일본으로 흡수되어 가는 길과 김사량처럼 그대로 민족의식을 지켜내는 작품들을

---

30 장혁주(張赫宙)는 잡지 『개조』에 일문 소설 「기아도」(1932)가 현상모집에 당선이 되어 동경 문단에 먼저 등단했으며, 김사량은 잡지 『문예수도』에 발표된 작품 「빛 속으로」가 아쿠타가와 상(芥川賞) 후보작이 되면서 일본에 먼저 그 이름을 날렸다는 점에서 두 작가는 그 출발부터 유사하다. 이 두 사람은 일본어로 작품을 쓰면서 일본에서 주로 활동하여 나란히 ‘재일 조선인 문학’의 효시로 간주되고 있는 작가들로서 임종국이 간행한 『친일문학론』(1966)에서는 나란히 친일문학자로 언급되고 있으나, 종내에는 가는 길이 상반되었고 그 후의 문학적 평가 또한 서로 판이하게 달라졌다. 물론 처음에는 일본에서 일찌감치 작가로서의 지위를 확보하고 있었던 장혁주가 문학 선배로서 김사량을 많이 도와주었다. 동인잡지 『문예수도』에 소개해 주었고, 문인들도 소개했으며, 김사량은 또 장혁주의 희곡 「춘향전」을 올리기까지 여러 면에서 그의 일을 적극적으로 돕기도 했다. 강경애가 “조선의 ‘꼬리키’가 되어주기를 바랐던”(강경애, 「장혁주 선생에게」, 『조선문인 서간집』, 삼문사, 소화 11년(1936), 149쪽) 장혁주는 처음에는 조선 민족의 비참함을 세계에 알리기에 조선어는 아무래도 범위가 협소하여 외국어로 번역될 기회도 많은 일본 문단으로 진출하겠다고 했다. 그러다가 “나는 일본어로 생각하고 공상한다. 이것은 내게 자연스러운 일이다. 이것을 자랑으로 생각하는 것도 아니지만, 모국어를 경시한다는 수치감을 느끼는 것도 아니다. ─일본어는 내게 없어서는 안될 존재가 되어버리고 말았다.”(‘나의 포부’, 『문예』, 1934. 9, 『김사량 평전』, 58~59쪽 재인용)고 할 정도로 일본에 기울어지면서 결국 일본인의 만주 침략 정당화, 조선인 지원병 제도나 징병제도의 선전과 고취 등 골수 일본인의 길로 가고 만다. 해방 이후에 일본으로 귀화하여 ‘노구치 가쿠추(野口赫宙)’로 이름을 고쳐 왕성하게 활동하였던, 친일의 차원을 넘어서 그 자체가 일본인이기를 원했던 작가였다.

그리는 길. 우리가 김사량의 문학을 오늘 다시 보아야하는 이유이기도 하다. 2002년 여름 김사량의 작품이 일본어로 쓰였음에도 불구하고 친일문학작품 목록에서 제외된 것은 바로 이 점에 가치를 두었기 때문이다. 일본어로 작품을 썼다는 사실만으로 무조건 친일로 매도되기 일쑤였던 작금의 상황에서 비로소 작품의 내용과 작가의식을 통해서 재평가된 것이다.

일본 평자들 사이에서는 김사량 작품에 나타난 일본 거주 조선인들의 비참함을 아련하게 희화화하고 있는 작품 경향에 대해 "석연치 않은 애매한 태도로 이러한 애매함이 용납될 수 없는 시대"[31]라는 평과 "권력에 대한 저항이나, 하층 생활에 대한 저주 같은 것이 노골적으로는 묘사되어 있지 않았기 때문에 당국의 주목을 받는 일도 없었다."[32]고 보는 상반된 견해가 있었다. 야스타카 도쿠조는 김사량의 작품에서 조선 민족 독립이라는 불길이 힘차게 타오르고 있음을 보고 있다. 즉, "사변이 심혹한 양상을 드러내던 시대에, 총독부의 관헌들에게 아첨하는 작가들을 야유한 「천마」나 '색의(色衣)' 정책을 풍자한 「무성한 풀섶」(「덤불 숲으로」를 말함—필자) 등의 통렬한 작품을 발표하여, 조선총독부 출장소의 블랙 리스트에 올려졌"(158쪽)고 그래서 사상범에 대한 예방구금제도에 의해 검거되었다는 것이다.[33]

여기서 언급된 「천마」가 발표된 1940년은 실로 조선어로 저술은커녕

---

31 안우식, 앞의 책, 154쪽. 이시다 에이지로가 『신조』 1941년 8월호에 쓴 「7월의 소설」 월평 내용이다.
32 위의 책, 156쪽. 나라사키 쓰토무의 견해이다.
33 첫 번째 구금은 대학 시절 조선예술좌 관련하여 3개월, 두 번째는 사상범 예방 구금제도로 1941년 가을 50일 정도 구류된 바 있다.

조선어 자체의 사용도 금했던 매우 미묘한 시기였다. 1938년 내선일체를 강조하면서 조선어 사용을 금하기 시작했고 1939년 11월에는 조선민사령(朝鮮民事令)을 개정하여 창씨개명을 강요하기 시작했던 만큼 비록 일본어로 일본 잡지에 발표한 것이었다 하더라도—오히려 그렇기 때문에 이런 비판이 가능했을 수 있다.—일본의 정책을 은근히 나무라면서, 친일적인 현룡을 강도 높게 비판하는 것은 쉬운 일이 아니다. 김사량은 일본인 작가가 중국을 방문하는 길에 경성을 들러 조선인 작가들과 어울리던 당시 시국의 흐름 속에서 "(일본인 작가들의) 뒤를 줄줄 따라다니면서 굽실거리던 사대적 조선인 문학계 퇴물"(199쪽)도 문제로 보고, 조선에 돈 벌러 가겠다는 생각으로 건너온 일부 학자 패거리들의 통폐와 같이 "입으로는 내선동인을 외치면서도, 자신은 선택된 사람으로서 민족적으로나 생활면으로나 남보다 훨씬 낫다는 천박한 우월감"(202쪽)을 갖고 "지방적인 조선의 문화도 역시 여기 와 있는 우리 손으로 쌓아올려야"(200쪽)한다고 주장하는 조선 거주 일본인도 함께 비판한다. 김사량은 일본어로 작품을 쓰는 것 자체를 반대하는 것은 아니다.

> "물론 나는 내지어로 쓰는 걸 반대하는 것은 아닙니다. 적어도 언어의 쇼비니스트는 아닙니다. 쓸 수 있는 사람은 우리의 생활이나 마음, 예술을 널리 전하기 위해 열심히 활약해 줘야 합니다. 그리고 내지어로 쓰는 걸 성에 차지 않아 하는 사람, 또는 실제로 쓰지 못하는 사람의 예술을 위해서는 이해있는 내지 문화인의 지지와 후원 아래, 해마다 좋은 번역 기관이라도 마련하여 소개하도록 노력해야 합니다. 내지어라야 한다든가 그렇지 않으면 붓을 꺾어야 한다든가 하는 일파의 언설 같은 건 그야말로 언어도단입니다."(179쪽)

「천마」에서 젊고 혈기 왕성한 평론가 이명식의 날카로운 소신은 곧 작가 자신의 소신이기도 하다. 그는 오히려 일본어로 글을 써야 하는 정황에는 일본어로 쓰는 것이 조선어로 창작하는 것만큼이나 의미가 있다고 본다. 일본 독자를 비롯하여 세상 사람들에게 조선 사정을 알려야 할 필요가 있을 때 일본어로 창작할 수 있는 사람이 그렇게 하는 것이 의미가 있다고 보는 만큼 그가 작품을 일본어로 써서 일본에서 발표한 것도 이러한 맥락에서 이해할 수 있을 것이다. 이런 생각은 장혁주가 "조선 민족의 비참함을 세계에 알리기에 조선어는 아무래도 범위가 협소하여 외국어로 번역될 기회도 많은 일본 문단으로 진출하겠다"고 했던 의도와 발상은 같다고 볼 수 있다. 그러나 김사량은 실제로 일본 거주 조선인들의 비참한 삶을 생생하게 그리고 있으며 조선 거주 일본인들의 오만함과 우월의식을 희화적으로, 그러나 진지하게 비꼬고 있다. 작가 자신이 일본 거주 조선인으로 생생하게 체험하고 절실하게 느낀 것을 체화시키면서, 그러면서도 비판적으로 객관화했기에 가능한 일로서 양자 사이의 문학적 거리가 정서적으로 일치하기 때문에 가능한 것이다. 작가가 지긋이 지켜볼 수 있는 거리, 그 사이에 작가의 애정과 여유가 있음은 물론이다.

4. 희소성과 문학성을 통하여

평양이라는 개화된 공간에서 기독교 학교를 나온 어머니의 앞선 교육을 받으면서 부잣집 차남으로서의 온갖 사랑과 혜택을 누리며 일본 유학을 했고, 자신의 작품이 일본 문단에서 인정받으면서 활발하게 문학 활동을 했던 김사량은 개인적으로는 사실 부족한 것이 없어 보인다. 그러나 일본 땅에서 조선인임을 의식할 때는 늘 무장을 해야만 하는 재일 조선인의 삶이기에 자신의 실 체험을 토대로, 한 소년과의 관계를 매우 생생하게 그려놓은 작품 「빛 속으로」를 씀으로써 매우 독특한 자신의 세계를 만들어갔다. 생생한 만큼 그 아픔은 실재이고 여기서 이 작품의 의미가 강조될 수밖에 없다. 이렇게 체험과 연결된 재일 조선인들의 삶을 그린 작품들에서 자기 정체성에 대한 고뇌를 하면서 이중성을 보이는가 하면, 순박하고 어리석은, 가난한 조선 사람들의 비참한 삶을 비애나 분노를 통해서가 아니라 유머와 해학을 통해 보여주고 있다. 무엇보다도 고향을 향한 그리움, 노인들을 통해 사라져가는 것에 대한 애환이 드러나는데 그것은 곧 그의 민족의식의 다른 표현이다.

그러나 일제 식민지하에 일본에 거주하면서 더욱 절실해지는 김사량의 민족의식은, 작품을 통해서는 소극적으로 나타난 셈이었다. 그의 민족의식은 해방 직전 중국에 파견되었다가 위문단 임무를 마치고 탈출할 목적지를 연안에서 태항산채로 바꾸어[34] 그곳에서 조선의용군으로 활동한데서 적극적, 실천적으로 드러난다. 그는 겉으로는 전시협력체제 아래에서 친일매체에 장편소설을 연재하면서도 내면적으로는 중국 독립운동 기지로의 탈출을 꿈꾸었던 것이다. 그의 판단이 옳았는지 여부와는 상관없이 그의 민족의식을 읽을 수 있는 부분이다.

조선의용군으로서의 활동을 꼼꼼이 기록한 노상기부터 시작되는 「노마만리」[35]를 언급하는 것은 본고에서 다루고자 하는 주제에서 벗어나

---

34 김사량이 연안으로 탈출했다 아니다의 논란은 작가 스스로 「노마만리」에 기록했으므로 해소되었으나, 개인사의 어느 부분이 정확하지 않은 부분 일치하지 않는 부분이 많은 것은 보완되어야 할 일이다.

35 일제 강점 아래 자신의 위상이 바르지 않았던 사람들이 해방이 되자 애국지사연할 때 자신을 포함한 해외 항일투쟁의 최일선에 섰던 삶을 소개할 필요가 있을 때 발표된 글이 「연안 망명기」(「민성」, 1946. 1~)이고, 이 글은 5월호부터 「노마만리」로 개제된

있다. 단지 우리는 '노마만리'라는 제목에서 그의 정직함을 읽을 수 있는데, 노마(駑馬)라는 말은 준마의 반대어로서 걸음이 상당히 느린 말, 둔한 말을 지칭하는 것으로 자기의 재능이 남보다 뒤진다는 의미로 사용한 것이다. 김사량으로서는 자신이 늦은 시기에 조선의용군에 가담하여 남보다 그 공이 없음을 나타낸 겸양지덕의 표현인 셈이다. 그는 격랑의 시대 한가운데로 스스로 뛰어들었지만, 해방 직전부터 6·25 발발에 이르기까지의 시간은 작가에게 시대를 지긋이 바라볼 여유를 허여하지 않았고, 끝내 그 소용돌이에 휘말려 문학도 생도 마감하게 만들었다.

> 바위돌을 파내고 솔가지를 덮은 은폐호 속에서 저멀리 서남쪽으로는 통영 반도의 산줄기가 굼실굼실 내다보이며 정면으로 활짝 트인 바다 한가운데로는 거제도가 보인다. 그리고 알숭달숭 물오리떼처럼 여기저기에 흩어져있는 조그만 섬들은 안개 속을 가물거린다. 흐늘어지게 아름다운 바다…[36]

전쟁의 한복판에서 총부리를 대고 전쟁을 수행하면서 써나갔던 「종군기」의 한 대목에서조차 작가의 서정과 미감은 감추지 못하고 드러나 있다. 문학 외적인 이유로 남북한에서 모두 외면 받을 수밖에 없었던 김사량의 문학은 늦게나마 그의 문학성만으로도 정당하게 평가받아야 한다고 생각한다. 그의 생애가 비극적인 만큼 그의 문학이 더 생생하게 남게

다.(김재남, 앞의 책, 310쪽) 이 글은 그가 어떤 경로로 조선의용군에 이르게 되었는가를 보여주는 개인적 체험수기인 동시에 항일 빨치산의 역사를 기록한 글로 김사량의 문학적 위상을 매김 하는 또 다른 잣대가 될 것이다.

36 「종군기」, 『김사량 작품집』, 문예출판사, 1987, 289쪽.

되는데 특히 재일조선인 문학으로 묶을 수 있는 그의 작품들은 희소성 뿐 아니라 문학성에 있어서도 그 가치가 남다르다. 해방 후 반세기가 넘어선 지금, 일본에 대한 애증의 감정들이 양쪽의 극에서 서로 지양을 통해 합의 경지로 가야하는 것이라면 그 한가운데 김사량의 문학이 놓여 있다.

김사량과 평양의 문학적 거리

1. 들어가며

한 사람이 살아가면서 그가 처한 사회적 정치적 상황에 의해 그 삶의 방향이 통절하게 바뀌어질 때 우리는 그를 역사적 비극적 인물이라 한다. 김사량은 일제 강점기와 해방, 6·25라는 우리 민족사적 격변기에 자발적으로 몸을 실었다가 흔적도 없이 사라짐으로써 우리 문학사에 얼핏얼핏 그 이름만을 비쳐왔다. 한국 현대문학사에 한 장을 장식한 작가들 가운데 김사량(본명 김시창, 1914~1950)은 개인으로서 또 작가로서 매우 극적이고 문제적 인물에 해당한다. 김사량이 문제적 인물이라는 것은 이전의 논문[1]에서 서론 삼아 살펴본 바 있는 만큼 전기적 사실에 해당하는 부분은 그대로 옮겨 서술하고자 한다.

그는 1914년 평양 유복한 가정의 차남으로 태어나 일본 유학을 하고 잡지 『문예수도』에 발표된 작품 「빛 속으로」(1939)가 아쿠타가와 상(芥

---

1 졸고, 「김사량과 재일조선인의 문학적 거리」, 『국제한인문학연구』 창간호, 2004

川賞)[2] 후보작이 되면서 한국보다 일본에 먼저 그 이름을 날렸다. 일본 문단에서 활동하다가, 1944년 평양 대동공업고등학교 독일어 선생, 두 차례의 중국 방문과 이어진 연안으로의 탈출 시도, 그러나 태항산으로 이동했다는 부대를 따라 실제로는 태항산으로 방향을 바꿔 조선의용군으로 복무, 그리고 1950년 6·25 전쟁 시 인민군 종군작가로 마산 전투까지 참가했다. 인천상륙작전으로 인해 인민군이 후퇴하던 가운데 원주 근교 산중에 남겨졌을 때가 36세였으나 아무도 그 죽음을 모른다는 점에서 그 생애가 파란만장하고 극적이다.

그의 문학은 여러 면에서 예외적이다. 문학활동을 일제 강점기에 일본에서 활발하게 했다는 점, 평양 갑부의 아들이면서 그의 작품에는 하층민들의 삶을 아주 생생하게 그리고 있다는 점, 특히 일본 거주 조선인들의 비참한 삶은 다른 어느 작가의 작품에서도 찾아보기 어렵다는 점, 이런 작품들 대부분이 일본어로 씌어졌다는 점, 그럼에도 불구하고 친일문학가가 아니라는 점 등등에서 매우 문제적이다. 본고는 그의 삶이 극적이고 문학세계가 예외적이고 문제적인 이유가 그가 태어나고 자라온 고향 평양[3]과 무관하지 않다는 생각에서 출발한다. 논지 전개를 위하여 그의 삶에서 특기할 부분과 함께 문학세계를 짚어보아야 할 필요가 있다.

---

2 일본 다이쇼(大正) 문단의 귀재 아쿠타가와 류노스케(芥川龍之介)를 기리며 1935년에 문예춘추사에서 창설한 이 상은 현재 일본 최고의 신인문학상으로 자리 잡으면서 지금까지 이회성, 현월, 유미리가 이 상을 수상했다.

3 이 논문은 2005년 하버드 대학교 한국학 연구소에서 있었던 workshop: The Northern Region and Culture in Korea에서 발표한 논문 'Kim Sa-ryang's literary connection with P'yongyang'을 체제에 맞게 보완한 것이다.

김사량은 평양고등보통학교 5학년(1931년) 재학 중 참가했던 반일학생 투쟁, 동맹휴교 사건의 주모자 가운데 하나로 지목되어 퇴학처분을 받고, '어느 작은 역'에서 어머니의 전송을 받고 도일을 시도한다. 형 김시명은 경도대학 졸업 후 고등문관시험 양과에 합격한 수재로, 조선 총독부의 고위 관료, 홍천 군수 등을 거쳐 초대 전매청장을 지냈고, 출가한 고모와 누나 특실이[4], 누이동생의 특별한 사랑을 받으며 매우 유복한 소년 시절을 보냈는데 가족과의 유대는 일본 유학 시절에도 그대로 이어진다.

1931년부터 1942년까지 약 12년을 그는 동경을 중심으로 일본에서 살았다. 그 가운데 본격적으로 작품 활동을 하는 것은 1939년 가을부터 1941년 가을에 걸쳐 2~3년간 정도이다. 이 시기의 활동에 대해서는 앞의 글에서 상세하게 언급하고 있는 만큼 중복을 피하고자 한다. 그러나 소위 '사상범 예방 구금법'으로 예비 검속되고 석방된 이후 의도적으로 친일매체에 일어로 발표하는 등, 위장된 노력 끝에 김사량은 해방 직전 1945년 국민총력 조선연맹 병사후원부로부터 '재지(在支) 조선 출신 학도병 위문단' 원으로 중국에 가게 된다. 스스로 "생명을 바치자는 혁명에의 지향이며 출려"[5]라는 비장한 생각을 갖고 있던 만큼 그는 북경에서 중국 해방지구로 탈출, 조선독립의용군에 참가했다가 해방이 되어 평양으로 개선해 들어감으로써 북한의 인민예술가가 된다. 6·25 전쟁 시, 북한 인민군 종군작가로 참가했을 때 종로에서 김사량을 만난 백철은 "그는 정말 군복 차림을 하고 소좌의 견장을 붙이고 정식 종군작가의

---

4 「고향을 생각한다」(김사량, 『빛 속으로』, 소담출판사, 2001)에 고향과 누나 특실 등 가족들과의 각별한 정이 잘 드러나 있다.
5 김사량 지음, 김재용 편주, 『노마만리』, 실천문학사, 2002, 25쪽.

자격으로 나와 있었다. 노끈으로 얽어맨 인민군 장교모를 쓰고 널판쪽 같은 소좌의 견장을 붙이고 있었다. ―전선에 가면 작가로서 귀중한 체험을 할 참이라고 무척 좋아하고 있었다."[6]며 그의 죽음을 애석해 하고 있다. 이런 점 때문에 남한 쪽에서는 월북작가군에서도 매우 정도가 무거운 작가로 분류될 만했다. 그는 6·25 후에 북에서 숙청되었던 다른 단순 월북작가와는 그 성격이나 행위가 남달랐던 것이다.

그렇다면 북한에서 그는 어떻게 평가되고 있을까?

그는 평양 대지주의 아들로 부르주아에 속했을 뿐 아니라, 무엇보다도 그는 연안파에 속했다. 1946년 〈호접(胡蝶)〉이라는 연극을 통해서 무정(武亭)장군을 비롯한 연안파 망명인들의 항일운동의 일면을 소개하여 소련파인 김일성의 비위를 건드렸던 일도 있었는데 후에 연안파들은 숙청당했고, 김사량은 그 전에 6·25 와중에 전사했다. 그가 죽지 않았더라면 숙청되었을 것이라는 식의 추론이 가능하지만 사실로만 접근해본다면, 김사량은 북한에서는 한동안 사라진 작가에 속했다. 북한에서는 1987년 『김사량 작품집』(문예출판사 간)이 출간되면서 작가로서 명예를 찾게 되기 때문이다.

김사량은 일본인 문인들과의 교류가 매우 친밀했으며, 일본 문단에 가장 본격적으로 등장했고 유일하게 일본 문학으로 받아들여진 경우[7]에 속한다. 일본에서 그에 대한 연구가 활발하게 이루어져 그의 평전이

---

6 백철, 『문학자서전』(후편), 박영사, 1976, 407쪽. 이 글에는 김사량에 대한 회상이 여러 군데 나온다.

7 김윤식, 「'內鮮一體' 사상과 그 작품의 귀속 문제」, 『한국근대문학사상사』, 한길사, 1984, 386쪽. 1970년 중앙공론사 간행의 일본문학전집 중 『일본의 문학: 명작집 3』에 김사량의 대표작 「빛 속으로」가 수록된 사실이 이를 구체적으로 증명한 것이라고 보았다.

나왔으나 한국에서는 '여전히' '아직도' 시작단계를 벗어나지 못한 상태이다. 해금 이후 월북작가 작품집들이 발간되면서 부분적으로 한글로 된 김사량의 작품이 수록되어 1990년대부터 조금씩 연구[8]되기 시작했고 작품집[9]과 평전[10]이 번역, 발간되면서 본격적으로 연구될 수 있는 기반이 마련되었다. 그러다가 "일본어로 작품을 썼지만 항일의식을 드러냈다" 하여 2002년 여름, 친일문학작품 목록에서 그의 작품이 제외되면서 친일작가의 명단에서도 제외되었다. 이후 그의 작품 중 아직 번역되지 않은 작품들의 번역과 「천마」의 작품세계에 대한 점검[11]이 뒤따랐다.

일본에서 주목받은 김사량은 북한에서 먼저 연구되었고, 남한에서도 비로소 복권되면서 이념을 넘어서 작품만으로 평가받게 된 것이다. 지금까지의 냉전적 사고에 의해 보면 남쪽에서 다루지 못할 충분한 외연적 조건을 가졌고 북한에서도 외면 받을 만한 조건을 태생적으로, 상황적으로 지니고 있던 작가 김사량을 그의 고향 평양을 통해서 천착해 보고자 한다.

---

8 정백수, 「김사량 소설연구」, 서울대 석사논문, 1991.
　田島哲夫(Tetsuo Tajima), 「김사량 소설연구」, 서울대 석사논문, 1994.
　김재남, 「김사량 소설연구」, 세종대 인문대 논문집, 1991 .4.
9 김사량, 『빛 속으로』, 소담출판사, 2001.
　김사량 지음, 김재용 편주, 『항일중국망명기 노마만리』, 실천문학사, 2002.
10 안우식 지음, 심원섭 옮김, 『김사량 평전』, 문학과지성사, 2000. 안우식이 일본 잡지 『문학』(1970. 11~1971. 8)에 연재한 '김사량-그 저항의 생애'를 묶어 1972년 동명의 책을 암파신서(岩波新書)에서 출간했고 이를 최하림이 번역한 『아리랑의 비가』(열음사, 1988)가 나온 후, 역자를 달리하여 다시 나온 책이다.
11 김재용, 「일제말 문학계의 양극화:협력과 비협력의 저항」, 『친일문학의 내적 논리』, 역락, 2003.
　김재용 · 김미란 · 노혜경, 『식민주의와 비협력의 저항』, 역락, 2003.

2. 김사량의 문학세계

김사량이 해방 전에 발표한 작품 수는 한국판과 일본어판이 겹치는 작품[12]을 제외하고 25편이다. 이 중 21편은 일본어로 쓰였고, 한국을 공간 배경으로 한 작품은 16편[13]이다. 그 가운데 고향인 평양을 배경으로 한 작품이 「토성랑」, 「기자림」, 「물오리섬」 등으로 가장 많고, 다음으로 강원도, 서울 순이다. 평양을 중심으로 한 지역들은 그가 태어나서 소년기까지 보낸 고향이기 때문이며 강원도는 그가 사가 고등학교 시절, 형이 홍천 군수로 있던 강원도 지역을 여행했던 적이 있기 때문으로 보인다.

그의 문학세계는 크게 4가지로 정리해 볼 수 있다.

첫째, 식민지 시대 재일 조선인들의 삶의 애환을 통해 자기정체성에 대한 고뇌를 보여주고 있다.[14] 일본 통치하에서 김사량의 작품활동 기간은 3년이 채 안 되는 짧은 시기였는데 「빛 속으로」, 「무궁일가」, 「십장꼽새」, 「지기미」는 재일 조선인들의 비참한 삶과 애환을 매우 리얼하게 일본어로 그리고 있다.

둘째, 그의 작품에는 유난히 사라져가는 조선적인 것을 풍기는 인물들, 한국적인 정서가 살아있는 인물들이 많이 등장한다. 작가 자신이 고

---

12 「유치장에서 만난 사내」(「문장」, 1941. 2)와 「지기미」(「삼천리」, 1941. 4)는 한국에서 한국어로 우선 발표되었지만, 작가 자신의 번역으로 일본에서 제목을 달리하여 「유치장에서 만난 사나이」는 「Q백작」으로 제2소설집 「고향」(1942. 2)에, 「지기미」는 「벌레(虫)」로 일역 개작하여 「신조」(1941. 7)에 실리고, 후에 「일본소설대표작전집 8」(1942. 8)에 수록된다.

13 田島哲夫, 앞의 논문, 5쪽.

14 이에 대해서는 졸고 「김사량과 재일조선인의 문학적 거리」, 「국제한인문학연구」 창간호, 2004 참조.

향을 그리워하면서도 늘 고향을 떠나 살아야 했고 "나는 나를 길러주고, 우울할 것 같으면서도 너무나 유머러스하고 마음이 부드러운 조선 사람들이 너무나 좋은 것"15)이라고 고백하는 만큼, 「토성랑」의 원삼 노인, 「무궁일가」의 최노인과 한참봉, 「짐」의 윤참봉, 「지기미」의 지기미 노인, 「십장 꼽새」의 곱추 등이 형상화될 수 있었던 것이다.

셋째, 이들 대부분이 밑바닥 인생이며 비참한 삶을 살아가지만 어려운 상황 속에서도 훈훈한 인정이 돋보이는 것이 김사량 소설의 특징 가운데 하나이고 그것을 희화적으로 처리함으로써 진지함의 경직성을 벗어나 해학적이면서 따뜻한 특유의 문학세계를 이루고 있다.

넷째, 이상의 특징을 통해서 민족적 아이덴티티를 자연스럽게 추구하면서 민족의식을 드러내고 있다. 「덤불 헤치기」, 「토성랑」은 일제 통치하 조선을 배경으로 화전민들의 참담한 삶의 비애를, 「유치장에서 본 사나이」, 「천마」 등은 지식인의 고뇌와 자기비판을 통해 강한 민족의식을 보여주고 있다. 김사량의 작품에서 읽을 수 있는 중요한 덕목 가운데 민족의식은 여러 면에서 의미가 있다. 고향을 향한 그리움이나 노인16)들을 통해 드러나는 사라져가는 것에 대한 애환 또한 그의 민족의식의 다른 표현이라고 볼 수 있다. 그러나 작품을 통해서 소극적으로 드러났던 그의 민족의식은 해방 직전 중국에 파견되었다가 연안에서 태항산채로 바

---

15 「고향을 생각한다」, 앞의 책, 324쪽.

16 작품집 『고향』(고초쇼린, 1942)의 표지 장정은 김사량의 동향인 화가 최연해가 맡았는데 "민족옷을 차린 대머리 사나이가 수염을 날리면서 약간 숙이고 무엇인가 생각하는 듯 팔짱을 끼고 있는 모습" "매우 간결하고 민족적인 색채를 짙게 띤 장정"(하다야마 야스유끼, 「김사량 작품집 『고향』의 장정을 담당한 화가 최연해」, 248쪽)이라고 표현하고 있다. 여기서 수염 기른 노인은 김사량의 소설에 자주 등장하는 선달, 영감, 주사, 초시, 생원 등 사라져가는 애수 혹은 조선적인 것을 상징하고 있다.

꾸어[17] 탈출하여 조선의용군으로 활동한 데서 적극적, 실천적으로 드러난다. 그는 겉으로는 전시협력체제 아래에서 친일매체에 장편소설을 연재하면서도 내면적으로는 중국 독립운동 기지로의 탈출을 꿈꾸었던[18] 것이다.

본고에서는 김사량의 남다른 의식이나 행동, 그리고 작품세계의 저변에 자리 잡은 고향의 존재에 주목한다. 그는 평양에서 태어나서 자랐고 일본 유학 등 고향을 떠나 사는 동안에도 고향에 대한 그리움과 가족과의 연대가 유별났다. 평양의 기질과 그의 가족의 성향에서 그의 문학세계 내지 의식세계의 큰 부분을 이해할 수 있는 관건을 찾을 수 있다고 보기 때문이다.

3. 김사량과 평양의 내면적 거리

1) 고향, 기질로서의 평양

타향 우인들이 평양에 오면 평양 사람들의 얼굴색이 좋다고 한다. 좋다는 평양의 '야끼니꾸' 소주 또는 냉면이 좋아서 그러는 것이 아닐까 한다. 그러나 나는 대동강 물이 좋고, 평양 사람들이 대동강을 가까이 가진 탓이라고

---

17 김사량이 연안으로 탈출했다 아니다의 논란은 작가 스스로 『노마만리』에 기록했으므로 해소되었다고 본다.

18 이러한 탈출에의 꿈은 김사량뿐 아니라 당시 일본 유학생들의 일반적인 생각이었음을 김수환 추기경의 일본 상지대 유학 시절(1941~44) 회고에서도 볼 수 있다. "나뿐만 아니라 모든 한국 유학생들의 적은 일본이었다. 학병 지원 압력이 점점 거세지자 우리들은 기가 막힌 작전을 짰다. '피할 수 없는 일이라면 지원해서 일본이 주는 밥을 먹으면서 전술을 열심히 익히자. 그리고 <u>중국으로 파병되면 그 쪽에 있는 우리 독립군에 합류해서 일본군과 목숨을 걸고 싸우자.</u>'"(『추기경 김수환 이야기』, 평화방송 · 평화신문, 2005, 60쪽. 밑줄―필자)

　　김사량은 1914년 3월3일 평남 평양시 육로리 102번지에서 2남2녀 중 차남으로 출생한다. 그의 어머니가 개화사상에 눈 뜬 선각자적 여성이었고 경제적으로 매우 부유했던 덕분에 그의 형과 여동생 등 그의 형제들은 일본 유학과 함께 여러 가지 혜택을 입을 수 있었다. 그에 대한 일본인들의 회고나 연구가 많은 것도 이러한 그의 가계와 연결된 여러 체험과 무관하지 않으리라 생각된다.[20]

　　그는 1928년 평양고등보통학교에 입학하는데 1931년 5학년 재학 중 광주학생항일운동 2주년을 맞이하여 일어난 동맹휴교 사건에 관여했다가 주동자로 지목되어 논지(論旨) 퇴학 처분을 받는다. 여기서 그의 항일의식의 일단을 읽을 수 있다. 입학 무렵 학내에는 김남천[21], 한재덕 등

19　김사량의 작품집 『고향』의 장정을 맡은 최연해가 고향 평양에 대해 쓴 글(「畵人夏畔 여름의 대동강」, 『조광』, 1941. 8)의 한 부분이다. 최연해는 1946년 3월 결성된 북조선예술총연맹에 김사량과 더불어 집행위원이 된다. 명예위원장에 이기영, 위원장은 한설야이다.

20　그가 경제적으로 여유 있었다는 것은 『김사량 평전』에 나오는 일본인들의 회고나 「물오리섬」에 그려진 작가의 어린 시절에서 잘 드러나 있고, 그가 1941년 4월부터 1942년 2월까지 '가마쿠라(鎌倉)시 오기가야쓰(扇 谷) 407번지 고메신테이(米新亭)'라는 온천 여관에서 하숙하면서 지냈던 것으로도 짐작할 수 있다. 가마쿠라 지역은 당시 작가들이 작품에 몰두하기 위해 일부러 찾아가던 곳으로 절이 많고 조용하며 경치가 좋기로 유명, 수많은 문인들이 글을 쓰던 문사의 마을이다. 구니키다 돗보(國木田獨步), 나쓰메 소세키, 아쿠타가와 류노스케, 가와바타 야스나리 등등이 이곳에서 짧게는 한 달, 길게는 젊은 한 시절을 보내며 작품을 썼다. 이 지역을 거쳐 간 중요 작가들에 대한 자료는 '가마쿠라 문학박물관'에 상설 전시되어 있다.

21　김사량은 김남천의 영향을 어느 정도 받은 것으로 추측된다. 김사량이 쓴 평론은 모두 5편인데 그의 전공인 독일 문학에 대한 평론 2개를 제외하고 나머지 세 글에서 모두 김남천을 언급하고 있다. 이 부분은 따로 연구할 만한 주제라고 할 수 있다. 김사량이 김남천의 '자기고발문학'에 주목하면서 그의 작품 『대하』에 관심을 보이고 있고 『대하』와 같은 가족사를 다룬 「낙조」를 창작했다고 보는 견해가 있다. (타지마, 앞의 논문, 27쪽)

이 중심이 되어 『월역』이라는 동인지가 발간되었으며 학교 바깥에도 당대 저명인사들이 평양에 많이 있었다. 동아일보 평양지국장이었던 주요한, 숭실전문학교 선생인 양주동, 그리고 당대 평양 출신의 대표적 문인 김동인 등이 그들이다.

여기서 평양과 평안도의 역사적 지리적 배경을 살펴 볼 필요가 있다. 평안도는 고대 한국 시대로부터 한반도의 중심지로서 특히 대륙과 반도를 연계하는 지리적 문화적 요충지였다. 무엇보다도 근대사에 이르기까지 중국, 그리고 중국을 통한 기타 외국과의 문물, 인맥을 교류하는 통로로서의 지역성은 평안도가 지닌 큰 특성이다. 그러나 고대로부터 근대에 이르기까지 민족이 외환에 시달릴 때면 항상 그 외세침략의 전초지로서 가장 혹독한 수난을 견뎌야 했는데 이는 이 지역의 자생력과 생존근성을 키워주는 역할을 하기도 했다. 이 같은 남다른 역사적 배경을 지닌 평안도의 지역적 특성으로 진취적 기상과 개방성을 꼽을 수 있다. 그것은 줄곧 국경지대로서의 국제적 교류성, 외세 침략의 방어지로서의 적극적인 대처능력 등이 평안도 주민의 생존력을 진취적으로 형성하고 새로운 상황에 대한 빠른 적응력을 보이게 한 것이기 때문이다.[22]

이러한 지역성은 외래의 문물이나 사상의 유입 등에도 유연한 수용력을 보였고 정치적 의식이나 신분적 보수 규범에 대한 의식도 비교적 희박한 사회계층적 특성을 보였다. 이들은 이른바 '독립적 상공계층'이라고도 부르는데[23], 이들이 주류를 이루는 사회의 한 특성으로 '외세'를 포함한 타자의 간섭이나 지배에 적극적 저항성을 지닌 측면이 있다. 바

---

22 서정민, 「평안도 지역 기독교사의 개관」, 『한국기독교와 역사』 제3호, 기독교문사, 1994, 8쪽.
23 위의 글, 23쪽.

로 이것이 이 지역의 한 가지 특성이자 강점이었다.

지역적으로 서북지방에서 크게 성공한 중소상공업자층은 대체로 신지식을 수학한 지식인 계층이었으며, 경제적으로는 자립성을 보지하고 있던 이른바 자립적 중간 계층이었다. 따라서 일제의 식민지 통치를 향한 이들의 불만은 노동자, 농민층의 불만, 곧 절대빈곤과 생존권 자체에 위협을 느끼고 있던 노동자, 농민층의 그것과는 다른 것이었다. 오히려 이들 계층은 사회, 경제적 조건으로 볼 때 민족자본가층과 궤를 같이 하는 개량주의적 민족주의 이념에 공감할 수 있는 계층에 해당된다고 할 수 있다. 이러한 계층적 속성에도 불구하고 이 계층이 어느 계층보다 반일 감정과 민족의식이 강했던 이유는 앞서 지적한 사회, 경제적 불만 요인 이외에도 이들 대부분이 기독교를 신앙하고 있던 기독교 신자였다는 점과 깊은 관련을 갖고 있다. 즉 여기에서 말하는 중소상공업자층은 대부분 서북 지방을 근거지로 활동하고 있었는데, 이 지역은 교세가 대단히 강했던 지역이다.[24]

이러한 평안도의 역사적 지정학적 기질적 특성이 김사량에게서 포괄적으로 드러난다고 볼 수 있다. 그는 본가뿐 아니라 처가 또한 평양 굴지의 고무공장을 경영하는 성공한 상공업자층이었고 양가 모두 기독교 집안이었다. 그의 가족은 부유하고 굴지의 유력자들이었던 바, 김사량은 자신의 가문에 대해 명문가로서의 긍지를 느끼는 것 같다. 그의 집안은 사회, 경제적 조건으로 볼 때 민족자본가층과 궤를 같이 하는데 모친과 형의 이력을 통해 이를 확인할 수 있다. 김사량의 모친은 현실에 매우 유연성 있게 적응하는 사업가이자 기독교 신자인데 요리점과 백화점을 경영하면서 국방헌금도 내고 큰아들은 총독부 고관으로 있는, 매우

---

24 윤경로, 「3·1운동 참가 계층의 성향과 운동 양태」, 『한국기독교사연구』, 제25호, 1989. 4. 5, 13쪽.

현실주의적 삶의 균형 감각을 가지고 있다. 형 김시명은 1933년 고등문관시험(약칭 高文)[25] 합격을 통해 관계에 진출했다. 경도제대를 졸업한 김시명은 일제 시대에 전주 전매국장까지 하게 되는데 1935~1936년 동안은 강원도 홍천군 군수를 지내기도 했다.[26] 고급 관리의 엘리트 코스를 걷게 되는 그의 형은 그의 모친만큼이나 현실적이고 권력지향적[27]이라고 할 수 있다. 이들에 대해 김사량은 우호적이며 친근감과 함께 긍지를 느끼는 것 같다. 이러한 김사량 집안의 성향은 반일 감정과 민족의식이 강한 개량주의적 민족주의, 점진적 개혁과 안정적 보수주의가 공존하는 평안도의 기질을 통해 이해가 가능할 것 같다. 특히 "지역적 진취성으로 인한 새로운 사조에 대한 적극적 수용, 변혁을 갈구하는 사회적 욕구에 의한 새로운 사상에 대한 갈구, 그러나 그 변혁의 의미나 속도의 완급은 점진적 보수 성향을 지닌"[28] 평안도 기독교인들의 특질에서 김

---

25 이 고문제도는 고급 관료의 엘리트 코스로서 1894년 일제가 처음으로 시행한 이래 절대적인 권위와 전통을 자랑했는데 이에 합격한 자는 고등관 試補로서 일정한 수습기간을 거친 뒤에 본관(주임관)으로 임명하게 되어 있었다. 비록 대학 출신이더라도 이 시험에 합격하지 않고서는 여간해서는 주임관이 되기 어려웠고, 설령 오랜 기간의 屬官 생활 끝에 주임관이 되더라도 그 후의 승진 속도는 고문합격자에 비하여 늦게 마련이었다.(이기동, 「일제하의 한국인 관리들」, 『신동아』, 1985. 3, 456쪽)

26 『일제 식민통치기구 및 협력단체 편람(국내편:별권 1)─조선총독부 기구(1)』, 사단법인 민족정기교육연구회 부설 민족문제연구소, 313쪽. 김사량이 1940년 귀향하여 강원도 홍천군 두촌면 가마 연봉을 중심으로 화전민 부락의 실태 조사를 하게 된 것도 형의 경력이 계기가 되었을 것으로 생각된다. 이때의 경험이 「덤불 헤치기」(『문예』, 1940. 7) 장편역사소설 『태백산맥』(『국민문학』, 1943. 2 연재 시작)에 형상화되고 있다.

27 일제 시대에 있어 특히 향리 계급 출신의 관계 진출은 매우 현저했다. 그들은 吏族 출신의 후예답게 극히 실제적이었으며 권력지향적이었다. 이것은 그들이 세습적으로 섬겨왔던 문인, 학자형의 양반 관료들이 지극히 관념적이며 권위지향적이었던 것과는 크게 다른 점이었다. (이기동, 앞의 글, 456쪽)

28 서정민, 앞의 글, 25~26쪽.

사량의 복잡 미묘한 행적을 이해할 단초를 찾을 수 있다. 한편 김사량의 고향과 가족에 대한 사랑은 곳곳에서 산견된다.

> 내지에 온 이래로 그럭저럭 10년이나 되었지만 해마다 거의 두세 번은 고향에 돌아가 있다. 고등학교에서 대학으로 이어지는 학창 생활 때는 휴가가 시작되는 첫날 대개 서둘러 돌아갔다. 나 자신도 이상하다고 생각할 정도로 시험을 끝내면 곧장 뛰어서 숙소로 돌아가 서둘러 짐을 싸서는 허둥지둥 역으로 갔다. 그렇게 해서 마주치는 제일 빠른 시간의 기차를 타고 돌아가는 것이다.[29]

> 칠순 노모의 생각이 문득 일어난다. 어머니는 지금 무엇을 하고 계실까? 버드나무 선 조그마한 섬동네의 해도 안 드는 침침한 방 안에 앉아서 다시는 만나지 못할지라도 부모를 사랑하는 아들의 옛일을 그리며 안전히 탈출하기만 축원하고 계실까? 집안에 어린애의 울음소리와 물레 소리가 떠나서는 안된다는 어머니였다. 어린 손주애들을 무릎 위에 앉히고 물레질을 하시며 멀리 떠난 이 아버지의 일을 옛말처럼 들려주고 계시는지도 모른다.[30]

> 이렇게 나는 늘 조선과 내지 사이를 철새처럼 왔다 갔다 하고 있을 뿐이다. 무엇보다 어머니의 연세도 연세인지라, 저 맑게 개인 파란 하늘 아래 어딘가 좋아하는 대동강 물이 내려다보이는 언덕 위에 살고 싶다는 생각이 간절하다.[31]

김사량은 제2소설집 『고향』의 후기에서 제목을 '고향'으로 하면서 "고향 반도는 나에게 아름답고 유쾌한 곳만은 아니다. 그러나 그렇기 때문에 더욱더 고향은 가련하면서도 또한 둘도 없이 소중하게 생각되는

---

29 「고향을 생각한다」, 앞의 책, 321쪽.
30 「노마만리」, 206쪽.
31 「고향을 생각한다」, 325쪽.

것이다. 여기에 수록한 소설 속의 인물들도, 한두 명의 예외를 제외한다면 거의가 나처럼 고향을 그리며 그 따스한 추억 속에서 휴식할 수 있는 시간을 간절히 바라고 있다. 그들의 시의심(猜疑心) 가득한 눈과 의기소침한 마음을 지닌, 그러면서도 끊임없이 희망에 매달리려 하는 애처로운 모습들을 나는 지그시 지켜보고 있다.”[32]고 밝히고 있다. 그들 주인공들에 대한 작가의 애정을 볼 수 있는 부분이다.

이렇게 진취적이며 외래사상 등에 유연함과 동시에 외세 등을 포함한 타자의 간섭에 대해서는 저항적인 평양의 기질과, 현실적이고 권력지향적인 그러면서 화목한 가정의 분위기는 김사량에게 가족에 대한 자긍심은 자긍심대로, 식민지 청년의 민족의식은 또 민족의식대로 커가게 했다.

2) 기독교와 평양

평안도 지역은 기독교 선교의 전초기지 같은 곳이었다. 조선조 동안 일관된 서북 푸대접과 함께 특히 조선 후기 세도정치하에서 소수의 벌열가문이 관직을 독점하고 있었으므로 이 지방 출신의 중앙 정계진출이 사실상 불가능했다는 점은 주지의 사실인 바, 바로 이 점이 개항 이후 평안도 지역이 새로운 문화와 종교를 적극적으로 받아들일 수 있었던 주요한 배경 가운데 하나라고 볼 수 있다. 조선 시대 이래 지배체제로부터 소외당한 평안도인들은 체제 이념이었던 유교에 그다지 기대를 걸지 않았다. 물론 이들은 신분 상승을 위해 전통적인 한학교육에 힘썼지만 양반 사대부들처럼 ‘성리학 지상주의적’ 태도를 취하지도 않았다.

불교 또한 조선조 성리학적 지배질서에 의해 억압된 상태에 처해 주

---

32 『김사량 평전』, 153쪽.

로 '산중불교'의 형태로 존재하거나 민간신앙과 습합된 형태로 존재하였으므로 공적인 지배 영역에서는 사회적 힘을 발휘할 수 없었고, 일제의 식민 통치로 전반적으로 약세에 처해 있었다고 볼 수 있다. 이처럼 유교와 불교로 대표되는 전통종교가 약세를 보이던 지역에는 새로운 종교가 비교적 쉽게 진출할 가능성이 그만큼 크다.[33]

김사량이 평양, 기독교 가정에서 태어나 자라났다는 점은 시사하는 바가 크다. 그의 어머니와 누나는 매우 독실한 기독교 신자였다. 김사량의 어머니가 개화사상에 눈 뜬 선각자적 여성인 것은 당시 평양을 중심으로 한 기독교[34]의 영향이 큰 것으로 보인다. 그녀는 미션 계통의 숭의여학교 출신이다. 김사량은 특히 어머니와 누나와 정서적으로 많이 통했다. 1941년 5월 고향의 어머니와 누이가 생각지 못했던 사건으로 경찰에 체포된 일 때문에 그는 평양에 돌아가 있었다. "이번 탄압은 기독교 신자를 목표로 한 것이었기 때문에 저의 어머니와 누이도 당했다."[35]고 한 이 사건은 시기적으로 '만국부인기도회 사건'[36]과 연루된 것으로 보인다.

---

33 한국기독교역사연구소 북한교회사집필위원회 지음, 『북한교회사』, 한국기독교역사연구소, 1996, 58~59쪽 참조.

34 평양은 전도부인의 수나 그들이 개최했던 성경반 규모가 다른 어떤 도시보다 활발했다.(1917년 평양지역의 전도부인의 수는 19명, 성경반 수는 120개의 이른다. 양미강, 「참여와 배제의 관점에서 본 전도부인에 관한 연구」, 『한국기독교와 역사』 제6호, 1997, 155쪽 참조)

35 『김사량 평전』, 앞의 책, 145쪽.

36 일제는 1941년 봄 '만국부인기도회' 내용을 결과적으로 조선민족에게 독립사상을 주입시키려 한 것으로 해석, 검거했는데 기도회를 준비하고 개최한 한국인 피의자들은 평양신학교, 기독교계 정규학교, 성경학교 출신들로서 전도부인, 여전회 지방회 임원, 선교사의 서기 등 여전도회 조직 안에서 지도력을 가지고 있으며 선교사와의 유대도 두터운 사람들이었다. (조선혜, 「1941년 '만국부인기도회사건' 연구」, 『한국기독교와 역사』 5권, 한국기독교역사연구소, 1996, 117~155쪽)

초기 한국 교회를 일구었던 기독교인들의 가장 핵심적인 활동은 전도활동이었는데 김사량의 어머니와 누이도 이[37]에 연루되었던 것 같다.

독실한 기독교 가정에서 성장했다는 점만으로도 그가 교회의 영향권 안에 있었을 것이라는 추론이 가능한데 하물며 그들과 심정적 유대감이 컸다는 것은 그만큼 그가 기독교의 영향 안에 있었음을 강조하는 것이라 하겠다. 그러나 작품에서 그러한 영향관계가 확실하게 드러나지는 않는다. 그의 출세작이 된 「빛 속으로」에서 작가 자신이 투영된 인물인 '나'가 동경제대를 다니면서 협회 시민 교육부에서 밤에 영어를 가르치며 봉사하는 데서 기독교 정신과 동질성을 찾을 수 있는 바, 이것은 동경제대 시절 김사량의 세틀먼트[38] 활동 체험에 기초한 것이다. 「덤불헤치기」에서 역시 작가 자신이 투영된 인물인 인식이 화전민들의 비참한 생활상과 그들을 등쳐먹는 사교(邪敎)의 교활함에 잠 못 이루며 '마태복음'의 한 구절(155쪽)을 생각하는 부분이 있는 정도이다.

당시에 평양 그리고 기독교 집안이라고 하면 항일의식이 투철하여 일제의 주목을 받을만한 충분한 조건[39]이었다. 김사량은 1939년 1월 6일

---

37 명칭에서 보듯, 전도부인의 가장 핵심적 활동이 전도활동으로 요약될 수 있다. 특히 교회가 조직을 정비하고 교인을 확보하는 과정에서 전도부인의 전도활동은 그야말로 지대하였다. 전도활동에서 여성이 차지하는 비율이 높고, 외부와 차단된 생활을 하고 있었던 유교 문화 속의 한국 여성들을 교회로 이끌어낼 수 있는 사람들은 바로 전도부인들이었기 때문이다. (양미강, 위의 글, 157쪽)

38 세틀먼트(settlement)는 빈민지구에 정착하여 현지주민과 직접 접촉하면서 생활개선을 꾀하는 사회운동 혹은 그 시설을 말하는데, 1940년대 이 같은 대학생들의 지역활동은 좌익사상이나 자유주의 사상을 가진 학생들이 하는 운동이었다.

39 이광린, 「평양과 기독교」, 『한국기독교와 역사』 10권, 한국기독교역사연구소, 1999. 7, 36쪽. 평양은 기도회 준비와 지휘의 중심지였던 만큼 경찰의 제재가 타지역보다 심했다고 한다.

평양시 계리 산정현 교회에서 김관식 목사 주례로 최창옥과 결혼했다. 신부 또한 평양 굴지의 고무 공장을 경영하는 집 딸로 독실한 신자였다고 한다. 그가 결혼식을 올린 산정현교회는 교회사에서도 의미가 큰데 한 연구에 의하면 다음과 같다.

> 이 교회는 1905년 설립된 장로교 계통의 교회로 평양 지역의 신사참배 거부 운동의 본거지로 주기철 목사가 시무하는 교회였다. 주기철 목사는 순교를 각오하고 신사참배를 공개적으로 반대하였기 때문에 일제의 주목을 받아 1938년 1차 검속 이래 1944년 4월 21일 평양 감옥에서 순교할 때까지 전후 4차에 걸쳐 검속되어 7년간의 옥고를 치르고 순교하였다. 산정현교회도 주기철 목사를 좇아 신사참배를 거부하다가 1940년 폐교되었다.[40]

김사량이 신사참배 거부 운동의 본거지에서 한국 교회사의 주요 인물인 목사의 주례로 결혼식을 올렸다는 사실은 나름대로 의미가 있다. 시기적으로 교회의 담임목사가 검속되었던(1938. 6 농우회 사건으로 구속됨) 직후라서 매우 긴장될 수밖에 없었던 때였고, 신사참배 거부 운동의 본거지인 교회의 분위기에 어느 정도 영향을 받지 않을 수 없기 때문이다. 말하자면 그만큼 항일의식이 투철했던 곳인데 사실은 일찍이 중학교 시절부터 김사량의 항일의식을 짐작할 수 있을 만한 사건이 있었음은 앞에서 밝힌 바 있다. 「어머님께 드리는 편지」에 의하면 "중학교를 졸업하면 곧바로 북경의 대학에 진학했다가 미국으로 건너가려 했던" 희망[41]

---

40 한국기독교역사연구소, 『한국기독교의 역사』, 기독교문사, 2002, 335쪽.

41 김사량이 미국 계통의 연경대학을 거쳐 미국으로 갈 꿈을 갖고 있으면서 일본으로 간 것은 김우진이 러시아로 갈 계획으로 동경부터 갔던 경우와 흡사하다. (졸고, 「조명희 소설을 통해 본 내면세계 고찰-망명 동기를 중심으로」, 『동아시아 연구 제2집』, 한성대 동아시아 연구소, 2002. 12, 31쪽) 김우진이나 김사량이 각각 목포와 평양 갑부 집

이 평양고등보통학교 시절 일본 직업군인 배척 사건에 연루된 동맹휴학 사건[42]으로 '남행열차를 타' 고 일본으로 밀항을 시도하게 된다.[43] (그러나 밀항은 하지 못하고 당시 교토제대 법학부에 재학하고 있었던 형 김시명의 도움으로 일본으로 가게 된다.) 이 과정에서 북경 유학, 나아가 미국 유학이라는 미래 대신에 뜻하지 않게 식민지 지배국인 일본으로 건너갈 수밖에 없게 된 한 조선인 청년의 비애와 울분 또한 짐작해 볼 수 있다.[44] 이렇게 그는 평양이라는 진취적이고 개방적인 공간, 기독교적인 가정의 분위기 안에서 자연스럽게 항일민족의식을 형성하게 되었다고 본다.

4. 김사량 민족의식의 양면성

모친이 집안에 할당된 전시공채(戰時公債)를 다 내지 않아서 경찰서에 가 있고 숙부는 그 일을 무마하기 위해 경찰 관계자를 대접하는 환경[45]은 '어중간한 키에 조금은 신경질적인 얼굴' 의 예민한 김사량으로 하여금 충분히 민족주의적인 자각을 하게 할 만하다. 그의 가족이 부유한 굴

안인 것을 볼 때 이들의 꿈은 사실 가능한 것이었으나 당시의 시대적 환경과 개인적 정황이 이들의 갈 길을 돌려놓은 셈이다.

42 「덤불 헤치기」(『문예』, 1940. 7, 『조선문학』 특집호)에서 동맹 파업으로 교련 선생과 함께 코풀이 선생을 몰아내는 것도 중학교 시절 체험을 바탕으로 한 것이다.

43 김사량은 「현해탄 밀항」에서 밀항을 시도했던 적이 한 번 있었으나 여관 옆방 손님의 경험담을 듣고 포기한다.

44 안우식은 이 사건을 통해서 일찌감치 그가 민족주의적 운명관이라고 할 수 있을 만한 자기 사고의 패턴을 주체화할 수 있는 계기를 얻게 되었다는 점에 주목하고 있다.(안우식, 앞의 책, 81쪽)

45 위의 책, 86쪽.

지의 유력자들인 만큼, 김사량은 자신의 가문에 대해 명문가로서의 긍지를 느꼈던 것 같다. 그러면서도 '조선인 하층민의 처참한 생활에 붓을 들이댄 유일한 민족작가', '민족적 아이덴티티를 추구하는 작가'로 인정받고 있는데, 그 사이에서 김사량 자신이 갖고 있는 민족주의의 모순과 그것이 갖고 있는 성격의 복잡성을 읽을 수 있다.

우선 그는 「빛 속으로」, 「무궁일가」, 「십장 꼽새」, 「지기미」 등을 통해 일본에 거주하고 있는 조선인들의 비참한 삶을 본 대로 겪은 대로 소설화하면서 그 과정에서 민족적 정체성을 자연스럽게 추구하게 된다. 이 작품들이 비록 일본말로 쓰였지만 민족에 대한 연민을 절절하게 토해내는 데서 작가의 민족의식을 읽을 수 있다. 김사량의 작품에서 볼 수 있는 중요한 덕목 가운데 민족의식은 여러 면에서 의미가 있다. 「빛 속으로」에서 읽을 수 있는 자아의 정체성 문제 또한 민족의식에서 비롯되었으며, 주로 노인들을 통해 드러나는 사라져가는 것에 대한 애환 역시 민족의식의 다른 색깔이다. 재일본 조선인들의 곤궁하고 비참한 삶 속에서 고향을 그리는 정서가 유별남을 볼 수 있는 것 또한 민족의식과 연결시킬 수 있는 항목이다. 무엇보다도 『노마만리』에 드러난 실천적 애국은 "그러쥐면 바스러질 만큼 연약한 정신을 가진 자신에 대한 결별"[46]을 의미하면서 그의 민족의식의 바로미터가 된다.

2002년 여름 김사량의 작품이 일본어로 쓰였음에도 불구하고 친일문학작품 목록에서 제외된 것은 바로 이 점에 가치를 두었기 때문이다. 일본어로 작품을 썼다는 사실만으로 무조건 친일로 매도되기 일쑤였던 작금의 상황에서 비로소 작품의 내용과 작가의식을 통해서 재평가된 것

---

46 『노마만리』, 25쪽.

이다.

그러나 김사량에 대하여 그의 이중성을 비판적으로 보는 시각도 있다.

> 그가 만일 자신의 이러한 계층적 갈등에 비중을 많이 두고, 그것을 현실
> 적으로 살폈더라면 자기 분열을 통해 일층 깊은 고민을 체험했을 것이나,
> 그에게는 그런 흔적이 거의 없다. 현실에 가장 알맞게 적응하는, 그의 어머
> 니의 생존방식을 그는 알게 모르게 몸에 익힌 것인지도 모른다. … 가장 현
> 실주의적 삶의 균형감각을 가진 그의 어머니의 삶의 방식이 그에게도 선명
> 히 드러난 셈이다. 경우에 따라 친일문학도 하고 민족문학도 하는, 그때그
> 때 가장 알맞은 균형감각을 취하는 것, 그것이 김사량 문학이 지닌 정치적
> 감각이다. 이 앰비발란트한 성격이야말로 그의 작품의 구성원리이자 창작
> 방법론의 핵심이다.[47]

김사량의 행동이나 문학이 말하자면 '기회주의적 마음가짐'에서 나온 것이라는 비판이다. 사실 그의 작품에서 주요 등장인물이 가난하고 어리석은 민중들이고 그들의 비참한 삶을 통해 일제 식민정책의 악랄함을 고발하고 있지만 그것으로 끝날 뿐, 자신에 대한 고뇌는 「빛 속으로」에 드러나는 정체성의 문제, 내선일체의 희화화가 돋보이는 「덤불 헤치기」의 주인공 인식의 비판, 그리고 「유치장에서 만난 사나이」에서 보이는 양심의 가책 정도이다.

개인적으로는 자신의 가족에게 무한한 관대함으로 오히려 자긍심을 느끼는 듯한 태도를 보이면서 작품에서는 반식민주의적 비판을 드러내 강조하는 이러한 이중성은 좋게 말해서 항일민족의식과 현실적 감각의

---

47 김윤식, 「내선일체 사상과 그 작품의 귀속문제」, 『한국근대문학사상사』, 한길사, 1984, 395쪽.

균형 유지라 할 수도 있겠다. 이 점을 개인 특유의 성향이나 기질로 볼 수도 있지만 "민족문제에 있어서도 점진적 독립, 자신들의 사회적 상실감 역시 현재의 경제적 독립성이나 윤택함을 잃지 않는 범위 내에서 점차적으로 개선되기를 바라는 안주심리가 함께 하는"[48] 평안도나 평양의 기질적 측면과도 무관할 수 없다는 생각이다.

사실 일제의 내선일체정책은 그 자체로 끊임없이 갈등을 유발하게 되어 있다. '내지'와 '조선'의 차별성을 '일체'라는 동질성 내지 유사성으로 묶으려는 것이기 때문이다. 요컨대 내선일체가 강요되는 시기를 살아가는 김사량의 사상적 기반은 "내선일체의 논리적 현실을 부정하려는 측면과 동시에 그것과 타협하려는 측면을 공유하는 모순적 세계관"[49]을 가지고 있다. 사실 이러한 모순된 면은 인간의 보편성 가운데 하나이기도 하다. 그런 면에서 김사량의 일상생활에서 보이는 모순된 행동을 꼬집은 다음 기억은 흥미 있는 단서를 제공한다.

> 우리들이 웃는 것은 그의 이야기를 꼭 신용할 수 없어서가 아니라, 애국자이며 무산계급에 한없는 동정과 애정을 품고 있는 그가, 그의 작품에 그러한 사상을 전개하고 있는 그가, 왜 자기 집이 부르죠아라는 것을 남에게 과시하지 않으면 안되는가, 왜 그의 어머니가 미국 교육을 받은 재녀이며 미국 교육을 받는 것이 고국 조선에서는 얼마나 엘리트 족인가를 강조하지 않으면 안되는가, 그러한 모순이 재미있었던 것이며, 그것을 알아채리지 못한 그가 우스웠던 것이다.[50]

김사량은 자신의 가족을 매우 자랑스러워했으며, 부유한 유력자인 자

---

48 서정민, 앞의 글, 26쪽.
49 정백수, 앞의 글, 20쪽.
50 안우식 · 최하림 역, 『김사량』, 열음사, 1987, 33쪽에서 재인용.

신의 집안이 지닐 수밖에 없는 민족주의의 한계나 시대적 제약에 대해 그렇게 모순을 느끼지 않고[51] 있었다. 연안 탈출에 대해서도 총독부 고위관리인 형과 의논한 것으로 알려져 있는 만큼 형의 경우도 마찬가지라 생각된다. 즉 철저히 가족의 문제일 뿐이다. 김사량은 자기 가족의 친일에 대해서 특별히 갈등을 한 것 같지 않다.

김사량의 민족주의의 복잡성 혹은 미묘함은 작가 자신의 모습이 투영된 인물들을 통해 드러나고 있는데 「빛 속으로」에서 "일본 땅에서 조선인임을 의식할 때는 늘 무장을 해야만 하는 정신적 긴장감"(43쪽)을 느끼는 남선생은, 협회에서의 생활과 자기의 심정의 추이를 담담하게 고백하다가 때로는 신랄하게 비판도 해가면서 일본인 아버지와 조선인 어머니 사이에서 고통을 받는 혼혈 소년 하루오와의 갈등을 헤쳐 나간다. 그 과정에서 스스로 자신을 인식해 가고 하루오와 동질성을 느끼게 되는데, 하루오가 이중적 사고를 할 수밖에 없는 환경에서 그렇게 커왔다면, 남선생 또한 일본에서 의식, 무의식적으로 긴장하며 살면서 이중성을 지니고 있었던 셈이다. 「덤불 헤치기」의 동경 대학생 인식은 조선 사람들 앞에서 일본말로 강연하는 삼촌과 그 말을 다시 조선말로 통역하는 코풀이 선생을 보며, 또 색의 운동의 허상을 보며 비감스러워 한다. 그러나 식민지 조선의 비참한 현실을 희화화하면서 비판의 시선이 무의식적으로 맹종[52]하는 조선 사람들에게 가 있다.

---

51 안우식, 「김사량 평전」, 88~89쪽.

52 1940년 4월 즈음에 귀향하여 강원도 홍천군 두촌면 가마 연봉을 중심으로 화전민 부락의 실태조사를 하게 되는데 이는 형 시명이 홍천군 군수로 있었던 것이 계기가 되었던 것 아닌가 추측할 수 있고, 색의(色衣) 운동과 화전민들의 삶을 다룬 이 작품은 바로 이 체험을 바탕으로 나온 것으로 보인다. 「덤불 헤치기」에서 흰 옷 입은 백성들의 이야기 소동이 단순히 희화적인 것에 그치지 않고 실제 상황이었음은 해방 때 평안북

「유치장에서 만난 사나이」[53]는 민족의식은 모호하게 간접적으로 드러나고 있고 오히려 작가의 내면세계를 훔쳐 볼 수 있는 작품이다. 사상 문제로 특고실에서 조사받은 일이 있었으나 전향, 갱생하여 신문기자가 된 나는 특고실에서 만났던 왕백작이라는 별명의, 사상범이면서 정신이 좀 이상한 사나이와 열차에서 재회한다. 열차에서 술에 취해 울고 발작하는 왕백작을 보며 나는 "이 광폭적인 사내가 우리들도 흔히 빠지군 하는 절망적인 고독감에 사로잡힌 것을 알았다."[54]며 일종의 동질감을 느낀다. 그러나 만주 이민열차라서 사람도 많고 정신없을 때라 그가 술에 취해 인사불성의 상태에 놓여 생사가 우려되는 상황에서 그를 내버려둔 채, 기차에서 내려야 했던 자신에 대해 양심의 가책을 느낀다는 이야기다. 이 작품이 무슨 도지사의 아들이며 정상이 아닌 왕백작에 대한 이야기이지만 "실은 보다 김사량의 분신임을 연상케 하는 신문기자 '나'야말로 숨겨진 주인공"[55]이라고 볼 만하다. 여기서 신문기자 '나'의 갈등을 통해서 김사량의 갈등을 추론해 볼 수 있고 작가의 이중적인 면, 혹은 현실감각을 읽을 수 있는데 마지막의 모호한 처리("그러나 그뒤 또 어떤 날—"식의)를 통해 죄책감 혹은 가책을 덜어내며 자신의 행동을 합

도 내무부장이었던 다까하시 히데오(高橋英夫)—그는 일본인으로서 피해의식을 가진 사람이다.—가 한 말에서도 알 수 있다. "흰 옷을 입지 못하도록 한 것도 그렇다. 위에서는 될 수 있는 대로 그렇게 하라고 권장한 것뿐인데 말단 기관에서는 강제가 되었다. 심지어 흰 옷을 입은 한국인에게 페인트칠을 하고 돌아다니는 관리도 있었다. 지방 순시에서 이런 걸 보고 나 자신도 시정을 지시한 적이 있었다."(조갑제, 「총독부 고관들의 그 뒤」, 『월간조선』, 1984. 8, 304쪽)

53 『문장』, 1941년 2월호에 조선어로 발표, 후에 일본어로 번역하여 「Q백작」으로 개제, 제2소설집 『고향』 교토, 고쵸쇼린(甲鳥書林), 1942. 4에 수록됨

54 김사량, 「유치장에서 만난 사나이」, 『한국근대단편소설대계』 5, 태학사, 1988, 21쪽.

55 타지마, 앞의 논문, 15쪽.

리화하고 싶어 하는 심리적 추이를 엿볼 수 있다.

그의 적극적 항일투쟁이라고 알려진 연안 탈출도 사실은 시시각각으로 조여드는 신변의 위험 때문이었고, 냉엄한 자아비판을 하자면 역시 무서운 현실에서 도망하자는 것이 최초의 동기[56]라고 고백한 바 있다. 서울 같은 대도시보다 '비좁은 평양'은 문단인으로 숨어 있기가 쉽지 않아 불안한 환경으로부터 빠져나가 어떻게든지 중국 땅에 다시 건너서서 연안으로 새어 들어가 싸움의 길에 나서리라 결심한 것인 만큼 평양 거주가 연안으로의 탈출 원인 가운데 하나인 셈이다. 해방 후, 이른바 '봉황각 좌담'에서 국내에서 투쟁치 않고 "국내를 탈출하여 연안으로 갔다는 것은 엄밀한 의미로서는 하나의 도피"[57] 또는 '하나의 로맨티시

---

56 "더욱이 비좁은 평양에 거주한다는 사실이 문단인으로 보아 미미한 존재이나마 그냥 방임하고자 하지 않았다. 게다가 중국에서 돌아온 뒤부터는 일경의 주목과 내사 감시가 일층 더 심해진 것이다. (…중략…) 이런 형편이니 시시각각으로 조여드는 신변의 위험을 느끼지 않을 수 없게 되었다. 출국의 결심이 여기서 다시 생기게 된 것이다. 이 불안한 환경으로부터 빠져나가 어떻게든지 중국 땅에 다시 건너서서 연안으로 새어 들어가 싸움의 길에 나서리라ー.냉엄한 자아비판을 하자면 역시 무서운 현실에서 도망하자는 것이 최초의 동기였는지도 모른다." (『노마만리』, 40~41쪽) 한편 태항산에서 김사량이 반갑게 만난 국문학자이자 사학자인 김태준 또한 「연안행」에서 탈출의 동기로 "나는 좀더 튼튼한 세계관을 수립하려고 모색하였다. 외계에는 공출, 배급, 징용, 징병에 떨며 울고 있는 수천만 형제자매의 아우성소리 잡음이 이 耳염을 치는데 어느 겨를에 조선문학이니 조선역사니 찾고 있을 수가 있을 것인가고 하였다. 보호관찰소에서는 신사참배를 해라, 비행기 헌납금을 바쳐라 그의 기관지 『사상보국』에 글을 써라 창씨를 해라 일선동조론적(日鮮同祖論的) 입장에서 조선사를 쓰라고 온갖 협박적 명령을 계속적으로 내리는데 이것을 일일이 완곡하게 거절하노라니 용이치는 않았다. 일본 강아지들은 무슨 냄새나 맡으려고 날마다 오후에 한 번씩 내 집에 들리는 것이었다." (『문학』 창간호 1946. 7, 189쪽)고 밝히고 있다.

57 『노마만리』에서 이미 자기 같은 사람이 망명하는 것은 도피, 안일을 찾는 길(25쪽)이라 했고, 김태준도 「연안행」에서 이와 비슷한 갈등을 한 바 있다. "나도 애국자일까?' 자문자답했다. 조선의 인민들이 모다 징용 징병 공출 배급 때문에 전멸 직전에 있는 이때

즘' 이라고 자기반성[58]을 함으로써 그 비장함을 중화시키고 있다. 그러나 그렇다고 해서 그의 의용군 생활을 그린 『노마만리』, 「종군기」 등의 치열함이나 예외성이 감소되는 것은 아니다. 그가 "사실 1945년이란 시기의 조선은 참으로 형형색색의 인간을 창조하고 있었다. 아마도 모르기는 모르되 이 북경 천지에도 얼핏 보기에는 범놀음을 하는 범가죽을 쓴 개들이 많을 것"[59]이라고 자각하며 현실을 파악할 수 있었던 것도 바로 그러한 체험에서 가능한 것이기 때문이다.

김사량은 해방 후 조선의용군의 선견대로 귀국하여 평양에서 주로 활동한다. 1946년 3월 북조선예술총연맹 국제문화부 책임자로, 6월에는 평남예술연맹위원장으로 활동하지만 서울을 중심으로 한 중앙문단에서는 그 존재나 활동이 보이지 않아 이상하게 생각하는 사람도 있었다. 앞에서 언급한 대로 연안파인 무정 장군을 기리는 연극 〈호접〉을 공연하는 과정에서 무정을 견제하는 김일성 쪽에서 그 공연을 방해하기 위해

에 이들과 생사를 같이 하고 최후까지 왜놈과 싸우지 못하고 자기 한 몸의 안전을 위해서 쫓겨나오는 이 사람이 무슨 애국자라는 칭호에 해당할 것이리오."(앞의 책, 196쪽)

58 이른바 '봉황각 좌담회'(1945년 12월 30일 천도교 연수관인 '봉황각' 에서 모였다. 이곳은 3·1 독립선언이 있었던 곳이다. 이 대담이 『우리문학』에 수록되었다고 김윤식 교수가 여러 군데에서 밝힌 것은 『중성』의 착오로 보인다. 「문학자의 자기비판」이라는 제목의 한효의 글이 『우리문학』에 수록되어 있다.)에서 이태준은 "나는 조선 작가로 최후까지 조선어와 운명을 같이 하려하지 않고 그렇게 쉽사리 일본말에 붓을 적시는 사람을 은근히 가장 원망했습니다. 물론 사상에까지 일제에 협력한 사람과 그냥 용어만을 일어로 한 사람과 구별은 해야 할 줄 압니다만."이라고 김사량을 정면으로 비판한다. 이에 대한 김사량은 첫째, 일본어로 작품을 쓴 것은 "조선의 진상, 우리의 생활 감정 이런 것을 리얼하게 던지고 호소한다는 높은 기개와 정열 밑에서 붓을 들었던 것이오만 지금 와서 반성해 볼 때 그 내용은 여하간에 역시 하나의 오류를 범"한 것이라 고백했고, 둘째 국내를 탈출하여 연안으로 갔다는 것은 엄밀한 의미로서는 하나의 도피라 인정했다.(『중성』, 창간호, 46쪽, 김윤식, 앞의 글, 395쪽.)

59 『노마만리』, 46쪽.

김사량에게 친일 반동혐의를 씌웠기 때문이다. 그가 비록 중국 연안지역으로 탈주했다가 8·15 해방 후 귀국했지만, 과거 그의 소설 「빛 속으로」가 일본의 아쿠타가와 상 후보작품으로 올랐던 적이 있고, 또 전쟁 말기에 일본군 위문행사에 열성적으로 협력했다는 혐의이다. 그러나 소련 당국의 지시로 연극 〈호접〉 공연이 중단되자, 김사량에 대한 조사도 중단된다. "이때 김사량은 소련이 요구하는 북한의 문화 예술방향이 어떤 것인가를 확연히 깨달았다. 따라서 그는 이때를 계기로 연안파와 결별하여 김일성 일파에게 달라붙었다."[60]고 보는 시각이 있는데 표현이 지나친 점은 있지만 김사량의 정치 감각을 읽을 수 있는 부분이다.

5. 나오며 – 고향과의 문학적 거리

식민지 통치하에서 김사량이 작품활동을 펼쳤던 기간은 3년이 채 안 되는 짧은 기간이었으나 이른바 한국 문학에서 암흑기라고 일컫던 시절, 그 서슬 퍼렇던 1940년부터 42년 사이에 그가 본격적으로 작품을 발표하였다는데 그 의미가 크다. 1940년 서울이 배경인 소설 「천마」(『문예춘추』, 1940. 6)에서 조선 문인과 일본 문인의 위선과 비굴과 오만, 한일 언어 문제 등을 정면으로 부각시키고 있는 바, 이는 동경에서 일본어로 발표했기에 오히려 가능했던 면도 있다.

평양이라는 개화된 공간에서 기독교 학교를 나온 어머니의 앞선 교육을 받으면서 부잣집 차남으로서의 온갖 사랑과 혜택을 누리며 일본 유학을 했고, 자신의 작품이 일본 문단에서 인정받으면서 활발하게 문학

---

60 이기봉, 앞의 책, 177쪽.

활동을 했던 김사량은 개인적으로는 사실 부족한 것이 없어 보인다. 그러나 일본 땅에서 조선인임을 의식할 때는 늘 무장을 해야만 하는 재일 조선인의 삶이기에 자신의 실체험을 토대로 매우 독특한 자신의 세계를 만들어갔는데, 생생한 만큼 그 아픔은 실재이고 여기서 이 작품들의 의미가 강조될 수밖에 없다. 이렇게 체험과 연결된 재일 조선인들의 삶을 그린 작품들에서 자기 정체성에 대한 고뇌를 하면서 이중성을 보이는가 하면, 순박하고 어리석은, 가난한 조선 사람들의 비참한 삶을 비애나 분노를 통해서가 아니라 유머와 해학[61]을 통해 보여주고 있다는 데에 그의 문학의 특징이 있다. 그런데 이 점은 농담을 잘하는 그의 성격과 함께 고향과 결부시켜 생각해 볼 수 있는 부분이다.

> 나는 고향에 가면 사람이 달라진 것처럼 당황스러울 정도로 농담을 잘한다. 친구들에게는 물론 선배에게조차 정신이 어떻게 됐다고 여겨질 정도로 실없는 농담을 곧잘 건넨다. 원래 남보다 몇 배나 그런 걸 좋아하고, 심각한 듯 진지하게 구는 게 젬병인 성격이기도 하지만.[62]

김사량에게 고향은 사랑하는 가족과 친척들이 있는 곳이며 동시에 누구에게나 마음껏 농담을 할 수 있는 곳이다. 말하자면 일본 땅에서 살아가면서 늘 무장을 해야만 했던 정신적 긴장감에서 벗어날 수 있는 곳으로 일종의 감정의 분출구였던 셈이다. 나아가 고향은 반드시 돌아가야

---

61 가와무라 미나토는 김사량의 소설 작품이 갖고 있는 향일성(向日性)과 유머를 지적하면서 "그때까지 일본어로 씌어진 소설에는 없는 유머와 해학, 익살미가 있다"고 하면서 바로 이점이 "일본의 식민지 지배로 유래된 당시 조선 민족의 비극과 곤궁을 테마로 하면서도 오로지 비애나 분노, 증오만으로 그 저항 정신을 묘사하지 않은 원인"이라고 보고 있다. (「김사량의 삶과 죽음, 그리고 문학」, 『빛 속으로』 해설, 328쪽)
62 「고향을 생각한다」, 『빛 속으로』, 324쪽.

할 곳 이상의 의미로 확장되기도 하는데, 존재 자체가 고향의 역할을 하는 경지까지 보여준다. 「지기미」에서 고향에 돌아가야 되지 않느냐는 화가 지망생 나의 질문에 "내가 고향 가버리면 여기 이 사람들 뒤는 뉘가 치능교…." "고향이란 니나내나 생각만 해도 고향이 되지만 이 사람들 일은 멀리서 생각만 해가직꼬 안된닥하이까"라고 지기미 영감은 응수한다. 가히 고향이란 '존재에 대한 하염없는 향수'(28쪽)라고 할 만하다.

김사량에게 고향의 의미가 클수록 그에 대한 연구에서 고향인 평양의 의미는 그만큼 비중 있게 다루어질 수밖에 없다. 본고에서는 고향이 지니는 일반적 의미 이상으로 가족과의 관계나 평양의 지정학적 사회적 기질적 여건이 김사량의 의식세계를 형성하는 데 중요한 요인이 되고 있다는 데에 주목했다.

진취적이며 외래사상 등에 유연하면서 동시에 외세 등을 포함한 타자의 간섭에 대해서는 저항적인 평양의 기질과, 현실적이고 권력지향적이면서 상황에 대한 적응이 빠른, 화목한 가정의 분위기는 김사량에게 가족에 대한 자긍심을 키우면서 동시에 식민지 청년의 민족의식을 커가게 했다. 여기에 기독교 선교의 전초기지 같았던 평양과 신사참배 거부 운동의 본거지로서 항일의식이 투철했던 교회의 분위기는 김사량의 작품에서 읽게 되는 복잡하고 미묘한 민족주의의 양면성을 이해하는 중요 항목임을 알 수 있었다.

김사량이 민족의식이 투철하고, 작품에서 토막민이나 화전민 등 비참한 하층민들의 삶에 대한 관심이 남다른 것[63] 또한 '동정자적 세계

---

63 그 이유를 "무엇보다 당대 식민지 치하 한국사회의 문제점들이 집약적으로 나타나는 공간 및 민중의 삶의 양식"으로 본 때문이라고 보는 사각도 있다. 田島哲夫(Tetsuo Tajima), 앞의 논문, 17쪽.

관'[64]을 가진 데서 비롯된 것으로 보인다. 이는 김사량의 전기를 쓴 안우식의 시각이기도 한데 그는 김사량이 "체질적으로 부르조아 기질을 떨치지 못했다."[65]고 보고 있다. 이런 기질이 가족에게는 끝없는 사랑으로, 또 상황에 따라 적절하게 운신하면서도 민족의식을 내면화하면서 일제 강점기 동안 독특하고 예외적인 문학세계를 형성하게 된 것이다.

그는 해방 전에는 조국의 광복을 위해 적들과 싸우는 동지들을 기록하는 일에 작가로서의 의무와 정열을 느꼈고[66] 6·25 때는 작가로서의 귀중한 체험을 하기 위해 종군작가로 격랑의 시대 한가운데로 스스로 뛰어들었다. 그러나 시간은 작가에게 시대를 지긋이 바라볼 여유를 허여하지 않았고, 끝내 그 소용돌이에 휘말려 문학도 생도 마감하게 만들었다. 그리고 결과적으로 그는 문학사에서 가장 극적이고 문제적인 인물 가운데 하나가 되었다.

---

64 신희교, 「김사량의 「물오리섬」 연구」, 우석대 논문집, 1999, 269쪽.

65 정영진, 『통한의 실종문인』, 문이당, 1989, 198쪽.

66 그가 굳이 연안 방면으로 들어가고자 했던 것은 "조국을 찾으려 싸우는 이 전쟁 마당에 연약한 몸을 던짐으로써 새로운 성장을 얻어 나라의 조그마한 초석이라도 되고자 함이었다. 둘째로 해방 구역 내의 중국 농민의 생활이며 인민군대의 형편이며 신민주주의 문화의 건설 면도 두루두루 관찰하여 나중에 돌아가는 날이 있다면 건국의 진향에 조금이라도 이바지함이 있으려는 것이다. 그리고 또 하나의 낭만으로는 이국 산지에서 조국의 광복을 위하여 적들과 싸워나가는 동지들의 일을 기록하는 일에 작가로서의 의무와 정열을 느낀 것이다."(『노마만리』, 42~43쪽)

『토지』에 나타난 의식의 이중성과 아이러니

1. 독법으로서의 '이율배반적 설정' 내세우기

『토지』는 문학 연구의 보고(寶庫)이다. 온갖 주제로 접근하고 끊임없이 다양한 방법론을 적용하여도 다 받아들이며 퍼내도 퍼내도 바닥이 드러나지 않는 문학의 대해(大海)이기 때문이다. 얼핏 꼽아보아도 혼인을 통한 신분의 상승 혹은 하락, 신분 계급의 변동이라는 로망스적 요소와 함께 장르론적 고찰을 할 만하고, 선조대 할머니들로부터 서희에 이르기까지 대를 이은 여성들의 가문 잇기 혹은 가문 살리기라는 여성에 초점을 맞추어 볼 수도 있고, 인물들의 면면을 통해 끈질기게 이어지고 있는 한과 생명의지는 작가가 추구하는 지향점과 맞물리면서 작품을 읽는 중요한 코드가 될 만하다. 그런가 하면 동학난 이후 한일합방을 거치면서 일제 강점기와 해방에 이르기까지 우리나라 민초들의 생활사가 매우 진솔하게 사실적으로 그려져 있어 의식주를 비롯한 생활사의 차원에서 접근할 수도 있고, 무엇보다도 만주 간도로 이주해 간 우리 민족들의 수난사, 독립운동사로도 읽혀지면서 정치 사회적 상황과 국제정세 등에 이르기까지 그 방대함을 따를 수 있는 다른 작품을 찾기가 실로 어렵게 느껴진다. 만주사변, 중일전쟁 당시의 중국의 정황도 매우 자세하게 묘사되고 있어서 '이중국적'의 비참한 조선인들을 떠올리면서 『토지』를 과연 어디에 초점을 맞추어 읽을 것이냐에 대한 접근방법이 참으로 여러 가지[1]일 수 있음을 실감하게 된다. 후반으로 갈수록 중국과 일본에 대한 비교, 덧붙여 한국과의 비교 등 한, 중, 일 동양 3국의 민족성과 생태가 어느 작품보다 잘 드러나 있다. 특히 중국에 대해서는 노골적인 애정을 드러내고 있는데 일본에 대해서 적대적인 만큼 더 상대적이다. 그런데 흥미 있는 것은 중국에 대해 우호적인 만큼 작품에 우호적으로 반영되는 것도 아니고, 일본에 대해 적대적인 것처럼 작품에 일본인이 부정적으로 그려지지는 않는다는 사실이다.

작가는 어떤 대상에 대해 양면적인 것을 강조하고 모순의 수용을 강조하는데, 이러한 이중성에 대한 불가피함은 삶의 이치로 터득한 인생관, 가치관으로 자연스럽게 우러나오면서 작중 인물이나 상황을 통해 강조되고 있다.

> "모든 것에는 다 양면이 있기 마련이야. 소위 모순이라는 건데 없어지기 때문에 존재를 인식하게 되고, 죽음이 있기에 삶을 인식하게 되고."[2]

> "물질의 풍요를 갈구하는 것은 인간의 본능이다. 그러나 풍부해지는 만

---

1 『토지』에 대한 연구는 『토지사전』을 포함하여, 단행본, 소논문을 포함하여 84편으로 조사되고 있다.(최유찬 편, 『박경리』, 새미, 1998; 이상진, 『토지 연구』, 월인, 1999, '토지 연구목록' 참조)
2 박경리, 「다시 Q씨에게」, 『현대문학』, 2000. 9, 54쪽.

큼 빈곤해지는 일면이 있다는 것을 사람들은 생각하지 않으려는 듯, 참으로
조물주는 에누리가 없다. 저울대처럼 한 쪽이 무거워지면 다른 한 쪽이 가
벼워진다. 물질의 풍요는 정신의 빈곤을 가져오고, 사람들이 어질면 물질적
빈곤을 겪어야 하고—."3) (206쪽)

삶에서 정석을 말하기 어렵고 선과 악, 음과 양, 정과 반이 공존하면
서 단정적일 수 없듯이 인간에게는 어떤 대상에 대해 양가적 가치 판단
을 하면서 스스로 이율배반을 느끼기도 한다. 경우에 따라서는 그러한
이율배반에 의해 아이러니컬한 결과가 초래되기도 하고, 또 비극이 잉
태되기도 한다. 그러나 그 비극을 통해서 또 남다르게 깊이 있는 삶 혹
은 초연함을 획득하기도 한다. 이 작품의 인물들에게서, 또 이야기 전개
나 사건의 설정에서 그러한 의식의 이중성이나 이율배반적인 면을 많이
읽게 되니 만큼 본고는 『토지』에 나타난 의식의 이중성과 아이러니에
대해 살펴보고자 한다. 그러한 의식 구조의 이중적 태도는 중국과 일본
에 대해서도 노골적으로 드러나고 있으며 등장인물들을 통해서 무의식
적으로 표출되고 있는 바, 이것을 『토지』를 읽는 중요한 독법의 하나로
상정해 본다. 의식의 이중성, 이율배반의 노정, 아이러니의 결과를 초래
하게 되는 과정에서 작품의 구조도 탄탄해지고 비극의 극대화도 이루어
지고 있다면 이 항목은 『토지』를 읽는 매개항으로 충분히 가치가 있다
고 할 수 있기 때문이다.

사실 작가가 20년 가까이 이 방대한 작품에 매달려 왔으면서도 쓰는

---

3 작가는 중국기행집인 『만리장성의 나라』(동광출판사, 1990)에서 중국과 일본에 대한 자
  신의 생각을 매우 소상하게 밝히고 있다. 앞으로 이 책을 인용한 경우, 인용문 뒤 괄호
  안에 쪽수만 밝히고자 한다.

동안 소설의 주무대인 하동 평사리 마을에 가 본 적이 없고[4] 주요 배경이 되는 중국에 한 번도 가지 않았다는 사실 또한 조정래의 『아리랑』을 비교하지 않더라도 대단히 이율배반적이다.

2. 중국에 대한 이중적 인식

1) 작가의 우호적 중국관

작가에게 중국은 매우 특별한 나라이다. 물론 『토지』가 있기 때문에 그 특별함은 더욱 강조되는데 중국은 『토지』를 제대로 이해하기 위해 건너야 할 커다란 다리 가운데 하나다. 작가는 "『토지』를 쓰면서 비로소 중국을 의식했다. 통과해야 하는 자료에서 끊임없이 중국과 일본이 묻어 나왔다. 또 필요에 의해 중국에 관한 것, 일본에 관한 것을 읽지 않으면 안 되었다. 긍정적이든 부정적이든 중국과 일본은 작품을 가로질러 가는, 꽤 굵은 실타래였다."[5](15쪽)고 밝히고 있다. 중국은 이국적이면서도 이민족이 아닌 것 같은 착각을 하게 하는 나라(8쪽)로서, 일본에 의

---

4 작가는 20년 가까이 『토지』 한 작품에 매달려 왔으면서도 쓰는 동안 하동 평사리 마을에 가 본 적이 없는 이유를 "이미 작품은 쓰여졌고 내 손에서 떠나갔으며, 또 설사 쓰기 전이라 하더라도 자료나 현장의 답사가 작가에게 도움을 주지 않는 것은 아니지만, 지나치게 자료에 의존한다든가 생생한 현장이 작가의 상상력을 저해하는 요소가 되는 것도 사실."(박경리 『중국 기행 만리장성의 나라』, 31~32쪽)이라고 밝히고 있다. 작품을 쓸 때는 자료도 많이 보지 않는 것, 자료가 너무 많으면 고르느라 상상을 못하는 것, 생략이 되어야 상상이 보태진다고 최근의 한 인터뷰(NEXT 대담, 「생명 지닌 땅의 눈으로 세상을 보라」, 『NEXT』, 2004. 3)에서도 밝히고 있다.

5 "중국은 우리와 같은 피해국으로 헐벗은 우리 민족의 유랑지였으며, 일본의 마수를 피하여 망명해 갔던 곳이며, 국권을 탈환하기 위한 투사들의 저항의 근거지, 민족의 대이동이 이루어졌던 그 땅을 알지 못하고서 작품을 쓸 수 없었던 것이다."(15쪽)고 했다.

하여 국토와 인명이 낭탐질 당하는 같은 처지라는 동병상련의 감정을 느끼는 나라이다. 그런 중국이기에 "난생 처음 가본 비행장에서 난생 처음 비행기에 올라" 가 보면서 작가는 중국 여행에 대해 "아무리 생각해보아도 뭔지 모르지만 운명적인 것을"(20쪽) 느낀다.

작가는 중국을 여행하게 될 때까지 외국 여행의 기회가 적지 않았음에도 불구하고 그럴 때마다 주저앉곤 했다는데 그 가장 큰 이유가 "쓰고 있는 『토지』의 맥이 끊어질 것 같은 두려움"(20쪽) 때문이었다고 고백하고 있다. 무엇보다 중국 외에는 그 어느 나라에도 가보고 싶은 호기심이 없었다는 것이다. "중국이라면 몰라도―중국엔 가보고 싶어."(20쪽)라는 작가의 소망은 당시만 해도 죽의 장막이었던 중국에서 그것이 걷혀질 가능성이란 꿈에도 생각할 수 없었던 일이었던 만큼 더 절실할 수도 있다. 그러다가 막상 중국 방문의 기회를 갖게 되니 작가가 '운명적'이라고 느낄 만하다. 그래서인가 홍콩을 거쳐 북경에 도착하여 "광경은 을씨년스럽기 짝이 없는데 불안 같은 것은 털끝만큼도 없었다. 이런 신뢰감이 어디서 오는지 나도 알 수 없었다.―나는 빨려 들어가듯 차창 밖을 바라보았다"(29쪽)라며 친밀감을 보이고 있다. 하얼빈은 "발에 맞는 신발을 신은 것처럼 더없이 내게 편안함을 주었다"(49쪽)고 하고. 작가는 간도와 만주 일대, 그리고 연해주로 이동해 간 우리 동포들의 이야기를 쓰면서 많이 슬퍼하고 아파했다. 작품의 진행 과정에서 역사적 사실에 부딪칠 때마다 소리 없는 통곡을 하지 않을 수 없었다고 한다. 개인적으로 특별하게 관심을 가질 동기조차 없었지만 그곳은 우리 독립운동의 메카이며 대부분 가장 서러운 사람, 핍박받는 사람, 가난한 사람들이 목숨을 잇기 위해 고국산천과 눈물로 작별하고 강을 건넜던 곳, 민족 수난의 첨예한 현장, 응어리진 산야(38쪽)였기 때문이다. 기약도 없는 독립

을 위해 모포 한 장 등에 지고 끝없는 빙하 설원을 뛰던 지순한 영혼들
이 산화한 곳으로 간도는 작가의 내면 풍경에 절절하게 새겨진 곳이다.
간도를 곧 중국으로 보는 데는 약간의 무리가 있다. 무엇보다도 만주 일
대에 살고 있는 우리 민족들을 생각할 때 그곳이 완전히 다른 나라라고
보기에는 풍속이나 살아가는 모습이 너무 한국적이기 때문이다. 그렇다
고 간도가 중국이 아닌 것은 아니다. 작가의 내면 풍경에 자리 잡은 중
국에 간도를 포함한 만주 일대도 물론 포함되지만 작가는 상당히 객관
적으로 중국에 대한 생각을 보여주려 하고 있다. 그럼에도 불구하고 박
경리는 중국에 대해 매우 우호적이다. 중국 기행집에는 그의 중국에 대
한 호감과 일본에 대한 적대감이 노골적으로 드러나고 있다. "일본에 대
해서는 증오의 감정이 화살 같았지만 중국인에 대해서는 어정쩡하고,
갈등과도 비슷하고 애매모호"(8쪽)한 느낌을 갖고 있다. 어정쩡함은 어
린 시절 추억에 다음과 같이 자리 잡고 있다.

> 자장면, 우동, 혹은 호떡을 팔던 중국인은 늘 앞치마를 두르고 항상 웃는
> 사람, 굽실거리는 사람, 조선인은 그들에게 반말하고 존대하게 구는 사람으
> 로 내 눈에 비쳤다.(10쪽)

굽실거리는 중국인과 군림하는 조선인이라는 작가의 개인적 추억과
는 반대로 조선은 중국을 오랜 세월 섬겨 왔다. 역사적으로 중국에 대해
서 사대사상이 뿌리 박혀 있다고 생각했으나 실생활에서 구체적인 개인
들에게 중국은 오랑캐의 나라라는 비하의 대상이다. 그러한 이중적인
잣대는 어디서 왔을까? 삼국 시대 그 이전부터 두 나라는 교류해 왔고,
조선 시대 이전부터 매년 조공을 바치던 나라, 중국은 군주이고 조선은
신하의 나라, 조금 신분이 상승해서 형과 아우의 관계, 사사건건 간섭하

면서 으름장을 놓던 나라, 병자호란 이후 특히 부녀자들을 끌고 가 성의 노리개로 삼았던 나라. 채홍사를 통해서 딸을 빼앗길까봐 딸 가진 집들이 조마조마해야만 했던 나라, 그런 대상이었기에 두려워하면서 마음속으로 멸시하는 나라가 되었을 수 있다. 물론 한족이 지배하던 명나라와 여진족의 나라인 청나라에 대한 당시 우리 민족의 심정적 태도는 섬김과 멸시로 대별될 수 있지만 청나라 이후 근대에 이르는 동안 우리에게 중국은 청나라로 대표되며 오랑캐니 되놈도 모두 청을 지칭하는 것이다. 말하자면 우리의 의식에 명나라까지의 중국과 청나라의 중국, 한족과 여진족이 구분되는 중국이 존재하는 것이 아니라 그저 함께 중국으로 혼재되어 있을 뿐이다. 게다가 영국과의 전쟁, 일본, 러시아와의 전쟁에서 계속 패하면서 잠자는 호랑이에 실망한 구한말의 정세나, 아편 등등으로 인해 이전부터 뿌리 깊게 내려온 우리들의 의식의 저변에 중국인들을 더 비하하는 면이 있어 왔다.[6] 이렇게 중국 것을 배워 쓰면서 중국을 멸시하는 이율배반적인 것은 역사적 배경이 간단치 않은 부분이다.[7] 한족이 지배했던 때보다 흔히 오랑캐라고 불렀던 여진족의 청나라 이후 그러한 우리의 의식은 고착되어 왔다고 볼 수 있다.

하여간 짠코로라 하며 멸칭했던 일본에 비해 우리는, 우리말로는 중국을 대국이라 했고, 또 청국이라 했다. 더러 입정 나쁜 사람이 대국놈 되놈 했으

---

6 이 부분의 논조에 대해 중국사 전공의 윤혜영 교수(신성곤, 윤혜영 지음, 『한국인을 위한 중국사』, 서해문집, 2004)에게 점검을 받아보았다.

7 박지원의 『열하일기』에 의하면 오랑캐를 멸시하는 풍속이 어느 정도 철저한가 5가지로 대별되는데 1) 외국의 토성으로 중국의 지벌을 깔보고 2) 한줌 작은 상투로 의리를 뽑내 중국을 멸시하며 3) 사신이 청의 조정에 절하고 읍하는 것을 부끄럽게 여기며 4) 낡은 氣찁으로 억지로 운치없는 문장을 쓰며 중국의 글을 비웃고 5) 옛날과 같은 강개한 선비가 중국에 없다고 한탄을 한다는 것이다.(김윤식, 김현, 『한국문학사』, 민음사, 1979, 34쪽)

나 대개는 대국사람 청국사람하고 말했다. 그들을 업신여기면서 호칭으로
는 대접해 주고 있었던 것이다. 오랜 습관에서 그럴 수도 있겠지만 그 당시
우리 민족의 의식의 저변에 흐르는 미묘한 갈등을 배제할 수 없을 것이다.
만보산 사건에 대한 우리 민족의 죄책감, 그 죄책감에서 온 반동적 심리를
<u>업신여기면서 존칭하는 이율배반</u>에서 느끼게 된다.(11쪽. 밑줄―필자)

속으로는 업신여기면서 겉으로는 존중하는 미묘한 감정의 이중적인
면은 실제 생활에서도 그대로 드러난다. 대국이라 도량이 큰 나라로, 배
울 게 많은 나라로 생각하면서도 실제 생활에서 친밀감의 척도라 할 만
한 혼인은 절대로 안 된다.

가) 목구멍이 포도청이라고 죽지 못해 중국인에게 시집 간 조선 여성은
그 순간부터 사회에서 따돌림을 받아야 했고 냉대를 당하였다.(10쪽)

나) 모화사상이 지배적이던 시절에도 여자가 이민족을 맞아들인다는 것
은 생명을 잃는 것보다 더한 일이었다. 그들은 삶의 모든 것을 잃었다 생각
했고, 세상도 그들에게 가혹했다.
그들은 고국과 절연하지 않으면 안되었다. " (4부 3권, 44쪽)[8]

인용문 가)의 내용은 최서해의 「홍염」이나 안수길의 「새벽」 등의 작품
에서도 묘사되고 있는 실상이며 인용문 나)는 오가다와의 사이에서 임
신을 하고 절망적 비참한 상태에 있는 인실을 찾아갔다가 찬하가 생각
하는 부분이다. 중국을 숭모하면서도 그들과의 결혼은 죽음보다 더한

---

8 「토지」의 텍스트로 삼은 대상은 1부~3부는 삼성출판사(1982), 4부~6부는 지식산업사
(1988), 7부~16부는 솔(1994) 간행본으로 이후 본문 인용 시 인용문 뒤에 부, 권, 쪽수만
밝히도록 한다.

것을 의미하는 이율배반적인 면은 오늘에 와서도 크게 다르지 않다.[9]
어떤 대상에 대한 양가적인 가치 판단은, 우리가 흔히 이율배반적이라
고 말하는 바, 인간 보편적인 심리로서 말할 만하고 그것이 반드시 중국
에 대해서만 그렇게 나타나는 것은 아닐 것이다. 일본에 대해서도 미국
에 대해서도 호불호가 동시에 반응으로 나타나고 있음은 주지의 현상이
다. 문제는 중국에 대해서 왜 그런 반응이 나오며 작품에서는 어떻게 그
려지는지를 살펴볼 필요가 있겠다. 아울러 작품 안에 나타난 또 다른 이
중적인 의식들, 그것이 자연스러운 이중적 의식의 표현이든 의도된 것
이든, 아니면 보다 적극적으로 위장을 위한 것이든 그런 면들을 찾아보
면서 그 결말에 의미를 부여할 수 있다면 '의식의 이중성' 혹은 이율배
반적인 양가적 태도를 통해 작품을 이해하는 한 통로를 발견할 수 있을
것이다. 작가는 선배 작가가 보낸 편지의 한 구절을 인용하면서 "사실
사람이란 끔찍이 사랑스런 존재인 동시 또한 끔찍끔찍하게 지겨운 대상
이기도 하다."며 공감하고 있다. 그리고 보면 사람 자체가 매우 이율배
반적인 존재인 셈이다.

그러나 모든 것을 우선하여 작가의 중국에 대한 감정은 일본에 대한
감정이 준렬하고 혹독한 데 비해 거의 맹목적인 호감 쪽에 가 있다.

그것은 일제 시대 세상에 태어났고 일제가 패망한 것을 목격했던 작

---

9 최근 고구려사의 중국사 편입 시도에 대한 비판의 여러 글 가운데 다음과 같은 내용이
  있다. "한국인에게 중국은 항상 이중적인 모습이었다. 문화대국으로서의 '중화(中華)'
  가 그 하나고, 다른 하나는 '욕심 많고 음흉하다'는 두 모습이다. 한국에선 중국에 대한
  친근감 못지 않게 이제는 중국인에 대한 부정적인 인식이 커져 가고 있다."(유광종, '혐
  오증 부르는 중국', 『중앙일보』. 2004. 8. 6) 중국이 이중적이어서 중국에 대해 이중적
  의식을 갖게 된 점을 강조하고 있는데 한국인의 중국에 대한 이중적 의식은 그 역사와
  뿌리가 대단히 깊다.

가의 인생에서 '가장 첨예한 시기, 그 시대'를 호흡했고 비록 해방이 되면서 그 신화는 깨어졌지만 북방이 당시 우리 민족에게 '환상의 땅', '우리 구세주가 있는 곳'(125쪽)이었기 때문인지 모른다. 어린 시절 체험이나 기억이 되살아날 때, 더구나 도저히 갈 수 없었던 장막이 드리워졌던 나라에서 맞닥뜨린 감동이란 실체보다 훨씬 더 감격적일 수 있다. "고만고만하게 수수한 용모와 옷차림의 중국인들은 내가 어릴 적에 기억한 그들과 조금도 달라 뵈지가 않았다. 어쩌면 그것은 당연한 일일는지 모르지만 나는 깊은 감명을 받았다."는 진솔함은 이어서 다음과 같은 논리적 비약, 혹은 미화로 이어지기도 한다.

> 한국이나 일본보다 그들은 남의 문화의 영향을 훨씬 덜 받는 것 같았다. 동서가 첨예하게 부딪치는 홍콩의 중국인조차. 뜻글인 한문의 회화성 탓이었을까. 소리글자인 우리와 일본의 흐름, 그 변화의 속성 때문에 중국인만큼 완강하지 못한 것일까, 아니면 몸집 큰 사람의 동작이 느리듯 대국이 가지는 완만한 진행 탓일까, 그것보다 그들의 자존심 탓인지 좀 헤아리기 어려웠다. 그러나 어쩌면 광활한 대지에 깊고 넓게 퍼진 뿌리가 탄탄한 때문인지도 모른다.(25쪽)

한중 수교(1992년 8월 24일)가 정식으로 이루어지기도 전인 1989년에 막 개방하기 시작한 중국 방문이 얼마나 감격적일 수 있는지 충분히 상상이 간다. 또 그만큼 감동에 과장이 끼어들 여지도 충분하다. 대지의 광활함에 대한 예찬은 곧 그곳에서 사는 인간들에 대한 예찬으로 이어지는데, 중국의 여성들이 대체로 인격이 고르고, "양성이 서로 누르거나 눌리지 않는 사회, 품위가 있어 보이는 사회"(74쪽)로 작가에게 비친다. 그러다보니 '한국이 후진 사회임을 면치 못할 것이다.'는 감정의 과장도 나올 수 있다. 이러한 감격은 상대적으로 일본에 대해서는 "공감과 위협과 술수로 이득을 챙긴 그들" "어부지리를 얻은 셈" "허파에 바람든 망상" "소국인 일본"(17쪽) 등등 준열하고 혹독하게 나타난다. 중국은 "너그러우면서 완곡하고 신의를 존중하면서도 노회한 나라", 일본은 "편협하고 사악하며 철두철미한 실속주의"(84쪽)로 단정하는 작가는 우리 민족이 살아남아야 할 방편으로 '일본의 실속주의'와 '중국의 그 완곡한 노회성'을 가져오고 싶어한다.(84쪽) 그런데 작가의 중국에 대한 호감이나 애정과 작품 속에 그려지는 중국은 조금 다르다.

2) 작품에 드러난 비친화적 중국, 중국인

『토지』 2부, 3부의 주요 공간인 만주, 간도는 분명히 다른 나라이면서 심정적으로는 다른 나라가 아니다. 간도는 식민지 시대 우리 민족이 죽지 못해 살아야 하는 삶을 위해, 혹은 독립운동을 위해 찾은 최후의 땅인 셈인데, "삶의 곤혹스런 무게에 짓눌릴 때마다 막연히 떠올렸던 추상의 땅인 동시에, 도저히 살 수 없어 쫓겨나다시피 고향을 떠날 때 남부여대하고 초라한 행색으로 택하게 되는 현실적이고 구체적인 땅"[10]이기도 하다. 말하자면 간도 자체가 막연한 이상향이면서 동시에 실제로 이민의 대열이 이어졌던 구체적 공간이라는 이중의 의미를 지니고 있다. 기본적으로 작품의 주인공들에게 간도는 우리 땅이라는 인식이 바탕에 있다.[11]

---

10 졸저, 『실향소설연구』, 한샘, 1989, 65쪽.

11 식민지 시대 용정의 의미는 등장인물들에게 남다르다. 홍이에게는 "지순한 정신의 고향, 소중한 것을 묻어두고 온 곳"(3부 1권, 229쪽)이며 전체적인 의미는 "이조 오백 년 사상의 마지막 정수가 옮겨지면서 그 정신적 토양에서 미래를 향해 새로운 싹이 돋아나는 곳, 자긍심이 팽배하고 항일정신이 투철했던 용정촌—."(3부 1권, 230쪽)으로 서술되고 있다.

동북 3성을 중심으로 유난히 조선 사람들이 많이 이주하여 갔고 계속 거
주하면서 그곳은 역사적으로 우리 땅이었다는 인식이 강하게 나타난다.
그곳의 지형이나 경관이 한국의 경상도 어디쯤 연상될 정도로 유사한 것
도 그들의 심정적 친밀감에 한몫 했을 법하다. 그러나 간도에서의 조선
인의 처지는 참으로 딱해서 이러지도 저러지도 못하는 진퇴양난에 빠져
있는 상태이다.

> 중국은 조선인을 때림으로써 일본을 때리는 효과를 얻으려 했고 일본은
> 조선인을 방패삼아 밀고 나간다 할 수 있었으니까. 조선인의 대부분이 소작
> 농과 고용의 입장에서 비참하게 살아야 하는데 오 할의 소작료, 전수입의
> 일할 오 부가 공과금, 팔부의 비싼 이자, 게다가 일본 경찰의 지배 하에 있
> 는 우리 백성들, 착취는 중국이, 탄압은 일본이, 그것만으로 끝나는 것은 아
> 니었다. 간도 주민 자체가 완강한 저항 세력이었기 때문에 일본의 경찰권은
> 강화되고 일본 경찰권의 강화에 불안을 느끼는 중국은 조선 독립 운동을 저
> 지하려 들었고 일본이 중국 침략을 계획하는 만큼 조선인을 앞세워 토지 매
> 수를 공작하고 중국은 또 불안하여 토지 매매는커녕 토지상조권에 대해서
> 도 창구를 닫아버리는 현상, 일본은 조선인의 국적 이탈을 절대로 승인 아
> 니하는가 하면 중국은 귀화해야 땅을 준다, 해서 이중국적자는 늘어 났고
> 따라서 조선인은 이중의 탄압에 신음해야 했다. ― 결과적으로 관민 모두가
> 합세하여 쫓기는, 상처 입은 짐승 한 마리를 일본과 함께 몰아 부쳤다 할 수
> 도 있을 것이다. (4부 3권, 107쪽)

이런 상태에 있는 간도의 조선인은 작가의 표현을 빌려 좋게 말하면
"중국과 일본 사이의 쿠션 같은 존재"이지만, 실제로는 중국에게도 일
본에게도 만만하기만 한 '동네북' 인 셈이다.

그런데 『토지』에서는 간도, 연해주, 하얼빈, 신경, 길림 등이 주요 공
간으로 설정되어 있지만 거기서 살고 있는 중국인이 주요 인물로 등장

하는 경우는 거의 없다. 뿐만 아니라 간도 이주 이후, 또 그전에 독립운동을 위해 중국으로 건너간 등장인물들이 광활한 중국 땅을 무대로 그렇게 오랜 시간을 보내고 있지만 주인공들 중 누구도 중국 사람과 사랑에 빠지는 설정도 거의 없다. 중국 남자와 사랑에 빠지는 경우, 또 반대의 경우도 『토지』에는 그려져 있지 않다. 그렇게 부정적인 나라 일본이지만 일본인 세계주의자 오가다와 한국인 독립운동가 유인실의 지독한 사랑도 있고, 조찬하와 그의 일본인 아내, 그리고 경우는 비할 수 없지만 성환의 처 양을례가 같이 사는 일본인도 그런대로 선량한 인물로 나오고 있는데 비해 중국인과 함께 사는 여인들은 등장하지 않는다.[12] 그런데 간도에 이주해간 당시 조선 사람들의 경향에 대한 글을 보면 중국에 대한 호불호가 계층에 따라 차이가 있음을 볼 수 있다.

> 統治家의 變動이 生하자 彼統治者인 조선사람의 思想界도 또한 多大한 變動을 生케 되얏다. 일반적으로 無識階級에 잇는 農民은 일시적 중국사람의 육체적 압박을 실혀하야 다만 無意識下에서 일본사람의 통치를 깃버하얏스나 中等 以上의 有識階級에 잇서서는 정치상 관계로 隱然히 중국사람의 세력이 복구됨을 기대하는 동시에 또한 그의 통치를 밧기를 깃버하얏다.[13]

식자층일수록 여러 정세를 감안하여 의식적으로 일본보다 중국에 더 호의적일 수밖에 없었을 터이지만 실제 우리의 정서란 의식보다 무의식과 더 밀접하게 연결되어 있다. 결혼에 대한 정서는 기본적인 우리의 무의식의 반영이라 할 수 있다. 조선인들의 단일민족에 대한 지향, 유난스

---

12 한국 현대소설학회 제23회 학술대회의 주제인 '한국 근대소설과 중국 체험'에 맞추어 "『토지』에 나타난 중국, 중국인"을 다루고자 했던 취지가 바뀌게 된 소이이기도 하다.
13 鄭福今, 「間島의 縱橫觀」, 『개벽』, 1924. 8. 76쪽.

런 민족주의적 성향14)만으로 설명하기 힘든, 중국인에 대한 이중적 태도로 볼 만하다. 작품에는 일반적인 중국인들의 기질이나 인간성 등은 가볍게 피력되고 있지만 구체적 개인으로서의 중국인은 등장하지 않고 있다. 작가의 중국 예찬을 고려할 때 의외로 여겨지는 부분이다. 등장인물들의 대화 가운데 잠깐씩 등장하는 중국인에 대한 묘사만 건져 보면 다음과 같다.

> "한데 역시 청국이 대국은 대국이더구만. 비록 비적질을 하는 몹쓸 놈들이지만 쪼작하지 않고 도량이 큰 데가 있어요."(공노인이 비적에게 당했던 이야기를 하며, 1부 3권, 64쪽)

> 청국놈같이, 잡아당기면 늘어지고 놓으면 오그라들고, 개떡겉이 재미도 없는 얘기를 늘어놓는 것부터가(위의 공노인을 보며 김두수가 생각하는 부분, 1부 3권, 65쪽)

> "조선은 우리나라 동생나라 아니야? 옛적부터 우리 힘이 약해서 동생나라를 못 건져주고 왜놈의 밥이 된 게야. 우리 대국이 이 빠진 호랑이 꼴이 됐거든."(두수와 한 병원에 입원해 있는 중국 노인의 무의식적 조선관, 2부 3권, 318쪽)

> "중국 놈 같이 늘어져빠지는 것도 여전하구."(3부 2권, 396쪽)

> "중국 놈 같이 물에 물 탄 듯 술에 술 탄 듯, ㅡ"(3부 3권, 76쪽)

이렇게 '대국이어서 도량이 크다.' 는 정도 외에 일반적인 중국인상이

---

14 한국인들이 민족주의적이라는 지적은 상당히 많은데 민족주의자라는 말 속에는 '맹목적, 감상적, 고루함, 편협성, 불공평, 이기적' 같은 의미도 은연중에 내포되어 있다.

썩 긍정적이지는 않다.

말하자면 중국에 대한 우리의 의식 저변에는 이렇게 감탄과 모멸의 두 모습을 감추고 있는 셈이다.[15] 그러한 사고를 가지고 있기 때문에 중국으로 귀화한 한국인은 오히려 열등감을 느끼게 된다. 『토지』에서 청국에 귀화하여 지방주인 노릇을 하는 오영감의 내력을 소개하며 다음과 같은 설명이 이어지고 있는 데서 알 수 있다.

> 그러나 한 가지 묘한 것은 귀화를 했던 탓인지 조선인 사회와 깊은 유대를 가지려는 노력에는 집요한 것이 있었다. 거의 비굴할 정도로 우국지사들의 발길이 멀어지는 것을 두려워했다. 그것은 귀화했다는 그 자체에 대한 심한 열등의식이 있었기 때문인지도 모른다.(1부 3권, 286쪽)

중국에의 귀화와 조선 사회와의 유대 노력은 분명 이율배반적인 면이 있지만 중국 땅에 사는 조선인으로서 생존을 위한 방편으로서의 귀화와, 뿌리가 속한 사회에 대한 마음 따라가기는 어쩔 수 없이 양가적일 수밖에 없다. 이러한 의식 구조의 이중성은 한국인의 중국인에 대한 이중적 감정과 같은 차원에서 해명될 수 있을 것 같다.

그러나 오랫동안 중국에 망명하여 중국인들과 생활하며 접하는 가운데 터득한 권필응의 중국인에 대한 견해는 일반적이고 전형적인 특징을 말한 것으로 작가의 중국에 대한 호감의 근거를 보게 된다. '변절자도

---

15 중국에서 지팡살이(소작농)를 하는 조선 사람들이 겉으로는 중국인에게 굽실대면서 속으로는 꼿꼿하게 자기를 지키려 하는 것은 최서해, 이태준, 안수길의 작품에서 쉽게 볼 수 있는 모습이다. 중국인 지주에게 딸을 빼앗기는 부모의 처절함이나 중국인 지주의 마름 노릇하는 조선 사람에 대해서 얼되놈이라고 부르면서 속으로는 비웃는 조선 사람들의 모습이 그려진 「홍염」「새벽」에서 그러한 이중적 사고방식은 잘 드러나 있다.

함께 사는' 중국 대륙의 특성은 노회함의 한 면일 터인즉, 권필응은 길 상과 나누는 대화[16]에서 중국인들, 특히 서민층의 기질을 확연하게 설명하고 있는데 그것을 정리하면 ① 실속을 차린다. ② 그네들 본질은 아주 잔잔하다. ③ 실용적이다. ④ 어떠한 상황에서도 힘을 다 빼지 않는다. ⑤ 존대하다 등등으로 요약할 수 있다. 결국 실용주의로 공분모를 묶을 수 있는 바, 이러한 기질에서 중국 개방 당시 흑묘백묘론의 실용주의도 가능했던 것이다.

3. 작품에 나타난 이중적, 역설적 상황과 아이러니

우리 민족혼, 민족성을 말살하려고 광분했던 그들, 그러나 그들이 그럴수록 스스로 그들 자신의 인간성이 붕괴해 간 것은 아이러니컬한 일이었다.(7~8쪽)

---

16 "실속을 차리는 사람들이야. 그런 점에서는 우리 조선 사람들 따라가려면 아득해. 흔히 소리를 지르고 떠들어대는 그들을 보는 경우가 있지만 그들은 떠드는 척 해보이는 거야. 잘못했다고 연신 이맛방아를 찧어대지만 그것도 잘못한 척 해보이는거구. 천치 바보처럼 맹하니 사람을 쳐다보지만 그것 역시, 실상 그네들 알맹이는 소란하지 않고 비굴하지도 않고 아주 잔잔하거든. 그네들의 행동이나 태도는 옷과 같은 것이어서 필요할 땐 입고 불필요할 적에 벗어던지는 게야. 그러니 알몸은 언제나 말짱하지. 물론 모두가 다 그렇다는 건 아니구 대체로 그렇다는 건데 그들은 빌어서 될 일이면 빌어서 되게 하구 볼기를 맞아 될 일이라면 볼기를 맞으며 되게 하구." "음큼한 민족이지요." "일본놈들 배 가르고 자결하는 따위 그건 말하자면 속결전법의 부산물이라고 생각하는데 지금 그네들은 그것으로 한 몫 보고 있긴 하지. 어쩔 수 없는 섬나라 일본이 가지는 한계점을 가장 유효하게 활용하고 있는 셈이야. 백번이라도 도망갈 필요가 있으면 도망가서 다시 싸우는 중국인은 그러니까 언제나 힘을 다 빼지 않는다 그런 얘기가 되겠군. 국민상이 겁쟁이다 비굴하다 애국심이 없다, 그건 일본의 성급한 속단이야. 어째 하필 일본의 견해를 말하느냐, 조선의 식자들은 부지불식간 일본 여론의 영향을 받기 때문이지. 중국인만큼 존대한 민족도 그리 흔진 않아. 달겨들어 물어뜯고 질겅질겅 씹어도 슬그머니 빠져나가 제자리에 서는 민족이야."(2부 3권, 145쪽)

앞에서도 살펴본 대로 이런 양면적인 것에 대한 천착이 작가의 의식 세계에는 기본적으로 깔려 있는 것으로 보인다. 실제로 우리의 삶 또한 버리는 만큼 얻는 게 있고, 그 역 또한 부정할 수 없다. 같은 현상에 대해서 보는 사람의 시각에 따라 '발전'이라고 보기도 하고 '타락'이라고도 할 수 있는 일들도 많고, '위기'라는 말 자체에 내포되어 있는 이중적 의미는 동일한 현상이 내포할 수밖에 없는 어쩔 수 없는 양면성이기도 하다. 그런 면에서 본다면 등장인물들의 의식의 이중성은 인간의 본성에 속할 수 있다. 그러나 문제는 그것이 한국인만이 갖고 있는 의식 구조의 이중성일 수도 있는데, 『토지』에서 사건이나 인물을 통해 그러한 의식의 이중성, 나아가서 양가적 태도를 추출해 낼 수 있다는 데 주목한다. 의식의 이중성은 필연적으로 인물 성격 면에서 이율배반적인 면을 노정시키면서 역설적인 면이 강조되고 때로는 아이러니의 결과를 초래하게 된다.

한국인의 의식 구조에 내재해 있는 이중성은 마포강 장배로 부자가 된 강서방의 딸 강선혜가 자기가 겪은 바를 통해 조선 사람들 의식 구조를 말하는 부분에서 잘 드러나 있다.

> "이중구조야. 이를테면 수구와 개화가 따로 있는 게 아니구 함께 있는 거야. 함께 얽혀 있는거야. 너도 그렇구 나도 그 이중구조의 희생물이라 할 수 있어. 신여성이라 일컫는 교육받은 여성들, 그 대부분이 완상품이며 고가품일 뿐 사람으로서의 권리가 없다. 좋은 혼처에서 주문하는 고가품이요 돈푼 있는 것들이 제이 제삼의 부인으로 주문하는 완상품이다 그 말이야. 그러면 진보적인 쪽에선 어떤가. 그들 역시 사람으로서의 권리를 여자에게 주려고 안해. 이론 따로 실제 따로, 남자의 종속물이란 생각을 결코 포기하지 않아. 여자가 인간으로서 있고자 할 때 인형처럼 망가뜨리고 마는 것이 현실이야. 신여성이 간 길은 완상품이 되느냐 망가지느냐 두 길 뿐이었다."(5부 1권 88쪽)

강선혜는 어려운 것 모르고 살면서 일본 유학도 한 신여성으로서 하고
싶은 대로, 마음대로 살아가면서 강한 듯 좌충우돌하지만 이론과 실제가
따로따로인 사람들에게 환멸을 느끼고 상처를 받는다. 같은 부자라도 마
포강 장배로 돈을 번 부자에 대해서는 사람들이 마음속으로 비웃고 깔본
다는 사실, 신여성을 대하는 남자들의 잣대가 겉으로는 진보적이지만 안
으로는 여전히 수구, 보수적이라는 사실을 절감하면서 그 이중성에 반발
하며 오히려 더 강하게 나가지만 결국에는 마음속 깊이 상처를 받는 여
린 심성을 지닌 인물이다. 이러한 의식 구조의 이중성이 유난히 우리 민
족에게 많이 나타나고 있는 현상[17]은 아닌지. 작품에서는 이러한 이중적
태도가 상황논리에 의해서 자연스럽게 나타나기도 한다.

상현의 아내인 박씨가 서희를 대하는 태도에서 볼 수 있는데, 상현의
아내이자 시우 모친 박씨가 서희를 맞이하는 고정된 표정은 "은근하면
서 차갑고 단정하면서 모멸감을 숨기고 감사하면서 원망하는, 그 미묘
한 심리가 만들어 낸 표정."(5부1권, 255쪽)으로 묘사되고 있다. 삯바느
질을 할 정도로 경제적으로 궁핍한 집안에 해마다 물질적으로 도움을
베풀어주는 서희에 대한 고마움과 남편의 마음을 차지한 여인에 대한
원망, 서희가 같은 양반으로 미모와 재산과 아들들 등 부러울 게 없지만
결정적으로 하인과 결혼한 여자라는 데 대한 모멸감과 그렇지만 근본적

---

17 나혜석, 김일엽 등 신여성들이 실제로 이러한 이중적 잣대로 인해 사회적으로 매장되
   어 비참한 죽음을 맞거나, 불교에 귀의한 것은 주지의 사실이다.(김미영, 「1920년대 신
   여성과 기독교의 연관성에 관한 고찰」, 『현대소설연구』 21호, 2004. 3 참조) 또 속내는
   내주기 싫어하면서 겉으로는 퍼주는 이중적 자세, 속으로는 비판하면서 겉으로는 드
   러내지 않거나, 배고프면서도 일단은 사양하는 우리네 관습 등이 대표적이다. 중요한
   것은 대상에 따라 비판의 자를 달리 하고, 나와 남에 대한 기준이 달라진다는 것이다.

으로는 감사한 마음을 지니고 있는 여인의 복잡한 감정을 '은근하면서
도 차갑게' 드러내고 있는 것이다.

이중적 의미를 갖고 있다는 점에서는 최참판댁의 의미부터 이중적이다.

> (최참판댁을) 안다는 말에는 좋은 뜻, 나쁜 뜻이 다 포함되어 있었다. 최
> 참판댁의 영광과 치욕이, 존경과 저속한 호기심이 포함되어 있었다. 그것은
> 누구나 느끼게 되는 그 혼란스러움이기도 했다.(5부 3권, 367쪽)

최참판댁에 대한 영광과 존경이 치욕과 저속한 호기심으로 상쇄 되어
가는 과정에 윤씨 부인과 김개주, 최치수와 별당아씨와 구천, 서희와 길
상의 삶이 놓여 있다. 이들 인물과 삶에 대한 이율배반적 구조 연구는
장을 달리해서 논해야 하지만 예를 들면 윤씨 부인은 최씨 집안을 일으
킨 여장부인가, 아니면 집안에 씻을 수 없는 오욕을 남긴 패륜녀인가.
윤씨 부인의 김개주와의 관계가 가문을 망친 것인가 아니면 동학 난리
의 와중에서 가문을 구한 것인가, 서희는 친일을 한 것인가 아니면 독립
운동을 지원한 것인가 등등이 그러하다. 또 아이들을 위한 버팀목이 되
기를 바란 서희의 재산은 아들들이 가는 길에 짐이 되는 식으로 어느 하
나로 단정할 수 없는 이율배반적인 이중적 의미를 내포하고 있는 것이
다. 그런데 작품에는 이러한 양면성, 모순이 자연스런 삶의 이치로 수용
되어 있다.

이율배반이나 아이러니, 모순은 역설과 통하는데 길상이 서희와의 결
혼을 통해 신분의 굴레를 벗을 수 있을 것 같았으나 역으로 오히려 신분
의 한계를 더욱 절감하게 된다든가, 지고지순한 천사나 부처 같은 존재
인 조병수가 교활하고 소심한 악인 조준구와 흉악한 홍씨 소생의 꼽추
아들이라는 식으로 작품 안에서 역설적인 상황과 관계를 통해 보다 극

적인 치열함을 노정시키고 있다.

이렇게 수구와 개화가 따로가 아니고 진보와 보수가 공존하며 존경심과 모멸감이 공존하는 이율배반적인 의식 구조 자체는 때로는 매우 융통성 있는 유연한 사고방식으로 나타날 수도 있다. 또 우리는 대상이나 상황에 따라 얼마든지 다른 잣대로 재고 판단하고 평가하기도 한다. 문제는 그렇게 일반적인 양상을 말하는 것이 아니라 보다 극적으로 묘사되거나 설정되는 이율배반적인 성격들, 한 사건의 의미가 정반대의 이중적 결과를 낳고 그래서 아이러니의 효과를 가져오기도 하면서 소설을 보다 비극적으로 치닫게 하는 설정이 많다는 것이다.

4. 역설과 아이러니의 비극적 승화

인간의 의식 저변에는 기본적으로 대상에 대한 양가적인 태도가 있고 그것은 의식의 이중구조로 드러나기도 한다. 본고는 의식의 이중성, 그로 인한 이율배반적 아이러니를 『토지』를 읽어내는 매개항으로 삼았다. 이것은 작품을 가로질러 가는 굵은 실타래 가운데 하나인 중국에 대해서도 속으로는 업신여기면서도 겉으로는 굽신거리고 존중하는 자세에서 선명하게 드러난다. 작가가 중국에 대해서 매우 우호적이고 실제로 중국이 이국적이면서도 이민족이 아닌 것 같은 착각을 하게 하는 나라임에도 불구하고 작품에는 중국인과의 연애나 결혼이 전혀 다루어지지 않고 있다. 오랜 세월을 만주 등지에서 살아온 여타 등장인물들에게서도 그러한 단서는 찾아 볼 수 없다. 오히려 작가가 노골적으로 적대감을 드러내고 있는 일본과는 연애나 결혼이 이루어지고 있고 등장하는 일본인들은 비교적 상식적이고 합리적, 우호적으로 그려져 있다. 작가에게는 은연중에 중국이란 나라와 중국 사람, 일본이란 나라와 일본 사람이 별개로 의식되는 것 아닌가 생각[18]되지만 이 부분에 대해서는 더 깊고 폭넓은 고찰이 따라야 할 것이다. 이렇게 중국에 대한 이중적인 의식과 함께 등장인물들에게서도 의식의 이중성을 발견하게 된다. 의식의 이중성은 자연스럽게 이율배반적인 여러 관계를 노정시키면서 역설과 아이러니의 결과를 초래한다.

『토지』에 등장하는 인물들은 양면성을 지니고 있는데 그로 인해 비극적인 면이 두드러진다.

윤씨 부인은 그 어느 최참판 가문의 여인보다도 강하고 바르게 가문을 지켜왔으나, 동학의 두령 김개주와의 관계를 통해 결과적으로 가문을 파멸로 이끄는 주동인물이 된다. 동시에 바로 그 때문에 동학 난리 속에서는 가문과 재산을 지킬 수가 있었다. 김개주 또한 양반들의 목을 추풍낙엽처럼 날려버린 상민의 영웅이지만 양반인 윤씨 부인을 사모하여 김환을 낳게 하고 동학 난리 와중에도 최참판댁을 보호하는 이율배반적인 로맨티스트로 그려진다.

최서희는 어린 날 겪었던 불행한 가족사를 통해 그만큼 더 명석함과 지혜로움을 키울 수 있었고, 고집스럽고 포악하고 독한 성격이 아랫사람들에게는 그만큼의 힘과 믿음으로 사모하게 만든다. 그녀는 전통적인 신분제도를 강하게 의식하고 지키고자 하면서도 스스로 하인인 길상과 결혼함으로써 그것을 깨버리며, 친일을 하면서 결과적으로 독립운동을 돕는 등 여러 면에서 이율배반적인 삶을 살고 있다. 또한 길상이 타고난

---

18 작가는 일본 학생들이 방문했을 때 자신이 철두철미 반일작가이지만 반일본인은 아니라고 자기소개를 했다 한다. (「다시 Q씨에게」, 59쪽)

인품은 고고하고 위엄이 있으며 사업가나 지도자로서의 모든 능력 이 뛰어난데 신분은 하인이다. 서희와의 결혼을 통해 신분에서 해방되는 것 같았으나 오히려 '신분에 대한 처절한 자각과 신분적 한계'를 강조 하는 결과가 되고 만다. 즉, 양반이 되면서 신분제의 골을 더욱 뼈저리 게 느끼게 되는 역설적 상황이 펼쳐지는 것[19]이다. 이러한 이율배반적 인 설정은 주인공들에게 삶의 무게를 더욱 무겁게 가중시킨다.

한편 양현과 영광의 아프고 아름다운 사랑 역시 비극적인데 기생의 딸과 백정의 아들이라는 근본적인 신분의 동질감이 있음에도 불구하고, 여의사와 악사라는 현재의 신분 또한 이들 사이에 장애로 작용한다. 서 희의 양현에 대한 사랑과 미래를 위한 배려가 양현의 사랑에 족쇄로 작 용하는 모순과 이율배반적인 면이 주인공들의 삶의 양상을 아이러니컬 하게 만들면서 더욱 비극적으로 전개시키고 있다. 중요한 것은 이러한 비극적 전개를 통해 구조의 면에서는 갈등의 양상을 심화시키면서 소설 의 짜임새를 더욱 탄탄하게 하고 있으며, 주인공들은 한 차원 성숙하게 된다는 데 비극적 아이러니의 의미가 있다. 예를 들면 인고의 세월을 잘 이겨온 서희의 원숙함이나 불화(佛畵)에 담겨진 길상의 득도의 경지, 인 간이나 생명이 사는 이치의 터득 같은 것이다. 그런데 이 부분은 결국 인생무상에서 오는 상실감과 거기서 오는 강한 소망의 빛, 즉 한의 승화 나, 생명의식의 고양 등으로 압축될 수 있는 바, 그것은 이미 다른 논문 에서 많이 다루어 온 『토지』 작품의 의미와 연결되기 때문에 본고에서 는 특별하게 다루지 않았다.

이처럼, 작가 혹은 주인공의 의도와 다르게 상황이 전개되고 그 결과

---

19 이상진, 앞의 책, 155쪽.

또한 예기치 못한 방향으로 나아가면서 이율배반, 모순, 역설, 아이러니를 초래하는 경우를 살펴보았는데 작가는 이러한 삶의 전개를 인생의 자연스런 존재양식이나 이치로 이해하고 있음을 볼 수 있다.

> 오늘날 어떤 면에서 문명화한다는 것은 야만화한다는 것과 동질입니다. 왜냐하면 문명에서 비롯된 물질이라는 것에는 영혼이 없거든요. 그리고 야만이라는 것은 단순하고 무지하고요. 그래서 물질과 무지하다는 것과는 어떤 연관이 있습니다.[20]

> 한 개가 되면 종자가 없어져요. 두 개라야 종자가 생기지. 지구가 떠 있는 이치에서도 모순 수용이 있습니다. 원심력과 구심력이 팽팽히 존재하기 때문에 지구가 떠있는 거지요. 모순을 수용할 줄 알아야 합니다.[21]

작가가 최근 한 대담에서 생태계 보호, 생명을 지닌 땅의 눈으로 세계를 보자며 강조한 말인데 문명화가 곧 야만화일 수 있다는 논리 자체가 역설적이지만 진실이기도 하다. 우리는 어떤 대상에 대해 양가적 가치 판단을 하면서 스스로 이율배반을 느끼기도 하는데 『토지』는 바로 이러한 과정에서 터득하게 되는 삶의 이치와 지혜를 가르쳐주고 있다.

---

20 『NEXT』, 앞의 글, 51쪽.
21 위의 글, 62쪽.

『토지』의 인물 설정에 나타난 이율배반과 아이러니

1. 들어가며 – 의식 구조의 이중성

『토지』가 문학 연구의 보고(寶庫)여서 온갖 주제로 접근하고 끊임없이 다양한 방법론을 적용하여도 다 받아들이는, 바닥이 드러나지 않는 문학의 대해(大海) 같다는 생각을 하면서 독법으로서의 '의식의 이중성과 아이러니'에 초점을 맞추어[1] 이 작품을 살펴 본 바 있다.

『토지』에서 작가가 친애해 마지않는 중국이 어떻게 그려져 있는가 찾아보는 가운데 매우 흥미로운 점을 건져낼 수 있었던 바, 중국에 대해 우호적인 만큼 작품에 우호적으로 반영되는 것도 아니고, 일본에 대해 적대적인 것처럼 작품에 일본인이 부정적으로 그려지지는 않는다는 사

---

1 이정숙 「토지에 나타난 의식의 이중성과 아이러니」, 『현대소설연구』 23호, 한국현대소설학회, 2004. 9. 위 논문은 『토지』에 중국이 어떻게 그려졌는지에 대한 모색으로 시작했으나 중국과 중국인에 대한 이중적 태도, 또 일본과 일본인에 대한 이중성을 발견하면서 그 과정에서 인물 설정 또한 대단히 이율배반적임을 피상적으로 훑어보았다. 그 과정에서 인물 설정에 초점을 맞추어 따로 논문을 써야 할 필요성을 절감하였다. 본 논문은 그에 따른 후속 작업이 되겠다. 따라서 논지 전개에 필요한 경우 위 논문과 인용 부분이 겹칠 수도 있음을 밝힌다.

실이었다. 이러한 이중성은 중국이나 일본에 대한 작가의 의식에서 나왔을 터이지만 나아가 인물 설정에서도 결정적인 중요 사항으로 작용하고 있는 것을 피상적으로 훑어보면서 이것이 『토지』를 읽는 중요한 독법의 하나일 수 있음을 상정해 본 바 있다.

아울러 작품 안에 나타난 또 다른 이중적인 의식들, 그것이 자연스러운 이중적 의식의 표현이든 의도된 것이든, 아니면 보다 적극적으로 위장을 위한 것이든 그런 면들을 찾아 그것에 의미를 부여할 수 있다면 '의식의 이중성' 혹은 이율배반적인 양가적 태도를 통해 작품을 이해하는 한 통로를 발견할 수 있을 것이라는 생각을 했었다.

작가의 기본 생각 또한 그러한 의식의 이중성을 강조하고 있다.

> "모든 것에는 다 양면이 있기 마련이야. 소위 모순이라는 건데 없어지기 때문에 존재를 인식하게 되고, 죽음이 있기에 삶을 인식하게 되고."[2]

> "물질의 풍요를 갈구하는 것은 인간의 본능이다. 그러나 풍부해지는 만큼 빈곤해지는 일면이 있다는 것을 사람들은 생각하지 않으려는 듯, 참으로 조물주는 에누리가 없다. 저울대처럼 한 쪽이 무거워지면 다른 한 쪽이 가벼워진다. 물질의 풍요는 정신의 빈곤을 가져오고, 사람들이 어질면 물질적 빈곤을 겪어야 하고―."[3]

작가는 이런 식의 양면성을 삶의 전개에서 나타나는 인생의 자연스런 존재양식이나 이치로 이해하고 있음을 볼 수 있다. 선배 작가가 보낸 편

---

2 박경리, 「다시 Q씨에게」, 『현대문학』, 2000. 9. 54쪽.
3 작가는 중국 기행집인 『만리장성의 나라』(동광출판사, 1990, 206쪽)에서 중국과 일본에 대한 자신의 생각을 매우 소상하게 밝히고 있다.

지의 한 구절을 인용하면서 "사실 사람이란 끔찍이 사랑스런 존재인 동시 또한 끔직끔찍하게 지겨운 대상이기도 하다."고 토로하기도 하는데, 말하자면 사람 자체가 매우 이율배반적인 존재라고 보고 있는 것이다.

작품에서도 이러한 양가적, 이중적, 이율배반적 모순이 작가의 생각을 자연스럽게 언급하면서 강조되기도 하고 인물설정이나 서사 구조를 통해서 극적으로 구현되기도 한다. 중요한 것은 이러한 이율배반적 모순과 아이러니를 통해서 작품의 서사 구조도 탄탄해지고 극적 효과도 극대화된다는 점이다. 본고는 이러한 점에 주목하여 인물 설정의 구도를 좀 더 진지하게 분석해보고자 한다.

이중적 의미를 갖고 있다는 점에서는 최참판댁의 의미부터 이중적이다.

> (최참판댁을) 안다는 말에는 좋은 뜻, 나쁜 뜻이 다 포함되어 있었다. 최참판댁의 영광과 치욕이, 존경과 저속한 호기심이 포함되어 있었다. 그것은 누구나 느끼게 되는 그 혼란스러움이기도 했다.[4]

최참판댁이 가지고 있는 영광과 치욕, 존경과 멸시 혹은 비하 모두 서사 구조를 이루고 있는 작중 인물들에 의해 형성되고 있지만 작품 전체를 일관되게 지배하고 있는 심층의 논리 또한 이율배반적 모순적 삶의 논리이다.

> "어딘가를 향해 떠난다는 것은 늘 설렘과 희망을 동반하는 것이지만 불안과 쓸쓸함 비애이기도 했다."[5]

---

4 『토지』 5부 3권, 367쪽. 앞으로 작품 인용을 각주 처리한 경우 제목은 생략하고 부, 권, 쪽수를 표시하기로 한다.

5 16권 완결편, 14쪽

욕망의 완성은 없다. 그것은 인간의, 생명의 불행인 동시에 축복이다. 종
말이 없는 염원의 연속이기 때문이다.[6]

설렘과 희망/불안과 쓸쓸함, 비애의 동시 진행이나, 신중하고 사려 깊
은 환국의 깨달음을 통해서 사람의 삶뿐 아니라 삼라만상, 억조창생 생
명 있는 것은 그 모두가 환희와 비애를 밟고 지나가는 것임을 설파하는
식으로 작품에서는 인간 삶의 이중성이 기본적으로 전제되고 있다. 이
렇게 우리들의 삶은 양면적 모순적이라는 생각이 작품 전체를 지배하면
서 "거대하고 은밀하며 기적과도 같은 우연, 만나는가 하면 헤어지고 아
아. 인간들의 끝이 없는 드라마"로 펼쳐지고, 그 속에서 독자들뿐 아니
라 등장인물까지도 "진정 그 찬란함에 눈부심"을 느끼게 된다. 비극적
이면서도 찬란한 인간 드라마에 대한 찬탄은 지식인 오가다의 입을 통
해서 강조되고 있다. 그는 일본인이면서 식민지 조선에 동정적인 만국
박애주의자로서, 항일독립운동을 하는 유인실을 사랑하여 아이까지 낳
으면서도 그 아이의 존재를 몰랐던 사람이다. 사실 오가다와 인실의 사
랑 또한 역설적이고 비극적이면서도 누구를 탓할 수 없을 만큼 처절하
게 아름답다. 그래서 "끝내 그것이 비극이든 희극이든 간에 행복이든 불
행이든 간에 삶은 찬란하고도 신비롭다. 그것은 어떠한 힘으로, 무엇에
의해 짜여졌더란 말인가."(16권, 261쪽)라는 오가다의 찬탄처럼 등장인
물로서 비중이 크건 작건 그들의 삶이 드라마틱하게 운명적으로 전개되
고 있다. 바로 『토지』의 매력을 말할 수 있는 부분이다.

이렇게 인간 삶의 보편적 원리로서의 이중성이나 구체적인 행위나 사

---

6 16권, 283쪽.

건을 통해 이루어진 이중성 외에 근원적으로 한국인의 의식 구조에 내재해 있는 이중성을 비판하는 부분도 주목할 만하다. 예를 들어 마포강 장배로 부자가 된 강서방의 딸 강선혜가 자기가 겪은 바를 통해 조선 사람들 의식 구조를 말하는 부분에서 찾아 볼 수 있다.

> "이중구조야. 이를테면 수구와 개화가 따로 있는 게 아니구 함께 있는 거야. 함께 얽혀 있는 거야. 너도 그렇구 나도 그 이중구조의 희생물이라 할 수 있어. (…중략…) 그러면 진보적인 쪽에선 어떤가. 그들 역시 사람으로서의 권리를 여자에게 주려고 안해. 이론 따로 실제 따로, 남자의 종속물이란 생각을 결코 포기하지 않아. 여자가 인간으로서 있고자 할 때 인형처럼 망가뜨리고 마는 것이 현실이야."[7]

같은 부자라도 뿌리 깊은 양반 부자에 비해, 마포강 장배로 돈을 번 부자에 대해서는 사람들이 마음속으로 비웃고 깔본다는 사실, 신여성을 대하는 남자들의 잣대가 겉으로는 진보적이지만 안으로는 여전히 수구, 보수적이라는 사실을 절감하면서 강선혜는 이론과 실제가 따로따로인 사람들에게 환멸을 느끼고 상처를 받는다. "부르주아를 비난하면서 뱃사공의 전신은 왜 비웃는 거지? 그건 모순이야. 고귀한 신분을 원했다면 부르주아를 비난할 자격 없어."(16권, 372쪽)라며 선혜는 그러한 이중성에 몸서리친다.

작품에서는 이러한 이중적 태도가 상황논리에 의해서 자연스럽게 나타나고 있는데, 작가는 어떤 대상에 대해 양면적인 것을 강조하고 모순의 수용을 강조하면서, 이러한 이중성에 대한 불가피함을 삶의 이치로

---

7 5부 1권, 88쪽.

터득한 인생관, 가치관으로 수렴하여 작중 인물이나 상황을 통해 강조하고 있다.

이 작품의 인물들에게서, 또 이야기 전개나 사건의 설정에서 그러한 의식의 이중성이나 이율배반적인 면을 많이 읽게 되는 만큼, 유독 강조되는 인물들을 중심으로 인물 설정에 드러나는 이율배반과 아이러니에 대해서 살펴보고자 한다. 의식의 이중성, 이율배반의 노정, 아이러니의 결과를 초래하게 되는 과정에서 작품의 구조도 탄탄해지고 비극의 극대화도 이루어지고 있다면 이 항목은 『토지』를 읽는 매개항으로 충분히 가치가 있다고 할 수 있기 때문이다.

2. 이율배반적 인물 설정

1) 보수적 가부장적 여인과 개혁적 로맨티스트: 윤씨 부인과 김개주

윤씨 부인은 최씨 집안을 일으킨 여장부인가, 아니면 집안에 씻을 수 없는 오욕을 남긴 패륜녀인가. 윤씨 부인의 김개주와의 관계가 가문을 망친 것인가 아니면 동학 난리의 와중에서 가문을 구한 것인가? 『토지』의 근간이 되는 구조 가운데 윤씨 부인과 김개주와의 관계는 이렇게 매우 역설적이다. 이들의 관계는 그 자체만으로 최참판 일가의 비극의 단초가 되었지만 역설적으로 윤씨 부인은 김개주와의 관계로 인해서 동학 난리 와중에 최참판이라는 가문을 보호할 수 있었다. 동학란의 한가운데서 일가몰살까지 각오했던 윤씨 부인이었지만 김개주 덕분에 무사할 수 있었던 것이다. 새벽 행랑을 점거하고 있던 동학당의 무리가 썰물같이 최참판댁을 떠났지만 그들이 다른 곳에서도 최참판댁을 거쳐 가듯이 그렇게 조용했던 것은 아니었다. '소리없이, 풀잎 하나 다친 것이 없이'

최참판댁을 떠났던 것에 비해 읍내로 나간 동학군은 '오히려' 격렬하게 파괴하였으며 읍내까지 휩쓸고 내려가는 동안 상당한 인명을 살상하였다. 섬진강 강가의 흰 모래가 선혈로써 붉게 물들었었다고들 할 정도였다. "송림 모래밭에선 양반 아전, 모모한 사람들 목이 추풍낙엽으로 떨어졌담매. 산천초목이 벌벌 떨어신께."(2부 3권, 129쪽)라고 당시의 사정을 주막집 영산댁은 회상하고 있다. 이렇게 윤씨 부인의 가문에 대한 치명적 행위가 결과적으로 가문의 보호로 이어지는 이율배반적 아이러니에 의해 작품은 전개되고 있다. 양반의 법도와 가문지키기에 누구보다도 엄격했던 윤씨 부인에 의해 불가피하게도 그 법도가 허물어지고 가문이 파멸로 가게 되는 것 또한 같은 차원이다.

한편 민중들의 권익을 위해 떨쳐 일어났던 동학의 지도자 김개주, "피에 굶주린 이리 같은 위인이라 하기도 하고 살인귀라 하기도 하고 양반님네들은 이름만 들어도 이를 갈던 그 위인"(1부 2권, 407쪽) 김개주가 양반인 윤씨 부인을 사모하여 처절한 사랑의 씨를 잉태케 한 것 자체도 대단히 이율배반적이라고 할 수 있다. 윤씨 부인을 범했던 김개주는 대노한 형 우관스님에게 "지아비 잃은 여인을 사모하였기로, 어찌 죄가 된다 하시요. 하늘이 육신을 주었거늘, 어찌 육신을 거역하라 하시요."(1부 1권, 339쪽) 하며 원한의 눈물을 뿌렸었다. 동학의 무리들이 행랑을 점거하던 그날 밤 윤씨 부인을 찾아온 김개주는 살아주어서 고맙다며 용서를 비는데 이때의 김개주는 다음과 같이 묘사되고 있다.

사나이는 소년 같은 미소를 머금었다. 장대한 몸집이 부드럽게, 아니 가냘프게까지 흔들리고 있는 것 같았다. ―사나이의 눈에 마지막인 듯 불꽃이 튀었다. 등잔불을 옆으로 받은 그의 얼굴, 불빛이 비친 반쪽과 그늘이 진 반쪽의 얼굴, 마치 수성과 신성을 반반씩 지닌 것 같은 신비로운 모습이었다.

한 눈은 불타고 한 눈은 냉엄한 것같이 보였다.[8]

여기서 김개주는 살인귀/소년의 미소, 장대함/부드러움, 수성/신성, 불타는 눈(열정)/냉엄한 눈(이성) 등의 여러 이항대립항으로 묶을 수 있을 만큼 양가성을 띠고 있는 성격의 소유자로 그려지고 있다. 피에 굶주린 이리, 살인귀라 불리는 사람이 사랑하는 여인 앞에서는 소년처럼 순수하고 부드러운 열정을 지닌 인물이 되는 것이다.

윤씨 부인은 어떤 인물인가? 언제나 단정하며 의지와 힘이 사무친 듯 남아 있는 여인, 놀라운 자제력과 분명한 언동(1부 1권, 466쪽)의 소유자, "치마 두른 게 한. 분명하시고 담대하시고 과히 남자로 치면 두령감. 그것도 일급"(2부 2권, 315쪽)으로 묘사되고 있다. "학같이 고귀하고 사물에 정통하며 암호랑이같이 무서운"(5부 3권, 350쪽) 성격이지만 결과적으로 김개주와의 관계에서 구천을 낳게 되고, 집안에 어떤 형식으로건 구천을 받아들였다. 그리고 결국 며느리 별당아씨와 구천의 사랑의 도피를 방조하는 이율배반적인 면을 보이게 된다. 그러한 이율배반적인 면들이 오로지 내부에서 단련되고 안으로만 끓고 내연되면서 장자인 최치수에게는 냉혹한 어미, "대장간 안에서 수천 번을 두드려 만든 쇠붙이 같은"(1부 1권, 285쪽) 어머니로 남게 되어 최치수의 성격 파탄에 원인을 제공한다. 윤씨 부인의 작은 아들 구천에 대한 도리나 모성을 최소화하면서 집안을 지키고자 했던 인고의 삶이 결과적으로 큰아들 치수의 성격을 파탄으로 몰고 가고, 집안의 파멸을 가져온다는 점에서도 이율배반적이다.

---

8 1부 1권, 292쪽.

"동학군의 장수 김개주, 그의 아들 김환. 운명의 장난치고도 부자 2대에 걸쳐 그들은 최참판댁에 씻을 수 없는 오욕을 남긴 것"(1부 2권 410쪽)인데 이러한 오욕의 씨가 집안의 기둥인 윤씨 부인을 통해 뿌려졌고 또 방조되었다는 점 또한 기막힌 아이러니라 할 수 있다.

2) 악마와 천사의 인연 : 조준구와 조병수

> 우리 민족혼, 민족성을 말살하려고 광분했던 그들, 그러나 그들이 그럴수록 스스로 그들 자신의 인간성이 붕괴해 간 것은 아이러니컬한 일이었다.[9]

이 말은 작가가 일본 제국의 만행에 대해 한 말이지만, 조준구가 서희를 망하게 하려고 광분할수록 자신의 인간성이 피폐해지고 결국 붕괴되어 가는 과정에 대입해 보아도 크게 틀리지 않는다. 조준구는 근대 소설에서 등장하는 악인상 가운데 결코 뒤지지 않을 인물인데 대개는 아무리 악인이라도 죽음을 앞두고는 자신의 과거를 반성하면서 후회의 눈물도 흘리지만 조준구의 경우는 죽음을 앞두고도 그 악행이 추호도 달라지지 않은 인물이다. 그런데 지고지순한 천사나 부처 같은 존재인 조병수가 교활하고 소심한 악인 조준구와 흉악한 홍씨 소생의 꼽추 아들이라는 설정 또한 매우 이율배반적이다. 이들의 관계는 작품 안에서 역설적인 상황과 사건 전개를 통해 보다 극적인 치열함을 노정시키고 있다.

"시궁창과도 같은 욕망과 생각만 해도 아득해지는 악행의 화신 같았던 부모, 그 핏줄, 그것에 맞먹는 추악한 자기 자신의 모습"(16권 164)을

---

9 『만리장성의 나라』, 7~8쪽.

지닌 병수가 간절하게 소망했던 것은 '참된 것과 아름다움에 대한 그 것'이다. 병수는 그것을 소망하는 것만으로 간신히 자신의 생명을 지탱할 수 있었다. 물론 한때는 그 모든 것을 부정할 수 없어서 그것에 사로잡힌 포로가 되어 "스스로 육신을 파괴하지 않고는 영혼을 영원히 잠들게 하지 않고서는 그 운명을 빠져 나갈 수 없"어서 여러 차례 자살도 시도했지만 그 모든 것을 이겨내면서 통영의 장인이 되어 참된 것과 아름다운 것을 창조하면서 누구보다도 평화롭게 살아간다.

조병수는 꼽추라는 불구의 몸으로 살아가면서 생을 저주할 수도 있었겠지만 바로 그 저주받은 부분을 통해 인생의 깊은 이치를 깨닫게 되고 생을 아름답게 바꿀 수 있게 된다.

> "불구자가 아니었다면 나는 꽃을 찾아 날아다니는 나비같이 살았을 것입니다. 화려한 날개를 뽐내고 꿀의 단맛에 취했을 것이며 세속적인 거짓과 허무를 모르고 살았을 것입니다. 내 이 불구의 몸은 나를 겸손하게 했고 겉보다 속을 그리워하게 했지요. 모든 것과 더불어 살고 싶었습니다. 그러나 결국 나는 물과 더불어 살게 되었고 그리움 슬픔 기쁨까지 그 나뭇결에 위탁한 셈이지요. 그리고 보면 내 시간이 그리 허술했다 할 수 없고 허허헛헛 — 내 자랑이 지나쳤습니까?"[10]

조병수가 한 이 말은 지감스님을 통해 다시 한 번 더 회상되는데 바로 이렇게 이율배반적인 인물 설정을 통해서 한 인간이 죽음이나 모멸의 나락으로 떨어지지 않고 미를 추구하며 예술적 경지에 도달하고 인간적으로도 완숙하고 만족스런 삶을 누리게 된다는 데에 이율배반적 인물설

---

10 16권, 155쪽.

정의 긍정적 의미가 있다고 생각된다.

> 병수의 얼굴은 무척이나 평화스러워 보였다. 그것은 부친 조준구가 세상을 떠난 후, 날마다 묵은 때가 조금씩 벗겨지듯, 큰 병을 앓은 뒤의 회복기처럼, 무거운 짐을 내려놓은 뒤의 휴식처럼, 고난을 통하여 얻어낸 감사의 마음이 그를 평안하게 평화스럽게 한 것 같다. 남현의 얼굴에서도 옛날 그 찌들었던 자국이 사라지고 없었다. 그것이 육친이든 타인이든 한 악종이 스치고 간 자리가 그 얼마나 황량하며 살벌하였는가, 또 황량하고 살벌하지 않았던들 초하의, 우거진 신록이 시냇물이 바람이 이렇게 상쾌할 수는 없었을 것이다.[11]

부모가 악행의 화신이었고 죽을 때까지 아들을 괴롭혔지만 바로 그 황량하고 살벌한 고난으로 인해 그만큼 감사와 평화의 안식을 얻을 수 있다는 것은 살아가면서 느끼게 되는 절망을 이겨낼 수 있는 희망의 메시지라 할 수 있다. "그것이 비극이든 희극이든 간에 행복이든 불행이든 간에 삶은 찬란하고도 신비롭다. 그것은 어떠한 힘으로, 무엇에 의해 짜여졌더란 말인가."(16권, 261쪽)라는 오가다의 찬탄이 이들의 경우에도 해당된다 하겠다. 그들의 삶이 아무리 비극적이어도 드라마틱하게 아름답게 전개되는 만큼 인간들의 찬란한 드라마 가운데 하나라고 할 수 있다. 조병수는 그 부모가 악행의 화신인 만큼 이율배반에 의해 모순된 결과가 초래되고, 그래서 비극이 잉태되지만 그러나 그 비극을 통해서 남다르게 깊이 있는 삶 혹은 초연함을 획득한 경우에 해당한다고 하겠다.

---

11 16권, 150쪽.

3. 아이러니의 드라마

1) 결혼을 통한 신분 타파 : 서희와 길상

문벌과 재물로써 백 년을 넘게 평사리 일대에 군림해왔으며 특히 드센 여인들 손으로 이룩했고 지켜왔었던 최참판가의 유일한 혈육으로 어린 나이에 고아가 되는 서희는 야릇한 운명처럼 선대 여인들의 가문 일으키기의 맥을 잇게 된다. 서희는 한국 현대소설사에서 등장하는 여성 가운데 가장 명민하고 아름답고 능력 있는 여성으로 꼽을 수 있는 인물인 만큼, 작품 안에서도 그녀에 대한 묘사는 매우 다양하게 나타나고 있다.

> 포악스럽고 음험하고 의심 많고 교만한 성격이지만 서희, 그러나 그것이 그의 전부는 아니었다. 제 나이를 넘어선 명석한 일면이 있었다. 본시 조숙했지만 그간 겪었던 불행과 지켜보지 않을 수 없었던 많은 죽음들로 해서 그의 마음은 나이보다 늙었고 미친 듯이 노할 적에도 마음 바닥에는 사태를 가늠하는 냉정함이 도사리고 있었다. 무료하고 지루한 나날, 서책에 묻혀 시간을 보내는 생활은 그를 위해 다행한 일이었으며 거기에서 얻어지는 지식은 또 지혜를 기르는 데 살찐 토양이 되어 주었다.[12]

어린 나이에 별당아씨인 어머니의 치욕스런 출분과 늘 차갑기만 했던 아버지의 어이없는 죽음을 겪어야 했던 서희는 어린 시절 유독 포악한 성격을 드러낸다. 서희가 겪었던 어린 시절의 불행은 그녀를 더욱 조숙하게 만들었는데, 미친 듯이 노할 때도 사태를 가늠하는 냉정함이 있으며, 무료함을 메꾸던 독서가 그녀를 더욱 지혜롭게 만들었다. 서희의 경우 한쪽을 잃은 만큼 확실하게 다른 쪽을 채우는 보상을 받은 것으로

---

12 1부 2권, 378쪽.

볼 수 있는데 이것은 근본적으로 그녀의 명석함과 지혜로움의 덕분이지만 이를 키울 수 있었던 여건은 역설적으로 그녀의 불행한 가족사 때문이다.

자라는 과정에서 길상이나 봉순에게 의지하는 자기 처지를 생각하게 되고 상대방이 그것을 의식하고 있을 것을 상상할 때 서희는 참을 수 없는 곤욕감에 몸을 떤다. 무조건 복종이면 복종이지 친근감을 갖는 것은 싫어한다. 동정하고 보호하는 기분을 가진다는 것이라면 더더군다나 용납될 수 없다. 자신이 의지할 곳 없는 처지임을 생각할수록 "외톨박이가 되어 헤매거나 혹은 병들거나 상처받아 힘이 약해진 맹수가 유독 사납"(1부 2권, 377쪽)듯이 서희는 점점 '야차 같은 계집' 13)이 되어간다.

용정으로 봉순이가 기생이 되어 찾아 왔을 때 서희의 심사는 참으로 복잡 미묘할 터인즉, 어린 시절 그 곤욕스런 시절을 서로 의지하며 지냈던 길상과 봉순, 그들 사이에 싹터있던 연모의 정을 알고 있는 서희의 마음속이 다음과 같이 묘사되고 있다.

> 권위의식의 뿌리는 깊게 아주 깊은 곳으로 뻗어만 가는데 그러나 서희는 날이면 날마다 깊은 뿌리를 쓸어대는 톱질 소리를 듣는다. (…중략…) 날이면 날마다 보이지 않는 뭇시선 속에서 서희는 깊은 곳을 뻗쳐 들어가고 있는 뿌리를 쓸어대는 톱질 소리를 듣는다. 그럴 때마다 뿌리는 더욱 깊은 곳으로 뿌리는, 더욱더 강인하게, 그것은 서희의 욕망이요 생리요 아집이다. 불도 사르어 먹으려는 집념이다. 14)

권위의식의 '깊은 뿌리를 쓸어대는 톱질 소리'를 들을 때마다 그녀의

---

13 2부 2권, 260쪽에 나온 이 말은 2부 2권, 322쪽에서 다시 회상으로 언급된다.
14 2부 2권, 254쪽.

권위의식은 더욱 깊은 곳으로, 더욱 강인하게 아주 깊은 곳으로 뻗어나간다. 그것은 욕망이요 생리, 아집, 집념이라고 할 수 있다. 스스로 길상을 남편으로 택함으로써 양반의 권위의식, 그 깊은 뿌리를 스스로 톱질해 잘라냈지만 서희의 권위의식은 더 크고 강인한 욕망과 집념으로 환치되어 나타난다.

성격 형성에서 나타난 역설적인 부분뿐 아니라 상황에서도 서희 자신이 원하건 원치 않건 간에 이중성이 드러난다. 서희가 이중적인 잣대로 일본을 대할 수밖에 없던 이유는 친일을 통하여 자신의 사업 기반을 공고히 하면서 조준구에게 빼앗긴 옛 재산을 되찾을 수 있기 때문이지만, 재산 되찾기를 위해 동원된 사람들은 그 과정에서나 결과적으로나 민족의식이 투철하고 독립운동에 적극적인 사람들이 된다. 공노인, 정석, 장연학, 혜관스님 등등이 그들이다. 그녀는 친일을 통하여 재산과 지위를 공고히 하고 그 재산과 지위를 가지고 독립운동을 돕는다. 서희 자신도 남편 길상의 활동을 알면서도 그것을 묵인하며 자신은 친일의 여러 양태를 보이는데 이렇게 한집안에서 안과 밖이 하는 상반된 일을 서로 묵인하면서 해방이라는 합의 경지, 지양의 단계로 나가는 셈이다.

길상이 요주의 인물로 주목을 받고 있었지만 사실 서희의 경우는 외관상 분리된 다른 세계에 속해 있었다. 간도에서 돌아 온 후 이십여 년 동안, 김환과 길상으로 이어지는 그들의 활동과 투쟁을 교묘히 엄폐해 가면서 꾸준히 최씨 일문의 기반을 튼튼하게 다져왔다. 그것은 무엇을 의미하는가 하면 앞뒤가 다른 가면을 쓰고서도 늘 앞면만 보여왔다 할 수 있고, 그러니까 친일적 경향을 띠면서 회유의 손길을 뻗쳐놓을 필요가 있었고 요소 요소, 상당히 광범위하게 호의의 통로를 만들어 놨던 것이다.[15]

---

15 5부 1권, 262쪽.

남편은 독립운동을 하고 아내는 친일을 한다. 서희의 친일행위를 통해 길상의 독립운동이 보호받는 식의 모순과 역설은 각각의 이상과 현실 구현에 적절하게 상승작용을 하게 된다.

> 기백, 기천의 군병에다 여인네들 비녀 가락지나 뽑아서 마련한 군자금으로 왜군을 치겠다는 생각, 그건 마음일 뿐이요. 애국심일 뿐이오. 그리고 결국엔 헛된 꿈일 뿐이오. 나는 할 수 있는 일과 할 수 없는 일을 구별했을 뿐이오. 내가 할 수 있는 일은 이른바 내가 써야 할 군자금을 마련하는 일이오. 충분히 마련되는 그날 나는 돌아갈 것이오. 그리고 싸울 것이오, 내 원수하고. 섬진강 강가에 뿌린 눈물을, 내 자신에게 한 맹세를 나는 잊지 않을 것이오. 이 원을 위해 서방님을 잊어야 한다면 내 골백번이라도 잊으리다.[16]

상현을 향한 경우에도 서희는, 상현을 잊고자 상현을 모욕했으며, "과감하게 껍데기를 찢어발기고 핵을 보존키 위해 오히려 양반의 율법에 반역까지"(3부 1권, 183쪽) 하면서 길상을 남편으로 맞을 정도로 매우 현실적인 여성이며 실용적인 사고를 하고 있다. 그런 점에서 '실속을 차리는 사람'에 속한다. 또한 일본을 이용하기 위하여 적당히 친일하며 기부금도 내지만 그녀의 속은 확고하다. 권필응의 입을 통해 설명한 중국인의 기질 가운데 매우 실속 있고 융통성 있게 현실에 대처해 가는 점을 바로 서희에게서 볼 수 있다. 특히 "앞뒤가 다른 가면을 쓰고서도 늘 앞면만 보여왔다 할 수 있고, 그러니까 친일적 경향을 띠면서 회유의 손길을 뻗쳐놓을 필요가 있었고 요소 요소, 상당히 광범위하게 호의의 통로를 만들어놓았던 것"이라는 서희의 일본에 대한 행동이나 태도는 바로 옷처럼 '필요할 땐 입고 불필요할 적에 벗어던지는' 융통성과 실용적 사

---

16 1부 3권, 143쪽.

고를 동시에 보여주고 있다. 서희가 해 온 일은 '비단옷 입고 밤길 걷기, 남몰래 하는 일'로서 '태산겉이 바람을 막아'(5부 3권, 361쪽) 물심양면 으로 산산조각 나는 것을 막아 왔던 것이다. 작가로서 어쩌면 한국인에 게 모자라는 어떤 면을 "늘 깨닫고 끊임없이 깨닫는"(3부 1권, 183쪽) 서 희를 통해 구현하고 있는지도 모른다.

서희의 길상에 대한 사랑과 의지도 역설적으로 묘사되고 있다. 간도에 남았던 길상이 서울에 와 머물고 있을지도 모르는 서울 효자동 어느 여 관 앞을 지나면서 서희는 한 번도 그쪽으로 눈길을 돌리지 않는다. 속으 로는 "이층 창가에 어느 사내가 서 있으리라는 상상만으로 하루하루의 양식을 마련하는 것 같"(3부 2권, 181쪽)으면서도 끝내 쳐다보지 않는 독 한 의지와 이율배반에서 역설적으로 그 사랑을 확인할 수 있게 된다.

한편 길상의 태생적 한계는 그의 능력이 뛰어날 때 더 부각된다. 그의 운명 또한 아이러니컬한데, 타고난 인품은 고고하고 위엄이 있으며 사 업가나 지도자, 독립운동가로서의 모든 능력이 걸출하지만 안타깝게도 태생적으로 하인의 신분이다. 길상이 서희와의 결혼을 통해 신분에서 해방되고 그 굴레를 벗을 수 있을 것 같았으나 역으로 오히려 '신분에 대한 철저한 자각과 신분적 한계'를 강조하는 결과가 되고 만다. 서희가 평사리로 돌아갈 때 길상이 만주에 남은 것은 김환과 강가에서의 의식 후, 제가 속한 무리에 어우러지기 위해 그런 것이지만 신분제의 골을 더 욱 뼈저리게 느끼게 될 조선 땅에서의 정황상, 결과적으로는 가족을 위 해 가족과 함께 떠나지 않고 만주에 머물렀던 셈이 되는 것이다.

그러나 무엇보다도 이율배반적인 것은 서희 재산의 이중적 의미이다. 용정에서 무섭고 끈질긴 집념으로 만들어 낸 재산으로 그녀의 한은 풀 었지만 길상을 잃게 되어 오랜 세월 집안에 가장의 자리를 비우는 결과를 초래한다. 또 그 재산이 친일을 할 수 있는 수단이 되어 독립운동 자금 마련의 엄폐물이 될 수 있었음은 앞에서 살펴 본 바이다. 무엇보다도 아이들을 위한 버팀목이 될 수 있다고 기대했던 재물이 아들들이 가는 길에 짐이 된다는 점에서 아이러니를 느끼게 된다.

> 이를 악물며 열 손톱이 닳아빠져도 기필코 되찾으리라던 평사리 옛집과 최참판네 소유인 기름진 땅 등이 끝이 없는 만주벌판의 해질 무렵, 황막한 사막같이 느껴질 때가 있다. 결국 얻었기 때문에 잃어야하는 과정일 수도 있겠지만 '아이들은 이 재물을 원치 않는다. 무거운 짐짝같이 생각한다.' 고 생각하며 서글픈 미소를 띤다.[17]

비옥하고 기름진 평사리의 땅이 만주벌판의 사막처럼 느껴지면서 결국 얻었기 때문에 잃어버리는 아이러니, 재물이 짐짝으로 변할 수 있는 역설을 보여주고 있다.

작품 말미에서 "살기로는 모두가 각각이지만 성공한 삶이란 누구에게나 그것은 덧없는 소망일 뿐입니다."(16권, 255쪽)라는 서희의 말에서 명희는 서희가 약해졌다고 생각한다. 그러나 "서희의 약화된 모습은 오히려 거대한 산같이 느껴지는"(16권, 256쪽) 데서 역설적으로 서희의 완숙함을 강조하고 있다.

2) 은혜와 저주의 교차 : 양현과 영광

5부에서 비극적 사랑으로 인상적인 백정의 아들 송영광과 양현의 사랑, 그 사랑이 이루어지지 못하는 과정에서 영광이 느끼는 갈등 또한 이

---

17 5부 3권, 352쪽.

율배반적이라 할 수 있다. 양현은 기생이 된 봉순이 이상현과의 관계에
서 낳게 되는 딸이다. 기생의 딸이라는 신분으로 본다면 백정의 자식이
라는 영광보다 크게 나을 것은 없으나 봉순이가 물에 빠져 자살한 후,
서희가 완전히 자신의 딸로 기르면서 양현은 여의사로 성장했다. 서희
는 또 그러한 양현을 자신의 작은 아들 윤국과 맺게 함으로써 양현의 신
분의 결함을 극복하면서 동시에 양현을 자신의 며느리로(딸과 마찬가지
로) 옆에 있게 하려고 한다. 그러나 양현이 영광을 택하려 함으로써 잘
자라 여의사가 된 양현의 신분이 영광에게 다가가는 데는 오히려 장애
가 된다. 서희의 양현을 향한 사랑과 배려가 양현에게는 짐과 부담으로
작용하는 모순된 상황으로 전개되는 것이다.

　양현이 자신을 좋아하는 윤국과의 평탄한 결혼을 마다하고, 험한 길
을 살아왔고 또 험로가 예상되는 악사 영광을 택하려는 것은 신분에서
오는 동질감을 고려한다 해도 매우 복잡하고 미묘한 면을 보여준다. 그
러나 무엇보다 영광의 마음 상태는 극과 극을 오가는 이중적인 면을 보
여준다. 그는 "욕망만큼, 욕망이 강하면 강한 만큼, 그것을 자제하고 그
것에 제동을 거는 힘이 상승하는 심리 상태"(5부 3권, 214쪽)를 겪어나간
다. 이들 연인들은 근본적으로 신분이 비슷하면서도 현실적으로 처해 있
는 환경은 완전히 다르고, 명분상으로 그들의 결합을 막을 어떠한 이유
도 뚜렷하지는 않지만 심정적으로 그들 앞에는 커다란 벽이 놓여 있다.

　　석 달 동안 영광은 매일매일 환희와 절망을 되풀이하여 겪었다. 윤국과
　　양현의 결혼이 이루어지지 않았다는 것에 대한 사랑의 승리감과 환희 뒤에,
　　반드시 어김없이 그 감정을 쫓아오는 것은 절망이었다. 양현을 확신할 수
　　없었고 자기 자신을 확신할 수 없었다. 그리고 영광은 날마다 양현이 찾아
　　올 것이라는 희망에 부풀었고 그와 동시, 어디로 달아나야겠다는, 양현이

모르는 곳으로 달아나야겠다는 충동에 사로잡혔다. 그리고 또 신천지를 향해 설레면서 떠나듯 양현을 향해 떠나려고 서울역까지 갔다가 발길을 돌린 적도 여러 번 있었다. 영광은 지금 그 갈등과 상충의 싸움터에서 만신창이가 되고 철저하게 자기 자신을 버리고 파괴하면서 이곳에 나타난 것이다.[18]

환희와 절망, 양현이 찾아올 것이라는 희망과 양현으로부터 달아나야겠다는 충동, 양현을 향한 그리움과 양현에 대한 거부감 등등 영광의 심리 상태는 극과 극을 달리고 있다.

영광이 거의 도망치다시피 간 만주 하얼빈에서 카바레의 악사로 직장을 구한 후에 느끼는 것 또한 "모든 일을 끝낸 것처럼 홀가분하기도 했고 새로운 일이 닥쳐올 것 같은 불안한 예감이 들기도 했다."(16권 127쪽)는 데에 이르러서는 작가의 기본인식의 틀이 한결같음을 확인하게 된다. 영광과 혜숙의 관계에 대해 양현이 묻자, "숨기고 싶지 않았지만 말하고 싶지도 않았어."(5부 3권, 195쪽)라는 대답이나 양현이 영광을 보며 '여자(혜숙)가 희생되었으나 그보다 더 가혹하게 영광 자신이 희생되었다는 것'(5부 3권, 195쪽)을 알게 되는 부분, 영광이 양현과 찾아간 바닷가 마을 가게 방에서 나누는 대화 가운데 "벽은 사람을 가두어두는 억압적 존재이기도 하고 사람을 보호하고 의지하게 하는 존재이기도 하구."(5부 3권, 207쪽) 등에서도 이들 연인들을 둘러싼 이중적인 의미 구조를 발견할 수 있다.

'양현의 존재는 내게 은혜인가 저주인가.'[19]

---

18 5부 3권, 194쪽.
19 5부 3권, 216쪽.

라는 영광의 독백에서 그들 사랑의 양극적 의미가 드러나고 있다. 양현을 잊기 위해 만주로 간 영광 앞에 양현의 생부 이상현이나 생모 기화의 이야기부터 듣게 되는 인연의 실꾸리 또한 아이러니의 측면을 보인다.

송영광을 향한 환국의 감정 역시 이중적인데 물론 천성적으로 타고난 영광의 인간적 매력에 매료된 점도 있었지만 상처받은 영혼의 신음, 깊은 곳에 묻어둔 통곡 같은 것, 외톨이의 애잔한 그림자를 끌고 가는 듯한 모습, 그것은 슬픈 것이었지만 환국에게는 아름다운 것이기도 했다. 그래서 환국에게 영광은 "떠난 뒤에 더욱 선명하게 그의 모든 것이 떠오르곤"(16권, 247쪽) 하는 인물로 남아있다.

4. 나오며 – 이율배반과 아이러니의 의미

우리의 의식 저변에는 기본적으로 대상에 대한 양가적인 태도가 있고 그것은 의식 구조의 이중성으로 드러나기도 한다. 필자는 이전의 논문에서 의식 구조의 이중성과 연결된 이율배반이나 아이러니 등을 『토지』를 읽어내는 매개항으로 삼았었다. 앞의 논문이 작가의 의식 및 중국, 일본에 대한 태도 자체에서 이중적인 면이 드러나고 있음에 초점을 맞추었다면 본고는 등장인물의 성격과 삶의 행로 또한 이율배반적이라는 점을 분석해 보았다. 의식 구조의 이중성은 모순된 삶에서 자연스럽게 터득된 것이기도 하고 우리의 삶 자체가 이중적이고 이율배반적인 사건의 연속일 때가 많은 만큼 이율배반, 모순, 아이러니라는 용어를 굳이 구분해서 쓰기 어려운 면이 있어서 결과적으로 거의 혼용해서 사용하게 되었다. 특히 주요 인물의 설정이 처음부터 이율배반적이거나 아이러니가 강하게 느껴지는 만큼 이것은 『토지』를 읽는 중요한 열쇠가 된다고 볼 수 있다.

『토지』에 등장하는 인물들은 대체로 비극적인 면이 강하다. 윤씨 부인과 김개주의 운명, 그들의 아들인 구천과 윤씨 부인의 며느리인 별당 아씨와의 비련과 도피, 자신의 아내가 하인인 구천과 도주하는 치욕을 겪으며 비참하게 죽는 최치수와 그의 외동딸 최서희 등등 최씨 가문의 구성원에만 한정해도 면면이 모두 비극적이다. 이들의 인물 설정을 통해 소설 초반부부터 매우 비극적 전환점들을 제시하면서 극적 긴장감을 부여하고 있다. 최서희와 길상의 신분을 초월한 사랑과 결혼이 결과적으로 "신분에 대한 철저한 자각과 신분적 한계"를 강조한다는 식으로 등장인물들의 삶은 대체로 안타깝게 전개된다. 이러한 이율배반적인 설정은 주인공들에게 삶의 무게를 더욱 무겁게 가중시킨다. 이러한 이율배반적인 인물들의 설정은 주요 등장인물의 경우 거의 다 해당된다고 할 만하다.

지고지순한 천사나 부처 같은 존재인 조병수가 교활하고 소심한 악인 조준구와 흉악한 홍씨 소생의 꼽추 아들이라는 설정 또한 매우 이율배반적이다. 이들의 관계는 지속적으로 역설적인 상황과 사건 전개를 통해 보다 극적인 치열함을 노정시키고 있다. 일반적으로는 흉한 외모로 평생 세상을 원망하며 어둠 속에서만 살았을 꼽추 운명을 타고 난 조병수가 바로 그 불구의 몸 때문에 세속적인 거짓과 허무를 멀리할 수 있었고 자신을 겸손하게 했고 겉보다 속을 중시하는 삶을 살 수 있었다고 고백하는 대목에서 불구의 몸이 조병수를 평화롭게 만들었다는 역설을 실감하게 된다. 작가의 논리에 따르면 참으로 조물주는 에누리가 없어서 육신의 불구를 풍요롭고 평화로운 정신세계로 보상을 해 준 것일까?

양현과 영광의 아프고 아름다운 사랑 역시 비극적인데 기생의 딸과 백정의 아들이라는 근본적인 신분의 동질감이 있음에도 불구하고 여의

사와 악사라는 현재의 신분은 이들 사이에 장애로 작용한다. 서희의 양현에 대한 사랑과 미래를 위한 배려가 양현의 사랑에 족쇄로 작용하면서 이들의 삶의 양상은 아이러니컬하게 더욱 비극적으로 전개된다.

중요한 것은 이러한 비극적 전개를 통해 구조의 면에서는 갈등의 양상을 심화시키면서 소설의 짜임새를 더욱 탄탄하게 하고 있으며, 주인공들은 한 차원 성숙하게 된다. 여기에 비극적 아이러니의 의미가 보다 가치가 있게 된다. 예를 들면 인고의 세월을 잘 이겨온 서희의 원숙함이나 불화(佛畵)에 담겨진 길상의 득도의 경지, 인간이나 생명이 사는 이치의 터득 같은 것이다. 그런데 이 부분은 결국 인생무상에서 오는 상실감과 거기서 오는 강한 소망의 빛, 즉 한의 승화나, 생명 의식의 고양 등으로 압축될 수 있으며 그것은 지금까지 연구되어 온 이 작품의 의미와 연결된다.

작가는 이율배반, 모순, 역설, 아이러니를 초래하는 삶의 전개를 인생의 자연스런 존재양식이나 이치로 이해하고 있음을 볼 수 있다.

"지구가 떠 있는 이치에서도 모순 수용이 있"으며 "원심력과 구심력이 팽팽히 존재하기 때문에 지구가 떠있는 거. 모순을 수용할 줄 알아야"[20]한다는 최근의 지론과 덧붙여 문명화가 곧 야만화일 수 있다는 논리 자체가 역설적이지만 진실이기도 하다.

삶에서 정석을 말하기 어렵고 선과 악, 음과 양, 정과 반이 공존하면서 단정적일 수 없듯이 우리는 어떤 대상에 대해 양가적 가치 판단을 하고, 또 스스로 이율배반을 느끼기도 한다. 경우에 따라서는 그러한 이율배반에 의해 모순된 결과가 초래되기도 하고, 또 비극이 잉태되기도 한

---

20 『NEXT』, 62쪽.

다. 그러나 그 비극을 통해서 또 남다르게 깊이 있는 삶 혹은 초연함을 획득하기도 한다. 『토지』에서는 바로 이러한 과정에서 터득하게 되는 삶의 이치와 지혜를 배우게 된다. 그리고 보다 중요한 것은 그렇게 일반적인 차원을 넘어서 보다 극적으로 묘사되거나 설정되는 이율배반적인 사건의 의미가, 정반대의 이중적 결과를 낳고 아이러니의 효과를 가져오면서 구조의 면에서는 갈등의 양상을 심화시키면서 소설의 짜임새를 더욱 탄탄하게 하고 있으며, 주인공들은 한 차원 성숙하게 된다. 여기에 『토지』를 읽은 독법으로서의 이중성과 아이러니의 의미가 있는 것이다.

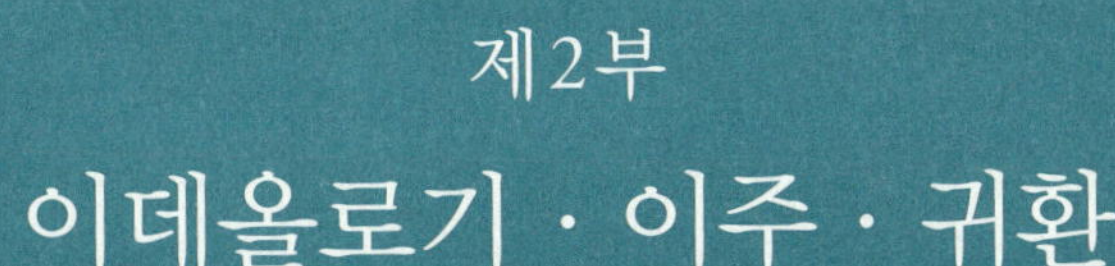

제2부
이데올로기 · 이주 · 귀환

해방기 소설에 나타난 귀환의 양상 고찰

1. 들어가며

일제 강점기에 고향을 떠날 수밖에 없었던 사람들이 갔던 곳은 만주와 일본 등지였고, 그 원인을 보면 크게 두 가지로 볼 수 있다. 담백하게 말하자면 정치적 이유와 경제적 이유인데 조국과 민족의 독립을 위한, 혹은 이데올로기에 의한 떠남이 매우 예외적인 경우라 한다면 보다 일반적인 이유는 결국 먹고 살기 힘들어서 남부여대하고 만주로 떠난 사람들이 주류라 하겠다. 즉 그들의 떠남은 자발적이라기보다는 "떠날 수밖에 없는 극도의 궁핍함에 의한 강제적인 것"[1]이었다. 이들은 대부분이 농민 출신으로 만주로 떠나는 경우가 많았고 일본으로 가는 경우는 대부분 육체노동이나 단순 노동에 종사하면서 일본 사회의 차별과 저임금, 실업과 폭력적 강제 노동 등 가혹한 조건 아래에서 노동의 저변을 담당하게 된다. 만주행과 일본행의 양상에는 조금 차이가 있는데 만주로 떠난 사람들의 경우 가족을 모두 데리고 이민 형식 혹은 거주를 목적

---

1 이정숙, 『실향소설 연구』, 한샘, 1989, 10쪽.

으로 했다면 일본의 경우는 대개 단신으로 가는 경우가 많았고 일정 기간 노동자로 일하고 가족에게로 돌아올 것을 기약하며 떠나는 경우가 일반적이라 하겠다.

그런데 특히 만주국 건국 이후에는 일본이 조선인들의 만주 이주를 장려하면서 한국인의 일본 도항을 억제[2]하는 식민지정책으로 인해, 또 일반적으로 우리나라 사람들이 만주 쪽보다 일본 쪽을 선호했던 당시의 경향으로 인해서 일본으로의 도항자나 밀항자가 증가하는 상황이었다. 이들 역시 단신으로 도일할 수밖에 없었으며, 해방 직전 강제 징용이나 탄광노동자로 가거나, 여자들이 정신대로 끌려가는 경우 등, 모두 일단은 단신으로 가야했다.

국내로 돌아오는 귀환[3]의 양상은 이렇게 떠나야만 했던 이들의 돌아옴, 즉 해방이 되면서 만주로부터, 혹은 일본으로부터 돌아온 사람들의 삶을 그린 소설들에 나타나고 있다. 본고에서는 그렇게 떠났던 사람들이 해방이 되면서 돌아오는 상황을 그린 소설들을 통해서 어떤 특징이 있는지 그 양상을 살펴보고자 한다.

우선 만주로부터의 귀환이 그려진 소설과 일본으로부터의 귀환이 그려진 소설을 살펴봄으로써 그들 나름의 다른 점이 드러나는지 아니면 귀환의 삶이라는 공통분모 아래 일반적인 양상으로 묶여지는 것인지 살펴보고자 한다. 해방 이후 만주 정국의 상황 아래에서 돌아오고자

---

2 이광규, 『재일한국인』, 일조각, 1983.
3 해방기 귀환의 양상을 그린 소설에 대한 연구로 이대규, 『한국근대귀향소설연구』, 전북대 박사논문, 1994; 김태운, 「해방기 귀환소설연구」, 『어문연구』 25권, 1994; 정재석, 「해방기 귀환 서사연구」, 연세대, 2007; 최정아, 「해방기 귀환소설 연구」, 우리어문연구 33집, 우리어문학회, 2009 등등이 있다.

하는 사람들의 형편이나 심리적 상태에 대해 최병우는 "일제가 패망한 후 조선인들은 자신이 이산되어 온 지역에 정주를 할 것인지 고국으로 귀환할 것인지에 대해 갈등하고 선택하여야 하는 상황" 속에서 불안한 사회 분위기와 만주인들의 폭력 등 공포로부터 귀환을 선택하거나 토지 분배와 민족 평등을 내세우는 공산당의 정책에 따라 정주를 결정하기도 했다[4]고 한다. 그들의 귀환의 여정이 순탄하지 않을 것은 자명한 일인데 전후의 혼란 속에서 국제적 역학관계의 미묘함과 사회적 질서의 변동, 그에 따른 개인의 불안과 희생 등은 당연한 변수로 작용할 만했다. 그럼에도 불구하고, 검토의 과정에서 본 바로는 해방 직후 돌아오는 사람들은 만주나 일본과 관계없이 되찾은 나라, 새로운 나라에 대한 소박한 기대[5]를 그리고 있다. 그들은 주로 식자층이기보다는 일반 서민층이며 김만선의 「귀국자」에서 해방 정국에서 거취와 생활 방편을 고민하는 지식인의 갈등이 보이고 있는 정도이다. 안회남이 해방되기까지 일본에서 겪었던 1년간의 징용생활 체험을 고발한 소설[6], 「철쇄 끊어지다」, 「불」, 「말」, 「섬」에서도 해방 정국의 정세를 볼 수 있다.

한편 해방 후 패전국 국민으로서 만주 등지에서 조선을 거쳐 일본으

---

4 최병우, 「해방 직후 한국소설에 나타난 귀환과 정주의 선택과 그 의미」, 『한국현대소설연구』 46호, 2011. 4, 179쪽.

5 이러한 소박한 기대가 일반적인 생각이었다. "당시의 많은 사람들은 민족해방의 측면을 앞세워 생각했다. 자유회복은 민족해방에 당연히 따라올 것으로 보았다. 같은 민족끼리 살아가는데 '일본제국주의' 같은 횡포는 나타날 수 없다고 생각했다."(김기협, 『해방일기 1』, 너머북스, 2011. 5, 5쪽)

6 안회남은 제4창작집 『불』이 "민족적으로 당한 비애와 모욕 분노의 이야기"를 직선적으로 전달하고 있다고 서문에서 밝히고 있다.

로 가려고 하는 일본인들의 비참한 모습이 이주와 귀환의 측면에서 해
방 정국의 한 축을 형성하고 있다. 38선을 경계로 이남과 이북에서 잔류
일본인에 대한 태도는 판이했다. 북한 거주 일본인들은 소련군에게서
생명의 위협과 약탈, 강간의 피해자가 되어 통행이 금지된 38선을 넘고
자 목숨을 건 탈출을 감행하였던 데 비해 38선 이남의 일본인들은 미군
정의 체계적인 보호 아래 일본으로의 귀환을 평온한 가운데 할 수[7] 있
었다. 이 부분은 북한 지역에 진주하게 되는 소련군의 전후 사정을 감안
해야 할 필요가 있다. 주지하다시피 소련은 2차 세계대전의 막바지에 연
합군에 합세하게 된다. 소련은 1945년 8월 8일 일본에 대한 선전 포고를
하고, 8월 11일 함경북도 지역으로 기습 상륙작전을 전개하여, 파죽지세
로 8월 13일 청진에 상륙하게 된다. 이렇게 시작된 소련군의 북한 진주
는 8월 25일 평양 입성, 8월 27일의 38선 봉쇄로 일단락된다.[8] 남한의
경우 미군이 일본군의 무장해제를 전제로 처음부터 일본인과 우호적인
관계를 유지했던 데 비해 북한 지역은 종전 직전 소련과 일본의 치열한
접전이 있었고[9] 그 과정에서 일본인들은 생명의 위협을 느끼는 적대적
피해자가 될 수밖에 없었다. 따라서 소설 속에 패전국 일본인의 비참한
모습은 주로 북한 땅이 배경이 되고 있다. 허준의 「잔등」이나 염상섭의
「삼팔선」(1948), 「짖지 않는 개」(1955), 김만선의 「압록강」 등에서 일본
이 패전을 한 후, 패전국민으로서의 일본인들이 겪는 수모와 치욕, 점령
군으로서의 소련군의 모습 등이 북한 땅을 배경으로 상세하게 그려져

---

7 임기현, 「허준의 「잔등」 연구」, 『한국현대문학연구』 30호, 2010. 4, 271쪽.
8 김성보 외, 『북한현대사』, 웅진씽크빅, 2007, 18~19쪽.
9 임기현, 「해방공간에서의 잔류 일본인 귀환 문제」, 『한국언어문학』 72집, 2010, 473쪽.

있는데 이런 작품들은 문학의 영역을 넘어서 근대사학계에서 공백으로 남아 있던 북한 지역의 일본인 귀환 문제[10]에 대한 한 자료 제시의 역할을 할 수도 있겠다.

여기서 대상으로 하는 해방기 소설이라 함은 작품 발표가 해방 직후인 경우와 작품 발표 시기는 조금 차이가 있더라도 작품의 배경이 해방 직후의 상황을 잘 보여주고 있는 경우를 모두 포괄한다.

2. 만주로부터의 귀환 양상

만주는 식민지 시대 일제의 농업정책으로 인해 궁핍화의 길을 걷게 되는 농민들과 산업 경제적 침탈로 인해 조상 전래의 삶의 터전에서 밀려나 쫓겨가는 사람들이 택할 수밖에 없었던 곳인 동시에 정치적 이유로 고향을 떠났던 지식인들이 조국의 독립을 위해 활동했던 곳이기도 하다. 특히 간도로 일컬어지는 만주 일대는 당시 쫓겨가는 우리 민족들이 택한 최후의 땅인 셈인데 삶의 곤혹스런 무게에 짓눌릴 때마다 막연히 떠올렸던 추상의 땅인 동시에, 실제로 남부여대하고 떠나면서 택하게 되는 현실적이고 구체적인 땅이었다. 그런 만큼 해방 후 만주 등지에서 귀환하는 사람들이 많았고 소설에도 그만큼 이들이 많이 그려져 있다.

1) 해방에 대한 기대와 현실적 애환

정비석의 「귀향」(1946)은 20여 년 전 일제의 수탈을 피해 고향을 떠나

---

10 이연식, 「해방 후 한반도 거주 일본인 귀환에 관한 연구」, 서울시립대 박사논문, 2009, 29쪽.

만주로 갔던 최현수 노인의 가족이 해방이 되어 고향으로 돌아오는 이야기로. 일제의 수탈을 견디지 못해 고향을 떠났지만 해방 후 희망을 품고 돌아온다는 소박한 바람을 그리고 있다. 최현수 노인은 젊은 시절 첫사랑이었던 탄실을 생각하다가 고향에서 그녀를 만나게 되고 그녀의 아들이 마을의 치안을 담당한 보안대장을 하고 있으며 그 청년이 사실은 자신의 아들임을 알게 되면서 더더욱 과거와 화해하고 앞으로의 시대에 새로운 기대를 하게 된다.

> '설령 권세를 다투는 무리들이 제아무리 날치더라도 이 마을의 주인은 역시 이 마을 사람들뿐이라, 형이요 아우요 하는 그들이 일치단결하여 마을을 굳게 지켜가면 조금도 두려울 것이 없어 보였다.[11]

주인공은 해방된 나라에 대해 순진할 정도의 소박한 기대를 보여주고 있는데 작가가 최현수 노인을 통해서 매우 단순하게 '정부가 다시 서기를 고대' 하고 있는 데서도 그 순박함이 드러나고 있다.

김동리의 「혈거부족」(1947)은 서울 삼선교와 돈암교 사이 구릉 같은 산지일대에 파 있는 구멍들, 사실은 방공호 속에서 살아가는 사람들의 이야기다. 그곳이 혈거(穴居)지대인 만큼 그곳에 사는 사람들은 혈거부족이다. 그 가운데 해방이 되어 만주에서 고향을 찾아온 순녀의 이야기에 초점이 맞추어져 있다. 그렇게도 "고향에 가 묻히고 싶어 하던" 순녀의 남편은 고향에는 가보지도 못하고 서울역에서 죽고 만다. 딸을 데리고 사는 순녀는 이웃 할머니의 도움으로 이곳에 와 살게 되는데 이북 출

---

11 정비석, 「귀향」, 『한국소설의 얼굴』 1, 푸른사상, 2006, 327쪽.

신의 할머니는 자신의 아들 황 생원과 순녀가 비록 나이 차이는 많지만 짝을 맺기를 원한다. 할머니의 며느리는 병정들과 도둑놈들한테 붙들려 욕을 당한 뒤 대동강 물에 빠져 죽은 아픔을 갖고 있다. 작품에는 방공굴이 무너져 부녀가 죽기도 하고, 방공굴을 돈 받고 사고팔기도 하며, 신탁과 반탁, 좌우익의 갈등이 보이기도 하는데 이 와중에 입법기관이 생긴다는 말을 이해하지 못하는 이들 혈거부족의 애환과 피폐한 삶이 혼란과 미망 속에서 암담하게 그려져 있다. 작품의 배경으로 동소문, 한성여중 있는 편, 삼선교 앞 옛 성 등 서울의 구체적 지명이 나와 있어 당시의 서울 풍경을 볼 수 있기도 하다.

본명이 하태용인 계용묵은 만주에서 어렵게 살다가 해방이 되어 기대를 하고 고국, 고향에 돌아왔지만 해방 공간의 어지러운 상황 속에서 여전히 뿌리내리지 못하고 가난하게 살아나가야 하는 서민들의 삶, 민초들의 참담했던 생활상을 「별을 헨다」(1946), 「바람은 그냥 불고」(1947)에서 사실적으로 보여주고 있다.

「별을 헨다」는 해방이 되어 조국 땅에 돌아온 사람들이 다시 피난민이 되는 이야기이다. 만주에서 살던 주인공은 해방이 되자 어머니와 함께 고향으로 가고자 한다. 육로보다는 배가 안전하다고 하여 배까지 타고 왔으나, 고국에는 이미 삼팔선이 그어져 이북이 된 고향에는 갈 수가 없어 서울에 머물게 된다. 처음에 서울에 자리 잡을 때는 어느 일본인 집의 다다미방 한 칸을 얻어 지낼 수 있었으나, 정식 수속을 밟지 않았다 하여 거기서 쫓겨난 이후로 한데서 살고 있다. 겨울이 되어 초막으로 추위를 막으면서 살아갈 수밖에 없는 피난민들의 애환이 눈물겹기만 한데 특히 주인공처럼 양심적으로 살아가려는 사람들에게 그 고충은 더욱 클 수밖에 없다. 주인공도 각박하게 양심을 저버리고 살자면 좀 나은 생활을 할 수도 있겠으나 그는 방을 마련해준다는 친구의 호의를 거절하고 만다. 결국 누군가를 몰아내고 자신이 들어간다면 누군가를 또 자기와 같은 처지로 몰아가는 처사인 만큼 주인공은 "호의에만 맡겨지는 호의가 반드시 바른 길이라고 생각할 수는 없다."고 생각하며 결국 어머니와 함께 삼팔선을 넘어 고향으로 갈 작정을 하게 된다. "만주에서의 생활이 차라리 행복했었다."는 이들은 '대로 물리는 가난' 탓에 덮고 자는 담요를 팔아 여비를 마련할 수밖에 없을 정도이다. 기차를 타러 서울역에 나갔던 이들은 마침 이북에서 살기 힘들어 내려오는 고향의 이웃집 사람을 만나게 된다. 살기 힘들어 이북으로 가려던 사람과 같은 사정으로 이남으로 내려오는 사람들의 만남은 서로를 맥 빠지고 허탈하게 만드는 일임에 틀림없다. "괜히 넘어 왔나봐." "괜히 넘어갈라구 허구." 하는 대화 속에서 그들의 딱함과 난처함을 읽을 수 있다. 마치 포석 조명희의 「농촌사람들」(1927)에서 머슴살이하다가 지주의 착취로 아내까지 빼앗기고 서간도로 떠나려던 원보가 그쪽에서 역시 살기 힘들어 나오던 고향 친구를 만나 같이 한숨짓던 장면이 연상되는 마지막 장면이다. 1920년대의 고단했던 우리네 삶이 그대로 해방 후에도 되풀이되는 셈인데 이러한 격변기에도 양심을 지키며 바르게 살아가려는 주인공의 험난하기만 한 삶이 애처롭다.[12] 만주에서 온 피난민들이 '집'이 아닌 '방'조차 없어서 떠도는 곤핍(困乏)한 삶, 힘이나 어거지로 밀어붙여야 뭐라도 얻는 무질서와 무법의 시대와 사회상, 그 속에서 암담하고 허탈한 서민들의 삶이 잘 그려져 있어 그 후의 계용묵 소설의 단조로움[13]과 대조

---

12 이정숙, 「별을 헨다」 해설, 『한국소설의 얼굴』 2, 푸른사상, 2006.
13 이정숙, 「계용묵 소설 다시 읽기」, 『문학비평』 제9집, 2004, 190쪽.

되기도 한다.

계용묵의 「별을 헨다」에서는 당장 살아 갈 '방'이 없어 고생하는 사람들의 실상이 그려져 있고, 김만선의 「귀국자」에서는 당시의 혼란상과 함께 거대한 시대의 흐름 속에서 방향 상실한 개인의 좌절과 방황이 강조되고 있다.

2) 지식인의 기회주의적 처신과 방황

김만선[14]은 소설집 『압록강』(1949)에서 일제 말기부터 해방 후 특히 만주를 중심으로 한 조선 사람들의 삶을 그리고 있다. 일제 말기 만주 만선일보 기자로 근무한 경험을 바탕으로 쓴 「귀국자」(1949)는 해방이 되어 만주에서 귀국한 지식인 혁의 가정을 중심으로, 만주에서의 그들의 과거와, 해방이 되어 고국에 와서 처한 현재의 삶과 그 속에서 겪어야 하는 지식인의 갈등과 방황을 잘 보여주고 있다. 먹고 사는 생존의 문제가 절실한 주제인 이 시기의 다른 작품과 달리 사회 적응에 대한 지식인의 갈등이 강조되고 있다는 점에서 예외적이라 하겠다. 귀국 직전의 상황을 그린 「한글 강습회」(1946)와 함께 해방 전후 만주의 사정을 잘 보여주고 있는 작품이다.

만주국은 일본 군부가 청나라의 마지막 황제 부의를 황제로 내세워 중국 진출을 기정사실화하며 만주사변 후 1932년 세운 나라인데, 일제

---

14 김만선은 1940년 조선일보 신춘문예에 단편 「홍수」가 당선되어 문단에 나왔고 1941년 이후 만선일보 기자로 활동하다가 해방되어 귀국했다. 귀국 후 조선문학가동맹 맹원으로 활동하고, 사상 문제로 투옥되었다가 9 · 28 서울수복 때 인민군과 함께 월북, 종군작가로 활동했다.(정원채, 「김만선 문학세계의 변모 양상 연구」, 『현대소설연구』 30호, 2006. 6, 93~116쪽)

의 통치 편의상 당시는 '민족협화'라 하여 조선 민족도 겉으로는 한 개의 구성민족으로 동등하게 대접을 받았었다. 혁의 아내 영애는 처세술이 매우 능한 사람으로서 일본이 득세할 때에는 철저하게 일본인처럼 생활하면서 시류에 영합, 수완을 발휘하였고 혁도 아내의 도움으로 신문기자 생활을 하다가 관청으로 직장을 옮긴다든가, 다시 형세가 안 좋아 신문사로 돌아오는 등 비교적 어려운 것 없이 살아온 터이다. 일본이 망한 후에 너도나도 귀국하는 인사들을 따라 귀국의 대열에 합류했던 혁을 통해 해방이 되고 만주에서 온 사람들이 너나없이 정치에 뛰어들던 상황이 그려져 있다. 혁 자신도 만주생활 십 년 동안 시야가 넓어졌다고 자부해 왔고 체험도 풍부하다고 믿어 왔지만 그가 만주에서 줏대 없이 사는 동안 도리어 조선 안 사정에 어두워졌음을 실감한다. 결국 혁은 "해방의 덕택을 보려는 기분으로 높직한 자리만을 연상하며 귀국했던 양심의 부끄러움을 감출 수 있는 알맞은 피난처"로 전문학교 영어 교수를 택하게 된다.

아내 수완으로 일본인이 살던 집을 한 채 얻어 살게 되었지만 그의 아내는 집안 구석구석을 일인들의 취향대로 꾸미면서도 밖에서는 애국부인회에 참가해 '조선의 아내'가 되겠다고 운동하는 이중적 자세를 보이고, 한편으로는 영어 교수가 된 남편의 선택에 불만스러워 하며 미군정청에 들어가 미군 통역을 하라고 성화다. 아내가 철저하게 일본인처럼 생활한 덕분에 그들의 딸은 조선적인 것에 극도의 혐오를 보이며 성장했고, 일어를 쓰는 사람에게 벌금을 물리는 학교를 휴학하겠다고 하기에 이른다. 이런 와중에서 혁은 자신이 '아내에게 질질 이끌리어 살아온 줏대 없는 사나이'로 생각되며, 스스로에게 분노를 느낀다. 그는 다들 신념에 차서 주장하는 신탁통치에 대해서도 '지지'를 해야 할지, '반대'

를 해야 할지 갈피를 못 잡고, 이러한 현실에 적응을 해야 할지 아니면 조선 땅을 떠나야 하는 건지 어느 것도 결정할 수가 없어서 망설인다. 이 작품은 해방 후 만주에서 귀국한 지식인의 방황과 갈등을 잘 묘사하고 있다는 점에서 특기할 만하다.

> 혁의 낯은 화끈 달아오른다. 해방 후 한번도 그는 마음껏 조선독립만세를 외쳐 본 일이 없다. 그것은 기회가 없어서가 아니라 만세를 부를 용기가 없어서였다.
> '그렇기 때문에 넌 조선을 떠나야 할 게 아니냐!'
> 혁은 문득 이런 생각을 잡는다. 그러고 보니 조선 안에서는 그의 발을 붙여 놀 곳이 없는 것 같다.
> 그렇다면 하루 속히 떠나야 할 것이 아닐까.[15]

혁은 아내를 기회주의적이라고 속으로 비난하면서도 현실적으로는 거부하지 않고 따라가는 삶을 살았다. 작품 마지막에서도 "이런 기회에 아주 아내의 청을 들어 돈벌이라도 마음껏 해 보는 것이 살 길이 아닐까, 양심이니 체면이니 하는 것도 이제는 돌아 볼 계제가 못되지 않는가"(185쪽)라며 군중 틈을 빠져 나가는 것으로 끝나고 있는데 여기서 혁이 느끼는 갈등과 그가 택하게 될 방향을 가늠할 수 있다.

3. 해방 정국의 북한 실정

만주 간도 등지에서 해방된 조국으로 돌아올 때 육로로 오는 사람들

---

15 김만선, 「귀국자」, 『한국소설의 얼굴』 2, 푸른사상, 2006, 184쪽.

이 반드시 거치게 되는 길목인 북한은 남한 땅에 비해서 매우 혼란스러울 수밖에 없다. 게다가 전쟁의 막바지에 참전하게 된 소련군의 일본에 대한 선전포고와 전투기의 폭격, 살상은 그 대상이 일본이라 하더라도 그 피해는 전적으로 그 지역에 살고 있는 사람들의 몫이 될 수밖에 없다.

허준의 「잔등」(1946)은 해방을 맞은 조선인들이 장춘에서 서둘러 조선 땅으로 돌아가는 귀국 풍경을 그린 작품이다. 화가 지망생 주인공이 일행이었던 동료 방과 헤어졌다가 끝내 청진에서 만나게 되기까지, 장춘에서 회령을 거쳐 청진까지 21일 동안의 고생을 보여주고 있다. 뚜껑도 없는 화차를 타고 돌아오는 여정은 "아무렇게나 내어 팽개친 오또기 모양으로 가로 서기도 하고 모로 서기도 하고 —곤두박질을 하면서" 오는 것으로 그려져 있는데 혼란한 당시의 풍경과 생존 본능의 아비규환에서 일본인도 한국인도 어떻게 살아남는지를 매우 현실적으로 진지하고 실감나게 묘사하고 있다.

동료인 방(方)을 놓쳐 열차를 타지 못한 나는 길에서 일본인에게 매우 적대적인 소년을 만난다. 산허리턱에 있는 불에 탄 이층 벽돌집이 원래 학교였는데 "일본놈이 약이 올라 불을 놓구 달아났다"고 말하는 소년의 표현에서 신선하고 청량한 인상을 받는다든가 귀환의 과정 곳곳에서 받은 인상들을 스케치처럼 서술한 부분에서 당시의 상황을 짐작하게 된다.

> 회령에서는 정거장이 전체적으로 폭격을 받아서 어느 모양으로 어떤 건축이 서 있었던 것인가를 조금도 분간하여 알지 못하리만큼 완전히 부서져 있었지마는, 청진은 하 커서 그랬던지 어떠한 규모로 어떻게 서 있었던 정거장인가의 상상을 허락할 만한 형적은 남아 있었다.[16]

---

16 허준, 「잔등」, 『한국소설의 얼굴』 1, 푸른사상, 2006, 48쪽.

해방 직후 회령과 청진의 도시 상태나 주인공이 그 와중에도 노서아 말 포켓 알파벳 책을 보고 있는 부분도 흥미롭고, 두 사람이 러시아에 대한 인상을 말하는 대화 내용에서 당시의 시류를 짐작할 수도 있다.

> "우리가 남과 같이 살아야 한다면 노서아 사람만큼 무난한 국민이 없을는지도 몰라." 한 것은 이십여 일 동안 수많은 노서아 사람들을 만난 우리들의 결론이었다. 이 결론은 중대한 것이었다.
>
> 그리고 이것이면 다이었다. 이것만 그럼에 틀림이 없다 하면 소련의 지금 현실이야 어떻게 되어 있든 또한 장차 어떠한 정책이 국내적으로 유행적인 것이 되든 동거해 있는 민족들의 우의를 장해 할 아무런 구극적인 것도 아닌 것 같았다.[17]

해방이 되었지만 우리 민족이 독자적으로 살아가리라는 감격이나 희망보다는 "우리가 남과 같이 살아야 한다면"이라는 의존적이고 의심쩍은, 조금은 불안한 정서를 볼 수 있다. 또 러시아 사람들에 대한 기본적인 우호감[18]을 볼 수 있는데 이것은 곧 작가의 러시아에 대한 인식이기도 하다[19]. 러시아인들의 행동이 '순간적이고 충동적', '행동적이고 발

---

17 위의 책, 51쪽.

18 해방 당시 미국과 소련의 한반도 정책에 대해서 소련이 보다 더 친화적이었음을 『해방일기』(김기협, 너머북스, 2011)에서 몇 가지 국면으로 설명하고 있다. 즉 소련군 치스차코프의 포고문은 당시 한국인이 할 일에 대해 한국인이 듣고 싶은 것을 담은 것이라면, 미국 하지 장군의 성명서는 한국인이 하지 말아야 할 일에 대해 미국인이 하고 싶어 하는 이야기를 담은 것(193쪽)이고, 한국 점령이 전투가 아니라 통치를 위한 것이라면, 전쟁만 아는 전형적 군인보다 정치도 아는 '참모형 군인'이 더 적합한데 하지는 '전형적 군인'이었다는 점(195쪽), 아관파천이나 러일전쟁의 역사를 아는 당시 한국 지식인들은 미국보다 러시아에 더 큰 신뢰감을 가지고 있었다는 점(272쪽) 등을 꼽고 있다.

19 임기현은 소련인에 대한 이러한 호의적 태도에는 숱한 희생을 치르면서 만주와 한반도(북한 지역)에서 일본을 몰아냈고 또한 이 지역의 치안 유지에 기여한 그들에 대한

작적'이지만 그들이 "순전히 겸허한 마음을 가지고—전세계 인류를 포용할 수 있는 것은 오직 슬라브족이어야 한다는 염원"을 가지고 있다든가 "톤이 굵게 터져 나오는 그들의 목소리에는 끝마무리 바닥에 눈물이 맺히는 것이며, 혹은 마디마디에 우수가 떨리는 것을" 들을 수 있다고 하면서 "그들은 같은 모멘트로 슬픔과 기쁨을 동시에 자아낼 줄 아는 사람들이었다"고 하는데서 대상에 대한 동질감[20]이나 순진한 낭만성을 동시에 보게 된다.[21]

소련병의 낭만적 기질은 염상섭의 「삼팔선」[22]에도 그려져 있다. 소련병들은 "별로 이야기하는 소리도 없이 덤덤히 앉았다가 어느덧 콧노래를 시작"하며 "둘이 짝을 맞추어서 바욜린 켜는 듯한 그 음률이 귀를 기울릴만하게 교묘"하다든가, "비는 촉촉이 오고 전진(戰塵)을 아직도 떨지

일종의 부채의식이 저변에 깔려 있었다고 보고 있다.(「허준의 「잔등」 연구」, 269쪽)

20 고려인 5세에 속하는 미하일 박의 『해바라기 꽃잎 바람에 날리다』(1995, 새터)에도 러시아인들의 조선 사람에 대한 인상이 언급되고 있다. "조선인들이 외모나 언어, 풍습 등에 있어서는 우리와 다를지 모르겠지만 그들의 사고방식은 우리 러시아인들과 상당히 비슷하다는 것이었다네. 조선인들에게는 러시아인들의 마음을 끌게 하는 점이 있다네. 두 민족은 서로를 금방 이해하고 쉽게 친하게 되었지. 서로 악의를 품어본 적도 없이 말야. 그들은 불행한 운명을 주어진 현실로 받아들이고는 했지."(292쪽)

21 그러나 소련이라는 국가의 해방 전후의 자세에 대해서는 임옥인의 「월남 전후」(1956~7)(『한국문학전집』 27, 민중서관, 1959, 284쪽)에 비판적으로 서술되어 있다. 「월남 전후」는 해방되기 직전 함경도 길주와 혜산진 사이를 식량을 구해 다니다가 해방이 되었다는 소식을 듣고 고향으로 가던 중 겪은 당시의 참상을 리얼하게 그려내고 있는데, 함경도 지방의 그 난리가 연합군이었던 소련 비행기의 폭격 때문이라며 당시의 국제적 역학관계를 설명하고 있다. "쏘련 비행기가 폭격해 온 것은 일본에 대해서 발언권을 획득하기 위한 것"으로 '부전승'이란 멋쩍음을 피하기 위한 것이라는 것이다.

22 염상섭, 「삼팔선」, 『염상섭 전집』 10, 민음사, 1987, 이 작품의 인용은 인용문 뒤에 쪽수를 밝히고 있다.

못한 그들도 만리이역에서 향수에 구슬피 젖은 마음을 콧노래에 의탁해서 시름을 잊으려는 듯싶다"(58쪽)고 느끼게 되는데 이 부분 또한 소련인들 특유의 슬라브적 기질이 한국인과 공통의 정서로 어우러지는 영역이라 생각된다.

'잔등'은 어둠을 지키는 꺼져가는 불꽃을 뜻하는데, 국밥집 할머니의 국 말아주는 마음이 "인간 희망의 넓고 아름다운 시야를 거쳐서만 거둬들일 수 있는 하염없는 너그러운 슬픔 같은"(80쪽) 것으로 느껴지면서 그 의미가 드러난다. 누구나 꺼리는 대상이 된 일본인들이 불쌍하여 "참 수타 울면서" 국밥을 팔고 "명멸하는 희멀금한 불빛 속에서 인생의 깊은 인정을 누누이 이야기하며 밤새도록 종지의 기름불을 졸이고 앉았던, 온 일생을 쇠정하게 늙어온 할머니"의 모습이 오버랩 되면서 그가 켜놓은 인정의 불빛이 작가가 강조하고자 하는 인정의 의미로 각인되는 것이다.

염상섭의 「삼팔선」(1948)은 신의주에서 사리원을 거쳐 삼팔선을 넘어 남쪽으로 피난 가는 사람들이 겪는 크고 작은 사건들을 자세하게 묘사하고 있어 당시의 정치적, 사회적 상황과 함께 서민들의 고단하고 험난한 삶을 보여주고 있다. 마치 「짖지 않는 개」에서 아내로부터 "우리도 더 처지기 전에 결단을 하고 나서"기를 재촉 받으면서도 삼팔선을 넘는 것을 좀처럼 엄두도 못 내고 있던 사람들이 드디어 삼팔선을 넘게 되는 이야기라는 인상을 받는다.[23] 이 작품은 여러 개의 작은 제목이 '차중→구제소의 하룻밤→사리원에서→젊은 보안대장→금교에서→암야행진→삼팔선을 넘기에' 라고 붙여져서 피난길의 여정을 보여주고 있다. 여

---

23 그런 면에서 발표연도는 「삼팔선」(1948)이 앞서지만 「짖지 않는 개」(1955)와 연작의 면모가 보인다.

기서 피난민들은 남쪽으로 가서 어떻게 살 것인가를 걱정하는 차원이 아니라 오로지 삼팔선을 무사히 넘어서 남쪽으로 가는 것만이 목적인 사람들로 그들의 험난한 여정이 사실적으로 그려져 있다. 그 과정에서 해방이 된 후 아직 틀이 잡히지 않은 여러 구조적 문제가 노출되는 경우들도 자연스럽게 드러난다.

"일제잔재랄까…그런 관례를 없애느라고 한 일이겠지마는…그 생각이야 좋지마는, 그렇다고 아직 두서가 잡혔나…, 새로운 틀이 잡혔나! 별안간 고쳐봐야 별 수가 있어야지. 그러기에 울퉁불퉁 야단이지"(72쪽)

작가는 화자의 입을 통해서 당시 기차의 여러 문제점들을 지적하면서 경제 상태가 북조선이 훨씬 활발하고, 전기등이 서로 호환되지 않고 있음을 시절의 모호함을 통해 넌지시 꼬집고 있다. 이들은 기차와 자동차, 달구지를 갈아타며 겨우 삼팔선 코앞까지 와서도 마지막 관문인 소련병의 감시를 넘어야 한다.

평지로 내려와 앉어서도 수풀 사이로 몸을 숨겨야 한다. 까맣게 바라보이는 연달은 동편 산등성이 우에서 옴지락옴지락하다가 스러지고 하는 것이 소련병의 감시원이라 한다. 자세히 보면 토수짝만 한 것이 성냥개피를 가로 메인듯한 양이 쨍쨍한 푸른 하늘 밑에 그럴듯이 빤히 보인다. 그러다가 어쩐둥하야 그 그림자가 술어진 뒤에 조금 있다가 치어다 보면 대여섯 열아문 씩 흰 그림자가 족제비처럼 몰려서 희끗하고 나타났다가 쪼루룩하고 산넘어로 스러지곤 한다. 그것이 피난군이요 잠상군이라 한다.(92쪽)

삼팔선 근처에서 소련병이 점심 먹으러 들어간 시간을 틈타서 지나가려고 마지막 관문을 통과하듯이 기다리는 이들 행렬은 '추방당한 약소

민족'이 아니다. 또 "아무리 약소민족이기로 손바닥만 한 제 땅 속에서 왔다 갔다 하는데 이렇듯 들복이는 것을 생각하면 절통"(91쪽)한 일이어서 저절로 비장한 마음까지 든다, 드디어 삼팔선을 갖은 고생을 다해 겨우 넘으면서 하는 생각은 현재도 진행 중인 분단의 문제에 대한 근본적인 질문이다.

> 생각하면 삼팔선이란 허황하고 허무한 것 같고, 두 세 사람의 눈을 기우고 불과 오리나 십리 길을 건너느라고 천리 밖에서부터 계획을 세우고 겁을 집어먹고 몸에 지닌 것까지 다 버리고, 이 고생을 하며 허회단심 겨우 넘어왔다는 그 일이 얼뜨고 변변치 못한 짓같기도 하다. 다음날에 자식들이 자라서, 소위 삼팔선이라는 역사에서 지울 수 없는 검은 줄을 오늘에 이렇게 넘었더니라는 사실을, 기억에서 찾아내고 기록에서 본다면, 어떠한 감개가 있고 저의의 선대를 어떻게 생각할고? 하는 생각을 하면 분한 것이 지나쳐 어이없는 웃음이나 커다랗게 웃었으면 조금은 시원할 것 같으나, 그런 웃음조차 나오지를 않는다.(94쪽)

'삼팔선이라는 역사에서 지울 수 없는 검은 줄'이 휴전선으로 바뀌어 60년 이상 지속되리라고는 생각조차 못하던 당시의 상황에서 느낀 어이없음이 회한으로 안타깝게 다가온다. 소련병정을 피해 삼팔선을 겨우 넘어와 서울을 향해 가면서 처음 만나게 된 사람이 미국병정이라는 점은 매우 시사적이다. 가진 곤경을 다 겪으면서 오게 된 남녘 땅에서 '첫 밭에 딱 마주친 사람이 미병'이라는 데에서 당시의 상황, 앞으로의 역사의 전개를 가늠하게 된다. 아울러 이북이 이남보다 물자가 풍부하고 물가도 싼데 남북은 '빠ー타ー'도 안되는 만큼 남쪽에서 먹고 살 일을 걱정하며 작품은 끝나고 있다. 끝이 아니라 사실은 새로운 험난한 시작인 것이다.

여기서 「삼팔선」이나 「짖지 않는 개」는 염상섭이 만주에서 서울로 돌아오던 중 약 8개월간 머물렀던 신의주를 중심으로 한 북한에서의 경험이 바탕이 된 것으로 보인다. 염상섭은 1939년 만주로 가서 『만선일보』 편집국장 등을 하며 지내다가 해방을 맞아 신의주로 들어온 것이 1945년 10월경이고 서울에 도착한 것은 1946년 6월경이다. 즉 염상섭은 신의주에서 8개월 이상을 머물렀던 셈이다. 피난지 단동에서 자신의 고향인 서울로 오기 전에 들렀던 곳에서 보낸 시간으로 8개월은 비교적 긴 시간이라고 할 만하다. 그런 만큼 「짖지 않는 개」에서 도청 교육국의 문화과장과 함께 일본이 남겨놓은 적산 신문사와 인쇄소 등 적산 문화시설로 무엇 좀 해보려고 머물러 있는 인텔리 주인공은 바로 작가 자신의 모습으로 볼 수 있다. 염상섭이 그 시간을 북한에서 보냈던 이유에 대해 김재용은 다음과 같이 추론하고 있다.

> 그가 그곳에서 8개월이나 머물러 있었던 것은 신의주란 곳이 통과점 이상의 의미를 그에게 주었던 곳으로 보아야 옳을 성싶다. 그는 신의주에서 당시 해방된 조국의 모습뿐 아니라 소련군이 들어온 상황에서 이루어지고 있는 이북의 일련의 과정을 보고 관찰하면서 자신의 진로를 타진했을 것이다. 그 과정에서 그는 그곳이 더 이상 자신이 삶의 뿌리를 내릴 수 있는 곳이 아님을 깨달았던 것이고 그런 이유로 하여 험난한 삼팔선을 거쳐 이남으로 내려왔던 것이다.[24]

실제로 염상섭은 해방 후 북한에서의 생활을 통해 분단되는 조국의 현실을 체험하였고 작품 「삼팔선」에서 주인공을 통해 좌익 계열이 차츰

---

24 김재용, 「8·15 이후 염상섭의 활동과 「효풍」의 문학사적 의미」, 「효풍」, 『염상섭선집』 2, 실천문학사, 1998, 342~343쪽.

드세어가서 일이 될 성스럽지 않은 현실임을 파악했다. 그리고 삼팔선 넘기의 험난함을 구체적으로 보여줌으로써 분단 상황이 초래할 비극적 결과를 내다보고 있다.

이렇게 해방 정국 북한의 실정이 그려져 있는 작품 가운데 정비석의 「귀향」(1946)에서는 서민들의 해방에 대한 기대와 현실적인 애환이 그려져 있고, 김만선의 「귀국자」에서는 귀국한 지식인의 기회주의적 처신에 대한 갈등과 자기 합리화, 이성적 추구와 현실적 모색 사이에서의 방황을 보여주고 있다. 허준의 「잔등」은 다른 작품에서 보기 어려운 해방 정국의 북한의 실정, 이익과 생존 본능의 아비규환과 당시의 세태, 시정의 흐름을 보여주고 있다. 염상섭의 「삼팔선」은 만주 오지에서 나오는 피난민들을 실은 기차, 트럭, 달구지 등의 탈 것을 거쳐 겨우 이남으로 오게 되는 피난행렬을 그대로 보여줌으로써 민족의 비극적 앞날을 예견하고 있다.

4. 일본으로부터의 귀환 양상

일본 이주의 배경을 보면, 1910년 1차 세계대전에 일본이 참전하면서 예상치 못했던 호경기를 맞게 되자 노동력을 한국에서 보충하게 된 데서 본격적으로 시작되는 만큼 일본행 노동자는 1920년대에 급속하게 증가[25] 하게 된다. 당시 일본의 정책이 우리 민족을 만주 쪽으로 이주시켜 식량 공급을 유도하고 일본 쪽으로는 부족한 일본 국내의 노동력을 보충하기

---

25 이광규, 「재일한국인」, 일조각, 1983, 19~23쪽 참조.
　　한일합방 이후는 일본보다 만주지역으로 유출되는 인원이 더 많았으나 한국인의 해외 유출 인력의 30% 이상이 일본으로 향하게 되는 것은 1917년 이후이고 1920년을 계기로 일본행 한국인 수가 만주로 유출하는 인구를 능가하게 된다.

위한 인력 송출이 주였기 때문이다.

일본에 건너간 도일(渡日) 노동자들을 그린 소설에서 그들은 "힘껏 일을 하여서 돈을 잔뜩 벌어가지고 와서 잘 살겠습니다"(이근영, 「고향 사람들」, 1941)며 고향을 떠났고, 버찌 꽃을 보며 "우리집에 있을 홍도화를 잊지 못하여 어머니와 아내를 생각"(안회남, 「봄」, 1946)하며, 자신이 죽는 것보다 죽으면 조선에 다시 못 돌아간다는 사실을 더 슬퍼하며 "절대로 살아서 다시 집으로 돌아가야겠다."(안회남, 「철쇄 끊어지다」, 1946)고 다짐하는 절절함을 보여주고 있다. 고향을 그리워하는 마음이 절대적 신념으로 자리 잡고 있음을 볼 수 있는데 이런 의지에서 해방이 되자 일본 여인과 살면서도 언제 어떻게 조선옷을 구해 뒀는지는 알 길 없는 '하얀 바지 저고리'를 입고 고향 가는 무리 속에 휩쓸려 가는 것이며 "조선 갈 때면 입고 가려 하고 자신의 온 희망과 함께 싸두었던 새옷을 끄내어 입고"(안회남, 「섬」, 1946) 무리지어 고향길에 오를 수 있는 것이다.

이렇게 일본으로부터 귀환하는 사람들은 귀환자 대부분이 강제 징용, 탄광노동자, 정신대 등등 강제로 일본으로 끌려갔던 만큼 해방된 조국으로 돌아오는 데에 감격과 기쁨이 앞섰고 그만큼 갈등이—만주에서 오는 사람들에 비해— 없었다. 이들은 적어도 "만주에서의 생활이 차라리 행복했었다."는 만주로부터의 귀환자들과 같은 생각은 하지 않는다. 그만큼 일본에서 열악한 노동조건과 비인간적 생활을 하면서 조선인으로서 차별과 착취를 당했기 때문이다. 그들 대부분은 무엇보다 가족을 두고 갔던 만큼, 가족을 위해 고생하다가 가족이 있는 곳으로 돌아간다는 의미에서 감격이 앞서게 된다.

안회남은 1944년 9월부터 1945년 해방되기까지 1년간의 징용생활을 겪고 해방 후 9월 하순 귀국하면서 1946년 중반까지 쏟아 내듯이 징용체험소설을 발표한다. 이 징용체험소설은 본격적인 소설이라기보다는 일종의 '보고문학'[26]인데. 일제 강점기 부족했던 일본 국내의 노동력 보충을 위해 강제로 인력송출 당했던 노동자들의 애환을 그린 '일본행 노동자 소설'의 주류[27]를 이루게 된다. 그 중 「섬」은 일본 구주 탄광에 강제 징용당하였던 작가 안회남의 체험소설 가운데 당시 일본 탄광 노동자들의 귀환 양상을 제대로 보여주고 있다.

단신으로 간 조선 노동자들이 탄광—땅 속 수천 길 굴 속을 도망치려 하니까 도망 방지책으로 소위 데이쟈꾸정착을 하게 했다. 즉, 가족을 데려다 가정생활을 하게 함으로써 가족이 볼모가 되는 것이다. 해방이 되자 모두들 조선으로 가기 위해 정거장으로 나와서 떠나는 기차마다 조선 사람으로 가득가득하다. 그런데 이들보다 더 딱한 사람들은 탄광에서 일본인 여자와 결혼해서 아이들 낳고 사는 사람들이다. 그 중 한 사람인 박 서방은 혼자 조선으로 나갈 구실을 찾지만 결국 대마도에서 도로 처자식이 있는 구주로 돌아갔다. 그런데 다시 두 달 후 서울에서 안 상(안회남)을 만나게 된다. 다른 소식은 묻지 말라는 듯이 딴 인사말만 하고 황황히 사람들 사이로 사라지는 그를 보며 작가는 '검푸른 물결 속에 외로이 선 섬'을 생각한다. 이 시기 작품들은 안회남이 "민족적으로 당한 비애와 모욕 분노의 이야기"[28]를 직선적으로 전달하고 있어서 그

---

26 그런 만큼 문학적 가치보다는 그가 추구했던 작품의 변화에서 큰 전기가 된다는 점에서 의미가 있다.

27 이정숙, 「향부성 자기 확인과 그 극복의 실패—안회남론」, 『한국현대소설연구』, 깊은샘, 1999, 48쪽.

28 제4창작집 『불』의 서문

만큼 진솔한 호소력이 있고, 체험이 밑바탕이 된 진실성이 담긴 무게가 있어서 그만큼 순수성이 돋보이기도 한다.

엄흥섭의 「귀환일기」(1946)는 일본으로부터의 귀국을 보여주고 있는데 어떤 소설적 구도나 갈등보다는 보이는 풍경을 있는 그대로 보여주고 있다. 소설은 여자 정신대로 끌려갔던 영희와 순이가 군수공장에서 일하다가 탈출을 시도했으나, 가짜 형사에게 붙들려 취조당한 후 술집 작부로 팔려 고생하다가[29] 해방이 되어 겨우 조선 땅으로 돌아오는 이야기이다. 순이는 임신까지 한 몸으로 아비가 누구인지도 모르는 사생아를 낳아야 할 판이다. 하관으로 가는 기차를 타려고 S역에 나왔으나 이미 기차를 타고 오는 사람들로 이곳에서는 더 탈 수도 없다. 근처 사람들이 힘을 모아 역에서 배 타는 곳까지 겨우 걸어서 도달하는데 그 과정에서 어떤 반전이나 갈등이 보이지 않고 우호적이고 희망적인 단순함이 두드러지게 그려져 있다. 사람들은 귀국선 배 위에서 아이를 낳는 순이와 대구 여인의 출산을 반기는데 비록 그 아이가 사생아여도, 또 일본인의 아이여도 귀국선 배 위의 건국둥이 출산에서 이들은 희망을 보기 때문이다. 이러한 귀국선 동포들에게서 해방에 대한, 그리고 귀국에 대한 이들의 순박한 기대와 조국의 앞날에 대한 희망을 본다.

5. 패전국민 일본인의 귀환 양상

1895년부터 1945년까지 50년 동안 일본은 중국으로의 이민을 적극 추

---

29 어리숙한 여인들이 속아서 유곽에 팔려가는 이런 이야기는 장혁주의 「여행 소화」(1938)에서 매우 일반적인 현상으로 이야기되고 있다.

진[30]했으며 특히 1931년 만보산사건 이후 만주사변을 일으키고 이듬해 만주국을 세우면서 한국인과 일본인을 대상으로 대대적으로 이민을 추진했다. 일본은 만주를 실질적으로 지배하고 일본인들은 강한 조국의 보호와 호위 아래 부와 명예를 누리면서 살았는데[31] 패전을 하니 이들은 어떻게든 일본으로 살아 돌아가야 하는 일이 시급해졌다. 해방 당시 일본인들은 북한에 27만 명이 있었고, 만주에서 온 피난민은 약 12만 명이 더 있었다.[32] 이들이 육로를 이용해 일본으로 가기 위해서는 일단 북한을 거쳐 남쪽으로 가야 한다. 해방 후 만주나 일본으로부터 오는 귀국자들과 함께 패전국 국민으로서 조선을 거쳐 일본으로 가려고 하는 일본인들의 비참한 모습이 당시 해방 정국의 한 양상을 보일 수밖에 없는 소이이다. 그러나 이들, 해방 공간의 잔류 일본인의 귀국 모습에 관한 소설이나 연구도 많지 않고, 아직은 역사학계에서도 비교적 공백으로 남아 있는 부분[33]이다.

허준의 「잔등」에는 아오지 탄광으로 끌려가는 일본인들, 어떻게 해서든 살아남아 일본으로 귀국하려는 일본인들의 숨죽인 모습들이 그려져 있다.

---

30 김지환, 「재중국 일본 이주민의 전후 처리와 사상 교육」, 『동북아의 이주와 초국가적 공간』, 아연출판부, 2010, 179쪽.

31 만주국을 구성하던 5개 민족의 서열은, 일본인이 제일 우선이고 조선인, 만주인의 순서였다. 그 외에 중국인 ,백계러시아인으로 일본 군부는 이를 의식하여 5개 민족협화(오족협화)를 강조했다. (『실향소설연구』, 123쪽)

32 『한일교류의 역사』, 혜안, 2007, 292쪽.

33 김윤식은 해방 공간에서 잔류 일본인의 귀국 모습을 어느 정도 객관적으로 그린 작품이 「잔등」 외에 거의 없다고 보았다. 임기현이 「해방공간에서의 잔류 일본인 귀환 문제」, 「허준의 「잔등」 연구」에서 이를 심화 본격화하고 있다. 해방 전후의 역사연구서(단행본)에서도 이에 대한 연구가 거의 없어 임기현의 연구에서 자료의 도움을 받았다.

참으로 그 일본 여자는 업고, 달고, 또 하나는 손을 잡고, 아마 아오지가
기를 기다리는 차에서 기어 내려온 듯 폼 가까운 행상로 위에 우두커니 서
있었다. 허옇게 퉁퉁 부어오른 나체, 기름 때에 전 걸레같은 헝겊조각으로
머리를 질끈 동이고, 업고, 달리우고, 잡힌 채, 길 바추에 비켜서 있었다. 머
리를 동인 것만으로는 휘둘리는 몸을 어쩔 수 없다는 모양으로, 골살을 몇
번 찌푸렸다가는 펴서 하늘을 쳐다보고, 또 찌푸렸다가는 펴서 쳐다보고 하
기를 한참이나 하며 애를 쓰는 것을 자기는 유심히 건너다보고 있었던 것이
다.(74쪽)

청진 장터에서의 일본인 여성이 이렇게 비참하게 그려져 있는데, 일
본 사람들 때문에 만든 특별구역에서 주린 창자에 찬물을 몰아넣고 있
는 사내의 모습 또한 비참하기 짝이 없다.

꺼풀을 뒤집어쓴 혼령이면 게서 더 할 수 있으랴할 한 개의 혼령이 문설
주이기도 하고 문기둥이기도 한 한편짝 통나무 기둥에 기대어 서 있었다.
더부룩이 내려덮인 머리칼 밑엔 어떤 얼굴을 한 사람인지 채 들여다 볼 용
기도 나지 아니하는 동안에, 헌 너즈레기 위에 다시 헌 너즈레기를 걸친 깡
똥한 일본 사람들의 여자 옷 밑에 다리뼈와 복숭아뼈가 두드러져 나온 두
개 왕발이, 흐물거리는 희미한 기름불만 그늘 속에 내어다 보였다. 한 팔을
명치끝까지 꺾어 올린 손바닥 위에는 웅큼한 한 개의 깡통이 들리어서 역시
그 먼 흐물거리는 희미한 불 그늘 속에서 둔탁한 빛을 반사하고 있으
며….(77쪽)

이 시기를 작가 허준은 혁명이라고 보았다. "혁명은 가혹한 것"이고
가혹하여도 할 수 없는 것이라 생각하지만 그들을 대하는 국밥 할머니
에게서 '하염없는 너그러운 슬픔'을 보는 데서 작가의 시선을 함께 느
낄 수 있다.

떠나는 일본인들, 돌아오는 한국인들의 실상과 혼란은 염상섭의 「짖

지 않는 개」(1955)에 매우 사실적으로 드러나 있다. 「짖지 않는 개」는 일본이 패전을 한 후 전쟁 당사국의 국민들이 겪게 되는 수모와 치욕을 적나라하게 보여주고 있다. 해방 후 소련 군대가 들어와 치안을 담당하고 있을 때 새파랗게 어린 소련군 장교에게 빌붙어 딸은 그의 첩으로 이층에서 살고 어머니는 아래층 출판사에서 식모로 일하면서 지방법원의 판사였던 아버지—다른 경찰사법관계의 고관들과 함께 추방되었던—를 죽음의 땅 시베리아에서 돌아오게 하는 일본인 가족의 모습에 초점이 맞추어져 있다. 내레이터인 주인공은 도청 교육국의 문화과장과 함께 일본이 남겨놓은 적산 신문사와 인쇄소 등 적산 문화시설로 무엇을 좀 해보려고 머물러 있는 인텔리이다. 그렇다고 그의 처지가 더 나은 것도 아니다. 주인공은 "이것들을 중심으로 일을 하나 익혀놓고 가라하여 도중에 붙들린 셈인데, 좌익 계열이 차츰 드세어가서 일이 될성스럽지 않은 한편, 날은 추워가니 기차는 통하지 않고 오도가도 못하는 딱한 사정"34)에 놓여 있어서 아내로부터 "우리도 더 처지기 전에 결단을 하고 나서"기를 재촉 받고 있는 판이다. 그러나 삼팔선을 넘다가 밤중에 산길에서 붙들리기나 하면 "여자는 욕을 보고 남자는 어느 귀신이 잡아가는 줄도 모르게 없어지는 판"인 만큼 좀처럼 엄두도 못 내고 있다. 그런 와중에 내레이터인 주인공은 소련군 장교가 오던 밤에 사태를 무사히 수습해 주었다고 이웃 일본인들에게서 감사 인사를 받는다. 즉, 이웃 수용소에 일본 색시들이 수두룩하다는 말도 하지 않아 욕을 면하게 해 주었고 '천만다행으로 소리없이 쫓아보내주서서' 고맙다는 인사를 받는데 이 부분에서 당시의 바뀌어진 세태를 실감하게 된다.

---

34 염상섭, 「짖지 않는 개」, 『한국소설의 얼굴』 2, 푸른사상, 2006, 103쪽.

> 저희들이 한 일을 생각하면 이 판에 조선사람이 직접 손을 대지는 않더라
> 도 기회만 있으면 저희들을 못살게 굴고, 보복을 하려 들 줄 알았더니 그렇
> 지 않은 데에 무척 감격하였다는 눈치였다.(102쪽)

또 바뀌어진 세태로는 해방 직후 일본 여자들은 조선 사람들 집에서
식모살이를 하고 싶어 했다는 점이다.

> 웬만한 집에서는 대개들 일녀 식모를 두고 있다. 해방 이후에는 조선 여
> 자 식모가 없어지기도 했지만 일녀들은 첫째 먹는 거와 잠자리가 수용소보
> 다는 편하고, 이남을 따라 내려갈 길이 뚫리려니 싶어서 아무쪼록 조선 사
> 람과 인연을 맺자고 그러는 것이었다.(108쪽)

일본인들로서는 이남으로 내려가기 위해서는 노서아 장교보다는 아
무래도 조선 사람에게 매달려야 하는 게 나을 수밖에 없는 당시의 형편
을 알 수 있다. 여기서 소련군은 '호위병을 세우고서 판 차리고 밀수입'
을 하면서 일본인 첩을 두 명 두어 낮밤으로 시중들게 하면서 점령군으
로 군림하는 장교로 그려지고 있다.

작품 제목인 「짖지 않는 개」는 처음 소련군 장교가 여관을 못 찾는다
며 한밤중에 주인공의 방을 두드릴 때 오밤중에도 누가 문전에 얼씬만
하면 길길 뛰며 짖어대던 사나운 개조차 짖지 않았던 사실을 말하는 것
으로, 살아남기 위해서 개조차 상황에 예민하게 반응, 적응하게 됨을 넌
지시 강조하고 있다.

염상섭의 「삼팔선」(1948)에서는 한밤중에 역 대합실 문 밑 땅바닥에
누워 자는 일본 사람들을 보며 "안동 있을 제, 예전에 경성일보 무엇인
가 지내고 북경서 전기회사라던가 무슨 공사의 이사라는 일인이 굴둑에

서 빠져나온 족제비 같은 꼴로 ―애걸하는 것"[35]을 떠올리는 대목이 나온다. 내노라하는 회사의 이사, 과장, 사무관 등등 떵떵거리고 살았을 사람들의 비참한 풍경을 통해 패전국민에게 지위의 상하가 더 이상 의미 없음을 보여주고 있다.

사실 38선 이북에 잔류한 일본인들을 결정적으로 고난에 빠뜨리게 한 것은 소군정의 일본인 억류정책과 함께 미소 양국의 삼팔선 분단정책이었다. 소련군은 1945년 9월 초부터 삼팔선 통행을 엄격하게 금지[36]했고 일본인은 억류됨으로써 패전국민으로서 일본인의 비참한 모습이 주로 북한이 공간적 배경이 되고 있는 것이다.

6. 나오며

해방이 되면서 조국 땅에서 살 수 없어 떠났던 사람들이 돌아오는 과정을 그린 작품들에서 이들의 양상을 살펴본 바, 우선 만주로부터 귀환하는 경우는 가족 단위로 살면서 만주를 제2의 고향으로 생각하고 정착하던 과정에서 돌아오기로 작정한 만큼 사회 분위기나 정치적 환경의 변화 등에 민감하면서 보다 갈등과 고민 끝에 귀환을 선택했다. 따라서 일본에서 귀환하는 사람들과 같은 단순한 기쁨과 감동보다는 내면적으로 복잡한 양상을 보이고 있다.

그러나 우선 비슷한 점은 일본으로부터의 귀환을 그린 엄흥섭의 「귀환일기」와 만주에서의 귀환을 그린 정비석의 「귀향」에서는 해방된 나

---

35 염상섭, 「삼팔선」, 『염상섭 전집』 10, 민음사, 1987, 76쪽.
36 정병준, 「1945~48년 미·소의 38선 정책과 남북 갈등의 기원」, 『중소연구』 100, 2004, 181쪽.

라, 그리워하던 고향에 돌아오면서 그 과정에서 겪는 고생보다는 돌아
와서의 희망에 초점을 맞추고 있다는 점이다. 살아나갈 날에 대한 고민
이나 갈등보다 희망을 강조하고 있다는 점에서 매우 단순하고 소박하
다. 그만큼 되찾은 나라에 대한 일반 사람들의 소박한 기대를 보여주고
있는 것이라 할 수 있다.

그러나 그들의 소박한 기대는 현실에서 여지없이 무너지고 만다. 김
동리의 「혈거부족」, 계용묵의 「별을 헨다」에서 해방을 맞아 돌아온 서민
들의 소박한 기대가 암담한 현실 앞에서 속수무책으로 대책 없이 무너
지고 있음을 보게 된다. 안회남의 체험소설 내지 보고문학에서 도항노
동자들의 실상을 보는 동시에 안 상 같은 지식인이거나 박 서방 같은 노
동자이거나 그들의 삶의 궤적이 달라지는 계기도 발견할 수 있다.

김만선의 「귀국자」에서 지식인은 지식인답게 그 속에서 현실적 해결
책을 모색하게 되는 것으로 그려지고, 염상섭의 「짖지 않는 개」에서는
일본이 떠난 자리에 북쪽에 소련군이 진주하면서 새로운 민족적 모순이
진행되고 있음을 보여주고 있다. 마찬가지로 염상섭의 「삼팔선」에서는
이북에서 갖은 곤경을 다 겪으면서 소련병정을 피해 삼팔선을 겨우 넘
어와 처음 만나게 된 사람이 미국병정임을 보여줌으로써 우리 민족의
순탄치 않을 미래를 암시하고 있다. 또한 만주나 일본 등 타국에서 국경
을 넘어오는 귀환과 달리 국내에서 북에서 남으로 삼팔선을 넘는 어려
움과 당시의 상황이 그려져 있다. 나라 안의 삼팔선이 국경보다 더 힘들
고 험난한 경계가 되고 있는데 그 험난함은 지금도 진행 중인 이후의 역
사가 증명하고 있다. 특히 해방된 조국으로 돌아오는 조선인들의 귀환
의 양상뿐 아니라 패전한 나라의 일본인들이 자신들의 나라로 돌아가기
위한 과정, 길 위에 있는 일본인들의 모습 또한 당시 귀환의 양상에서

짚어봐야 할 부분이라고 본다.

이른바 '나라 찾기'는 이루어졌으나 '나라 만들기'는 아직 요원한 때 궁핍 등으로 떠날 수밖에 없었던 사람들이 해방이 되어 다시 찾은 조국으로 돌아오지만, 아직 틀도 마련되지 않은 나라 만들기의 과정 속에서 인간으로서 겪을 수 없는 한계를 넘나들고 있었던 것이다.

6 · 25 전쟁 60년과 소설적 수용의 다변화, 그 심화와 확대

1. 들어가며

한국의 1950년대는 6 · 25 전쟁으로 시작하고 있다. 한국전쟁은 해방 직후 노골화되었던 이데올로기의 첨예한 대립이 동족상쟁으로 참담하게 나타난 것인데, 중공군과 유엔의 개입으로 국제전의 성격을 띠면서 3년간 지속되었다. 한국전쟁은 휴전을 통해 그 참화에서 벗어나게 되었지만 종전(終戰)이 아니라 정전(停戰)의 상태로 마무리되었기 때문에 한국은 현재까지 60년 가까이 분단 상황 하에 놓여 있다. 분단된 남북한은 냉전 이데올로기의 폐해를 가장 오래 동안 지속시킴으로써 같은 민족의 이산, 한 가족의 이별이라는 상처를 21세기에도 여전히 현재진행형으로 간직하고 있는 유일한 나라가 되었다. 그런 면에서 1950년대의 상황은 우리 민족의 정신적 상처의 근원으로 상존하고 있다.

이런 특수한 현대사를 배경으로 우리 민족이 6 · 25를 통해 집단적으로, 혹은 개인적으로 겪은 이야기들은 그 자체가 거대한 서사이다. 그런데 많은 불후의 명작들이 전쟁을 배경으로 하고 있음은 주지의 사실이다. 사실 세계적으로 보더라도 전쟁을 통해서 문학의 대단한 자원이나 커다란 보고(寶庫)가 형성된다고 할 수 있다. 그래서인지 일각에서는 비판적인 시각으로 한국 소설을 재단하는 경우도 있다. 한국 소설에는 헤밍웨이의『누구를 위하여 종은 울리나』나『무기여 잘 있거라』, 레마르크의『개선문』이나 톨스토이의『전쟁과 평화』같은 전쟁소설이 안 나왔음을 개탄하는 소리도 있어 왔다.

그런데 굳이 꼼꼼하게 보지 않더라도 현대사에서 6·25라는 골육상잔의 전쟁을 겪은 한국 현대소설 역시 전쟁 이후 20세기 후반기부터 문제작이라 할 만한 많은 작품들이 6·25를 배경으로 하고 있음을 알 수 있다. 1950년대 전쟁 전후(前後)에 발표된 전후(戰後)소설이 아니더라도 얼핏 생각나는 대로 들어 보면 최인훈의「광장」(1960), 황순원의「나무들 비탈에 서다」(1960), 박경리의『시장과 전장』(1964), 홍성원의『남과 북』(1970~1975), 이병주의『지리산』(1972~1978), 이문열의『영웅시대』(1984), 조정래의『태백산맥』(1989), 박완서의『그 산이 정말 거기 있었을까』(1995), 이호철의『남녘사람 북녘사람』(1996), 황석영의『손님』(2001) 등이 있다.

그 외에 현기영의「순이 삼촌」(1978), 전상국의「아베의 가족」(1979), 박완서의「엄마의 말뚝 1」(1979), 윤흥길의「장마」(1980), 김원일의『노을』(1977~1978),「환멸을 찾아서」(1983),「마당 깊은 집」(1988), 오정희의「유년의 뜰」(1980), 유재용의「어제 울린 총소리」(1985), 문순태의「문신의 땅」(1987) 등에 이르면 "한국작가로서 문제작가가 되려면 문제작으로서의 6·25 소설을 써내어야 한다는 관념이 성립되었을 정도"[1]라고 보는 시각에 동의하게 된다.

작품에서 다루고 있는 내용도 매우 다양해서 전쟁으로 인한 비참한 삶, 개인과 가족사의 상처, 그로 인한 이산의 문제, 이데올로기의 대립

과 분열 그리고 분단의 문제를 직간접적으로 체험을 통해, 혹은 관념적
으로 접근하여 형상화시키고 있다. 말하자면 매우 다양한 형태로 심화
확대되고 있음을 알 수 있는데 비교적 최근에 발표된 소설인 윤흥길의
『소라단 가는 길』(2003)과 김용성의 『기억의 가면』(2004)에 이르면 6·
25가 아픔과 상처를 넘어서 비로소 그 깊이와 넓이가 더욱 다양하게 확
장되고 있음을 확인할 수 있다. 『소라단 가는 길』(2003)에서 6·25 당시
의 순수했던 동심을 기억함으로써 비로소 거리 두기와 여유를 통해서
현재의 상처까지 보듬고 치유하고 있음을 보여주고 있으며, 김용성의
『기억의 가면』(2004)에서는 헤어진 가족 찾기의 세계화, 다변화의 실체
를 통해서 그 상처가 단단히 아물어져 화해의 바탕이 되고 있음을 볼 수
있기 때문이다.

2. 6·25 전쟁 배경 소설의 여러 양상

6·25 전쟁이 문학 속에 형상화되는 것을 살펴보면 어떤 흐름이 있다[2]
는 것을 알게 된다. 크게 이데올로기 측면에서 접근하는 유형과 비이데
올로기 측면에서 접근하는 유형으로 구분[3]할 수도 있지만, 흔히 전후소

---

1 조남현, 『한국현대문학사상의 발견』, 신구문화사, 2008, 247쪽.
2 일반적으로 6·25가 배경인 소설을 ①전쟁 체험과 상처를 그린 소설 ②이데올로기를
  다룬 소설 ③어린 시절 전쟁의 흔적을 어른이 되어 그린 소설 ④현재를 배경으로 전쟁
  과 분단의 문제를 다룬 소설 ⑤외국을 배경으로 이산가족의 문제를 다룬 소설 등으로
  나눌 수 있다. (이정숙, 「소설의 교수 학습 방법과 실천 논리」, 구인환 외, 『문학 교수
  학습 방법론』, 삼지원, 1998, 249쪽) 이후 발표된 소설들도 대체로 이 범주에서 논의될
  수 있다.
3 문흥술, 「문학의 본향과 지향」, 『서정시학』, 2007, 231쪽.

설이라 일컫는 1950년대 소설에서는 전쟁 그 자체나 전쟁 체험, 그로 인한 직접적인 폐해, 전후의 피폐한 사회상이 전면에 내세워진다.[4]

50, 60년대에 전쟁 체험의 전시소설과 직접적 상처를 그린 소설 등이 주된 가운데 이 시기에 발표된 소설 가운데 특히 주목할 만한 특징은 여성들의 고단한 삶과 전락을 그린 소설들이 상당수 있다는 점이다. 전쟁으로 인한 남성의 부재는 곧 여성들이 생활전선에 나서게 되는 것[5]으로 이어지는데, 전쟁을 겪은 여성들의 고단한 삶은 주로 여성 작가들의 체험을 바탕으로 형상화[6]되고 있다. 전쟁 중에 생활의 어려움과 돈만 아는 각박한 사회에 대한 불신, 그리고 남편의 부재로 인해 어렵게 살아가야 하는 여성들은 험난한 과정을 겪으면서 자신에 대한 회의, 자기반성을 거쳐 새롭게 삶에 대한 용기를 다짐하기도 하지만,

---

4 1950년대에 발표되어 시기적으로 전후소설에 해당된다고 볼 수 있는 작품은 대략 1,700여 편(김상태, 「1950년대 소설의 문체 연구」, 『한국의 전후문학』, 태학사, 1991, 39쪽)이다. 작품의 양도 방대하지만, 논자의 시각이나 중점을 두는 주제에 따라 분류방식도 다양해지면서 한 작품이 전혀 다르게 분류될 수 있어서 유형화의 일관성 유지가 어려운 불가피한 측면이 있다. 1950년대 소설의 특징을 1) 전쟁 자체를 그린 전시소설 2) 절망과 허무에서 나온 관념 지향적 소설 3) 사회 비판적 소설 4) 여성들의 고단한 삶과 전락을 그린 소설 5) 향토적 서정소설과 낭만성 등으로 분류(이정숙, 「전쟁과 상처 극복의 몸부림 ―1950년대 전후소설의 개관」, 『한국소설의 얼굴』 3~6, 푸른사상, 2006)할 수 있다. 실제로 1950년대 소설에 대한 연구는 1990년대 들어 집중적으로 진행된 만큼 여기서는 일반적인 양상은 생략하기로 한다. 참고문헌 하단부 참조.

5 신영덕, 『전쟁과 소설』, 역락, 2007, 70~76쪽.

6 이 시기 여성작가들의 소설은 6·25 전쟁 한가운데서 어수룩하게 살아가던 여인들이 몸으로 부딪치며 체득하게 되는 삶의 힘겨움을 그린 소설과 성의 상품화를 통한 생존의 방식을 그린 일련의 소설로 나누어 볼 수 있다. 박경리의 초기작 「암흑시대」(1958), 「불신시대」(1957)나 최정희의 자전적인 소설들인 「인정」(1955), 「정적 일순」(1955) 등은 전자에 속하며 김말봉의 「전락의 기록」(1953), 한말숙의 「신화의 단애」(1957), 강신재의 「해방촌 가는 길」(1957) 등이 후자에 해당한다.

이와 다르게 절박한 삶을 이겨 내기 위한 방안으로 여성들의 성이 생활의 수단이 되는 소설들이 상당수 있다. 대체로 이러한 일련의 소설들에서는 단순하게 전후 사회에서 여성의 성윤리의식이나 도덕관념이 땅에 떨어져 있음을 보여주거나 오로지 돈 버는 것에 혈안이 되는 속물적 차원을 보여주기도 하지만 때로는 그와는 전혀 다른 새로운 인간상도 그려진다.

전통적으로 대부분 여성 인물들은 생계를 위한 매춘[7]을 하면서도 그 사실을 치욕스러워하고 부끄러워했다. 이것은 전쟁 중에도 마찬가지로 자신의 희생으로 가족의 생계를 부양하면서도 그 수단인 매춘을 스스로도 부끄러워했고 남들에게서도 정당한 것으로 인정받지 못했는데 이는 당연히 우리 사회의 전통적 가치관에 따른 것임은 주지의 사실이다. 그런데 전쟁을 통해 한국 사회가 근본적으로 커다란 변혁을 겪으면서 여성들의 가치관에도 큰 변화를 가져와서 특히 교육을 받은 인텔리 여성들이 미군들과 매춘을 서슴지 않는 모습이 여러 작품에서 그려지고 있다. 이들은 당시 사회에 새로 등장하는 인물군을 보여주고 있는 바[8], 이

---

7 이러한 여성들은 1920~30년대 '매춘열녀 유형'의 여성들에 비해 '열녀'의 이미지는 빠진 상태에서 자기를 찾는 자각이 강조되고 있음을 볼 수 있다.

8 한말숙의 「신화의 단애」, 김성한의 「매체」 등이 해당된다. 「매체」는 인텔리 집안의 유복한 가정에서 자란, 뛰어난 미모와 재주까지 겸비한 여대생이 답답함과 고리타분한 한국적인 것에서 벗어나 넓고 고상한 국제적 매체가 되어야 한다는 이유만으로 '양갈보'가 되는데, 그녀는 여러 나라 사람들이 국제적인 매체인 자신의 육체를 매개로 교류를 한다고 생각하는 '특이한 인물'이다. 이 작품은 "주체성을 망각한 한 여인의 타락한 생활을 과장되게 표현하여 전통가치 몰락, 외래문화의 선망, 삶의 진정성 상실 등을 통해 당시 사회상을 비판하고 있는 풍자적 작품"으로 평가받아왔다.(민현기, 「김성한 소설 연구」, 『어문학』 60, 352~353쪽; 강태근, 『한국현대소설의 풍자』, 삼지원, 1993, 140쪽)

런 현상은 '전통적 윤리가 파괴되는 아프레게르의 퇴폐성'[9]이라 볼 수 있을 것이다. 이러한 뒤틀린 '아프레게르의 퇴폐성' 또한 이 시기 '비극적 실존주의'의 다른 얼굴이라 할 수 있다. 이러한 당시의 상황에서 부조리나 절망으로부터 벗어나기를 바라는 개인의 자유 추구가 휴머니즘에의 갈구로 나타나기도 하고, 절망을 승인하고 수용하는 자세가 허무의식이나 무력감으로 표출[10]되기도 한다. 일반적으로 1950년대 소설은 전쟁을 겪은 세대들이 실체험한 전쟁을 근거리에서 그리고 있는 소설들이 대부분이다.

이후 60년대부터 현재에 이르기까지 발표된 6·25를 배경으로 한 소설들을 보면 전쟁으로부터 일정한 시간적 공간적 거리를 두면서 보다 다양하게 형상화되고 있음을 볼 수 있다.

첫째, 이데올로기를 다룬 소설을 꼽을 수 있는데 대체로 장편소설 같은 대작으로 「광장」, 『시장과 전장』, 『남과 북』, 『지리산』, 『태백산맥』, 『영웅시대』 같은 소설들은 한 시대의 지표로 매김할 수 있는 한국소설의 문제작들일 뿐 아니라 깊이 있고 무게가 있는 관념소설로서 한국 소설의 영역을 심화시키고 있다.

둘째, 유년 시절에 체험한 전쟁의 기억과 그 흔적을 일정한 거리를 두고 그리고 있는 소설로 윤흥길의 「장마」, 김원일의 「마당 깊은 집」, 오정희의 「유년의 뜰」 등은 성장소설의 성격을 보여주고 있다. 이런 종류의 소설은 전시와 후방을 넘나들면서 생존을 위해 필사적인 인물들을 그린 『그 산이 정말 거기 있었을까』 같은 가족소설과 함께 한국소설의 영역

---

9 김병익, 『한국문단사』, 일지사, 1980, 208쪽.
10 이정숙, 「전쟁과 상처 극복의 몸부림―1950년대 전후소설의 개관」, 『한국소설의 얼굴』 3, 푸른사상, 2006, 312쪽.

을 심화시키고 있다. 본고에서 다루고자 하는 『소라단 가는 길』 역시 열 살 전후에 겪은 지독했던 전쟁을 기억하고 그 시절을 아파하면서 회상하는 성장소설로서 수십 년의 시간적 거리를 통해 형성된 여유와 함께 화해의 차원을 그리고 있다.

셋째, 전쟁이 끝난 지 수십 년이 지난 시간을 배경으로 전쟁의 상처가 여전함을 보여주고 있는 일련의 소설로 문순태의 「문신의 땅」, 김원일의 「환멸을 찾아서」, 유재용의 「어제 울린 총소리」, 박완서의 「빨갱이 바이러스」(2009) 등이 있다. 아무리 시간이 흘러도 전쟁이 역사 속의 과거가 아니고 그 상처는 아물지 않아 여전히 현재진행형임을 보여주고 있다.

넷째, 똑같이 현재를 배경으로 분단과 이산의 문제를 다루고 있지만 배경이나 활동 영역을 외국으로 확대하여 다룬 소설이 있다. 정소성의 「아테네 가는 배」(1985), 최윤의 「아버지 감시」(1990), 홍상화의 「어머니 마음」(1993), 이문열의 「아우와의 만남」(1994) 등이 여기 해당되는데 이들 작품군은 외국에서 아버지와의 만남을 시도하거나 가족 상봉을 의도하는 만큼 구성상 여행소설[11]의 형태를 띠고 있고, 주제로 볼 때 가족상봉소설[12]로 분류할 수 있다. 김용성의 『기억의 가면』은 이에 속하는 작

---

11 이정숙, 「여행소설에 나타난 상상력의 구조변화 - '아버지 찾기'를 중심으로,」, 「국어교육」 105호, 한국국어교육연구회, 2001, 369~391쪽. 6·25 때 헤어진 아버지와 아들의 만남을 시도하는 작품으로 냉전기에 이런 시도는 제3국에서 가능한 만큼 「아테네 가는 길」에서는 프랑스 파리를 거쳐 그리스 고린도 등으로 그 영역이 넓혀져 있고-만남이 성사되지는 못했지만-, 「아버지 감시」는 프랑스 파리, 「아우와의 만남」은 중국 연변이 배경이 되고 있다. 논문의 제목이 여행소설이라는 명제를 달게 된 소이이기도 하다.
12 이정숙, 「가족상봉소설의 형상화 연구」, 「한중인문학연구」 25집, 2008, 69쪽.

품으로 일본, 중국뿐 아니라 지구 반대편의 브라질까지 가서 삼촌의 흔적을 찾는다는 점에서 소설의 스케일을 보다 방대하게 확장시키고 있고, 전쟁의 구체적인 과정을 기억과 자료를 통해 실증적으로 보여주고 있다는 점에서 새로운 시도라 할 만하다.

이처럼 이데올로기의 문제를 다루던 데서 차츰 전쟁 이후의 상처 그리기에 초점이 옮겨가는데, 이 과정에서 이산가족의 문제는 개인적, 민족적으로 여전히 진행 중인 커다랗고 깊은 상처가 되고 있다.

3. 거리 두기와 여유를 통한 상처 극복
　　－윤흥길의 『소라단 가는 길』

윤흥길 연작소설 『소라단 가는 길』[13]은 '환갑을 코앞에 둔' 나이에 초등학교 졸업 40년을 맞이하여 익산(옛날 이리)에 있는 시골 동창회에 참석하는 친구들이 고향에서 각기 자신이 겪은 6·25 전쟁 이야기를 '수건 돌리기 아닌 이야기 돌리기'를 통해서 차례로 구수하게 풀어나가는 연작소설이다. 『작가세계』 1999년 봄호에서 시작해서 『숨소리』 2003년 봄호에 실린 소설들 9편의 연작소설을 엮어서 '귀향길'과 '상경길'로 시작과 마무리를 한 이 소설은 마치 이문구의 『나는 너무 오래 서 있거나 걸어왔다』(2000) 연작소설을 보는 것 같은 구수한 입담에 절로 웃음을 머금게 된다. 아마도 전쟁을 50여 년 이상의 시간적 거리를 두고 옛날이야기처럼 소화하고 있기 때문일 것이다.

귀향길과 상경길에서 우연히－사실은 하인철이 의도한 것이기도 하

---

13 『소라단 가는 길』(창비, 2003), 인용문은 해당 쪽수를 인용문 뒤에 명기하도록 한다.

지만—나란히 앉게 된 두 친구, 소설가가 된 친구와 중국과 무역을 하고 있다는 하인철과의 대화를 통해서 고향에 대한 과거의 기억과 현재적 의미가 갈등과 회한을 통해 화해로 정리되는 과정을 보여주고 있다. 인철의 경우가 대표적으로 고향과의 화해를 통해 자신의 삶과도 화해를 하는 것으로 마무리되기 때문이다.

인철은 남들만큼 고향에 애착을 못 느끼고 살아왔다가 나름의 의도를 가지고 삼십 년 만에 고향을 찾아 온 터이다. "유복자로 태어나 역전에서 뜨내기 기차 손님들 상대로 장국밥을 파는 편모슬하에서 불우한 어린 시절을 보낼 수밖에 없었던"(15쪽) 인철이 자신과 고향에 대해 느끼는 비애는 소설가 친구에 의해 "옛날 어린 시절 우리가 누렸던 행복의 사이즈는 도토리 키 재기나 매일반"이라고 중화되면서 시작되는 귀향길이었다.

그들에게 고향은 "나를 많이 울리고 나를 멀리 내쫓은 고향"이어서 "감개보다는 낯가림하는 어린애같이 어쩐지 어색하고 새퉁스런 느낌이 앞서는"(20쪽) 곳이다. 그렇지만 서울 등지에서 타관살이하면서 늙다 보니 "세상에 국민핵교 동창생 녀석들만침 임의롭고 편안헌 관계도 없"(10쪽)음을 느끼고 있다. 그래서 "중년보다는 차라리 초로라 해야 더욱 어울릴 멀쩡한 남정네들이 내남없이 철부지 소년으로 행세하기에 여념이 없"으며, 초등학교 입학 당시를 말하면서 그들은 순식간에 초등학교 입학생이 돼버"(26쪽)리는 식이다.

> 환갑을 코앞에 둔 저마다의 나이는 전세버스로 서울을 출발할 당시 집결지에다 몽땅 버리고 온 모양이었다. 타관에서 중년의 고비를 허위허위 넘는 동안에 주름살의 형태로 얼굴에 굵다랗게 새겨두었던 세상살이의 온갖 시름과 고달픔도 나이에 묶어서 그곳에다 함께 버린 모양이었다. (25쪽)

그런데 이들이 '유난히도 웃음이 헤픈 밤'에 어린 시절 추억담을 차
례로 '이야기 돌리기'를 할 때, 그들은 한결같이 6·25에 얽힌 이야기들
만 한다.

> 동창생들 사이에 단연 최고의 화젯거리로 일지감치 터를 잡아버린 것은
> 6·25와 관련된 추억담이었다. 그 나이에 이르도록 산전수전 다 겪어 할 말
> 들이 무진장이련만 늙다리 동창생들은 다른 화제 다 제쳐놓고 약속이나 한
> 듯이 너도나도 오로지 전쟁이야기에만 매달리는 것이었다. 세상 물정 모르
> 던 천진한 시절에 몸으로 겪은 끔찍한 전쟁의 기억이 마치 백지 위에 부려
> 진 먹물처럼 한 장면 한 장면 뇌리에 시커멓게 새겨져 있다가 수십 년 만에
> 다시 모교에 발을 들여놓는 순간 활동사진으로 생생히 되살아난 모양이었
> 다.(26쪽)

작가는 "반세기 가까이 내 내부의 감옥 안에서 갇힌 채 무기징역을 사
는 것들"(작가의 말)이 있었고 그것이 바로 '6·25를 전후한 어린 시절
의 기억들'이라고 고백한다. 그런 만큼 이 소설은 "그 나이에 이르도록
산전수전 다 겪어 할 말들이 무진장"일 늙다리 동창생들이 "다른 화제
다 제쳐놓고 약속이나 한 듯이 너도나도 오로지 전쟁이야기에만 매달리
는" 것으로 구성되어 있다. 작중 소설가로 소개되는 작가를 통해서 6·
25는 다음과 같이 회상되고 있다.

> 그 무렵에 유약허고 무력한 존재에 지나지 않았던 우리 어린애들은 한편
> 으로 전쟁이란 괴물한티 쫓기고 밤마다 가위눌리는 악몽에 시달리면서도
> 다른 한편으로는 어른들이 몰르는 호젓헌 구석에 숨어서 그 전쟁을 우리 방
> 식대로 만판 즐긴 심이지. 말허자면 한몸땡이 안에 순진무구헌 동심세계허
> 고 발랑 까진 악동 세계가 의초롭게 공존허던 시절이었지.(300쪽)

당시는 동심세계와 악동세계의 공존, 공유가 가능했던 만큼, 빨갱이든 국군이든, 무등병이든 장군이든 상관이 없던 시절, 빨갱이와 악질 부르주아의 딸도 아주 친한 친구였던 시절이다. 「개비네 집」에서 이진원이 회상하는 이웃집 명주 누나는 좌익으로, 친구인 금옥이 누나를 "소문난 악질 뿌르좌지 딸로 태어난 죄말고는 흠잡을 디 하나 없는 아주 양질 인간"이라고 좋아하면서 이진원과 둘을 의남매로 이어주었다. 전쟁이 나면서 천일표 고무신집 딸인 금옥이 누나는 피난 간 후 이내 돌아오지 않았고―일본으로 밀항을 했을 수도 있다― 빨갱이에 빨치산으로 활동했던 이웃집 명주 누나는 결국은 가족들까지 지리멸렬하게 만들고 사라졌다. 그들의 후일담을 얘기하면서 이제는 고등학교 미술교사가 된 이진원이 절레절레 도리머리를 하면서 토해낸 생각에서 당시 6·25의 허무한 의미를 되새기게 된다.

> 뭔가 이득을 취하기 위해 벌이는 것이 전쟁일텐데, 6·25를 통해 어느 쪽도 이득을 취하지 못했다. 그 점을 이진원은 음울한 어조로 밝혔다. 서로 이해를 달리하는 두 진영에 속해 있던 금옥이누나와 명주누나 두 사람 다 똑같이 불행해진 결과를 도무지 이해할 수 없다. 금옥이누나가 불행해지면 명주누나가 행복해지고, 명주누나가 불행해지면 금옥이누나가 행복해지는 것이 원래 전쟁 목적에 어울리는 정상적인 결과 아니겠는가. 당최 모를 일이라며 이진원이 거푸 중얼거렸다.(200쪽)

이런 식의 전쟁에 대해 느끼는 허무감은 9편의 이야기 전편에 일관되고 있는 소박하면서도 절실한 느낌이다.

그런데 이렇게 도무지 알 수 없는 전쟁에 대한 추억과 이들이 "파적거리 삼어서 동창들찌리 주고받은 하룻밤 회고담이 결과적으로 아까운 친구 목숨 하나를 살려낸 심"(309쪽)이 된다. 그 하룻밤 회고담은 "눈 앞이

캄캄헐 적에 빛을 주고 갈급헐 적에 물을 주고 기진맥진헐 적에 기운을
주는 마법상자같은 보물"(309쪽)이 되어 일종의 의식처럼 이들을 순화,
정화시켜주어 누군가를 '바웃뎅이 같은' 무거운 짐에서 벗어나게 하는
것이다. 귀향길에서 "어쩌면 모두들 깜짝 놀랄 일이 생길지도 모른다"
던 인철은 상경길에서 사실은 자신이 자살을 계획했었음을 밝힌다. 죽
으려고 갖고온 수면제를 고향 선산에다 묻어 버렸다고 고백하는 인철은
그 홀가분함을 이렇게 표현한다.

> 뭐랄까, 세상 때에 찌든 더러운 몸뚱이를 맑은 개울물에다 깨끗이 빨래하
> 는 기분이었어. 우리한테도 그렇게 순수한 시절이 있었다는 게 믿어지지 않
> 을 정도였어. 오래간만에 나 자신을 되돌아볼 수 있는 좋은 기회였어.(300쪽)

"열살 안팎 어린 시절 그 순수헌 기분으로 되돌아가서 새 출발을 허고
싶"다는 인철을 통해, 전쟁이 50여 년의 거리를 두고 거기서 생긴 연륜
과 여유를 통해 현재의 상처를 치유해주고 있는 것을 볼 수 있다.

여기서 그들이 사용하는 사투리에 주목할 필요가 있다. 그들의 말은
고향이 가까워 올수록 '고향 사투리'가 부쩍 더 심해져 "처세를 위해 나
름대로 익혀 써먹어온 서울말 흉내도 깡그리 잊은 채 그들은 어느 겨를
에 소싯적에 놀던 웅덩이같은 고향 사투리 속에 풍덩 빠져 멱까지 푹 잠
겨 있는 꼴이었"(26쪽)다가, 상경길에는 고향 사투리에서 슬금슬금 도로
서울말로 바뀌기 시작하더니 "서울이 점점 가차워지면서 서울말 숭내는
점점 더 우심혀지고"(309쪽) 있다. 그와 대조적으로 내내 서울말만 쓰던
인철이 다른 친구들과는 정반대로 "갑째기 서울말 숭내를 버리고 고향
사투리를 주절주절 입에 달기 시작허"(309쪽)는 것은 매우 중요한 의미
가 있다. 상경길에 인철이 이번 고향 방문을 통해서 "인생을 짓누르던

바웃뎅이 같은 짐을 벗어던진 기분", "족쇄가 풀려서 훨훨 널러갈 것같
이 홀가분헌 기분", 가면을 쓰고 살면서 "노상 불편허기만 혔는디 인제
는 십년 묵은 체증이 싹 풀린 것 같"(310쪽)다고 고백하는 것은, 인철이
비로소 과거와 화해하게 되는 것을 사투리를 통해서 구체적으로 보여주
기 때문이다. 사투리가 "과거를 불러내는 주술의 언어이며 그 과거 속으
로 길을 여는 열쇠"[14]로 작용하는 것이다. 이 작품의 덕목은 어린 나이
에 겪었던 전쟁의 끔찍하고 무차별적인 폭력성을 회상하면서도 그것이
씻김굿처럼 갈등과 상처를 해소시켜 끝내는 현재의 시점에서 일정한 거
리 두기를 통해 화해로 나아가고 있다는 점이다.

4. 기억, 사실과 허구의 혼효를 통한 가족 찾기
　　－김용성의 『기억의 가면』

　가족 찾기와 상봉이 대개 직계 친족인 아버지 찾기에서 형제나 삼촌
의 영역으로 다변화되고 있는 가운데 김용성의 『기억의 가면』[15]에서는

14　정호웅, 「원혼의 한을 푸는 신성의 언어」, 『소라단 가는 길』 해설, 316쪽.
15　『기억의 가면』(문학과지성사, 2004)은 작가가 "6·25전쟁에 관한 한, 1961년 데뷔작인
　　『잃은 자와 찾은 자』와는 대척적인 자리에 놓이면서 동시에 짝을 이루는 작품으로 형
　　상화하려고 의도했다"(작가의 말, 367쪽)고 밝혔다. 작가의 등단작인 『잃은 자와 찾은
　　자』는 1961년 한국일보 현상장편소설 당선작으로서 6·25 당시의 서울과 전시상황 등
　　전쟁의 생생한 장면을 기록하고 있다. 여기서 파리 유학 중 6·25 전쟁이 일어났다는
　　소식을 듣고 바로 귀국－귀국하기도 쉽지 않은 경로를 거쳐야 했다.－ 자진 입대하는
　　허준의 과거 출생 내력, 일본인 생모, 소설가 지망생 등등이 『기억의 가면』에서 같은
　　내력을 가지고 생모와 삼촌을 찾으며 실제 소설가가 된 진성으로 이어지고 있다. 소설
　　의 제3장 베트남 전쟁 부분은 본 논문의 주제에서 벗어나 있으므로 논의에서 제외하
　　며, 논문에서 인용문은 해당 면수를 인용문 뒤에 명기하는 것으로 대신한다.

6·25 때 의용군으로 나간 삼촌의 행적을 찾아서 일본과 중국, 브라질까지 감으로써 그 영역이 남미까지 확대되고 있다.

이 작품에서 주인공이자 소설가인 진성은 자신이 태어나 어렸을 때 자란 곳인 일본의 고베를 찾아간다. 일본 유학생이었던 아버지는 고향에 아내를 둔 상태에서 일본인 여성과 가정을 이루면서 진성과 누이를 두고 나름대로 행복하게 살았으나 대동아전쟁 때 폭격으로 사망을 한다. 그리고 이내 해방이 되면서 고향의 할아버지가 진성만 한국에 데려옴으로써 일본인 생모와 누이동생과는 생이별을 하게 되었던 터였다.

> 진성이 고베에 가는 목적은 두 가지였다. 하나는 그가 태어난 생가를 찾아보는 것이고, 다른 하나는 조선이 해방되던 해 일본에 잔류해버린 생모와 누이동생을 찾아보는 것이었다. 그것들은 모두 그의 근원인 자궁과 관련되어 있는 것이었다. (17쪽)

주인공 진성에게는 일본 고베에서 출생하여 해방되면서 귀국한 작가의 개인사가 투영되어 있다. 아울러 소설 속에서 진성이 쓴 중편소설 「잃은 자」는 작가의 등단작인 『잃은 자와 찾은 자』를 말하며 진성이 연재했던 "이미 작고했거나 전쟁통에 행방불명이 된 문인의 생애와 작품을 르포처럼 다룬 「문학의 고향」"(27쪽)[16] 또한 작가가 실제로 신문에 연재했던 만큼 자전적인 면이 그대로 반영되어 있다.

다음과 같은 대화는 이 작품을 쓴 작가의 의도와 배경을 보여주고 있다.

---

16 작가는 한국일보에 인용 내용과 같은 성격의 탐방기를 연재, 후에 『한국문학사탐방』으로 발간했다.

"선생님이 쓰신 '나'라는 글을 읽어보니, 전쟁에서 겪은 체험 때문에 강박관념에 시달리고 계시다는 것을 알겠더군요. 유년기에는 이른바 대동아전쟁 때 미군의 폭격으로 어린 가슴이 멍들었고, 소년기에는 6·25 전쟁으로 삼촌이 행방불명이 되는 아픔을 겪었고, 청년기에는 베트남전에서 전쟁의 잔인성을 깨달았다는 그 고백 말이에요."(26쪽)

작가는 이 소설이 "전쟁터에서 억울하게 희생된 영령들에게 바치는 묘비명이자 살아남은 자의 참회록"(368쪽)이라고 밝히면서 독자들의 반응을 궁금해 했는데, 그런 의미에서 제1장 말미에서 오누이가 화해하는 장면은 이 시대를 이겨내고 살아온 사람들이 가야 할 방향을 보여주고 있다. 진성이 일본에서 사람을 찾는 광고를 내어 여동생을 만났을 때 그녀는 철저하게 일본인으로 살아왔던 터였다. 그러나 진성이 동생으로서 안아줄 때 진성은 "그 순간, 그의 피는 역류하며 어떤 피는 빠져나가고 또 어떤 피는 그의 몸속으로 들어오는 것을 느꼈"(74쪽)고 그 순간 그녀의 얼굴에서도 수심이 사라지고 평온한 기운이 은은하게 퍼져가는 것을 볼 수 있었는데 그런 과정에서 그들의 아픔은 치유되는 셈이기 때문이다. 여기서 진성과 그녀가 오누이 간임을 증명해주는 사진은 이 작품에서 중요한 문학적 장치로 작용한다. 삼촌의 생일 기념으로 일본에서 형 가족과 함께 찍은 이 사진을 진성(할아버지 쪽), 누이(생모 쪽), 그리고 삼촌 자신이 나누어 가짐으로써 수십 년 지난 후에도 그들의 관계를 확인, 복원시켜주고 있기 때문이다. 일본에서 누이를 만난 후, 진성은 6·25 때 의용군으로 나간 삼촌의 행적을 찾아 브라질까지 가게 된다.

제2장은 브라질 상파울루를 중심으로 이야기되고 있다. 브라질 상파울루에 살고 있는 거제도 포로수용소 출신 허정민은 포로수용소에서 제

3국을 택한 경우[17]인 이른바 '중립국 포로'로서 인도를 거쳐 브라질로 와서 브라질 여자와 결혼하고 정착한 인물이다. 그는 6·25 전투에서 한쪽 다리를 잃었고 왼쪽 얼굴마저 심한 화상으로 망가져 극심한 불균형을 이루고 있었다. 허정민이 6·25 전투에 참여하게 된 사정은 다음과 같다. 그는 중국 하얼빈 가까운 시골에서 태어난 조선족이었다. 23세가 되던 1949년까지 고향에서 농사를 짓다가 조선족 청년의 모병에 지원, 무단장(牧丹江)에서 한 달간 다른 조선족 청년들과 훈련을 받고 선양(瀋陽)을 거쳐 조선 땅으로 가게 된다. 조선족이지만 분명 중국 군인으로서 중국 인민해방군이었으나 하루아침에 북조선의 인민군으로 탈바꿈하게 되는데 배속된 부대[18]에서는 중국말은 절대로 사용해서는 안 되고 중국 돈도 다 써버리고 철저하게 조선인으로 행동할 것을 지시받는다. 그들은 중국 군인으로서 조선의용군의 존재 의미도 알지 못했으나 모택동, 스탈린, 김일성 간에 얽힌 당시의 국제 정황에 의해 알지 못하는 새에 조선인민군[19]이 되고 6·25 전쟁의 회오리바람에 휘말려 드는 것이다.

---

17 제3국을 택한 「광장」(1960)의 이명준은 인도로 가는 도중 타고르 호에서 바다로 뛰어들어 자살을 한다. 그런 인물은 그 전에 이미 박영준의 「용초도 근해」(1957)에서 그려져 있다. 당시에 제3국을 택했던 인물들 중 상당수가 중남미 등으로 이주해 갔다. 1988년 올림픽 이후 '한민족 리포트'(KBS TV 프로그램) 류의 프로에서 그들에 대한 특집을 한 바 있다.

18 제6사단을 말한다. "북한군 제6사단은 일종의 '비밀병기' 였다. 김일성이 전쟁을 일으킬 때 부산을 측면 공격해 단번에 한반도를 적화통일 하기 위해 준비한 회심의 카드였다. 제6사단은 북한군 내에서도 정예부대로 통했다. 이 부대 병력은 전원 중공이 국공내전을 통해 정권을 장악할 때 뛰어난 전투력을 발휘한, 전투경험이 풍부한 '조선의용군들' 이었다. 제6사단의 임무는 빠른 속도로 호남을 장악한 뒤, 진주와 마산을 거쳐 부산을 기습 공격하는 것이었다."('나와 6·25', 「조선일보」, 2010. 4. 15)

19 작가는 일본 「적기(赤旗)」지 기자로 평양 특파원을 지낸 바 있고 미국 워싱턴의 각 기관에 소장되어 있는 총 160만 쪽에 해당하는 북한 탈취 문서를 2년 8개월 동안 세 번이

그는 우연히 읽게 된 진성이 쓴 소설, 중편 「잃은 자」의 첫 장면이 (진성의 삼촌인) 문수에게서 들은 인민군에 자원하게 된 동기와 부합되는 것을 보고 진성에게 삼촌의 존재를 알리기 위해 연락을 하게 된다. 편지를 보내고 국제전화까지 하여, 삼촌의 소식에 목말라하던 진성은 결국 브라질까지 가게 된다. 허정민은 편지에서 중상을 입은 삼촌을 후퇴하면서 지리산 자락 외딴 빈집에 버리고 그의 소지품을 챙겼다는 것, 그 소지품 가운데 하나가 바로 동봉한 가족사진[20]이라는 것을 밝힌다. 브라질까지 찾아온 진성에게 준 허정민의 수기에는 진성이 찾는 삼촌인 문수와 만나게 된 전쟁터의 이야기부터 당시의 이야기가 기억에 의해 자세하게 묘사되고 있다.

작가는 기억에 의해 묘사된 부분을 그 당시의 사건이나 상황과 연결된 다른 회고담이나 실록 등을 통해 재확인 시켜주고 있다. 말하자면 이 이야기가 허구가 아닌 사실이었음을 강조하고 있는 것이다. 예를 들어 인민군이 서대문 형무소를 해방시킨 장면은 진성의 소설에서 어린 소년의 눈에도 매우 인상적으로 묘사되고 있고 더구나 그 장면에서 삼촌은 가족을 두고—조카의 손을 놓고— 홀연히 그 대열에 합류하는 것으로 묘사되고 있다. 공산주의 사상에 물들어 있던 삼촌 또한 그 순간에 감격하면서 의용군으로 나가게 되는 것이다.

나 통람했다는 하기와라 료의 『조선전쟁』(『문예춘추』, 1998, 211~212쪽)을 인용—제6사단은 조선계 중국인 부대다—하여 이런 설정이 사실이었음을 증명해 보이고 있다.

20 앞에서 밝힌 대로 여기서 가족사진은 제1장에서 주인공 진성과 일본에 있는 생모와 누이를 이어주는 문학적 장치로 작동되고 제2장에서는 삼촌이 지니고 있던 유품으로 진성으로 하여금 삼촌임을 확인하게 해주는 역할을 한다.

인민군이 서대문 형무소를 해방시킨 장면이 삼촌에게는 그토록 매혹적이었을까. 그 자신이 소설에서 쓴 것이나 삼촌이 간직하던 장면은 실상에 대한 기억이 아니라 한갓 머릿속에서 지어낸 허구는 아니었을까.(87쪽)

기억에 대한 이런 의구심을 작가는 고지마 노보루의 『한국전쟁』(종로서적, 1981, 82쪽)에서 자료를 통해 확인하는 식으로 사실임을 증명하고 있다. 허정민에게 전쟁 당시의 상황 이야기를 들으면서 진성이 받은 인상 또한 허정민이 "그의(자신의) 수기와 이야기가 허구가 아니라 사실이라는 점을 강조하고 싶었던 것"(129쪽)이라고 느끼는 부분과 일치하고 있다. 사실 그것은 작가의 기본 의도이기도 하다.

순수 기억의 사실을 언어로 기억한다는 것은 창조적인 의미에서 허구적이다. 그러므로 나는 『기억의 가면』에서 사실과 허구를 구분하지 않으려고 했다. 나는 나를 억압하던 기억들을 되살리고 영혼의 비명이라 할 수 있는 많은 기록들을 인용하고, 작중 인물의 허구적 수기 또는 회고담을 소설화하거나 죽은 자가 말을 하는 이상한 소설을 끼워넣기도 하면서, 될 수 있는 한 그럴듯한 이야기를 만들어내려고 온갖 상상을 해보며 그에 걸맞는 여러 가지 형식을 동원해 보았다.(「작가의 말」, 367쪽)

이러한 작가의 생각은 진성을 통해 그대로 드러난다. "어차피 이야기란 진실로 위장된 기억의 가면을 쓰고 진행되기 때문에 허구"(196쪽)라는 생각을 하면서 진성은 삼촌 이문수를 주인공으로 한 소설을 구상한다. 그런데 브라질의 허정민은 진성과 헤어지면서 삼촌이 살아있을 수도 있다는 가능성에 대해 넌지시 언질을 준다. 그들(삼촌과 허정민)과 같은 부대 출신인데 포로 교환 때 남한을 택했다가 1970년대 후반에 브라질로 이민 온 친구에게 들은 이야기를 전해주었기 때문이다. 그가 고향인 중국에 갔

다가 연길에서 같은 부대 출신 친구를 만났을 때 그 친구가 "이아무개라
는 분대장을 앞에 세워놓고 부상한 몸으로 혼자서 사선을 넘어온 그의 영
웅적 행동을 극구 칭찬"(147쪽) 하는 것을 보았고 후에 그 이아무개가 중
공군 쪽의 통역관으로 차출되었다는 소문을 들었다는 것이다. 진성은 그
말을 전해준 사람을 찾아 중국에서 그 말을 해준 친구의 소재지를 알아내
고 투먼 쪽에서 살고 있는 오진혁을 찾아가게 된다. 오진혁 또한 확실하
게 기억하지 못하지만 진성은 그가 말한 사람이 삼촌이라고 확신한다. 중
국에서 진성이 삼촌을 찾아 가는 행적을 보면 옌지(延吉)―투먼(圖們)―하
얼빈, 빠옌(巴彦)―하얼빈―투먼―옌지로 돌아오는 여정인데 하얼빈과 가
까운 빠옌에서 드디어 전쟁 때 113사단 련장으로 지냈다는 중국 노인에
게서 삼촌이 고급 번역원이었다는 소식을 알게 된다. 이렇게 진성이 삼촌
의 행적을 찾는 동안 그가 만난 사람들의 기억이 때로는 확실하지 않아도
그 기억에 의존할 수밖에 없음을 진성은 이렇게 토로한다.

> 물론 분명한 물증은 없다. 그러나 유추할 근거는 되지 않는가. 인간의 기
> 억은 사실에 근거를 두고 말한다 해도 그 기억의 참과 거짓은 자의적으로
> 얼마든지 뒤바뀌어 질 수 있다.(184쪽)

여기서 '기억의 참과 거짓이 자의적' 이라는 이 부분은 이 소설의 의
도이자 동기이며 소설을 이끌어나가는 중요한 키워드라 할 수 있다. 사
실 기억을 언어로 표현한다는 것의 지난함을 경험한 사람들은 그것이
단순한 기억의 차원이 아니라 사실은 창조의 영역이라는 것을 안다. 기
억을 기억으로만 기록하면 그것이 사실이 아닐 것 같은, 혹은 사실이 아
닐 수도 있다는 인상을 자타에게 주기도 한다. 따라서 그 기억이 사실이
었음을 증명하는 다른 자료들이 필요하다. 이 소설에서 작가가 사용하

고 있는 방법이기도 하다. 기억을 기억으로 기록함으로써 만들어지는 허구를, 단순한 허구가 아닌 사실로 증명해주는 실제의 회고담과 사료들을 동원함으로써 작품은 사실과 허구가 혼효되어 허구도 사실 같고 사실도 허구 속의 한 부분처럼 각인된다. 그런데 그게 우리들의 삶일 수 있다는 부분에 이 소설은 주목하고 있는 것이다.

이 소설의 또 다른 덕목은 거제도 포로수용소에서 제3국을 택했던 역사적 사실 속의 개개인들의 삶이 허정민을 통해서 우리들 앞에 드러나 보여지는 것이다.

> "포로 교환 때 북한을 택했다면 영웅 대접을 받으며 잘 살았을 게요. 하지만 난 북한으로 가지 않았소. 그렇다고 남한에 남아야 했을까? 그때 내 머리에 무슨 이념이 있었던 것은 아니었소. 오직 한반도에, 그리고 전쟁에 대한 지독한 환멸밖엔 아무것도 남아 있는 게 없었으니까."(100쪽)

그는 자신이 '소모품'이었고 "김일성과 스탈린과 모택동과 이승만과 트루먼과 에치슨과 맥아더가 벌인 정치놀음이 어떤 것인지 전혀 모른 채 전쟁터로 내몰린 억울한 희생자"(118쪽)였음을 토로한다. 그러나 그들, 정치놀음의 당사자들 또한 자신이 벌인 전쟁이 어떻게 전개될지, 얼마나 집단을 몰살시키고 개인을 희생시킬 줄을 알았을까? 전쟁이란 그런 것이다.

진성의 삼촌 또한 전쟁에 대해서 회의하는 것으로 그려지고 있다. 이문수를 주인공으로 하는 1인칭 소설에서 "나는 그즈음 나 자신을 전쟁터에 내던지고 싶었다. (…중략…) 누가 그것을 가리켜 허무주의라고 해도, 또는 비관주의라고 해도 괘념치 않겠다. 나는 모험을 하고 싶었다. 모험은 호기심에서 유발되기도 하지만 불행하다고 느낄 때 발휘되기도 한다. 나는 도대체 무엇인가."(213쪽)라고 전쟁에 대해서 회의하는 것이다. 전쟁을 겪으면서 전쟁의 종착지에서 갖게 되는 것이 전쟁에 대한 지독한 환멸과 회의임을 보여주고 있는 것이다.

현재의 시각에서 6 · 25를 바라보는 이 소설의 의미는 흔히 중공군의 개입이라고 하는 중국군의 한국 출병뿐 아니라 개전 초기부터 조선족 출신의 중국 군인이 중국 인민해방군에서 하루아침에 북조선의 인민군으로 탈바꿈하여 동원되었던 사실의 설정, 남조선 출신의 의용군(삼촌 문수)이 중국 조선족 출신의 6사단—그들은 남조선과 싸울 것이란 그 어떤 언질도 받지 못하고 오로지 군대 메커니즘에 따라 싸운 김일성의 무보수 용병이다—에 배치됨으로써 가속된 비극, 포로수용소 출신이 제3국을 택하여 브라질에 정착하고 있는 사실 등 그동안 거의 다루어지지 않고 있던 6 · 25 관련 소재들이 소설 속에서 살아 움직이고 있다는 사실이다. 그만큼 6 · 25 배경 소설의 영역을 확장시켜주고 있는 것이다. 아울러 기억을 기억으로 기록하여 만들어지는 허구가 허구 이전에 사실이었음을 증명해주는 실제 회고담과 사료들을 동원함으로써 사실과 허구의 경계를 넘나들고 있다.

삼촌의 아들, 진성의 사촌을 만나게 되는 부분처럼 이 소설에서 중요한 전기에 사용되고 있는 우연의 설정에 대해서는 "어떤 사안이 앞뒤가 맞지 않아 객관적으로는 도저히 납득할 수 없거나 믿을 수 없는 경우가 있을 수 있지만, 그런 경우라도 때로는 직감이라는 게 작용하여 객관적 판단을 무위로 돌리게 되는 수도 생긴다"(225쪽)는 작가의 표현에서 도움을 받을 만하다. 때로는 현실이 소설보다 훨씬 소설적일 때가 있다는 의미의 변주로 해석할 수 있기 때문이다.

5. 나오며

6·25 전쟁은 우리 민족에게 여전히 진행 중인 커다란 상처이지만 역설적으로 우리 문학의 거대한 보고(寶庫)로서 한국 서사문학의 무궁무진한 자원이 되고 있다. 특히 소설에서 전쟁의 기억과 그로 인한 상처를 극복하기 위한 시도는 지금까지 매우 다양하게 진행되어 왔다. 전쟁 자체를 적나라하게 그리고 있는 전시소설부터 사회비판소설, 성장소설, 관념소설, 전쟁으로 인한 가족의 이산과 그들의 재회, 혹은 상봉을 그리고 있는 소설 등 여러 형태의 소설들이 궁극적으로는 전쟁으로 인한 상처를 넘어서 화해를 추구하고 있음을 알 수 있다. 여기서 가족 찾기 소설은 남북 이산가족의 상봉이라는 제도적 절차의 바깥에서 주로 그려지면서도 민족사의 상처와 더불어 역사, 사회적 환경 변화에 따라 그 형상화의 내용이 필연적으로 변해 왔음을 보여주고 있다. 예를 들어 이념의 냉전시대에는 이산가족의 만남 자체가 거의 불가능했던 만큼 남파 간첩으로 내려 와서 혹은 제3국에서 부모 자식 간의 만남을 시도[21]하는 정도였으며, 본격적인 가족 상봉을 그린 소설[22]이 나타나는 것은 1988년 해금이 된 이후 1990년대부터라고 할 수 있다. 그런데 6·25 때 월북한 당사자들이 자신의 월북에 대해 사회주의 사상 때문이든 여인과의 사랑의 도피행이든, 월북 자체를 표면적으로 부정하지는 않는 것으로 그려져

---

21 정소성의 「아테네 가는 배」, 홍상화의 「어머니 마음」에서는 아들이 무리해 가면서 아버지를 만나고자 하고, 최윤의 「아버지 감시」에서 아들은 매우 무덤덤한 상태에서 파리까지 찾아 온 아버지를 맞고 있다.

22 홍상화의 『우리집 여인들』에 수록되어 있는 작품들이 여기 해당하는데 1988년 서울 올림픽을 계기로 월북문인이 해금되고 중국, 소련 등 공산권 국가와의 교류가 활발해지면서 1990년대 이후에 비로소 발표되고 있다.

있다.[23) 그러나 무언중 드러나는 회한을 통해 자신들의 과거를 자랑스러워하지 않는 분위기를 느낄 수 있다. 이후 남북 이산가족 찾기와 만남이 어떤 형식으로든 제도적 장치의 틀에서 이루어지는 현재에 이르면서, 또 중국과의 수교 이후 조선족 자치구가 있는 연길, 도문 같은 곳은 이산가족들의 비공식적인 만남의 주요 공간이 되고 있다.

본고에서 대상으로 한 『소라단 가는 길』과 『기억의 가면』은 전쟁에 관한 기억의 두 가지 양상으로도 고구할 만하다. 『소라단 가는 길』이 초등학교 시절을 공유하고 있는 동창들이 지극히 개별적인 개개인의 6·25에 대한 기억을 재미있게 희화적으로 그려 개인적인 차원의 기억으로 한정했다면—그러나 그래서 더 비극적인 효과가 극대화되기도 한다—『기억의 가면』은 전쟁에 대한 한 개인의 기억과 그와 연결되는 사람들의 기억을 통해 민족적인 비극으로 자리매김하면서 그 영역을 전 세계적으로 확장하고 있기 때문이다.

『소라단 가는 길』에서 전쟁은 50년 이상의 시간적 거리를 넘어서는 회상을 통해서 갈등과 상처를 씻김굿처럼 해소시켜주고 있는데 여기에는 시간적 거리만큼 넉넉해진 여유도 바탕에 깔려 있음을 볼 수 있다. 『기억의 가면』과 같은 가족상봉소설이 지향하는 공통점은 가족 간의 화해와 휴머니즘적 자세[24)로 수렴된다. 사실 가족은 체제나 이념을 넘어

---

23 프랑스에서 근무 중인 아들이 북한에서 온 아버지를 만나게 되는 최윤의 「아버지 감시」에서 그려진 아버지의 모습은 가족에게 남겨진 자신의 망령을 없애기를 바라면서 파리의 '코뮌 병사들의 벽' 앞에서 '자기 같은' 공산주의자들이 밟았던 길을 정리하고자 한다. 홍상화의 「어머니 마음」에서 위해에서 겨우 만나게 된 아버지는 월북에 대해 회한의 모습을 보이고 있다.
24 남북한 소설, 중국 조선족 소설 등을 망라한 가족상봉소설의 공통점이다.

서 어떤 가치보다 우위에 놓여 있는 인간관계인 만큼 혈육의 의미 강조
는 그 인간관계의 복원과 화해를 강력하게 추구하는 것이다. 대동아전
쟁, 6·25 전쟁, 베트남 전쟁 등 일련의 '전쟁'을 겪으면서 강박관념 속
에서 피폐한 인간이 된 진성이 생모의 생사를 확인하고 삼촌의 행방을
추적하려 했던 것은 "온전한 인간으로 되돌아가려는 열망이 빚어낸 처
절한 몸부림"(279쪽)이었던 만큼, 탐색과 추적을 통해 이를 해소시킴으
로써 비로소 만남과 화해의 씻김굿을 할 수 있었던 것이다. 그리고 바
로 이 부분에서 통일의 과제를 안고 있는 우리 민족이 공동으로 지향해
나가야 할 덕목과 방향을 찾을 수 있다.

여행소설에 나타난 상상력의 구조 변화

— '아버지 찾기'를 중심으로

1. '아버지 찾기'의 방법 – 여행소설

6 · 25를 전후한 현대사의 상처는 인간 생존의 가장 기본이 되는 가족이 훼손되면서 가족의 해체를 가져왔다. 그로 인한 가족 헤어짐이 '가족 찾기와 만남'이라는 명제로 이어져야 하는 것은 자연스럽고도 당연하다. 그러나 이 부분은 아직도 진행 중인 우리 민족의 커다란 정신적 상처[1]로 남아 있으니, 여전히 남북 이산가족 찾기와 만남이 소망인 많은 사람들은 근래의 남북 화해 분위기에 힘입어 어떻게 그 만남의 대열에 한 발 끼기라도 해 볼까 전전긍긍해 하고 있다. 2000년 여름 남북 정상 회담을 전후한 이산가족의 만남은 전쟁이 끝난 지 50년이 되어 가는 현 시점에서도 그 아픔이 결코 가벼워지지 않았음을 웅변적으로 증명하고

---

1 우리 민족의 정신적 상처는 일제 강점기와 뒤이은 6 · 25, 그리고 분단의 지속으로 인해 아직도 진행형으로 남아 있다. 고향 상실을 주제로 한 글들이나 만주 등지로 헤매는 유이민들의 삶에 대한 글들, 귀향을 다룬 글들, 그리고 6 · 25 전쟁 자체를 다루는 많은 글들과 이후의 이념적 갈등과 그 피해를 그린 글들 모두 이런 우리 민족의 정신적 상처를 그린 것이다. 분단문학과 통일문학 또한 그 연장선에 있음은 물론이다.

있다. 월북한 아버지와 그로 인한 남은 가족들의 신산한 삶이 그려진 많은 소설들 속에서 적극적으로 아버지를 찾아 나서는 '아버지 찾기'라는 명제가 주제가 되어 있는 비교적 최근의 작품들을 볼 때 흥미로운 현상을 볼 수 있는데 우선 '아버지 만나보기'의 공간이 남도 북도 아닌 제3국으로 되어 있다는 것이다. 이것은 남쪽과 북쪽의 왕래가 단절되어 온 50년 이래의 역사를 볼 때 당연한 일이겠지만, 이들의 이국에서의 삶이 방랑과 향수라는 우리의 동경을 만족시켜 주는 게오르그 짐멜 식의 낭만이 바탕에 있는 것이 아니라 존재의 중심인 집과 고향을 떠난 생존과 일종의 도피라는 실존적 고뇌가 바탕에 깔려 있다는 것이다. 그 공간은 구체적으로 파리와 아테네, 그리고 연길이다. 유럽은 과거 동구권과의 자유로운 왕래로 인해 북한과 연결되는 무대가 될 만하고, 중국도 한중 국교 수교 후 북한과의 모든 왕래의 중심이 되고 있으며 특히 연변 쪽은 북한과의 거리가 가깝고 조선족들이 많이 거주하는 관계로 남북한이 빈번하게 교류하는 공간이기도 하다.

이렇게 소설의 배경이 외국이 되면서 등장인물들은 한국을 떠나서 사건의 중심지가 되는 해당 외국으로 여행하는 양상을 띠게 된다. 이 글의 제목이 '여행소설에 나타난…'[2] 식으로 된 소이이기도 하다.

소설에서 그려진 아버지 찾기[3]와 만남의 과정은 재미있게도―당연하지만― 시대의 변화에 따라, 무엇보다도 정치적 상황의 변화에 따라 그

---

2 '아버지 찾기'에 초점을 맞춘 것은 아니지만 1990년대에 많이 나타나고 있는 여행소설에 대한 연구가 발표된 바 있다. (김경수, 「1990년도 여행소설의 한 특징」, 『소설, 농담, 사다리』, 역락, 2001)

3 이러한 '아버지 찾기'의 소설들은 부계문학에 속하는 것으로 볼 수 있다. 부계문학이 핏줄을 전제로 한다는 점 때문이다.

양상이 조금씩 달라진다. 물론 변함이 없이 끈질기게, 한결같이 그려지는 부분도 있는데, 아내의 기다림이 그 한결같음의 대표적인 모습이다. 정소성의 「아테네 가는 배」(1985년 동인문학상 수상작)는 제목에서 알 수 있듯이 파리 유학생이 아테네 쪽으로 여행하는 과정에서 일어난 일들을 그리고 있는데 '아버지 만나기'는 시도로 그치고 있고, 최윤의 「아버지 감시」(1990)는 파리에서 유학하고 그곳에서 연구원으로 자리 잡은 한국 청년의 '아버지 만남'이 주요 이야기이고, 이문열의 「아우와의 만남」(1994)은 주지하다시피 중국 연길에서 이미 돌아가신 아버지를 만나지 못하는 대신에 '북쪽에서 온 아우와의 만남'을 보여주고 있다. 몇십 년만에 처음 만나보는 형제는 혈육의 정과 동시에 체제 간의 갈등을 보이지만 결국은 혈육의 정이 앞서면서 화해의 가능성을 강조하고 있다. 이산가족들의 만남 혹은 그 시도가 아직도 활발하게 이루어지지 못하고 있는 우리의 현실에서 이 세 작품 속에서 그려진 만남의 모습들을 통해서 통일로 가는 정지 작업의 일환으로 다양성의 획득과 인식의 확장 같은 바람직한 어떤 것을 모색해 보고자 한다. 무엇보다도 이제는 능동적 전향적으로 통일문학을 지향해야 할 때이고 분단 상황에서 빚어진 모순의 극복을 실천으로 옮겨야 할 때이기 때문이다.

2. 신화에 기댄 꿈의 구현 – 정소성의 「아테네 가는 배」

「아테네 가는 배」는 프랑스 파리에서 유학하고 있으면서 학위를 받고도 귀국하지 않고 무언가 학위보다 더 중요한 일에 몰두하고 있는 주하(舟河)라는 다리가 불구인 주인공의 사연이 아테네로 가는 여행의 과정에서 밝혀지면서 그것이 곧 주제로 이어지고 있다.

'너덜거리는 두 다리를 목발에 매달고 다니' 다가 걸핏하면 '엎질러진 물처럼' 나동그라지는 불편한 몸을 가진 주하에게는 학위보다 더 중요한 일, 생명을 내던져가며 추진해야 할 일이 있다. 북쪽의 아버지와 남쪽의 어머니가 지상의 삶을 다 할 때까지 서로 얼굴을 대해 볼 수 있는 가능성을 놓고 주하의 지팡이는 뛰고 있는 것이다. 이 작품의 배경은 올림픽이 서울에서 개최되기 몇 년 전, 그러니까 2001년 현재와는 세계사의 구도가 판이하게 달랐던 시기이다.

> 휴전은 두 나라를 이 지구상에서 가장 먼 나라로 만들었다. 너무나 멀어서 가 닿을 수 없는 나라가 되었다. 인접국가로 중공과 일본이 있으나, 중공은 공산주의 국가로 우리와 외교관계가 없으며 일본은 북한과 외교관계가 없다.[4]

작품이 쓰인 시기에서 바라본 당시의 국제관계인데 이제는 낯설기만 한 국가명인 중공이라는 이름으로 불렸던 중국은 이미 우리와는 외교관계는 물론이고 교역량에 있어서도 낯선 이웃이 아니라 가까운 이웃으로 자리잡고 있다. 일본은 북한과 국교는 맺고 있지 않지만 다양한 경로를 통해서 외교관계는 우호적으로 진행되고 있다. 여기에 러시아까지 고려한다면 한반도를 둘러싼 주변상황은 가히 상전벽해라 할 정도로 변했다. 그럼에도 불구하고 북한이 여전히 '너무 멀어서 가 닿을 수 없는 나라' 라는 인상은 변함이 없다. 물론 남북의 관계도 이 작품이 쓰였던 1980년대 중반보다야 괄목할 만큼 개선되었고 그사이에 6·25 발발 50

---

4 정소성, 「아테네 가는 배」, 『한국 3대 문학상 수상 소설집(1985~1988)』, 가람기획, 1998, 35쪽. 앞으로 본문 인용은 이 책의 쪽수를 인용문 뒤에 붙이는 것으로 대신한다.

주년이 되던 해인 2000년 여름에는 남북 정상회담까지 있어서 통일이 환상이기보다 가능성이 있는 것으로 가깝게 다가오기도 했다.

그러나―, 이 '그러나' 라는 부사어는 여전히 유효한 채로 자연스럽게 우리를 멈칫거리게 하고 있다. 혹시 이런저런 계기를 통해서 북한이 어떤 사람들에게는 '너무 먼' 거리가 아닌 '그냥 먼' 거리가 되었을지는 몰라도 '여전히 먼' 거리에 그것은 놓여 있기 때문이다.

북에 있는 아버지와 남쪽에서 수예점을 열고 있는 어머니를 만나게 하려는 일념을 가진 주하는 어떻게 그려져 있는가. 그는 평범하게 섞여 놀지 않아 한국인 유학생 사회에서 따돌림을 당하고 "뭔가 된통스런 인상을"(12쪽) 주고 있다. 그리고 매우 가난하다. 종교도 필요에 의해 프로테스탄트와 가톨릭 양수겹장으로 믿고 있다. 가난하고 기댈 데 없는 주하로서는 그렇게 양다리라도 걸쳐야 얻어걸리는 게 있다는 매우 타산적인 믿음을 갖고 있다. 그렇지만 그런 겉모습과는 달리 불가리아계 처녀의 사랑도 얻고 있고, 진실하고 딱한 면으로 중국 친구를 깊이 울리는 우정도 얻고 있다. 겉만 보고 알 수 없는 내면의 깊은 세계를 갖고 있는 것이다. "누구에게도 설명할 수 없는 자신만의 무엇을 가지고 있는 탓에 뭔가 빡빡하고 비밀스러운 데가 있어서 쉽게 손에 잡히지 않는"(31쪽) 느낌을 준다. 그렇게 그의 소망은 어쩐지 "더 높고 더 깊고 더 두터운 차원인 듯"(36쪽)한데 우리의 현실이 그의 소망을 비밀스러울 수밖에 없게 만든 측면이 강하다. 그런데 흥미 있는 것은 이러한 주하의 내적 소망이 감추어진 평범치 않음이 같은 민족인 한국 유학생들 사이에서는 섞이지 못하는 장애가 되는 데 비해 외국 친구들을 만나는 데는 결정적인 징검다리 역할을 한다는 점이다. 가장 고귀하고 빛나는 것은 환상 속에서나 가능하다면 한국 친구들은 환상의 불가능함을 읽는 데 비해, 외국 친구들은 그 환상 속에서 고귀하고 빛나는 어떤 것을 보았던 것 아닐까.

한편 이렇게 '현실성이 너무나 결여되어 있는' 주하의 소망이 실현될 수 있는 곳으로 아테네, 그리스가 배경이 되고 있는 것은 매우 상징적이다. 주지하다시피 그리스는 신화와 신전의 나라이다. 현실에서 이루기 힘든 꿈의 실현이 가능한 곳이 신화의 세계라면 그리스, 특히 아테네는 주하의 꿈이 실현될 수 있는 가능성이 가장 큰 곳이다. 그곳은 실화의 유적보다 신화와 전설의 흔적이 더 많은 곳이기 때문이다.

> 신화와 전설과 실화가 범벅되어 쌓인 곳에 주하는 와 있다. 종식은 주하가 자신보다 훨씬 민감하다고 느꼈다. 이 땅에는 기이하게도 실화의 유적은 그리 남아 있지 않고 신화와 전설의 흔적만이 무성할 뿐이다. 종식은 이 점을 깨닫고 있으나, 주하는 그러한 사실과 현실을 착각하는 듯한 느낌마저도 주었다.(66쪽)

주하 자체가 신화와 전설의 현실성을 주장하고 믿고자 하는 데서 어렴풋이 감지할 수 있지만 특히 주하의 어머니가 서울에서 수예점을 하며 남편을 기다려왔다는 설정은 매우 상징적이다. 아테네라는 도시는 아테나의 이름에서 온 것으로, 아테나는 지혜와 전쟁의 여신이지만 방적과 수예의 여신이기도 하다. 그리고 일생 독신으로 빈 방을 지켜 그녀가 살았던 파르테논 신전이 '처녀의 방'이라는 의미를 가졌다는데 주하는 거기서 어머니의 '빈 방'을 연상한다. 더구나 트로이 전쟁 시 돌아오지 않는 남편 율리시즈를 기다리며 베를 짜다 풀다 하면서 시간을 번 율리시즈의 아내 페넬로페를 연상시키는 대목이기도 하다. 또 주하의 어머니를 연상할 때 시모이 강이 언급되는데 시모이 강은 트로이 전쟁 때 전사한 트로이의 왕자이자 용장인 엑또르의 아름다운 아내가 망부를 추모하기 위해 트로이에서 살던 궁궐 모형을 진흙으로 만들고 궁궐 앞에 흐르던 시모이 강 모습을 손으로 파서 거기에 망부에의 그리움으로 흐르는 눈물을 뿌려 물이 괴게 했다는 강이다.(41쪽) 작가는 그녀가 나중에 엑또르의 동생과 결혼함으로써 남편에게 한 걸음 더 다가갔다는 이야기에 덧붙여 주하의 어머니가 늙은 시동생을 돌보고 있다는 사실까지 명시함으로써 두 여인의 상관관계를 강조하고자 한다.

실제로 테살로니키에서 아버지를 만나 볼 수 없음을 알게 되자 기절했던 주하는 그 만남을 주선했던 에리자베드의 할아버지에게 무언가를 전하고자 한다. 테살로니키는 비잔틴 시대에 로마와 이스탄불을 연결한 육로의 중간 지점으로 크게 융성했던 도시이며 주하가 자기의 부친을 만나기로 되어 있는 곳이었다. 주하가 부친에게 부쳐달라고 꺼낸 것은 '두 분이 함께 살았던 황해도 북단 청천강 하류 송림 땅'이 수놓아진 널찍한 천, '어머니의 시모이 강'이다. 주하(舟河)라는 이름 자체가 '강에 떠 있는 배 하나'를 뜻한다면 그는 스스로 초역사적 비현실성을 통해서 어머니와 아버지 사이를 흐르는 강을 건너서 두 사람을 만나게 하는 배 역할을 하여 또 하나의 전설이 되고 싶었는지도 모른다.

「아테네 가는 배」는 아버지에 대한 상상이 매우 순진하고 낭만적이다. 신화와 전설이 전혀 현실성이 없는 것이라면 이 땅의 수많은 신전이 무엇이냐는 절규에 가까운 주장도, 아버지가 오지 못한다는 걸 알고 기절하는 주하의 반응도 순수한 열정에서 가능한 것이다. 도대체 어머니와 자기만 남기고 북에 가 있는 의사 아버지에 대해 두 다리를 못 쓰는 핸디캡을 가진 아들로서의 갈등도 보이지 않고, 몇 해째 만나지도 못해 온 어머니에 대한 믿음도 어느 부분에서는 매우 확고하다. 그는 어머니가 아버지를 보기 전에는 '그렇게 쉽게 눈을 감지 못하실 분'으로 믿고 있다. 오로지 부모의 만남만이 일생일대의 지상 목표로, 부모의 만남을 위해서는 무엇이든 희생할 자세와 각오를 보이고 있다. 목표가 허황된 만큼 그 열망은 뜨겁고 또 맹목적이다. 당시의 시대적·정치적 상황이 그렇게 맹목적이 아니면, 또 어떤 열정(낭만)에 휩싸여 추진하지 않는다면 이런 시도는 애당초 생각조차 못할 사안이기도 했다.

「아버지 감시」에서 추상 속의 아버지와 현실적으로 만나면서 매우 엄격하게 비판적으로 보는 아들을 통해 그 갈등이 노골적으로 드러나는데 비해 「아테네 가는 배」에서는 아버지와의 만남을 오로지 열정만으로 외골수로 추진할 수 있는 것도 그 아버지가 여전히 추상 속에 존재하고 있기 때문으로 보인다.

결국 「아테네 가는 배」는 현실보다는 신화의 의미가 강조된 작품으로 당시의 여러 상황에서 현실적이고 구체적인 '아버지 찾기 혹은 만나기'는 불가능하고 신화와 상징을 통해서만 가능하다는 것을 보여 주고 있는 셈이다.

3. 아버지의 망령, 환상과 실제 – 최윤의 「아버지 감시」

「아버지 감시」[5]의 시간적 배경은 루마니아 공산정권이 무너지고 잇달아 도미노 현상처럼 동구권 국가들이 무너지는 1990년 이후이다.

아버지는 6·25 때 남한의 가족들을 두고 월북하자마자 남조선 출신이라는 성분의 불리함을 지우기 위해 다시 결혼했다. 그러나 종국에는 오랜 계획 끝에 가족들을 이끌고 중공으로 탈주할 수밖에 없었던 사회

---

5 최윤, 「아버지 감시」, 『저기 소리 없이 한 점 꽃잎이 지고』, 문학과지성사, 1992. 앞으로 본문 인용은 주로 처리하지 않고 이 책의 쪽수를 인용문 뒤에 밝히는 것으로 대신한다.

주의자다. 그런데 이번에는 중국의 가족에게는 말도 없이 프랑스 파리에서 유학하여 연구소원으로 근무하고 있는 남쪽의 막내아들을 만나러 왔고, 이야기는 불과 열흘 정도의 시간을 함께 하는 막내아들의 시각에서 파리를 배경으로 전개되고 있다.

만난 지 며칠 안 되는 아들의 눈에 비친 아버지의 모습은 매우 서글프게 묘사되어 있다.

"등 없는 의자에 구부정하게 앉아" 있는 아버지의 모습은 "목까지 칼칼하게 메어오는 야릇한 회한"을 느끼게 하면서 "그러지 않아도 이리저리 부글거리는 내 심사에 불을"(110쪽) 지르고 있다. 아버지에 대한 연민이나 회한은 결국 아버지에 대한 가늘 길 없는 애증의 표현일 것이다. 아버지는 젊은 시절 재주가 다방면으로 뛰어났고 북에서는 문화관계 서류를 담당했었다. 당시의 월북자들이 대개 그렇듯이 세 작품에서 그려져 있는 아버지의 모습은 공히 미래가 창창한 뛰어난 젊은 인텔리겐치아(intelligentsia)들이다. 「아테네 가는 배」에서 아버지는 의사이며 「아우와의 만남」에서 아버지는 농경제학을 전공한 대학 교수였다. 더구나 젊은 날의 신화만 남겨 놓고 떠난 아버지에 대한 남은 가족들의 추억이란 그만큼 미화되는 법인데다 현실이 신산할수록 추억 속에서라도 보상을 받고 싶은 것이 당연할 터이다.

「아버지 감시」의 아버지도 "어렸을 적 수없이 근사한 모습으로 장식되고 부풀어져 한때는 나를 의기양양하게 만들기도 했던 얼굴"이다. 그 가상의 얼굴은 "공회당 비슷한 건물을 가득 채운 사람들 앞에서 연설"을 하기도 하고 "이상하게도 멋진 콧수염에 검정색 두루마기를 걸치고 부드러우면서도 강인한 시선에 힘을 주어 좌중을 향해 열변을 토하고"(126쪽) 있기도 했다. 그러나 가족들에게 환상으로 심어져 있는 아버지의 모습은 그만큼 실제와는 거리가 있는 법. 현실 속의 구체적 아버지는 환상 속의 아버지-신화 속의 젊은 이하운의 모습과는 다른 모습으로, 월북 이후의 행적에 대해서는 입을 다물고 있거나 "아버지의 특기임에 분명한 그 모호한 수사법으로 늘 말머리를 돌리는"(130쪽) 식이다. 대화 중 무언가 깊이 들어갈 수 있는 부분에 와서는 "당신과는 조금도 상관이 없는 남의 집 불 보듯 하는" 태도를 보여 급기야는 아들의 속에 불을 지르고 말기 일쑤이다. 그의 말대로 환상을 깨러 온 것이라면 그 목적을 이루고 있는 셈이다.

> 아버지의 반응이 뜨뜻미지근하면 할수록 나의 머리는 점점 열이 올랐다.(123쪽)

> 새삼스럽게 어머니의 정성이 내 정성이기라도 한 것처럼 억울하게만 느껴졌다. 대체 누가 어떤 방법으로 그 덧없이 소모되어버린 고통의 대가를 보상할 수 있겠는가.(130쪽)

이러한 아들의 속도 모르듯이 아버지는 "용서할 거리가 없다고 우기는 사람을 용서하는 것이 얼마나 힘든 일인지 잘 알고 있다."(135쪽)면서 그 덧없는 고통의 대가를 보상할 의사도, 의지도 보이지 않는다.

사실 아버지가 파리로 온 것 자체가 석연치 않은 그 무엇이 있다. 평생을 기다리던 아내도 이미 죽은 마당에 맏아들이 있는 곳도 아니고 얼굴도 서로 모르고 유복자나 다름없이 컸던 막내아들이 있는 곳, 그렇다고 고향도 아닌 곳, 파리에 온 이유를 설명할 길이 없다. 물론 아버지의 말을 통해서 온 목적은 드러나 있다.

명백한 진실이란 다름이 아니라 이 구차하기 짝이 없는 나의 상황을 만든 원인은 하나부터 끝까지 아버지의 망령 탓이라는 사실이었다. (…중략…)

"아버지가 나타나지만 않았어도 어머니는 한 십 년은 더 사셨을 겁니다. 아버지 망령에 시달리느라 우리 가족 중 누구 하나 온전하게 남아 있는 사람이 있는 줄 아세요?"

(…중략…) "내가 바로 그 망령을 벗어나 보고자 이렇게 온 게 아니냐. 너희들 속에 살고 있을지 모르는 내 망령을 더 늦기 전에 없애야 할 것이라는 생각을 오래 전부터 해왔다." (132~133쪽)

아버지는 자식들에게 용서를 빌려고 온 게 아니고 가족에게 남겨진 아버지의 망령[6]이 실제와는 천양지차일 것인즉 있는 그대로의 자기 모습을 보여주고 싶어서 온 것이라고 한다. 그렇다 하더라도 막내아들에게 온 그의 선택이 납득이 가는 것은 아니다.

도대체 아버지는 뭣하러 어머니도 안 계신 그 먼 길을 여기까지 왔는지 이해할 수가 없었다. 당신이 원하시기만 했다면 형과 의논해 약간의 시간이 걸리더라도 앞뒤를 알아 보아 직접 서울의 맏이집으로 모실 수도 있었던 일이었다. 그러나 어머니가 돌아가신 것을 아시고도 애초 예정했던 대로 내게로 오시겠다고 한 것은 아버지의 선택이었다. (130쪽)

---

6 사회주의적 이상을 품은 가장들이 가족 문제로 갈등에 빠지는 것은 많은 작품에서 볼 수 있다. 그런 양상은 일제 강점기 카프소설에서 드러나다가 카프 해체 후의 전향소설에서 특히 주의자들이 가족을 위한 삶을 중시하는 것으로 그려지고 있다. 여러 면에서 볼 때 가족주의 전통은 사상운동의 차원보다 훨씬 깊은 곳에 자리 잡고 있는 것으로 보인다. (최시한, 「경향소설에서의 가족」, 『현대소설의 이야기학』, 프레스, 2000 참조) 그런 면에서 가족을 버리고 월북한 사람들에게는 본인이나 가족이나 어떤 대가나 보상을 기대하게 될 터이고 현실과의 괴리에서 그것은 망령으로 남아있을 수밖에 없게 될 것이다.

막내아들에게 온 것이 아니라 파리에 온 것이라면, 차라리 파리로의 선택이라면 — 그것은 납득이 가는 선택인가? 마지막 부분에서 아버지는 아주 무심하게 파리 관광을 하겠다며 페르 라 셰즈 공동묘지를 가자고 하는데, 유명 인사들이 묻혀서 더 유명한 곳 그 중에서도 '코뮌 병사들의 벽'에 가서 '자기 같은' 공산주의자, 젊은 날의 인민혁명전사들의 묘역에서 자신이 밟았던 길에 대해 마지막으로 어떤 정리라도 하러 온 것 아닐까? 물론 "죽기 전에 나 개인의 모양을 바로 잡으려고 이 먼 여행을 계획했다고 생각하지 말기 바란다. 나는 바로 잡을 모양새도 자랑할 만한 거리도 없다"(136쪽)고 말하지만 내면의 풍경은 꼭 그렇지도 않은 것 같다.

"이 안을 다 둘러보시려면 서너 시간이 걸릴텐데 다 보시겠어요? 아니면…."
"다 보긴…가로질러 곧장 그리로 가자."
"그리라니요?"
"녀석, 딴청을 하기는… 나 같은 사람이 여기를 오자고 했을 때 그게 어디일 것 같으냐."(143쪽)

대화 부분만 추려본 인용문에서 '나 같은 사람'이란 말은 아들에게 여러 번 귓속을 울릴 정도로 강한 충격을 주었는데 이 부분은 아버지로서 비로소 어떤 당당함이 드러나는 부분이기도 하다. 그것은 '뜻 없이 건성으로 사는 일이 내겐 가장 큰 부끄러움'이라는 소신이 여전함을 말할 때의 '이상한 빛'까지 발하던 상상 속의 아버지의 모습과 연결되는 부분이다.

그곳은 아버지와의 만남에 전전긍긍해하던 막내아들에게 비로소 아버지가 상상 속의 모습으로 다가와 두 사람의 거리가 좁혀지는 장소가 되기도 한다. 게다가 이곳은 아들이 파리에 온 후 처음으로 가까운 거리에서 북한 사람들을 보면서 방어심리와 호기심이 뒤섞인 모호한 경험을 했던 곳이다.

> 저들이 빨리 설명을 마치고 가버렸으면 하는 마음과 우리들의 시선을 인식하지 않고 좀 더 머물러 떠들어주었으면 하는 상반된 감정에 묻어오던 그 어색한 거리감에도 불구하고 나는 그들의 얼굴 위에서 환각처럼, 기억에도 없는 젊은 시절의 아버지를 보고 있었던 것이다. (…중략…) 마치 십여 년 전 그 불편하던 여름날 이곳에서 아버지 생각을 한 이후부터 줄곧, 행여 아버지를 만날 수 있을지도 모른다는 기대 속에서 하루하루를 살아오기라도 한 것 같은 감정의 착각에 사로잡혀 나는 뛰다시피 아버지에게 다가갔다.(146쪽)

이 코뮌 병사들의 벽에서 과거의 시공간이 현재의 그것과 겹쳐지면서[7] 오랫동안 추상 속에서 그렸던 아버지에 대한 어떤 기대가 비로소 현실 속에서 부합되고 있다. 이 부분은 어떤 이데올로기의 문제처럼 거창한 것도 아니고, 가족까지 버리고 월북했던 만큼 무엇이 되어 있어야 한다는 당위의 문제도 아니다. 바로 잡을 모양새도 자랑할 만한 거리도 없지만 적어도 지나온 세월이 억울해서라도 그 보상처럼 '어떤 모습'이라도 지니고 있기를 바라는 아들의 마음이 조금 채워지는 부분이라 할 수 있다. 그래서 '뛰다시피' 다가간 나는 '아버지의 어깨를 껴안으면서' 비로소 그 거리를 좁힐 수 있는 것이다. '기억에도 없는 젊은 시절의 아버지를 환각처럼 보았던 곳'에서 초현실주의적 그림으로만 그려졌던 추상적인 아버지에 대한 상상이 비로소 구체적 현실로 나타나 거리가 좁혀지는

---

7 바흐친(M. Bakhtin)이 말하는 chronotope이 선명하게 나타나는 부분이다. (K.Clark & M. Holquist, *Mikhail Bakhtin*, Harvard university press, 1984)

부분이다. 아버지의 선택이 파리였건 다른 그 무엇이었건 파리, 페르 라셰즈 공동묘지의 '코뮌 병사들의 벽'에서 아버지와 아들 사이의 거리가 가까워지면서 부자간에 이해와 용서의 가능성을 보게 된다. 그런 의미에서 파리는 주하의 테살로니키보다 훨씬 설득력이 있는 현실적 공간이다.

4. 체제보다 강한 혈육의 의미 – 이문열의 「아우와의 만남」

「아우와의 만남」[8]은 한중 수교[9]가 막 이루어진 직후의 작품으로, 국립대학 교수인 주인공이 6·25 때 월북했던 아버지를 만나려는 일을 추진하다가 연로한 아버지가 돌아가신 후에 중국 연길에서 아버지 대신 북한에서 온 아우를 만나는 과정을 그리고 있다.

아무리 수교가 된 후의 중국이라 하더라도 북한에 있는 가족을 마음 놓고 자유롭게 만나볼 수는 없는 것이고 또 법적·안전적 문제가 해결되었다 해도 마음이 평상적일 수가 없다.

> 나는 학기중임에도 불구하고 연길행을 서둘렀다. 그러나 중국과의 수교는 이뤄져도 그런 목적의 여행을 위한 개인 비자를 얻기가 쉽잖은 데다 혹시라도 험한 세상이 되면 잠입과 접선의 혐의를 받게 될지도 모르는 혼자만의 여행은 여전히 부담이 아닐 수 없었다. 궁리 끝에 연길을 중간기지로 삼는 칠 박 팔 일의 백두산 관광 코스를 이용하기로 하고 마침 내게 맞는 일정표를 가진 여행사의 관광단에 묻어 서울을 떠났다.(16~17쪽)

---

8 이문열, 「아우와의 만남」, 『이문열 중단편전집』 5, 둥지, 1994. 이후 본문 인용은 각주 대신 이 책의 쪽수를 인용문 뒤에 밝히는 것으로 대신한다.
9 한중 수교는 1992년 8월 24일에 이루어졌다. 이로써 80여 년 만에 역사적으로 양국 간의 공식 외교관계가 회복되었다.

개인적으로는 물론 부담이 되는 여행이지만 여기에는 어떤 맹목적인 환상이 개입할 여지가 없고 철저하게 현실적인 대책 마련이나, 만약의 경우를 대비하는 식의 이성적인 판단이 우선함을 볼 수 있다. 아버지가 돌아가신 걸 알고 난 후의 느낌, 충격은 다음과 같이 묘사되고 있다.

> 거의 반세기에 걸친 애증과 은원이 느닷없이 스러져 버리는 순간의 어떤 허망감이었으리라. 젊은 날처럼 격렬하지는 않았지만 아직도 수시로 모습을 바꾸어 나타나는 그리움과 원망의 대상이 그렇게 느닷없이 이 세상을 떠나 버릴 수 있다니.…(15쪽)

가족을 버리고 월북한 아버지에 대한 감정은 바로 그리움과 원망이라는 이율배반적인 이중적 감정일 것이다. 「아테네 가는 배」에서 맹목적인 그리움이 강하게 드러나 있다면 「아버지 감시」에서는 원망의 마음이 더 크게 나타나 있다. 「아버지 감시」에서 아들은 그토록 바라던 아버지와의 재회를 눈앞에 두고 어머니가 갑자기 돌아가신 데 대한 서러움 탓도 있지만 한바탕 대성통곡한 후 차츰 되돌아온 아버지에 대한 구체적인 서운함이 뿌리내리기 시작한다. 그 감정은 야릇한 불안감－약간의 안도감－분노를 동반한 배반감 같은 식으로 매순간 "동짓달 팥죽 끓듯 변덕투성이"(127쪽)로 나타난다. 그에 비해서 「아우와의 만남」에서는 그리움이나 원망이 훨씬 구체적이고 현실적으로 그려져 있다.

주인공은 아버지의 소식을 듣고 난 후의 허망함을 조금 상쇄시키기라도 하듯이 아버지 대신 아우라도 만나보겠느냐는 주선자의 의견을 쫓아 아우를 만나기로 한다. 아우는 아버지가 죽은 마당에 제사 시기나 문중의 여러 문제 등을 해결하기 위해서라도－필요에 의해－만나야 했다. 처음에는 아우와의 만남을 위한 매우 상세하고 감동적인 만남의 시나

리오가 있었지만 만남이 가까워질수록 그 첫 순간의 어색함과 서먹함이 과장되게 느껴져 와 점점 자신이 없어진다. 아우가 아직 도착하지 않았다는 말을 들을 때는 묘한 안도감과 함께 쉬고 싶은 생각이 들었을 정도인데 그런 서먹함과 망설임은 아우라고 다르지 않다.

아우 쪽도 왠지 내키지 않아 하는 마음을 드러내고 있는 듯 느껴졌다. 말을 바로 낮출 수 있을까조차도 쉽게 가늠되지 않을 정도로 아우와의 첫 대면의 순간에 대해 여러 가지로 고심했는데 막상 만나는 순간 그 고심은 아무 쓸모가 없어졌다. 얼굴이나 체형에서 익숙한 가족의 모습을 그대로 볼 수 있었기 때문이다. 만나는 순간 피가 물보다 진한 걸 확인한 셈이다. 그러나 두 형제간에는 '적서의 구별에 바탕한 이복의 적의'가 있을 뿐 아니라 대화 중간 중간에 체제가 달라서 야기되는 어쩔 수 없는 대화의 불통, 대립이 위태롭게 진행된다. 그럼에도 불구하고 형제간의 거리는 결국 좁혀지고 마는데 바로 핏줄의 확인을 통해서 그것이 가능했다. 그러나 생긴 모습이 비슷한 한 핏줄이라는 것만으로는 충분하지 않다. 그 못지않게 유난히 문중이나 가문을 중시하는[10] 이들 집안의 내력이나 뿌리가 형제간 거리를 매우 빠르게 가깝게 만드는 데 기여하고 있다. 형제 이름에 배어 있는 항렬이나 고향 안동의 물로 빚은 술, 두만강 가에서 함께 망제(望祭)를 지내면서 확인하는 진한 혈육의 정, 대

---

10 문중이나 가문을 중시한 이문열 문학의 특징은 복고주의적 성향이나 양반정신과도 통하는데 근본적으로는 '우리 전통을 축적하는데 야심이 있었던' 작가 자신의 관념주의적 성향과 현대문명에 대한 진단에서 비롯된, 보다 사변적이고 객관적인 이유를 생각해 볼 수 있다. 그의 이런 생각들은 『시대와의 불화』(자유문화사, 1992), 『사색』(살림, 1992)에도 잘 나타나 있고, 『이문열』(류철균 편, 살림, 1993)에서는 그의 문학을 '가문'이라는 관점에서 해명하고 있다.

화가 위태롭게 진행될 때마다 가문이나 족보, 아버지를 기대어 벗어날 수 있는 것 등등 핏줄과 가문의 끈이 처음 만난 형제를 원망을 넘어 상호인정과 포용으로 나아가게 하고 있다. 이미 아버지가 돌아가셔 안 계신 상황에서 자칫 형식상의 겉도는 만남으로 그칠 수도 있을 이들 형제의 만남이 속내를 털어놓고 서로 인정하며 아끼는 진정한 형제간의 만남이 될 수 있었던 것은 고향과 가문으로 묶어지는 공통분모가 이들을 이어주고 있었기 때문이다. 물론 그 가운데는 아버지가 있으며 이 작품에서 아버지는 가족에게서 사랑을 받는 따뜻한 인물로 회상되고 있고 이해의 대상으로 그려져 있다. 「아테네 가는 배」의 아버지는 전혀 구체적인 모습이 드러나지 않았고 오로지 아들의 맹목적 열정만 강조되었으며 「아버지 감시」에서 아버지는 이해할 수 없는 어떤 면을 보여주면서 아들과의 사이에 거리감과 추상성이 계속 존재하는 데 비해 「아우와의 만남」에서 아버지는 아들들에게 납득이 가는, 이해할 수 있는 대상으로 그 거리가 좁혀지고 있다. 하다못해 월북한 지 4년이 지난 후에 남쪽에서 간 사람들이 숙청을 당하던 어려웠던 때 비로소 결혼을 한—할 수밖에 없었던 아버지에게서 다산(多産)에서 느꼈던 배신감이 상쇄되는 식으로 구체적이다. 세 작품에 그려진 아버지 가운데 가장 아버지답게 그려져 있다.

아버지는 또 일생에 얻은 것 중에 가장 값진 것, 받은 훈장 중에 가장 높은 것을 남쪽 가족에게 보냄으로써 화해를 요청하는 정도가 아니라—이 가족에게 화해는 이미 문제가 아니다. 무엇보다도 가문과 족보, 뿌리, 혈통을 중시하고 제사를 문제 삼는 이에게 아버지는 회한의 대상은 될지언정 불화의 대상은 아니다. —신뢰와 사랑의 감동적인 확인을 한다.

이 작품에서 흥미 있는 것은 그리움과 원망이 어느 한 쪽이 다른 한

쪽을 향한 일방적인 것이 아니라 쌍방향으로 서로 작용하고 있다는 점이다. 아우의 남쪽 가족에 대한 원망과 증오는 형의 아버지에 대한 그것 못지않다.

> "바로 남반부와 이어져있는 아버님의 삶, 특히 다른 것은 다 끊을 수 있어도 그것만은 끊을 수 없는 혈연의 사슬 때문 (…중략…) 그때 우리에게 형님으로 대표되는 남반부의 가족들은 사람이라기보다는 그대로 보이지 않는 재앙이고 저주였습네다….”
> 참으로 기묘한 전도였다. 아우가 말하는 나의 이미지는 바로 내가 괴로운 젊은 날을 보낼 때 품었던 아버지의 이미지 그대로였다. 그런데 이들에게는 또 내가 그러했단 말인가.
> 아버지에게는 주관적인 선택이 있었지만 나는 아무런 선택 없이 부여받은 대로 존재했을 뿐이지 않은가. 역사 속에서 개인의 선택이란 것이 하찮음을 이미 희미하게 실감하면서도 막상 아우로부터 그런 말을 듣자 나는 좀 어이가 없었다.(81쪽)

아버지로 대표되는 세대에게는 가족 이산의 주체자라는 원죄가 있어서 가족들로부터 일방적인 원망과 그리움을 받게 되는데 비해 그 다음 세대인 자식들 사이에서는 아픔이나 원망 등의 양상이나 무게가 쌍방적, 상호적이 될 수밖에 없다. 그리고 지금까지의 일방적 피해의식에서 벗어나 발상을 바꾸어 아우의 처지에서 보면 체제가 다른 곳에서 살고 있는 혈육으로 인해 끊임없이 불이익을 받았다니 그 원망을 나무랄 수도 없는 노릇이다. 그런 면에서 형으로서는 억울한 일이겠지만 아버지가 돌아가신 후 아버지가 감당해야 할 몫을 맏이가 이어받고 있는 셈이다. 아버지의 유언보다는 남쪽 가족에 대한 궁금함 때문에 형을 만나러 온 아우의 심경 또한 변화를 보여준다.

"우리의 오랜 재앙과 저주가 실제로는 어떤 모양을 하고 있나가 못견디
게 궁금했시오 아니, 그 이상으로 한평생의 원쑤를 찾아 떠나는 심경이었시
오…"(81쪽)

"함께 쓸어안고 울 사람이지 원망하고 미워할 사람은 아니더란 말이야
요. 시간이 갈수록 내가 품고 온 적의가 당황스럽고 부끄러워지더란 말입네
다. 되레 오래 그리워해 온 사람인 듯한 착각까지 들고…."(82쪽)

오랜 재앙과 저주의 실체를 확인하러 와서, 그 실체가 원망하고 미워
할 대상이 아니라 함께 얼싸 안고 울 사람이라는 걸 알았을 때, 아우도
형도 지나온 세월 속에서 지고 살아온 어떤 생각들에 대해서 당황함과
허망함을 느낄 수밖에 없게 된다. 그러나 아우를 통해 아버지의 고향에
대한 그리움을 확인하면서 그 허망함이 조금 보상이라도 받는 셈인가,
아버지의 고향에 대한 그리움이 아우를 통해 적나라하게 드러나고 있다.

"솔실도 알아요. 돌내도 적병산도 관어대도."
아우는 그밖에도 고향 여기저기를 가본 적이 있는 사람처럼 댔다. 그런
아우에게서 아버지의 끈끈한 향수를 읽고 다시 가슴이 찌르르했다.(57쪽)

아우 또한 술기운을 빌어 속내를 드러내며 혈육의 정을 확인해준다.
형 또한 아우의 속내를 들어보며 혈육이기에 더욱 간곡하게 이성적 판
단을 할 것을 마음으로 권한다.

구두가 발에 맞지 않으면 발을 구두에 맞추는 수도 있다. 구두를 발에 맞
추는 게 가장 좋지만 그 일은 누구나 할 수 있는 일이 못되니. 역사의 구둣
방은 언제나 엉터리 화공들이 차고 앉아 왔으니. 남쪽의 진보주의자들은 형
의 이런 역사적 허무주의를 비난하지만 그래도 나는 네게 권하련다. 현재의
완전성을 믿어서도 안되지만 미래에도 너무 성급하지 마라. 어떤 방향으로

든 산술 없는 혁명에는 유혹되지 마라.(83쪽)

한동안 그 체제 안에 살아야 할 아우를 염려하며 마음으로 당부하는 대목인데, 여기서 산술 없는 혁명이란 이성적 논리적으로 따져보지도 않고 미래도 정확하게 예견해내지 못하는 혁명으로, 모든 혁명이 그렇겠지만 사람들을 또 다른 혼돈의 와중으로 밀어 넣을 가능성이 더더욱 크다. 그럴 경우 희생자는 또 '역사 속의 말없는 다수의 개인들' 즉 '우리 모두' 일 뿐이다. 자칫 통일에의 들뜬 기대가 성급하게 혼돈으로 가는 길이 되지 않기를 경계하는 작가의 현실 인식과 역사의식[11]이 드러나는 부분이다.

작가는 "어쩌면 통일이란 게 바로 한꺼번에, 대규모로 일어나는, 이런 낯모르는 아우와의 만남이 아닐런지."(84쪽) 상상해 본다. 필요에 의해서건 혈육의 정이라는 원초적 낭만적 욕구에 의해서건 남과 북의 만남 내지 통일이 이들 형제처럼 서먹한 가운데서도 공통점을 찾아내고 상대를 서로 받아들이는 준비가 되어 있는 만남이기를 희망해 본다.

이 작품은 아우와 만나는 과정이 큰 줄기이면서 다른 한편으로 북쪽에 있는 아우와 자연스럽게 만나기 위해 연길로 오는 여행단에 끼여 온 까닭에 주인공의 눈에 비친 연변을 중심으로 한 통일 논객이나 장사꾼 등 여행객들의 행태들이 곁가지로 한 축을 이루고 있다.

바라건대 우리의 통일은 이상하게 맞지 않는 사람들인 통일꾼과 호리

---

11 흔히 '역사적 허무주의' 라고 하지만 이러한 작가의 태도는 어느 한 가치에 대해서 절대적이라고 매달리지 않고 의심의 눈초리를 보내는 작가의 태도, 진리의 다원성을 믿는 작가의 의식과도 연결된다. (이정숙, 「「금시조」의 담론적 고찰」, 『한국현대소설연구』, 깊은샘, 1999, 333쪽 참조)

꾼 같은 경우가 되어서는 안될 것이다. "이상하리만치 서로의 단점과 약점을 잘 알아보면서도 또한 이상하리만치 그걸 서로 참지 못하는"(77쪽) 그런 맞지 않는 사이는 지금까지의 양쪽의 적대감과 시행착오만으로도 충분하다. 소설에서는 보기 드문 '정치적 상상력의 발현'[12]이라 할 만한 이 작품에는 정치화된 문화 교류나 현실을 무시한 통일지상주의 등 있을 수 있는 여러 상황이 제시되어 통일에 대한 대비와 자세에서 우리에게 많은 것을 시사하고 있다.

5. 소설적 상상력의 변모

불과 10년 사이에 발표된 세 작품에서 나타난 '아버지 만나기'에 대한 소설적 상상력은 당시의 정치적 상황을 토대로 정치적 상상력과 같은 차원에서 발전하는 모습을 보여주고 있다.

1985년에 발표한 「아테네 가는 배」에서는 월북한 아버지를 만나는 것이 허황하기까지 한 맹목적 열정에 의해 추진되면서 신화적 공간과 상징 속에서 그 가능성을 보았는데 실제로 당시의 정치적 상황에서 그런 시도는 허황한 일에 속할 만했다. 「아버지 감시」에서는 실제로 아버지를 만나서 며칠을 함께 보내게 되는데 그 공간이 프랑스 파리이고 아버지는 북한을 탈출하여 중국에 거주하고 있기 때문에 상대적으로 그 만남이 가능했다.

「아우와의 만남」은 발표 당시 가상소설이라는 말도 들었지만 이미 중국과의 국교가 이루어진 후였기 때문에 북한에 연고지를 갖고 있는 중

---

12 김경수, 앞의 책, 30쪽.

국 교포를 통한 가족 찾기는 있을 수 있는 시도였다. 지리적으로 가깝다는 사실만으로도 한중 국교 수교 후에 연변 쪽은 북쪽에 있는 가족을 만나거나 북쪽과 관계되는 여러 사업의 구체적 공간으로 가장 현실적인 장소가 되고 있다. 실제로 작가는 그로부터 5년 후인 1999년 여름 작품 내용과 거의 유사한 체험을 하면서 두만강 가에서 북한 쪽을 향해 아버지의 망제를 지냄으로써 이 작품은 자기 예언적인 작품이 되기도 했다. 무엇보다도 통일로 가는 길목에서 있을 수 있는 여러 양태의 가능성을 제시함으로써 탁월한 정치적 상상력을 보여주고 있음은 앞에서 살핀 바와 같다. 정도의 차이는 있지만 이렇게 이들 소설들은 발표될 당시의 정치적 상황과 밀접한 관계를 보이고 있다. 한편 세 작품에서 어머니들은 한결같이 아버지를 기다리며 평생을 보내다가 늙어 죽게 되는 설정이다. 「아버지 감시」에서의 어머니는 아버지와의 편지 왕래가 있으면서 노심초사 더욱 기다리다가 결국 돌아가신 후에 아버지가 온 것이고, 「아테네 가는 배」에서는 늙어 죽기 전에 아버지와 어머니의 만남을 서두르려는 아들의 필사적인 노력이 그려지고 있고 「아우와의 만남」의 어머니는 치매 중세를 보이며 거의 죽음을 앞두고 있다.

실제로 많은 여성들이 북에 간 남편을 기다리며 홀로 자식들을 키워온 것은 당시의 일반적인 모습이기도 하고 한국의 전통적 여인상이기도 하다. 당시의 많은 아내나 어머니들의 삶의 양태이니 만큼, 한결같이 그려진 것에서 어떤 보편성을 읽을 수도 있고 한 시대의 현상으로 볼 수도 있는데 적어도 가장 한이 많을 어머니의 아버지에 대한 원망이 표면적으로 드러나기는커녕 기다림의 미학으로 미화되고 있는 것은 우리네 삶에 배어 있는 유교적 전통과 미덕 탓으로 여겨진다. '기다림의 미학' 이라는 아름답지만 잔인한 명제에 부합되게, 평생을 기다리던 아내가 남편과의 해후를 맛보는 행운을 그린 작품은 찾아보기 어렵다.

이런 종류의 소설은 우리 민족사의 상처와 더불어 혈육의 의미를 강조하면서 간단없이 끝날 수도 있다. 「아버지 감시」에서 아버지와 대면하는 부분에서 "행여나 나의 어딘가에 아버지의 모습이 있을까 해서, 일생에 걸쳐 거울 속의 내 몰골을 그렇게 자주, 그렇게 골똘히 쳐다본 것도 아마 처음이었을 것" "이윽고 여행객들 틈에서 (…중략…) 뾰족해 보이는 얼굴을 꼿꼿이 쳐들고 걸어 나오는 노인을 발견했을 때 나는 기억에도 없는 아버지를 단번에 알아보았다."(119쪽)는 식의 본능적 직관이 작용한다. 그것은 「아우와의 만남」에서 첫 대면의 순간에 생긴 모습에서 혈육임을 확인한다거나 동생이 형의 술 마시는 자세가 아버지와 매우 유사한 것을 보며 형에게 친밀감을 나타내는 것과 상통한다. 그러나 혈육만 강조하는 식이라면 소설로서의 의미는 공허해질 수밖에 없는데 그것 이상의 신뢰 쌓기의 계기를 적절하게 만듦으로써 소설적 상상력의 변모의 과정을 아울러 살펴볼 수 있다는 데 이들 작품들의 의미가 있는 것이다.

'아버지 찾기'를 주제로 하는 소설 가운데 특히 6·25 때 월북한 아버지를 찾고 만나보려는 이야기를 담은 소설 세 편을 통해 가족의 이산과 그 아픔이 이제는 어떤 식으로든 치유되어야 할 때가 되지 않았나 하는 생각을 해 본다. 이런 류의 소설은 분단문학의 한 현상으로 통일의 길이 여전히 막막하기만 한 현재적 상황에서 앞으로도 한동안은 지속적으로 나타날 것으로 보인다. 현재의 분단문학이 분단논리를 극복하면서 민족문화의 총체성을 회복하고자 하는 데 그 의미가 있다[13]면 이런 식의 소

---

13 권영민, 「광복 50년의 한국문학, 그 정신과 실체」, 권영민 편, 『한국문학 50년』, 문학사상사, 1995, 41쪽.

설은 분단 상황에서 나타났던 여러 가지 모순을 극복하는 한 방향을 시사해줄 것이다. 그러나 당사자에 해당하는 사람들, 즉 부모 세대가 고령으로 점점 사라지면서 그 시간이 많이 남아 있지 않은 실정이다. 따라서 앞으로의 소설적 만남의 공간이 국내의 어느 곳, 판문점 근처 등으로 좀 더 가까이 옮겨오면서 여러 경우의 좀 더 빈번한 만남이 그려지기를 바란다. 그런 작품이 나오기 위해서라도 정치적 여건이 그에 상응되어야 할 것이다.

사족처럼 한 마디 덧붙인다면 이런 식의 주제를 잡은 글이 빠지기 쉬운 오류는, 작품 선정이 자의적일 수 있고, 어떤 틀에 짜 맞추기 위해 그 틀에 해당하는 작품을 억지로 찾아내거나 내용을 억지로 꿰어 맞추기가 쉽고, 그렇게 해서 거기서 기껏 무엇을 찾아낸들 '그러니 어쩌란 말이냐' 혹은 '그런 줄 인제 알았느냐' 하는 허망한 물음이 되돌아오기가 쉽다는 것이다. 먼저 두 가지 사항은 이 글의 경우 매우 자연스럽게 이루어진 부분이라 쓰는 입장에서 개의하지 않아도 된다고 생각되지만 소설적 상상력이 정치적 상상력과 같은 차원에서, 때로는 앞서서 이루어졌다는 결론을 통해 앞에서 언급한 허망함이 설득력을 얻을까봐 저어된다. 그러나 모두에서 밝혔듯이 아직도 진행 중인 통일로 가는 길목에서 있을 수 있는 여러 가지 양상의 가족 찾기와 만남이, 이러한 소설적 상상력의 구조 변화를 통해서 다양한 인식의 확장으로 이어질 수 있을 것이라 기대해 본다.

복원의 거부와 은폐, 사회소설의 한 양상 연구

— 박완서의 「복원되지 못한 것들을 위하여」를 통해 본 상처 치유의 방식

1. 들어가며

박완서의 소설은 참으로 편하게 다양하게 읽히고 있다. 읽기 전에 혹은 읽으면서, 어떤 자세로 임해야 한다거나 어떤 코드를 가지고 읽어야 한다는 부담이 없다. 독자들이 매우 자유롭게, 부담 없이 읽어 가면서 그저 단순히 대중소설로서의 재미를 느끼며 맛깔스럽게 읽어갈 수도 있고, 조금 진지하게 읽는 독자들은 그 안에서 페미니즘적 비판의식을 눈치 챌 수도 있다. 또 도시 중산층 가정의 물신 만능의 풍조라든가 가장의 소외, 노인들의 당면한 여러 문제나 가족관계 등 세태소설적인 풍모도 놓치지 않고 따라가게 된다. 그리고 세상의 허위나 우리들 마음속에 자리 잡은 속물적 근성을 여지없이 까발리기도 하고 매우 매몰차게 우리 안의 욕망의 움직임을 해부하기도 하는 점에서 심리소설적 접근의 필요성도 느끼게 된다.

세태소설이니 심리소설이니 할 때 그 밑바탕에는 배경이 되는 시대의 정치나 사회의 양상이 변수로 작용하면서 세상이 변하게 되고 인간의 심리를 좌우하기도 하는 만큼, 시대정신에 대한 비판의식도 동반하면서

자연스럽게 사회소설[1])의 면모를 띠게 되기도 한다. 말하자면 박완서 소설은 어디에 초점을 두고 읽느냐, 읽는 사람의 비중 여하에 따라 한 작품이라도 여러 시각으로 읽히게 된다.[2]) 그리고 그 한가운데에 6·25가 놓여 있다. 작가의 등단 작품인 『나목』부터 『목마른 계절』, 「엄마의 말뚝」 1, 2, 3, 그리고 『그 해 겨울은 따뜻했네』 등 작가가 토해내고 싶은 이야기들이 거의 6·25가 직접적인 배경임은 그의 문학의 중요한 특징 가운데 하나로 자리 잡고 있다. 본고에서 다룰 「복원되지 못한 것들을 위하여」에도 6·25의 잔영이 드리워져 있다.

작가의 어머니, 오빠 등이 주로 등장하는 기존의 가족사 차원의 이야기가 아니라 한 시골 마을의 논픽션 작가와, 해금 후에 복권되거나 문학사의 양지에 그 이름을 내놓게 된 한 작가의 가족들의 이야기가 오늘의 시각으로 매우 냉소적이고 비판적으로 그려져 있다. 시골마을의 논픽션 작가가 복원하고자 했던 정치 현실과 작중 화자인 작가가 복원하고자 했던 한 해금작가의 실상이 모두 그 가족들에 의해서 거부되고 부정되는 현실을 꼬집은 소설이다. 그들의 피해의식과 심리 상태 혹은 대응 방식에서 형태가 조금씩 달라지기는 해도 6·25로 인한 트라우마(trauma)가 그 근저에 있다는 점이 중요하다. 6·25의 상처가 또아리를 틀고 커다란 콤플렉스로 남아 반세기를 지나면서도 여전히 의식의 저

---

1 사회소설(social novel)은 사회 문제를 직접 취급하거나, 사회적 관심이 농후한 소설을 말하는데 사회학적 소설(sociological novel)과 동의어로 쓰인다. "작중 인물들이 살고 있는 사회의 성격, 기능 및 영향과 그 인물들에게 미치는 사회적인 힘들에 주로 주의를 집중하는 문제소설(problem novel)의 한 형태"이다.(이명섭 편, 『세계문학비평용어사전』, 을유문화사, 1987, 219쪽 및 지식 전문 사이트인 naver.com 참조)
2 21인의 평론모음인 『박완서론』(삼인행, 1991)에 수록된 다양한 작가론과 작품론을 참고할 수 있다.

밑바닥에서 오늘의 일상을 지배하고 있음을 얄밉게 집어내고 있는 것이다.

그런데 우리 현대소설사에서 6·25에 대한 이야기는 그때그때 이야기할 수 있는 한도가 시대에 따라 달랐다. 작가가 마음먹은 대로 아무 때나 어떤 이야기라도 쓸 수 있는 차원이 아니었다.[3] 주지하듯이 최인훈의 「광장」은 4·19 학생혁명 후, 무엇이든 허용될 것 같은 들뜬 시기이면서 5·16 군사혁명이 일어나기 전이었기에 가능했던 소설이다. 그 시대였기에 이데올로기를 다루면서 남과 북 어느 한 편에 치우치지 않고 결국 제3국을 택하는 이명준이라는 인물이 비로소 나올 수 있었던 것이다.[4] 마찬가지로 「복원되지 못한 것들을 위하여」라는 작품도 당연히 6·29 민주화 이후 월북작가에 대한 해금이 이루어지면서 나올 수 있었다. 당시의 특수한 사회적 분위기와 세태의 흐름, 그럼에도 불구하고 복원은커녕 여전히 척결되지 못하고 있는 여러 문제들에 대한 날카로운 천착 등은 사회소설의 면모를 보여주고 있으며 그 시대, 사회에 충분히

---

3 6·25로 인한 가족의 이산과 해체는 여러 형태로 소설화되어 왔다. 한 예로 현 시점에서 6·25 때 월북한 아버지를 만나고자 하는 '아버지 찾기'를 소재로 한 소설은 그 공간적 배경이 외국이어서 여행소설의 형태를 띠게 되는데 아버지 찾기, 혹은 아버지 만나기에 대한 소설적 상상력이 당시의 정치적 상황을 토대로 정치적 상상력과 같은 차원에서 발전하고 있음을 불과 10년 사이에 발표된 세 작품을 통해서 확인할 수 있었다. 발표 당시의 정치적 현실과 사회적 상황에 따라 소설적 수용의 양상이 상당히 다르게 나타남을 알 수 있다. (졸고, 「여행소설에 나타난 상상력의 구조 변화─ '아버지 찾기'를 중심으로」, 「국어교육」 105, 한국국어교육연구회, 2001 참조)

4 광장이 발표된 잡지 「새벽」(1960. 10)에서 작가는 "아세아적 전제의 의자를 타고 앉아서 민중에겐 서구적 자유의 풍문만 들려줄 뿐 그 자유를 사는 것을 허락지 않았던 구정권 하에서라면 이런 소재가 아무리 구미에 당기더라도 감히 다루지 못하리라는 걸 생각하면서 빛나는 4월이 가져온 새공화국에 사는 작가의 보람을 느낀다."고 했다.

문제의식을 던져주고 있다.

주지하다시피 인간의 삶의 연속을 기록한 것이 역사라 한다면 그 삶을 상상력을 통하여 허구화시킨 것이 소설이다. 보편성과 특수성, 주관성과 객관성, 우연과 필연은 역사의 인식[5]에 관한 영역에서만 제기되는 문제가 아니다. 소설에서 시대와 사회의 보편성과 특수성의 문제가 주인공들을 통해서 오히려 더 진지하게, 리얼하게 그리고 구체적으로 드러날 수 있다. 박완서의 경우 주인공들의 내면세계의 이기심이나 치사함 등을 족집게처럼 집어내면서 그것을 주관적이고 특수한, 혹은 우연적인 어떤 경우로만 한정시키는 것이 아니라 우리 시대 사회에서 나타날 수밖에 없는 필연적이고도 보편적인 영역으로 확대시킨다. 그런 과정에서 나타나는 작가의 삶에 대한 눈썰미에는 감탄을 넘어 두려움마저 느낄 정도이다. 그의 소설을 읽으면 그 시대의 삶의 양태를 볼 수 있고 가치관을 읽을 수 있으며 세상을 보는 눈이 뜨인다. 그것도 아주 재미를 느끼면서 삶에 대해 풍부한 안목을 키우게 된다. 박완서 소설이 우리 시대에 아주 많이 읽히는 소이이기도 하다. 그런 의미에서 박완서의 소설은 재미가 있는 만큼 달기도 하고, 뒤끝이 좋은 '좋은 소설'[6]에 속한다. 이 논문은 「복원되지 못한 것들을 위하여」를 통하여 박완서 소설에서 6·25가 가족사의 차원을 넘어서 한 시대의 비판의식을 통한 사회소설

---

5 이인호, 『지식인과 역사의식』, 문학과지성사, 1980, 41~59쪽.
6 박완서는 한 대담에서 소설은 '재미'가 있어야 한다고 믿는다며 소설관을 피력했다. "소설에서 '재미'는 '맛'이다. 맛이 혀에 달기만 하고 뒤끝이 나쁜 것과 달기도 하고 뒤끝이 좋은 것이 있다. 달기도 하고, 뒤끝도 좋은 것이 '좋은 소설'일 것이다. '좋은 소설'은 '지적 즐거움'을 주는 게 아니겠는가. '대중'이니 '순수'의 차이는 그만 두라도 그 한계는 있을 것이다. 독자들에게 '헛된 꿈'과 '삶을 너무 쉽게 보게 하는 것'은 '나쁜 소설'일 것이다."(『월간조선』, 2001. 6)

의 영역에서 읽힐 수 있음을 밝히고자 한다. 그리하여 6 · 25 배경 소설의 지평이 확대되기를 바라는 목적도 수반하고 있다.

2. 삶에 대한 눈썰미와 작가의 자세

「복원되지 못한 것들을 위하여」에서 작가로 나오고 있는 화자는 아마 작가 자신일 것이다. 이 작품에서 평론가 Q씨로 나오고 있는 "월북, 납북 문인들에 대해 언급하는 게 금기로 돼 있을 때부터 줄기차게 그들을 끌어 들여 우리 문학사에 포함시켜 온"(403쪽) "일급의, 바쁜"(405쪽) 평론가는 쉽게 눈치 챌 수 있듯이 김윤식 교수로 여겨지는데 그는 일찍이 박완서를 가리켜 「자기 이야기를 자기 이야기처럼 쓴 작가」[7]라고 표현했다. 이 말은 박완서 소설의 특징을 한 마디로 매우 적절하게 표현한 것이다. 왜냐하면 전반기에 모여지는 6 · 25 배경 소설, 도시 중산층의 삶을 그리면서 자연스럽게 페미니즘 소설이나 세태소설로 모여지는 중반기의 작품들, 노년기에 접어들면서 나온 「너무도 쓸쓸한 당신」「그리움을 위하여」 같은 노인 문제를 다룬 소설 등 그녀의 다양한 문학세계에서 공통분모의 한 부분을 나타내는 데 여전히 유효하기 때문이다. 자기 이야기를 자기 이야기처럼 쓴다는 것은 자기 이야기를 남의 이야기처럼 쓰거나 남의 이야기를 자기 이야기처럼 쓰는 것에 비해 훨씬 정직하다. 이 말은 작가가 자기 이야기를 확실하게 매우 정직하게 쓴다는 의미와 함께 그만큼 개성적이지만 시각의 지평은 넓지 않다는 의미로 읽힐 수

---

7 김윤식, 『농경사회 상상력과 유랑민의 상상력』, 문학동네, 1999, 29~33쪽.
　박완서의 단편 「카메라와 워카」(1975)에 대한 설명과 작가 따님과의 만남을 소개한 이 글은 물론 훨씬 전에 쓰여진 글이다.

있다.

이 작품에서 작가로 나오는 화자는 위선이나 과장이 없는 보편적인 정서를 지니고 있고 어떤 불순한 의도 같은 것 없이 사실이 사실대로 밝혀지기를 바라는 상식적인 인물이다. 이야기는 어떤 잡지의 논픽션 공모에서 수기의 심사를 맡은 작가가 그 심사 과정에서 뒤틀리고 삐딱해진 심사를 토로하는 데서 시작된다. 작가는 이 잡지의 수기를 심사한다는 것 자체부터 마음 내켜 하지 않고 있다. 작가에게는 이 '잡지의 성격'도 마음에 내키지 않고 심사 대상이 '수기'라는 것도 마음에 들지 않는다.

> 더구나 이 잡지는 팔릴 것 같지 않은 교양지였다. 게다가 정부 시책을 합리화시키고 홍보하는 구실을 하는 투자기관의 연구소에서 발행하는 것이었으니 어용을 꺼리는 지식인들은 거저 줘도 마다할 만한 잡지였다.[8]

> 나 자신 여성지의 수기를 몇 번 심사해보고 넌더리를 낸 경험에 비추어 수기라면 신세 한탄 나부랭이 이상으로 보지 않았기 때문이다. (392~393쪽)

작가는 "거저 줘도 마다할" 잡지에 "넌더리를 내"던 수기 "나부랭이"를 심사한다는 사실에 처음부터 짜증이 나있었다. 그러나 작품 가운데서 "이런 시시한 잡지에 신긴 어째 좀 아까운"(397쪽) 꼼꼼한 기록성이 돋보이는 보석 같은 작품을 발견하고 만족해한다. 그런데 이렇게 주저 없이 최우수작으로 뽑을 정도로 탁월했던 작품인 「복원」의 응모자가 상

---

8 『13회 이상문학상 수상 작품집』, 문학사상사, 1989. 390쪽. 앞으로 본문 인용은 이 책의 쪽수만 밝힌다.

금도 많은 대상의 수상을 포기, 거부하는 데서 이 소설의 주제가 드러나기 시작한다. 소설의 전기(轉機)로 흥미 있는 것은 작가가 그럴 경우를 대비하고 예비로 다른 작품 하나를 더 뽑아 놓은 것이다. 잡지사 기자도 감탄할 정도로 그런 대비를 한 셈인데 작품의 격이 높았고, 관변 잡지로 알려진 잡지사의 수준과는 격이 다른 작품을 보며 작가는 자신도 모르게 일종의 안전장치처럼 하나를 더 뽑아 놓은 것이었다. 사실은 이러한 선견지명을 할 수밖에 없을 정도로 지난 시대의 파행성은 여전히 모양과 색깔을 달리하며 현재도 진행되고 있고 그런 사실들을 의식한 건 아니지만 직감적 본능적으로 작가의 심사는 왠지 편치 않았던 것인데 결과적으로 작가의 삶에 대한 예리한 눈썰미가 적중한 셈이었다. 수기의 내용은 유신을 전후한 두 번의 국회의원 선거 때 한 씨족 마을이 교묘하게 저지른 선거 부정 이야기인데 사실, 소재보다는 기술방법이 특출했다고 서술된다.

> 그는 마치 깨진 그릇의 파편을 주워 모아 원형을 재현하듯이 우직하고도 꼼꼼하게 한 지난 시대에 어떤 외진 고장에 있었던 부정의 추악상을 본디 모양 그대로 드러내 보여주고 있었다. 그 드러냄이 어찌나 선명하고 여실한지 어떤 변두리에서 있었던 사건을 뛰어 넘어 한 추악한 시대의 전형을 보는 느낌을 갖도록 했다.(396쪽)

원형을 재현하듯이, 꼼꼼하게, 본디 모양 그대로 드러내는 일은 곧 무엇인가를 복원시키는 것인데 '복원'은 곧 수기의 제목이기도 하다. 복원을 위하여 수기를 쓴 사람이 수상을 거부함으로써 어떤 사실을 '복원' 시키기를 거부하는 것이다.

진실을 있는 그대로 세상에 알려야 할 필요가 있다는 대명제를 부정

할 수는 없다. 그러나 세상일이란 그렇게 정직과 진실, 선의 등의 고상
함만으로는 해결될 수 없는 일들이 허다하다. 권력이나 이기심 같은 것
이 개입되면 더더욱 복잡해질 수 있다.

> 그는 다만 하나의 부정을 완성하는데 있어서 권력이 차지한 몫뿐 아니라
> 그 자신과 주변의 평범한 사람이 분담한 몫까지를 동정도 과장도 없이 정직
> 하게 드러냈을 뿐이었다.
> 따라서 흔한 고발이나 폭로의 의도도 엿보이지 않았거니와 속죄양이 되
> 어 모든 잘못을 자신이 뒤집어쓰는 것처럼 꾸미고, 실은 고백은 손톱만큼
> 하고 태산같은 위선의 기쁨을 누리려는 참회록 따위하고도 달랐다.(396쪽)

작품은 이렇게 심사위원인 작가가 극찬할 정도로 좋았을 뿐 아니라
무엇보다도 6·29 이전 같았으면 감히 엄두도 못 낼 일을 당당하게 폭로
하고 '제 목소리를 낼 수 있는 새로운 세상'이 됐음을 실감나게 해주고
있었다. 그런데 이런 일들을 기뻐하면서도 작가는 한편으로 의식의 밑
바닥에서 일어나는 묘한 불안감으로 괜히 심통을 부린다. 앞에서 말했
듯이 작품 시작부터 작가의 자세는 어딘가 편하지 않음을 보여주고 있
는데 작가의 심기가 불편한 것은 다음과 같이 여러 곳에서 나타난다.

심사를 의뢰한 잡지사가 관변이니 만큼 "어용한테서는 아무리 파격적
인 대우를 받아도 시큰둥 약소하게 받아들여야 한다."(390쪽)고 생각하
며 꽤 많은 심사비도 대수롭지 않게 여기는가 하면, 같이 심사한 자식
같은 나이의 시인에게도 괜히 퉁명스럽게 대꾸한다. 심사가 끝난 후에
같은 방향이니 차로 모셔다 드리겠다는 시인의 호의도 거절한 후 "차 잡
기 어려운 시간에 괜한 거짓말을 해서 아까운 차편을 놓치고 터덜터덜
지하철 입구를 찾아" 걸어가며, 핸드백 안에 심사료 봉투를 보고는 "괜

히 화가 나고 창피해서 에라 모르겠다 마구잡이로 필요하지도 않은 물건을 몇 가지 샀"(391쪽)을 정도로 마음이 꼬여 있다. 그런데 이렇게 스스로도 '도대체 어디서 비롯됐는지 알 수 없는' 고약한 울분과 수치심은 바로 자신이 뱉어버린 예기치 못한 말 때문이었음이 밝혀진다.

작가는 당선자가 당선을 사양하는 경우를 대비해서 "아직도 이런 유의 수기는 쓸 때하곤 달라서 발표하려면 용기를 요하는 거니까" "한편 여벌로 더 뽑아 놓는 게 좋을 것 같다."(397쪽)고 자신도 예기치 않은 말을 뱉고, 스스로 자신의 촉새 같은 입에 대한 수치심과 후회로 기분이 엉망이 되었기 때문이었다. 그리고 그 말이 현실로 나타나게 되면서 불안감의 정체가 드러나게 된다. 촉새같이 한 마디 뱉어낸 말이 그대로 들어맞았을 때, 작가는 자신의 촉새 같은 입을 원망하는데 결국 작가는 수기를 쓴 사람이 하고 싶은 말을 떳떳하게 발표할 수 있는 세상이 아직은 아님을 본능적으로 간파한 셈이다. 침착하고 사무적인 담당기자가 당선자의 수상 거부를 전하며 작가의 선견지명에 대한 경탄으로 약간 들떠 있을 때 작가가 즉각 그걸 경멸로 받아들인 것도 세상을 보고 있는 자신의 생각이 틀리지 않은데 대한 심통 부리기일 수 있다. '한 추악한 시대의 전형'을 선명하고 여실하게 드러낸 수기작가의 복원에의 의지를 은폐 쪽으로 자신도 모르게 한 발 먼저 한 몫 거든 결과가 됐음을 불편해 한 것일 수 있다. 아무리 새로운 세상이 되었어도, 그래서 관변 잡지도 어용이라는 이미지 쇄신에 열을 올리고, 그때까지 망각을 강요당했던 여러 사건들의 폭로가 잇달아 쏟아져 나와도 '복원'될 수 없는 것들은 여전히 존재하고 있었던 것이다. "나의 예언이 어떤 영향을 미쳤다고 해도 그건 나의 촉새 같은 입의 잘못이지 내 진의는 아니라고 여기고 싶었다."(398쪽)며 자신의 촉새 같은 입을 작가는 마지막까지 의식하고 탓하

고 있는데 바로 그런 식의 대비(對備)를 꾀하고 있는 작가의 의식 자체야
말로 우리 시대의 어떤 '복원'을 미연에 차단하고 있다는 무의식에 대
한 자각, 수치심의 발로 때문이었는지도 모른다.

　그러면 수기의 당선자는 그렇게 꼼꼼하게 공들여 기록해 놓은 것을
왜 없었던 일로 하고 싶어 한 걸까. 누군가 압력을 넣은 걸까? 그는 다
른 어떤 외부의 압력 없이, 아내의 의견을 좇아 그들 스스로, 자의로 당
선을 취소했던 것이다.

> 대통령 선거전이 시작되었다. 공화당을 만들다시피 한 구 정치인이 대통
> 령으로 입후보해서 ─ 그 공화당 후보가 읍내에서 연설을 한다고 해서 구경
> 을 갔더니 영감님이 수기에서 고발한 바로 그 장본인은 수행원으로 따라와
> 대통령 후보를 극진히 모시고 있지 않은가. 세상 달라진 건 아무것도 없었
> 다. 그 때부터 그 글이 혹시나 당선이 되면 어쩌나 조마조마해지기 시작했
> 다.(401쪽)

　작가는 수기의 내용이 국회의원 선거에 얽힌 부정 사례인 만큼, 관변
잡지에서 앞장 서 폭로하기가 미묘할 수도 있다고 생각했고 혹시 누군
가 외부의 강요가 작용한 것 아닌가 의심도 해 보았으나 "내가 말렸시
유. 내가 절대로 안된다구 했시유. 그러니 어쩔테유"(400쪽)라는 마나님
의 주장에 달라진 건 아무것도 없는 시대와 피해의식이 여전한 개인이
함께 복원을 거부하고 있음을 확인하게 된다.

> "척결 척결 허지만서두 복원두 허들 않구 척결부팀 허겠단 소릴 누가 믿
> 남."(402쪽)

　작가가 진정한 복원이 얼마나 어려운가를 실감하면서 또 다른 진실이

매몰되었던 사건들을 파헤치고 복원하고 고발한 다른 글들을 읽으며 여전히 허전해 하고 무엇인가에 갈급이 나 있을 즈음에 작가는 한 해금작가의 실체를 복원하려고 노력하게 된다. 이제는 남의 힘을 통해서가 아니라 작가가 직접 나선다.

3. 복원의 거부, 은폐와 왜곡

역사는 사건을 기록하고 문학은 사람을 기록한다고 한다. 이 소설의 후반부는 작가의 고등학교(숙명여고) 시절 국어선생님이었던 도촌(島村) 박노갑을 모델로 하여 그 가족들과 주변 사람들을 대상으로 작가가 한 해금된 작가의 진실 찾아내기, 즉 복원을 꾀하다가 겪게 되는, 사람들에 대한 이야기다.

송사묵 선생의 모델인 도촌 박노갑에 대한 기록을 보면 작품활동은 "해방 후에는 조선문학가동맹에 가담하여 중앙집행위원을 역임하였고 월북한 것으로 알려져 있으나 분명하지는 않다."고 설명되었으나 작가 생애 난에는 '1950. 9. 28 수복 후 종로서 수감, 서대문 형무소 이후 행적 불명' 9)으로 처리되어 있다. 실제로 6 · 25 전쟁 중 처형되었음을 암시하고 있는데, 이 소설의 후반부는 바로 해금 후 월북작가로 알려진 송사묵 선생이 사실은 월북이나 납북이 아닌 사형임을 밝혀서 사실을 바로 잡아 복원하자는 작가의 의도가 실려 있는 바, 상당 부분이 사실에 기초하고 있다.

---

9 권영민 편, 『한국근대문인대사전』, 아세아문화사, 1990, 400~401쪽.

복원된 건 그의 성명 삼자뿐이었기 때문이다. 우선 그 문학선의 표제는 월북 납북 문인 선집으로 돼 있는데 송사묵 선생은 사형을 당한 것이지 월 북을 한 것도 납북 당한 것도 아니었다. 월북이나 납북이 사형보다 듣기에 도 좋고, 보다 희망을 걸 여지가 남아 있는 것은 사실이나 그분의 진상은 아니었다.(404쪽)

6 · 29 선언 이후 해금이 되면서 이른바 월북, 납북문인들에 대한 연구 가 활발해지고 출판사마다 월북문인들의 작품을 묶어 전집이나 선집을 발간하는 것이 무슨 유행 같았던 시기가 있었다. 출판사에서 자발적으 로 문학사적 가치가 있는 작가들의 개인 전집을 내기도 하지만 "정지용, 김기림처럼 그 이름을 빼면 문학사가 제대로 안 써질 만큼 비중 있는 작 품을 남기지도 않았고 또 한때나마 대중적인 인기를 누린 인기 작가도 아닌"(403쪽) 경우 상업성이 없어 유족들이 여유가 있으면 자비로 출판 하기도 했다. 이런 당시의 상황을 참고해 볼 때 송사묵 선생의 문학전집 을 발간하게 된 저간의 사정은 다음과 같다.

맏형이 원해서 그동안 아버지가 남긴 작품을 모아보니 장편이 한 편, 중 단편이 사십여 편이나 되어서 세 권쯤의 전집으로 꾸밀 만하더라는 것이었 다. 여지껏 가만히 있다가 별안간 그런 생각을 하게 된 건 말할 것도 없이 여지껏 금기하던 작품들이 쏟아져 나오고, 복자 뒤에 숨었던 이름들이 복원 되는 해빙 무드와 무관하지 않았다. 그러나 예나 지금이나 그의 작품이 상 업성이 없기는 마찬가지라 몇군데 다녀 본 출판사마다 다 뜨악해한 모양이 다. ㅡ다 된 일에 만나자고 한 건 전집 끄트머리에다 아버지의 친구 문인과 나처럼 문인이 된 제자의 글을 첨부하고 싶어서라고 했다.(408쪽)

인용문의 내용은 거의 모두 사실에 기초하고 있지만 실제로 전집에 글을 실은, 문인이 된 제자는 박완서가 아니라 한말숙이다.

　　1) 송사묵 선생은 그 시절에도 다복하다 할 만큼 여러 자녀를 둔 걸로 알
고 있었다. 그렇게 미적거리고 있을 무렵 뜻밖에도 송사묵 선생의 막내 자
제라는 이로부터 만나자는 전화를 받게 되었다.(406쪽)

　　2) 86년 봄에 선생님의 막내아드님을 만나게 되었다. 충청도의 동인지에
서 선생님 소개가 있었는데 거기에서 박정규 선생이 막내아드님이라는 것
을 알고 내 친구 박완서가 알려 주어서 우리는 실로 36년 만에 선생님의 혈
육을 만나보게 된 것이다.[10]

　　인용문 1)은 본문이고 2)는 박완서와 함께 숙명여고의 제자였던 소설
가 한말숙이 쓴 박노갑 전집에 실린 글이다. 송사묵 선생의 전집을 발간
해야겠다고 마음먹게 된 건 6·29 이후 금기시되었던 작품들이 쏟아져
나오고, 복자 뒤에 숨었던 이름들이 복원되는 해빙 무드 덕분이라는 당
시의 시대 상황으로 미루어 볼 때, 또 깊은샘 출판사에서 『박노갑 전집』
을 3권으로 묶어 1989년에 발간했고, 이 작품이 1989년에 발표된 것으로
볼 때 소설의 상당 부분은 사실에 바탕을 두고 있음을 알 수 있다. 말하
자면 '자기 이야기를 자기 이야기처럼 쓴' 경우에 해당된다.

　　송사묵 선생은 난리통에도 그 세상이 그렇게 빨리 끝날 줄 모르고, 학
교와 문학가 동맹 사무실을 드나들었던 일들 때문에 수복 후에는 자숙
하고 있던 중, 누군가의 고발로 연행되어 서대문 형무소에 수감되어 있
었다. 그 시절 그런 일들이 워낙 많았을 때, 수감된 사람의 부역 사실이
대단치 않고 6·25 전에 사상이 온건했음을 밝혀 관용을 요망하는 진정
서를 첨부하면 재판에 유리할 것이란 말을 듣고 유력인사, 혹은 유명인
사를 포함하면 효력이 더 클 것이란 기대와 함께 사모님은 그 명단을 작

---

10 한말숙, 「스승은 외롭지 않다」, 『박노갑 소설집 40년』, 깊은샘, 1989.

성했다. 그러나 그들의 반응은 기대와는 전혀 달랐다.

> 그러나 선생님과 평소 교분이 두텁다고 사모님이 철석같이 믿고 있었던 그 분들은 하나같이 사모님을 문전박대 했다. 간신히 만날 수 있었다고 해도 무슨 핑계로든지 도장을 안 찍으려 했다. 가장 흔한 핑계는 누가 먼저 찍으면 찍겠다는 거였다. 사모님은 아직까지도 그 먼저 찍어줄 사람을 못 만난 것이었다. 나에게 하고 싶다는 부탁은 내가 나서서 그 먼저 찍어줄 사람을 찾아냈으면 하는 거였다. 선생님을 위해 제자가 발벗고 나서면 딴 유명 인사는 몰라도 동료 선생님들 마음이야 움직일 수 있지 않을까 기대하는 것도 무리는 아니었다. 그러나 나는 해보지도 않고 나 역시 옥바라지하는 처지임을 빙자해서 못하겠다고 거절을 했다.(411~412쪽)

이런 광기의 시절에는, 이런 류의 부탁 받는 사람들의 용기 없음을 비난해야 할지, 이런 류의 부탁을 함으로써 친지들을 난처하게 만드는 이들의 경우 없음을 비난해야 할지 판단은 보류될 수밖에 없다.

시절이 하 수상할 때에는 가능하면 몸을 사려야 한다는 것을 격변의 시대를 살면서 직접 체득했을 사람들을 비난할 수만은 없을 터이다. 복원보다는 생존이 우선인 세상에서 그들은 용기 없음에 대한 비난이 두려운 것보다 살아남는 것이 중요했기 때문이다. 갈등이란 흔히 드러난 사실과 감추어진 진실이 상충할 때 느끼게 된다. 작가는 자신의 여고 시절 스승이 월북작가로 간주되는 현실과 실제로는 6·25 때 처형된 감추어진 과거의 사실을 두고 갈등과 함께 복원에의 욕구를 강렬히 느낀다.

작가가 실천으로 옮기지 못한 시도 중에는 문학선집을 편한 Q씨에게 그가 납치가 아니라 사형이고 그의 문학이 6·25로 인해 실종된 것이 아니라 그 나름으로 완성된 걸로 봐야 한다는 것, 즉 진상을 알려야 한다는 것 등이었다. 그러던 중 앞서 언급했던 대로 해금 이후 많이 출간되었던 월북작가들의 전집으로 그의 전집도 가족들에 의해서 추진되면서, 작가는 문인이 된 제자로서 그 전집에 담을 스승에게 보내는 편지글을 의뢰받는다. '다 된 각본'에 의해 움직여주기로 작정하다가 작가는 그러나 끝내 자신만은 사실과 진실에의 복원을 하기로 마음먹는다.

> 속 들여다뵈는 거짓에 동조하는 게 아무리 송선생님의 유가족을 위하는 도리라고 해도 나에겐 유가족보다도 송선생님이 더 중요했다. 비록 방대하거나 화려하진 않지만 그분이 남긴 문학을 몽땅 모아 논 자리라면 의당 그분의 생애도 정직하게 복원돼야 마땅했다. 그건 내 감수성이 가장 순수했을 때 존경과 동경을 바쳤던 분에 대해 이 나이에도 할 수 있는 유일한 공경의 방법이었다.(409쪽)

그러나 복원에의 시도는 처음부터 거부당하는데 송사묵 선생의 사형 사실을 알고 있는 가족부터 월북을 기정사실로 여기고 있었고, 작가가 저간의 사정을 잘 알고 있는 제3자를 찾아 나서지만 그들 모두 이 일과 연루되기를 기피하고 거부한다.

그 시절 동네 민청에 나갔던 게 화근이 되어 옥살이를 하고 나와서 송사묵 선생의 사망을 알려주었던 여고 시절 친구는 작가의 확인 전화에 화를 낸다.

> "나, 우리 남편한테 거기 들어갔었다는 거 속이고 결혼했어. 그이도 시집 식구도 아무도 모르고 나 여지껏 잘 살아왔어. 무슨 얘길 듣고 싶은지 모르지만 내가 입을 열 것 같아. 소설이나 국으로 써먹지 뭐 할 짓이 없어 남의 비밀을 캐냐 캐길."(414쪽)

그러나 화를 냈다가 이내 후환이 두려워 제발 비밀로 해달라고 비굴하게 애원하는 전화를 해 온 친구에게 작가는 다짐과 맹세를 하며 안심시켜주고 복원에의 꿈을 허물기 시작한다.

다음 작가의 복원의 꿈을 허문 사람은 사모님의 진정서에 이름이 올라 있었던 소설가 출신의 전직 고위 관직자 백민세 옹이었다. 진정서 건으로 사모님이 그를 찾아갔을 때 여러 차례 문전박대 당해 원망을 많이 샀던 그는, 작가의 질문에 자신이 키운 송사묵이란 소설가의 납치를 기정사실화하고 "그 사람은 절대로 제 발로 북쪽으로 갈 사람이 아니"라고 강조하며 월북까지도 시대의 모함으로 단정함으로써 작가의 말문을 막히게 한다.

송사묵 선생의 행적에 대해 사실 확인을 은폐하는 여고 시절 친구나 왜곡하는 백민세 옹의 거부 반응은 그들 개인의 안위와 결부되어 있을 뿐 아니라 그 시절을 견뎌 온 사람들의 보신책으로 이해할 필요가 있다. 그 시절을 견뎌오면서 비슷한 상처를 가진 다른 많은 가족들의 처절한 대응 방식[11]을 고려해 보는 것도 이해의 한 방식이 될 수 있을 것이다.

---

11 한 여성 사회학자가 50대 중반에 쓴 자전적 소설에는 연좌제로 인한 월북 가족의 피해 의식과 실제로 겪게 되는 피해가 엉뚱한 데서 얼마든지 일어날 수 있음을 증언하고 있다. 5·16 군사혁명 후 처음 치룬 전국 공동 출제 입시에서 전국 수석 정도를 한 바람에 그만 아버지의 월북이라는 가족사가 드러나 버린 이 집안의 사정이 다음과 같이 기억되고 있다.
"그런데 예기치 않은 일이 생겼다. 기자들이 다녀간 며칠 뒤, 그러니까 내가 그날 신문에 난 뒤 바로 어머니는 뜻밖의 방문객을 맞았다. 그 당시 서슬이 새파란 중앙정보부 사람들이었다. ―정보부에서 다녀간 뒤 어머니는 서둘러 아버지의 사망 신고를 해야겠다고 했다. ―그렇게 함으로써 아버지 때문에 자식들에게 올 피해를 줄이기로 했던 것 같다. 연좌제는 엄청난 굴레였다. 월북이 아니라 행방불명도 마찬가지였다. 월북과 납북과 행방불명이 구분이 안 되던 때였다. 그때부터 나는―행불이라는 단어에 공포증을 갖게 되었다. ―성적 우수자에게 주는 5·16 장학금이 그때 처음 생겼는데 신청하

작가의 복원에의 의지는 결국 송사묵 선생의 가족으로부터도 외면당하게 된다. 송사묵 선생의 장남과 만났을 때 그들 가족의 생각이 밝혀진다.

"납치당하신 것처럼 말하는 것 말이죠. 그건 우리 식구의 말버릇이죠. 사형이나 옥사보다 얼마나 듣기 좋아요."

"말버릇이라구요?"

"예, 말버릇이요. 묵계라고 해도 좋구요. 그렇지만 그런 말버릇을 우리 식구가 먼저 창안한 건 아니예요. 언제부턴지 북쪽으로 간 사람들의 문학이 거론되기 시작하면서 아버님도 그 안에 포함되는 걸 보고 우리 식구는 다만 동조한 것뿐이죠."

"그건 진실이 아닌데 가족은 마땅히 정정을 해야지 동조를 하다니 그게 말이 됩니까."

"좋은 일에선 특별나고 싶을지 모르지만 나쁜 일일수록 다수의 편에 서는 게 그나마 편하거든요. 일종의 자구책이죠. 불행해 진 것도 억울한데 홀로 특별하게 불행해지는 거라도 면해보자는."(418쪽)

험한 시절을 살아온 사람들의 일종의 보신책을 비난할 수 있는 사람은 아무도 없다. 진실에의 복원을 꿈꾸던 작가의 선의는 이렇게 무참히 가족과 주변 사람들에 의해 거부되고 만다. 어떤 이유나 명분도 복원으로 인해 아직도 아물지 않은 상처를 덧내 또 다른 상처를 내게 되서는 안 된다는 생존의 문제보다 더 절실할 수는 없는 것이다.

지 않았다. 아버지에 대해 말해야 할 일이 생길까봐 그게 싫어서였다.―질병에 의한 사망으로 병사 신고를 했다.―납북되었건 월북했건 행방이 불명확한 아버지보다는 사망 신고가 된 아버지가 아이들 신상에 이로운 시대였다."(조은, 『침묵으로 지은 집』, 문학동네, 2003, 100~101쪽.

인용문에서 '―' 부분은 의미 전달에 지장이 없다고 판단되어 생략한 부분이다.)

 •• 한국 현대소설, 이주와 상처의 미학

4. 상처 치유를 위하여

보편성이 특수성에 의해 밀려날 때, 즉 특수성이 유별나게 두드러질 때 소설의 소재가 될 수 있는 데 비해, 개별성이 보편성을 획득하면 더 이상 소설의 소재로 특별하지 않다. 복원되어야 할 것들이 이런저런 특수한 사정들에 의해 은폐되거나 부정되어야 한다면 그 사실을 꼬집기 위해서도 그것은 충분히 소설의 소재가 될 수 있다. 그러나 복원되지 못한 것들이나 복원되어야 할 것들이 제대로 복원되고 있다면 그때도 소설이 필요할까? 인간사의 갈등에서 소설이 나오고 있다면 역설적으로 갈등의 해소는 그만큼 소설의 탄생을 막고 있는 셈이다.

가족들에게는 아버지가 6·25 때 처형되었다는 특수성보다 납북이나 월북이라는 상대적 보편성에 묻혀 있을 때 정서적으로 보다 편하다고 송사묵 선생의 아들은 말하고 있다. 그런 사실을 굳이 감추지 않아도 되는 세상, 드러나는 가족사의 상처가 더 이상 상처가 되지 않도록 극복할 수 있는 방법은 없을까. 실제로 예술가들의 경우 가족사의 상처가 예술을 통해 승화되는 것을 보기도 하지만 지금까지 우리나라의 정치 사회적 정황으로 볼 때 노출보다는 은폐의 정서가 강할 수밖에 없었다. 작품의 논리대로라면 송사묵 선생을 월북작가로 만든 데는 사실 문단이나 학계의 책임이 없지 않다. 송사묵 선생이 '월북작가 문학선'이나 '월북작가 연구'에서 다루어졌을 때, 가족들이 가만히 있음으로써 결과적으로 동조하게 되었기 때문이다. 사실 '6·25 처형작가 문학선'이나 '희생작가 문학선' 등으로 따로 묶기에 작가나 작품이 많지 않은 점도 있겠지만 그 용어 사용에서 정서상의 거부감도 만만치가 않다. 또 "해방을 전후한 십여 년 동안 그닥 재미는 없지만 씹을 맛있는 소설을 꾸준히 발표해 온 소설가"(404쪽)임에도 불구하고 "작품이 도매금으로 넘어가는 수준의 작가"(405쪽)이기 때문에 "Q씨처럼 바쁜 평론가가 일일이 아는 척 할 수"(405쪽) 없어서 도매금으로 월북작가 군으로 넘겨진 면도 있을 것이다. 감추어진 사실과 진실이 일치되도록 하는 노력을, 더구나 별로 득 될 것도 없고 오히려 아픈 상처를 드러내는 일이라면 개인이 과연 얼마나 앞장서서 나설 수 있겠는가. 수기를 쓴 노인은 복원에 따르는 거액의 상금도 마다하고 개인의 안존을—그것도 지레 겁을 먹은 측면이 강하다.— 지키고자 하는데. 해금작가 가족들의 경우, 자식 된 의무와 집안의 명예를 의식한 전집 발간일 텐데 그런 아픔과, 보는 시각에 따라서는 불명예를 무릅쓴 진실에의 복원이 가능할 것인가.

근현대사에서 우리 민족의 아픈 상처로 남아, 반세기가 넘도록 여전히 아물지 않은 6·25와 연결된 이런 저런 사건들의 복원이 언제나 가능할 수 있을까? 상처가 아물 수 있고, 아픈 기억들이 잊혀질 수 있는 충분한 시간만 지나가면 가능한 걸까? 그 시간이 남북이 통일되기 전에는 어려운 일인가? 그런데 시간과 함께 중요한 것은 주변 상황과 인식 혹은 보는 시각이라는 생각이다.

사실 국회의원 선거와 관련된 부정선거에 대한 수기는 6·25와 직접 연결된 이야기는 아니다. 그러나 노인 부부가 복원하기를 접고 수상을 거부하게 된 피해의식의 저변에는 6·25 전후의 상황과 집안의 처신으로 인한 불행했던 과거가 놓여 있다. 면장을 지냈던 노인의 부친이 동란 중 잘 숨어 있다가 조금 빨리 국군을 환영하러 나오는 바람에 인민군에게 처참하게 숨졌다는 '실은 별 것도 아닌' 집안의 내력 때문에, 6·29라는 변혁기에 글로 설치다가 또 무슨 변이라도 당할까 지레 두려워했던 것이다.

"암튼 시상만 바뀌었다 허면 미리 설치는 건 이 집안 내력이라니께."(400쪽)

"자식들헌테도 붓대보담은 기술로 벌어먹는 게 수라고 글강 외듯 허시던
양반이 망령이 나도 분수가 있지."(399쪽)

변혁기에는 많은 것이 가능하지만 상황이 언제 어떻게 돌변할지 예측
하기 어렵다. 수기의 노인도 자신이 고발한 장본인이 대통령 후보의 수
행원으로 나타나지만 않았어도 조금 걱정은 할지언정 수상을 거부까지
하지는 않았을지도 모른다. 말하자면 노인에게 수상을 거부하게 한 것은
6·25 때의 집안 내력과 함께 과거와 달라지지 않은 정치 상황이었다.

다행히 붓대 놀려 먹고 사는 사람들은 윤노인 양주분들처럼 어리숙하지
도 겁쟁이도 아니어서 책방엔 6·29 전에는 꿈도 못 꿀 책들이 쏟아져 나와
서로 베스트셀러를 다투고 있었다. 해금된 과거의 금서뿐 아니라, 북쪽의
이념으로 최고의 가치를 부여한 그쪽 본바닥 소설까지 나와 눈길을 끌었고,
진실이 매몰된 사건들을 파헤치고 복원하고 고발한 소설이나 논픽션의 출
판도 더욱 활발해진 것 같았다.(403쪽)

시대가 영웅을 만들고 어느 일이건 어떤 시기이기 때문에 가능한 일
들이 있다. 시대에 편승하는 감은 있지만 윤노인의 수기는 시의적절한
것이었는데 발표를 거부함으로써 실기(失機)한 셈이다. 윤노인이 6·29
이후라 가능했던 수기를 통해, 정치 현실을 고발하려던 복원에의 의지
를 접은 데 비해, 송사묵 선생의 가족들은 이 시기이기 때문에 가능하게
된 전집 출간에 나서면서 사실의 왜곡을 정당화하려고 한다. 작가는 윤
노인에게서 느꼈던 복원에의 의지를 송사묵 선생의 행적과 죽음을 사실
대로 복원하고자 하는 열망으로 표출하지만 결국에는 윤노인처럼 그 의

지를 접고 만다. 작가를 제외한 주변의 인물들이 사실 확인을 적극 기피하기 때문이다.

사실 여고 시절 제자라는 사적 인연은 작가로 하여금 모든 정황에 대해 이성적으로 접근하고 판단할 수 있게 하기에 충분히 객관적인 관계이다. 그러나 가족의 경우는 다르다. 그들에게는 감정 면에서 아직 상처가 아물기에 충분치 않은 시간일 수 있으며 영원히 드러내고 싶지 않은 상흔일 수 있다. 특히 증언하기를 거부한 여고 시절 친구나 백옹의 경우 자신의 가정이나 개인의 안위까지 염두에 두고 있는 만큼, 그런 사람들의 시각에서 볼 때는 아무것도 걸리적거릴 게 없는 작가가 자신의 이성적 명분만 고집하며 오만하게 구는 것으로 비칠 수도 있다. 죽은 송사묵 선생의 진실을 복원함으로써 살아 있는 사람들이 돌이킬 수 없는 상처를 입을 수 있다. 그런 면에서 소설 속 사실들에 대한 진정한 복원이 이루어지기 위해서는 주변 사람들이 상처받지 않을 환경, 주변 상황과 인식이 함께 변화해야 한다.

작품 속 작가가 아무리 역사적 사실에서 소설적 진실을 찾아 드러내고자 한다 해도 작가 자신부터 복원의 은폐에서 자유롭지 못하다. 작가 자신이 6·25의 와중에서 송사묵 선생의 결백을 위해 노력할 때 어느 사실에의 증명과 협조를 거부했을 뿐 아니라, 6·29 이후의 자유로운 분위기 속에서도 수기 작가의 수상 거부 가능성을 삶에 대한 타고난 직감으로 대비함으로써 복원의 은폐에 한 몫 했고, 송사묵 선생의 죽음에 대해서도 복원의 의지를 접기 때문이다. 결국 작가의 예리한 분석은 자신을 향해 비판의 날을 세우게 된다.

누구나 빠져나갈 구멍 먼저 마련해놓고 있었다. 진실이 마치 함정이나 덫이라도 된다는 듯이. 남 나무래 무엇하랴. 누구보다도 내가 그렇게 살아왔

다는 증거로 나는 하필이면 나의 촉새같은 입놀림을 생각해냈다.(418쪽)

진실의 해명이 더 이상 함정이나 덫으로 여겨지지 않은 상황이 올 때, 상처 자체가 중요한 게 아니라 상처의 극복이 중요하고 아름답다고 느낄 때 그때 비로소 상처는 치유될 것이다.

5. 나오며

우리 민족에게 6·25로 인한 상처는 반세기가 넘도록 여전히 진행 중이며, 그 상처를 그리고 있는 소설의 양상도 시대와 사회의 변이에 따라 다르게 나타나고 있다. 그런 사실은 당연하면서도 흥미로운 바, 6·25의 상처가 정치적 사회적 상황에 따라 소설 속에서 어떻게 변화 수용되어 나타나는가는 이미 4·19와 5·16 사이 이념적 일탈의 자유로움 속에서 최인훈의 「광장」이 나올 수 있었던 사실에서 확인한 바 있다. 박완서의 「복원되지 못한 것들을 위하여」도 6·29 이후 해금이라는 상황과 시대였기에 가능했던 작품이다. 이 작품은 6·29 이후의 정치적 상황과 시대 변화가 직접적인 동기가 되었지만 그 근저에는 6·25로 인한 불행한 가족사가 40여 년이 되도록 해소되지 못하고 있음을 보여주고 있다. 이러한 아픔은 반세기가 넘게 흐른 2003년 현재의 상황에서는 상당히 많은 부분이 극복된 면도 있지만 아직도 해소되지 못한 아픈 역사의 흔적으로 남아 있다.

이 논문은 흔히 박완서 소설에서 6·25가 『나목』이나 「엄마의 말뚝」 1, 2, 3 등 초기 대표작을 통하여 가족사 차원에서만 다루어졌던 종래의 시각을 넘어서 사회소설의 양태로 그 지평을 넓히고 있음을 천착해 보았다. 6·29 이후 해금을 통해 나타난 여러 사회 현상을 매우 냉소적으로 꼬집고 그러한 사회 현상들이 개인의 행동을 어떻게 구속하고 제약하는지를 보여주고 있다는 점에서 사회소설의 양상을 보여주고 있기 때문이다.

시대와 사회 변화 속에서 인간의 심리 상태를 작가 특유의 세상에 대한 탁월한 눈썰미를 통해 여러 면에서 꼬집고 드러내 보이고 있는데 그 대상이 바로 월북작가로 알려진 박노갑을 모델로 하고 있어 제재도 문학적으로 흥미로운 게 사실이다.

작가의 복원에 대한 생각은 기본적으로 다음 언급에서 잘 나타나 있다.

> 망가지고 흩어진 걸 복원하는데 있어서 제 조각을 찾으려는 노력 없이 딴 조각으로 메꾼 걸 진정한 복원이라고 볼 수 있을까. 설사 그 딴 조각이 금이라 해도 말이다. (404쪽)

여기서 개인적인 일이건 공동체의 일이건 ―이 경우 역사의 한 부분으로 편입될 수 있을 것이다―망가진 부분을 '감쪽같이' 은폐하거나 왜곡하기보다 흔적을 남겨 진실 부분을 알아 볼 수 있게 해야 한다는 작가의 냉정한 정직함도 함께 읽을 수 있다. 제대로 알려져야 할 일들이 왜곡된 채, 은폐된 채 우리 앞에 놓여 있는 작금의 현실은 '복원되지 못한 것들'의 '복원을 위하여' 계속 잔을 들게 만드는데 그런 류의 술잔은 아마도 계속될 것이다. 어느 면에서 우리 삶은 드러난 사실과 감추어진 진실 사이에서 이해와 갈등의 추를 반복하면서 이루어지고 있기 때문이다.

가족상봉소설의 형상화 연구

— 남북한 소설과 조선족 소설의 경우

1. 들어가며 – 이산과 가족 찾기

1950년에 발발한 한국전쟁으로 인해 근 60년 가까이 한국은 분단 상황하에 놓여 있다. 제2차 세계대전 후 분단국가였던 독일이나 베트남이 통일하여 더 이상 분단국가로 남아 있지 않은 마당에 남북한은 냉전 이데올로기의 폐해를 가장 오랫동안 지속시킴으로써 같은 민족의 이산, 한 가족의 이별이라는 상처를 21세기에도 여전히 현재진행형으로 간직하고 있는 유일한 나라가 되었다.[1]

전쟁이란 것이 역설적으로 문학에서는 커다란 보고(寶庫)가 된다고 할 수 있는 바, 많은 불후의 명작들이 전쟁을 배경으로 하고 있음은 주지의 사실이다. 6 · 25 전쟁이 문학 속에 형상화되는 것을 살펴보면 어떤 흐름이 있다는 것을 알게 된다. 전쟁 그 자체나 전쟁 체험, 그로 인한 직접적인 폐해, 전후의 피폐한 사회상이나 이데올로기의 문제를 다루던 데서

---

1 이정숙, 「소설의 교수 학습 방법과 실천 논리」, 구인환 외, 『문학 교수 학습 방법론』, 삼지원, 1998, 249쪽.

차츰 전쟁 이후의 상처 그리기에 초점이 옮겨가는데, 이산가족의 문제는 우리 민족의 가장 큰 정신적 상처로 자리 잡고 있다. 남북 분단고착화라는 시간의 켜가 두터워질수록 이산가족의 만남이라는 소재도 다양하게 형상화되는데 예를 들어 '아버지 찾기'[2]로 대표되는, 자식이 아버지를 찾는 일련의 소설들은 우리 민족의 세계화에 따라 자연스럽게 전 세계가 '아버지 만나보기'의 공간이 되는 식으로 그 운신의 폭이 넓혀졌다. 이런 점들은 소설이 시대와 사회를 반영하는 문학예술인 만큼 당연하게 나타나는 현상이라고 할 수 있다. 그러나 아무리 월북한 아버지와 그로 인해 남아있는 가족들의 신산한 삶이 그려진 소설들의 단계를 넘어서 적극적으로 가족 간의 만남을 시도한다 하더라도, 그 만남은 체제의 도움을 받을 수 없는 경우 은밀하게 진행될 수밖에 없었다. 가족과의 만남이 절실한 만큼 상상력과 구분되는 리얼리티 측면에서는 사실 허황된 부분도 없지 않았고[3] 여기서 월북한 아버지란 존재는 본 적도 없고 만날 수도 없기 때문에 추상적일 뿐 아니라 실제로 만났다 하더라도 여전히 추상적인 존재[4]로 남아 있는 식이었다.

---

2 이정숙, 「여행소설에 나타난 상상력의 구조변화 – '아버지 찾기'를 중심으로」, 『국어교육』 105, 한국국어교육연구회, 2001. 6, 369~391쪽.
　　이 논문의 대상이 된 작품들의 배경, 즉 '아버지 만나보기'의 공간은 남도 북도 아닌 제3국으로 되어 있어서 주인공들은 자연스럽게 한국을 떠나서 사건의 중심지가 되는 해당 외국으로 여행하는 양상을 띠게 된다. 제목이 '여행소설에 나타난 상상력의 구조변화' 식으로 된 소이이다.
3 정소성의 「아테네 가는 배」에 그려진 아버지 만남의 시도는 현실성이 결여되어 있음을 작품에서도 토로한 바 있다. 이 작품은 현실보다는 신화의 의미가 강조되고 있다.
4 이문열은 월북한 아버지를 추상적 존재라 했는데 최윤의 「아버지 감시」에서 유럽으로 아들을 찾아온 아버지의 존재 역시 추상적이다.(졸고, 「여행소설에 나타난 상상력의 구조변화」 참고)

본고에서 다루고자 하는 북한소설 『혈맥』과 남한소설 「어머니 마음」 은 월북했던 아들이 아버지를 만나러 남한에 오거나, 남한의 아들이 월북했던 아버지를 만나러 대련으로 간다는 점에서 '아버지 찾기' 소 설에 속한다. 이들은 실제로 아버지를 만났으며 부자간에 감정적 · 정 서적 교류를 통하여 아버지가 더 이상 추상적인 존재가 아니라 살아 있는 혈육임을 확인한다는 점에서 기존의 아버지 찾기 소설과 차별화 된다.

한편 남북한 당국은 휴머니즘 차원에서 이산가족 상봉에 대한 논의를 진행해 왔고 실제로 1985년 비로소 이산가족의 만남[5]이 이루어지게 된 다. 오랜 가뭄에 잠깐 비 오듯 갈증 나게 이루어지기는 했으나 부모와 자식 간의 만남이 정치적 상황의 변화에 따라 정식으로 이산가족 상봉 이라는 열린 기회를 통해 이루어지게 되는 것이다. 허춘식의 『혈맥』은 바로 이러한 공개적이고 공식적인 가족 만남의 장을 통해 이루어진 월 북한 아들의 남한 방문 이야기이다. 반면에 홍상화의 「어머니 마음」에 서는 월북한 아버지와의 만남이 비공식적으로 은밀하게 이루어지는데 아들을 만나러 북한에서 대련으로 오는 아버지는 위험 부담을 안고 은

---

5 2000년 현재 정부는 남한에 살고 있는 52세 이상의 이산가족 1세대를 123만 명으로 파 악하고 있으며 이 중 60세 이상의 고령자는 69만 명이다. 고령 이산가족이 늘어남에 따라 생전에 가족을 만나겠다는 욕구가 커지면서 최근 들어 제3국을 통해 생사를 확인 하고 서신을 교환하거나 상봉을 하는 경우가 늘고 있다. 작년의 경우 제3국을 통한 이산 가족 교류는 생사확인 481건, 서신교환 637건, 상봉 195건이었으며 북한 내에서 가족을 만난 경우도 5건에 이른다. (장용훈, 「이산가족 – "우리는 만나야한다."」, 『관훈저널』, 2000. 여름, 통권 75호) 2008년 현재 정부에 상봉 신청을 한 실향민 125,000명 가운데 이미 35,000명이 이산의 한을 안고 숨졌다고 한다. 일천만 이산가족위원회 이상철 위원 장은 '지금까지 이산가족 만남은 상봉이 아닌 면회'라고 지적했다.(『중앙일보』, 2008. 11. 19)

밀하게 감행한 것이고 남한에서 찾아간 아들 역시 지극히 개인적이고 은밀한 추진 끝에 이루어진 행동이다. 이렇게 두 작품이 아버지를 만나 보는 소설인데 비해, 조선족 소설인 이여천의 「비 온 뒤 무지개」는 부모 는 이미 돌아가신 중년의 형제가 남한과 북한에서 각각 공개적, 비공개 적으로 연변의 조카를 만나러 오는 형제 만남의 이야기다.

이산가족의 상봉이 거족적 행사가 되면서 국제적 주목도 받게 되는데 본고에서는 이러한 이산가족의 상봉을 다룬 소설이 커다란 시간의 차이 가 없이 남북한 공히, 그리고 남북한이 비교적 균형 있게 교류하는 공간 인 중국 동북 삼성의 조선족 소설에서도 나타나고 있음에 주목한다. 이 런 종류의 작품들은 시대의 변천사와 궤를 같이하면서 시대적, 사회적, 정치적 여건이 중요한 변수로 작용하는 만큼 본 연구의 서술순서는 해 당 작품의 발표순서에 따르도록 한다.

2. '이산가족'의 공식적 만남과 유화적 접근 — 허춘식의 『혈맥』(1988)

6·25 당시 가족이 헤어질 때에는 대부분 며칠 안에, 혹은 몇 달 안에 만날 것으로 생각한 일시적 헤어짐이었다. 따라서 그 이별이 반세기 이 상 지속될 것이라고 생각한 사람은 거의 없었다.[6] 그러나 남북 분단이 고착화되고 냉전 시대 남한과 북한의 적대적인 관계로 인해 1,000만 정 도의 이산가족이 발생하게 되었다. 이산가족 상봉은 가장 인도적인 차

---

6 조은, 「분단사회의 '국민 되기'와 가족」, 『전쟁의 경험과 생활세계의 변화』, 한성대학 교 전쟁과 평화연구소, 학진 기초학문 육성지원 1차년도 학술발표회, 2006. 5. 27 학술 발표회에서 인용된 수합 사례들의 거의 모든 경우가 이에 해당한다.

원의 작업인 만큼 남북 적십자사 간에 논의는 되어왔으나 30년 이상 실행되지 못해왔다가 1985년 5월 27일부터 30일까지 서울에서 열린 제8차 남북적십자회담에서 '이산가족 고향 방문 및 예술공연단 교환원칙'[7]이 합의됨으로써 그해 9월 21일과 22일에 '남북이산가족 고향방문단 및 예술공연단'의 역사적인 첫 상봉이 이루어졌다.

월북한 아들의 남쪽 가족 찾기 소설인 허춘식의 『혈맥』(1988)[8]은 발표시기로 볼 때, 또 쉐라톤호텔이라는 구체적인 장소로 볼 때, 바로 이 남북 이산가족 고향 방문이 배경이 되고 있는 전체 15장으로 된 장편소설이다. 고향방문단의 일원으로 서울을 방문하는 북한 의사의 시각에서 가족 만남의 과정과 서울에 대한 인상 등이 일반적인 북한 소설과 달리 비교적 사실적으로 그려져 있다. 많은 북한 문학 연구자들이 80년대 북한 문학에 주목하는 것은 이 시기의 문학이 주체문예이론의 틀을 크게 벗어나지 않으면서 다소 유연한 시각[9]으로 다양한 현실 주제의 소설들을 발표하고 있기 때문이다. 이는 주체문예이론의 경직성을 내부적으로 반성하는 징표로 해석되기도 하는데 이렇게 북한 당대 현실 내에서 제

---

7 남북한 양측이 세 차례에 걸친 실무대표 접촉에서 합의한 내용은 방문단의 규모, 방문지역(서울과 평양), 방문기간(1985년 9월 20~23일), 교환방법(동시교환), 공연회수(2회), 공연내용(정치적 성격 배제, 전통 민속가무 중심) 등이었다. 이로써 9월 20일 동시에 판문점을 통과한 방문단은 평양대극장과 서울 중앙국립극장에서 각각 두 차례의 예술단 공연을 가진 데 이어 21일과 22일에는 서울의 워커힐호텔과 평양의 고려호텔에서 이산가족 상봉이 있었다. 남한 측 방문단 50명 중 35명이 41명의 북한 친척들을 만났으며, 북한 측에서는 방문단 50명 중 30명이 51명의 남한 친척들을 만났다.
8 허춘식, 『혈맥』, 문예출판사, 평양, 1988. 이후 이 책의 본문 인용은 각주 대신 인용문 뒤에 ( ) 안에 이 책의 쪽수를 밝히는 것으로 대신한다.
9 김종회, 「주체문학론 이후 북한 문학의 방향성」, 『디아스포라를 넘어서』, 민음사, 2007, 57쪽.

기되는 절실한 문제들을 폭넓게 다룬다는 점에서 그 이전의 소설과 다르며 『혈맥』은 바로 이러한 시기에 발표된 이산가족 상봉을 소재로 한 작품이라는 점에서 의미가 있다.

1) 불신과 의혹의 타락한 도시, 서울

주인공은 충청도 청송 출신의 월북자인데 북한에서 의사로서 여유 있게 잘 살다가 고향 떠난 지 30여 년 만에 가족을 만나러 서울로 온다. 옛날 의과대학에 진학하여 공부하겠다고 집을 떠나 서울로 온 것이 그대로 이별이 된 경우이다. 고향을 회상하며 '눈물만 훔치던' '함함하게 빗어 쪽진 숱많은 검은 머리―살림을 꾸려나가느라 쉬임없이 일했던'(24쪽) 어머니의 모습을 회상하지만 아들을 그리다가 죽었다는 말만 듣고 아버지와 누이동생만 만나게 된다. 그는 남한이 고향이고 서울에서 학교를 다녔기 때문에 서울은 낯이 익은 도시이다. 그런 그에게 서울은 타락한 도시로 다가오고 있다. "무학재 고개를 넘어 서울 시가로 들어서면서부터 펼쳐지는 거리의 광경과 행인들의 모습은 그대로 양풍과 왜풍이 범람하는 대하"(12쪽)이며 일본 관광객들과 어울리는 여인들의 모습을 '밑천들이지 않는 돈벌이'라 하여 국가 기업으로 권장하고 있는 도시이고 '사랑도 인정도 돈으로 헤아리는 경박한 도시'(135쪽)일 뿐이다. '제나라 땅인 서울'에 와보니 "같은 조선말을 하는 조선사람들인데 서로 리해가 되지 않고 심정이 통하지 않고 말까지 알아듣기 힘들 지경"(112쪽)이라고 한탄하며 "세상이 썩었다."고 단언한다.

> 뻐스는 마지막 만찬이 마련되어 있는 호텔로 향해 질주했다. 해빛이 자취를 감춘 도시우에서 각색으로 물들인 네온이 현란하게 춤추고 있었다. 백주

에도 가리우지 않았던 라체를 어둠 속에 번뜩이며 륜리의 붕괴가 극에 달하고 금권의 횡포가 인간을 압살하는 이 땅에서 생로의 표대를 찾지 못하고 도덕의 기준을 상실한 사람들을 육욕과 망각의 향연에로 부르고 있다. 량심과 정의는 철창에 가두고 생존의 의식을 관능의 자극으로 고취하는 그 광란하는 빛과 음향은 림종을 바라보며 광태에 빠진 말세의 단말마인양 강렬하고 애절하게 서울의 밤하늘을 찢어 발긴다.(123~124쪽)

주인공이 목격한 남한 사회는 인간다운 심정이나 목소리가 총검과 곤봉의 전횡에 유린되고 온갖 동물적인 것이 번성하는 '종말적 세계의 축도'(119쪽)이다. 이러한 남조선의 실태를 남조선 사람들에게 아무리 설득력 있게 말한다 해도 용납하려 하거나 이해하려 들지 않을 거라며 안타까워하는 주인공의 생각에서 역설적으로 소통의 가능성을 본다. 옳고 그름에 대한 판단, 인간이 지향해야 하는 사회에 대한 공통점을 발견할 수 있기 때문이다.

그런데 남한에서 주인공이 느끼는 거부감에는 문화적 차이에서 오는 면도 있다. 예를 들어 호텔 방에서 남한의 타락상을 강조하는 너절한 잡지들과 함께 "벽에는 구멍이 숭숭한 화포에 형상은 고사하고 형태조차 알아 볼 수 없는 추상파의 그림이 걸려 있는 방 안이 그러지 않아도 답답"(20쪽)하다고 언급되어 있는데 이는 당시 서울에서 유행했던 벽지의 모던함이나 추상화가 익숙하지 않았던 탓으로 보인다. 주인공은 타고 있는 버스까지도 "남 보이기에 딱한 지대를 피하느라고"(12쪽) 에돌아 숙소로 가고 있다고 파악하고 있다. 이런 식의 시각은 이 작품이 발표된 지 20년이 지난 오늘 우리가 북한에 갔을 때 갖게 되는 자세일 수도 있다.

상봉 첫날, 남측의 '안내원, 기자, 접대원, 이 밖의 적십자 관계자들'

이 붐비는 속에서 만나게 된다는 사실을 알았을 때 주인공은 참을 수 없는 의문을 느낀다. "나의 부모 형제들이 죄수들이란 말인가? 우리가 과연 감옥엘 찾아왔단 말인가?"(37쪽)라고 분개하는 장면과 남쪽에서 변명하는 이유로 "가족들마다 한 방씩 제공하자면 방을 빌리는데 돈이 많이 든다는 것" "독방에 넣으면 기자들의 취재가 곤란하다는 점" 등을 드는 부분에 이르면 남쪽 인사의 북한 방문기로 착각하게 될 정도이다. 실제로 이산가족이 만났던 쉐라톤호텔 지하홀은 "장날의 국수집"(38쪽)을 연상시키고 이 모든 과정을 나는 '한 막의 천박한 광대놀이' '눈가림'으로만 생각한다. 이러한 당국의 경직성은 방문단의 강경한 항의 덕분에 둘째 날의 상봉에서는 가족 단위로 각기 딴 방에서 오붓하게 진행된다. 그러나 아버지는 '몸이 편치 않아' 못나온다 하고 이에 의사인 아들이 아버지를 찾아보고자 하나 당국은 '상봉 절차에 없는 일'이라 안된다고 한다. 중간 중간에 '기자' '감시원'이 있었던 만큼 사실은 아버지가 아들에게 그 전날 "넋을 보이고 진실을 드러낸 것"(95쪽)으로 인하여 아들을 만나러 오지 못하게 된 것이다. 이런 일을 겪으면서 아들은 남한 사회를 "제 넋을 묻어버리고 인간적인 본심도 깊이 감추어야만 살아갈 수 있는 세상, 건전한 정신을 엿보이거나 인간적인 본심을 드러내기만 하면 가차없이 제거되는 세상"(95쪽)으로 파악한다. 또 다른 방문단의 일원인 음악가 부녀의 극적인 만남도 '상봉 절차에 위반되는 행동'이라며 완력으로 밀치고 우격다짐으로 끌어내 막는 것을 보며 남측의 "기만과 모략, 비렬한 책동—"(95쪽)의 판국에서 주인공은 끓어오르는 분노를 가까스로 누른다. 과잉대응이라 할 수 있고 거친 면이 보이지만, 이는 분단 이후 35년 만에 처음 시도되는 가족 상봉이니 만큼 예정에 없는 돌발 상황에 대해서는 남쪽이나 북쪽 모두 민감하게 반응하면서 경직되게 진행되었을 것을 짐작하게 한다.

2) 유화적 시각

북한의 1980년대 소설[10] 가운데 이전까지와는 뚜렷이 구분되는 긍정적 특성을 보이고 있는 작품들은 이 시기 북한의 문예정책 변화와 관계가 깊다. 1980년 제3차 조선작가동맹대회에서 내린 사상예술성이 높은 우수한 작품들을 더 많이 창작하여야 한다는 지침에 따른 것이다. 이산가족의 문제는 남북한 모두에게 절실한 현실 문제인 만큼 『혈맥』은 이러한 환경에서 나온 것으로 보인다. 주인공인 의사는 일상생활에서 만나는 보통 사람인데 긍정적이면서도 자신의 주관이 강한 주체형의 긍정적 인물에 속한다. 그들은 고향 회상과 가족에 대한 그리움이 절실한 가운데서도 남한 당국의 진행방법이나 태도 등 매사에 대해 불신하고 있다. 남측으로부터 가족을 찾지 못했다는 대답을 들으면서도 '과연 찾아는 보았는지' 근본적으로 믿지 못하는데 실제로 상봉 희망자 중에 누구를 만날 수 있는 건지 남측은 통고도 해 주지 않는다. 소설의 전체적인 흐름이나 묘사가 마치 오늘날 남한의 방문자가 북한에서 느꼈을 내용을 거꾸로 묘사하고 있는 듯한 인상을 주고 있다. 그만큼 표면적으로 일반

---

10 사회주의 현실 주제를 다룬 북한 소설의 1980년대 특성은 ① 평범한 일상 속에 '숨은 영웅'을 발굴 ② 도·농 격차, 세대 간 갈등, 여성 문제 같은 현실 주제의 부각 ③ 심리 묘사와 시점의 대담한 활용 등 예술적 기량의 성숙을 들 수 있다. 그러나 1989년 무렵부터 일어난 옛 소련과 동유럽 사회주의의 붕괴라는 국제정치 환경의 변화는 북한 체제를 한층 더 긴장하게 만들었다. 이에 문학에서는 '체제 수호'를 위한 대중 동원의 필요에 부응해야 하는 사정으로 나타난다. 김재용, 「1980년대 북한소설문학의 특징과 문제점」, 『북한문학의 역사적 이해』, 문학과지성사, 1994, 263~273쪽.

적인 북한 소설과 달리 휴머니즘이 바탕이 된, 경직되지 않은 유연함을 보여준다. 전체적으로 절대적 이데올로기의 주장보다는 남쪽의 경직된 일처리를 부각시킴으로써 북쪽 체제의 우월성을 강조하는 식이다. 아버지와 누이에 대해서도 사실 여부와 무관하게 매우 인간적으로 접근하고 있다. 첫날 만난 아버지는 조금 괴벽하지만 정신은 흐리지 않은 것 같고, "우린 걱정 없이 잘 살고들 있으니 안심을 해라."(52쪽)라며 호기롭게 말해서 대화의 분위기를 야릇하게 만들기도 한다. 그러나 아들과 무언가 진실한 이야기를 나누고 싶어 하다가 "그자들의 비위에 거슬리는 말을 해서", 즉 "그네들이 꺼려하는 진실을 밝혀서"(122쪽) 둘째 날에는 상봉 장소에 나올 수가 없게 된다.

한편 누이동생 옥련은 생기발랄하고 인정이 넘치던 모습에서 "굳어진 몸가짐, 정기 잃은 눈−생기없는 온 자태가 여겨볼수록 낯이 설"고 몰라보게 변해 탄식할 정도이다. 그녀의 딸이 미군과 사귀다가 미국으로 갔다는 사실을 아버지에게서 듣고 주인공은 가족 상봉의 기쁨과 감격보다 실망과 의혹으로 인해 기분이 무거워진다. 그런 이야기를 하는 아버지의 심정을 "그 정신은 더럽고 종잡을 수 없는 이 세상을 비웃으며 엇서다가도 기력이 없고 의지할 데가 없어 침묵과 고독 속에서 몸부림치는 듯했다."(66쪽)고 묘사하고 있다. 아버지 또한 문득문득 허탈함을 보여줌으로써 아들의 생각을 굳혀준다. 누이동생의 석연치 않은 태도에 실망하던 주인공은 누이가 담뱃갑 안에 몰래 넣어 놓은 편지를 통해 누이의 딸이 기지촌에서 일하다가 제대하는 미군을 따라 미국으로 갔지만 거기서 다시 팔려 한국의 기지촌보다 더한 시궁창 같은 생활을 하고 있다는 사실을 알게 된다. 거기서 벗어나기 위해 돈이 필요한 만큼, 주인공은 유난히 돈을 밝히는 누이동생의 목석같이 굳어지고 말라버린 상태를 이해하게 된다. 결국 남매는 화해하고 서로 이해하게 되는 셈인데 주인공은 통일을 다짐하며[11] 또 다른 귀향길에 오르게 된다.

중간에 부분 부분 언급되는 반미적 언사와 주인공이 아내와의 만남에 얽힌 사연을 동생에게 말할 때 보여주는 북한 체제의 우월성 강조 등을 제외하면, 가족들과의 만남에 대한 당국의 경직된 반응이나 억지는 북과 남을 거꾸로 그리고 있는 듯한 인상을 받는 것이 사실이다. 다분히 남한 소설을 의식한 듯 그와 유사하게 전개되는데 위에서 언급했듯이 이 작품이 발표된 1980년대 중후반은 북한이 과거 편향된 계급주의 사고방식에서 벗어나 유화 국면으로 가는 시기였기 때문이다. 구소련이 붕괴되기 직전인 이 당시 발표된 북한 소설이나 영화는 서구 사회에 대해서도 관용적 태도를 보이고 있다. 덧붙여 이산가족들의 만남과 "그들의 눈물겨운 상봉에 대한 감동적인 이야기는 참으로 극적인 것"이라며 상봉에 대한 이야기를 소설화할 것을 강조한 김정일의 지시[12] 전에 발표된 것도 주목할 필요가 있다.

3. 월북한 아버지 만나보기와 상처 치유―홍상화의 「어머니 마음」(1993)

이 작품[13]은 6·25 때 아내와 뱃속에 있는 자식을 버리고 월북한 아

---

11 김종회는 "1980년대 후반 이후―새로운 차원의 통일 방법의 가능성이 북한 사람들에 의해 검토 수용되면서 분단과 통일 문제를 일종의 탈이데올로기적인 차원 내에서 접근하는 새로운 경향의 북한 소설들이 나오기 시작한다."고 밝히고 있다.(김종회, 앞의 책, 63쪽)
12 김정일, 『주체문학론』, 조선로동당출판사, 1992, 261쪽. (김종회, 위의 책, 64쪽 재인용)
13 홍상화, 「어머니 마음」, 『능바우 가는 길』, 문이당, 2000. 이후 이 책의 본문 인용은 각주 대신 책의 쪽수를 인용문 뒤에 ( ) 안에 밝히는 것으로 대신한다.

버지와 편지를 왕래하다가 대련(大連)으로 아버지를 만나러 간 아들의
시각에서 쓰여진 일종의 '아버지 찾기' 소설이다. 성장 과정에서 어머
니에 대한 혐오와 불만이 큰 만큼 상대적으로 아버지를 그리워했던 주
인공이 아버지를 만나면서 어머니에 대한 반감도 해소되는 과정을 보여
주고 있다. 대련에는 큰아버지의 딸이 살고 있는데, 아버지와 큰아버지
두 분은 중국 유하(柳河)에서 살다가 해방되던 해 아버지만 귀국하여 형
제가 헤어지게 되었다. 귀국한 아버지는 사범학교를 나와 전쟁 전까지
보통학교 선생을 한 인텔리로, 서당교육 외에 신식학교라고는 다녀보지
도 못한 어머니와는 어울리는 부부가 아니었다. 아버지의 월북 후 어머
니는 아들 하나 데리고 여러 남자를 거치며 살아왔고 그러한 어머니의
삶을 아들은 경멸한다. 이렇게 어머니와의 갈등이 소설 구조를 보다 복
잡하게 만들고 있는데 현실 속의 어머니를 경멸하는 만큼 상상 속의 아
버지를 숭배하는 아들에게 "사상에 미친 빨갱이"(123쪽)라고 아버지를
매도하는 어머니는 그저 막막한 대상일 뿐이다.

1) 어머니에 대한 혐오와 아버지를 향한 그리움

> 아직까지 나도 어머니를 만나고 나면 며칠 밤을 악몽에 시달리곤 했다.
> 그 악몽은 칠흑 같은 밤, 시골길 옆에 세워진 지프에 어린 나를 남겨두고 어
> 느 군인에게 숲속으로 이끌려가던 어머니의 뒷모습이었다. 안타까움과 답
> 답함, 억울함이 꿈속에서 나를 숨막히게 했다. (124쪽)

세 살 때 겪었던 이 장면은 아들의 마음에 아프게 각인되어 작품에서
4차례 이상 언급될 정도로 화자인 아들에게 큰 정신적 상처로 남아 있
다. 어머니에 대한 이런 식의 성적 모멸감은 성장 과정에서도 여러 차례

남아 있는데, 예를 들어 어머니가 남자 품에 안겨 춤추던 장면, 휘발유 장사하는 새아버지와 살던 춘천집에서 트럭운전사와 어머니가 알선해준 여자와의 정사가 남긴 냄새 등등 어머니가 나에게 남긴 기억들이란 게 씻을 수 없는 추한 기억들이다. 그래서 사소한 부분에서도 어머니에 대해 모멸감을 드러낸다. 어머니에게 비친 아버지는 "사상운동을 한다고 도망치고 다녀 할아버지 속깨나 썩었고" 그래서 일찍 돌아가시게 만든 불효자이며 "뱃속에 있는 자식도 팽개치고 나 몰라라 도망친" 남편으로서, 가족들을 견딜 수 없게 만든 분노의 대상이다. 그런 갈등 속에서 아버지에 대한 그리움과 어머니에 대한 모멸과 증오로 나는 아버지의 월북이 격이 맞지 않았던 어머니 때문이라고 추측하며 자신의 생각을 확인하고 싶어 한다. 실제로 편지 왕래를 통해서 아버지는 "남조선에 아이가 하나 있는데 아들인지 딸인지 모르겠다며 몹시 걱정하는" 아비의 정을 드러내고 있다. 그래서 아들은 카바레에서 색소폰을 불며 살아가는 자신의 처지에 무리를 해가며 대련으로 아버지를 만나러 가게 된다.

아들과 어머니의 갈등은 우선 어린 시절 아들이 목격했던 어머니의 성적 문란함과 그로 인해 세 사람의 아버지를 거쳐야 했던 아들의 정신적 상처 때문이다. 동시에 성인이 된 아들이 그러한 정신적 상처를 극복하지 못한 것 또한 큰 요인이라 할 수 있는데 아들은 스무 살 때부터 현재까지 20년 동안 분 냄새를 맡으며 카바레 악단원으로 색소폰을 불어오는 처지이다. "어머니와 나는 똑같이 그러한 냄새[14] 속에서 살 운명을 타고"(119쪽)난 것 같다고 자조하는 만큼 아들의 현재적 위치가 여전히 어머니의 음습했던 과거를 환기시켜 주고 있는 것이다. 거기서 벗어날

---

14 어머니가 겪었던 사내들의 땀 냄새, 아들이 일하는 곳 여인들의 지분냄새를 말한다.

수 있는 유일한 탈출구가 '아버지'였고 '색소폰'이었다.

색소폰을 불 수 있는 나이가 되고부터 그 무거운 색소폰은 내 곁을 떠난 적이 없었다. 그리고 그것으로 '오 대니 보이'를 부는 동안 나는 바다 위를 나는 새와 같이 자유로워졌다. 과거로부터, 자학감으로부터, 아버지를 향한 그리움으로부터, 한 번도 보지 못한 아들에게 아버지는 위대한 유산을 남겨 주었다. 어떤 아버지가 아들에게 외로움을 없애주고 자유를 가져다주고 호 구지책을 마련해주는 유산을 남길 수 있겠는가!(129쪽)

아들의 상처를 위무해주었던 유일한 낙인 색소폰 불기는 아버지가 아 들에게 남겨준 유산이기도 했다. 아버지 역시 색소폰을 불었고 그것은 아버지가 남긴 유일한 흔적이다. 아들은 아버지의 색소폰을 통해 정신 적, 경제적으로 삶을 영위해 나갈 수 있었던 것이다.

2) 오해와 진실의 만남, 대련

한 번도 보지 못한 아버지는 아들의 상상 속에서 있는 대로 미화가 되 어 커지고 있고, 현실 속 어머니의 행태는 혐오스러웠던 만큼 더욱 축소 되어 아들의 마음자리에서 내몰리고 있을 때 아들은 40여 년 만에 아버 지를 만나게 된다.

경제적으로 무리를 해가면서 감행한 대련행이었지만 아버지와의 상 봉이 쉽게 이루어지지는 않는다. 3개월을 머물면서도 만나 볼 수 없다가 체류 허가의 마지막 날이 되어 떠나야 할 수밖에 없을 때 아슬아슬하게 아버지를 만나면서 비로소 부자간의 정을 확인하게 된다. 아버지는 아 들을 만나기 위해 북한 땅 구성을 기차로 떠나 집안을 거쳐 통화역에 내 려 버스를 타고 유하까지 12시간 걸려 왔고 다시 유하에서 아들이 떠난 것을 알고 신발을 벗을 시간도 없이 12시간 걸려 대련으로 내쳐 왔다. 아버지와 함께 할 수 있는 시간은 대련에서 위해로 가는 바다 위에서의 하룻밤뿐인데 그 짧은 시간 동안 부자간에는 많은 소통이 이루어진다. 아버지가 6·25 때 "잠시만 올라가 있다가 다시 고향으로 갈 수 있다고 해서" 가다가 결국 북조선으로 갔다는 것과 어머니 때문에 월북한 게 아니라는 사실과 함께 "너의 어머니도 좋은 세상 만났더라면 현모양처로 재미있게 살았을 사람"(139쪽)이라며 어머니를 이해하고 불쌍하게 여기고 있음을 알게 된다. 아들은 아버지와 닮은 점을 찾으며 좋아하는데 부자는 똑같이 짤막하고 삐뚤어진 다리에 평발이다. 또 아들의 십팔번이 '오 대니 보이'인데 아버지의 십팔번도 '오 대니 보이'였다. 사십 년을 함께 지내온 어머니에게서 느낀 공통점이 여인들의 지분 냄새나 남정네들의 땀 냄새 속에서 살아야 하는 운명의 동질성이라고 자조적으로 비하하는 데 비해, 10시간을 함께 보내면서 발견한 아버지와의 공통점은 혈연의 닮음이나 정서적 동질감 같은 강한 연대의식이다. 이렇게 "너무나 착하고 어진"(142쪽) 아버지를 만나보고 돌아온 이후, 정서적 안정감 속에서 나는 "어머니와 연관된 과거는 내 기억에서 사라진 지 꽤 오래"(144쪽)라는 식으로 상처가 극복되고 있음을 보여주고 있다. 게다가 마흔이 넘은 나이, 한 가정의 가장이라는 자리는 더 이상 현실생활과 유리된 과거의 정신적 상처 때문에 방황하기에는 훨씬 냉혹한 의무를 요구한다. 아무리 3류 카바레라지만 3개월을 비운 후 계속 일할 수 없게 되자 생계를 위해 다른 일을 찾게 되는 과정에서 정신적 상처가 치유되는 만큼 아버지와의 만남은 대가가 컸어도 그만큼 보람이 있는 셈이었다.

문제는 아버지와의 만남을 주선하고 애써준 사촌 누이에게 초청장을 보내주지 못하고 있는 것이다. 그들은 나를 국립취주악단의 색소폰 주자로 알고 있는 만큼 매우 섭섭해 하고 있다. 귀국 후 택시 운전사를 하며 생계를 이어가는 나는 새벽에 남산에 가서 '오 대니 보이'를 불면서 "과거를 다독거려 주고 현재를 잊어버리고 미래를 채색"(152쪽)하는 시간, 즉 아버지와의 만남을 회상하며 대화하는 시간을 갖는다.

아들을 대련에 사는 금자 누이와 매형으로부터 서운함을 감추지 않은 독촉 편지를 연이어 받게 되었을 때 새벽길 남산에서 아버지와 마음속 대화를 하던 중 불어오는 바람에서 '눅눅하나 찐득찐득한 강인함'을 느끼게 되는데 그것이 마치 어머니의 마음 같다는 생각을 하게 된다. 그 순간 어머니를 떠올리면서 대련에서 돌아온 후 처음으로 어머니를 찾아 춘천에 가게 되고 거기서 금자 누이의 초청장 문제도 자연스럽게 해결된다. 다시 찾아간 어머니의 보신탕집은 담배연기로 꽉 차 있고 보신탕집 특유의 시큼한 식초 냄새가 배어 있다. 나는 그 냄새에서 어머니의 과거를 또 환기하게 되는데 손님들 사이에서 '나이에 비해 너무 들어붙는 원피스를 걸친' '벌써 몇 차례 주석을 돌았음을 한눈에 알아 볼 수 있는' 어머니의 모습을 보며 "숨막히는 악몽, 이유모를 분노"(154쪽)를 또 느낀다. "아버지를 만나고 왔다는 것을 빤히 알면서도 —넉살을 떠는 어머니가 얄미워"(155쪽)진 나는 어머니와 마주하며 시간을 끌고 싶지 않아서 금자 누이 얘기를 꺼낸다.

> "오라 캐라. 자식 새끼 하나 있는 것 에미 더럽다고 에미 취급도 안 하니—내가 딸처럼 생각하고 돌봐 줄테니 오라 캐라." 앞뒤 재지 않고 모든 게 즉흥적인 어머니는 역시 어머니다웠다.(155쪽)

어머니의 시원스런 한 마디로 아들이 대련을 다녀온 이후 내내 해결하지 못해 걱정과 부담으로 남아있던 사촌 누이의 초청장 문제가 일시에 해결이 된다. 결국 현실적 생활과 결부된 일, 어머니를 혐오하며 불만에 가득 찬 세월을 보내 온 아들이 해결할 수 없는 일들을 어머니가 해결하는 것이다.

어머니에게 아버지의 북한 가족사진을 보여줄 때 나는 비로소 아버지의 월북에 얽힌 숨어 있던 진실을 알게 되고 아버지가 왜 어머니를 불쌍한 여자라고 그 짧은 시간 동안에 두 번이나 언급했는지 그 이유를 알게 된다. 사진을 본 어머니는 너무나 어머니답지 않게 커억커억 격정적인 울음을 운다. 아버지가 북한에서 결혼한 여자는 아버지와 같은 학교 동료 여선생이었고 아버지는 "순진한 여선생 꼬셔가지고 사상운동한다 카고 데리고 다니다 가족 다 팽개치고 함께 도망간"(158쪽) 무책임하고 염치없는 가장이었던 것이다. 이런 사정을 알고 난 후 어머니가 정말 "세상의 누구보다도 불쌍한 여자"(159쪽)라는 느낌이 드는데 이때 어머니의 강인함이 드러난다.

> 어머니는 고개를 들더니 손수건으로 눈물을 닦고 코를 '헹' 하고 풀었다. 나는 마음이 놓였다. 어머니가 코를 '헹' 하고 풀 때면 기쁨, 슬픔, 분노할 것 없이 어떤 감정이라도 끝장을 보게 마련이었다.(159쪽)

여기서 홍상화라는 작가가 한국의 여인들의 강인함에 대해서 연작의 형태로 소설을 쓰는 이유, 그 배경을 읽을 수 있다. 작가 홍상화는 한국 여성의 마음씨를 매우 소중하게 여기고 그만큼 자랑스러워하면서 끈질긴 한국 여성의 생명성에 초점을 맞춘 작품을 연작으로 써왔다. 역사적으로 어려운 환경 속에서도 가족을 이끌어 온 것은 한국 여성의 힘[15]이라는 소신을 경험으로 체득했는데 「어머니 마음」은 그러한 한국 여성의

---

15 홍상화, 「이민가족」, 『우리집 여인들』, 랜덤하우스중앙, 2006, 154쪽.

힘을 '역설적'16)으로 잘 보여주고 있는 작품이다. 작가는 『우리집 여인들』 서문에서 한국 여성들의 위대함을 강조하면서 작가 자신의 창작 동기이자 의미가 바로 한국 여인들의 강인한 삶이었음을 고백하고 있다. 「어머니 마음」 역시 6·25를 겪어내고 현재는 식당을 운영하며 경제적 어려움 없이 남을 도우면서 살고 있는 어머니의 강인함에 초점을 맞추고 있음을 알 수 있다. 그런데 이 마지막 부분은 처음 발표되었을 때 (1993)와 『우리집 여인들』이라는 연작 형태로 재수록 되었을 때(2006) 조금 다르게 서술되어 있다. 2006년 판이 코를 푸는 행위를 통해 어머니의 단순함과 그 모든 것을 아우르는 어떤 의식을 강조한 것으로 초판보다 어머니의 성격을 부각시키면서 보다 효과적으로 마무리를 한 것으로 보인다. 『우리집 여인들』에서 작가의 가족사의 한 켜를 짐작해 본다면 홍상화는 자신의 의지와는 무관하게 얽혀 있는 이른바 운명적 구체성을 태생적으로 갖고17) 있다. 여기서 '운명적 구체성'이니 '태생적'이라는 말에 주목하면서 그에 대한 논의는 작가 연구의 몫으로 남겨 두고자 한다.

---

16 여기서 역설적이라는 말은 긍정적 인물을 긍정적으로 보여주기보다 처음에는 매우 부정적으로 그렸지만 결과적으로 한국 여인의 저력을 보여주는 인물로 발전하는 것을 의미하는 용어로 사용했다.

17 김윤식, 「'능바우'에서 '킬리만자로' 까지」, 홍상화 소설집 『능바우 가는 길』 해설, 문이당, 2000, 266쪽. "분단문학은 반세기에 걸친 한국 문학에서 일종의 소명감각이 걸린 과제였고, 의식적이든 아니든 작가치고 이 수압에서 자유롭기 어려웠다고 본다면 작가 홍상화는 이 점에서 썩 유리한 위치에 있다."고 한다.

4. 남과 북의 정서적 교집합－이여천의 「비온 뒤 무지개」(2000)

「비온 뒤 무지개」[18)는 중국 연변에 사는 조카에게 한국과 북한에서 삼촌들이 찾아와 서로 만나게 되면서 일어나는 형제 상봉의 기쁨, 문화적 충돌, 정신적 갈등을 그린 단편소설이다. 조카는 화자이면서 남북 두 삼촌을 만나게 하는 장본인인데 신문에 글을 쓰기도 하는 문필가로서 작가 자신을 연상시키는 면이 있다. 이들 형제들이 남한과 북한 그리고 중국에 서로 떨어져 살게 된 내력은 다음과 같다.

> 원래 우리 아버지 대에는 삼형제가 있었는데 독립군이였던 맏이인 아버지가 중국 만주땅으로 피신 온 것이 바로 그들 형제가 갈라진 주요원인이라는 것이었다. 당시 고향에는 해마다 수재가 들다보니 살아가기가 어려운 형편이었다. 그래서 부모를 모시고 있는 큰삼촌은 감히 떠나지 못하고 둘째 삼촌이 동공으로 나선 것이 그만 이리저리 노가다판에 떠나게 되었다. 나중에는 강원도 원주리에 가서 일하다가 6·25가 터지는 바람에 삼형제가 이렇게 세 곳에 헤어져 살아야 했다고 한다. 당시 지원군으로 나갔던 아버지, 인민군에서 총을 멨던 이북 삼촌과 남조선국방군에 있었던 둘째 삼촌은 서로 적수가 되어 전쟁판에 말려들어야했다는 것이다.(136쪽)

일제 강점기하에서 독립운동은 만주 지역이 중심이었던 바, 당시 독립운동가들의 후손이 주로 만주 지역에 살게 된 것은 자연스러운 현상이고 이렇게 삼형제가 만주와 남·북한으로 갈라져 살게 된 내력은 우

---

18 리여천 소설선집, 『울고 울어도』, 문학총서 아리랑 총 63호, 연변인민출판사, 2000. 이 작품집에 수록된 「비온 뒤 무지개」의 인용 부분은 ( ) 안에 쪽수만 표시한다.

리의 역사에서 드물지 않은 경우이다.

1) 정치적 정서적 중간 지대, 연길

이들 형제들이 30년 이상을 헤어져 있다가 비공식적으로라도 만날 수 있는 것은 중국이 남북한과 동시에 국교를 맺고 있으면서 북한과 지리적으로 매우 가까운 곳에 조선족들의 주된 공간인 연길이 있기 때문에 가능하다. 그렇더라도 이들 형제간의 만남이 쉽지는 않았는데 우선 조카가 이북 삼촌을 찾는 게 쉽지 않았고 남북 양 쪽에 초청장을 띄우고 그 시간을 맞추는 데 거의 일 년이 걸렸던 것이다. 중국 연변의 조선족이 남한과 북한을 이어주는 다리 역할을 할 것이라는 것은 중국과 국교를 수립할 때부터 이미 예상했던 바인데, 연길은 실제로 남한 사람들이 자연스럽게 북한을 접할 수 있는 곳, 북한 사람이나 북한의 문화를 만날 수 있는 곳이며, 그 가운데 도문을 중심으로 한 고구려의 옛 유적지는 남북한을 한데 묶는 심정적 고리 역할을 하고 있기도 하다. 무엇보다도 도문강의 해관문은 북한과 중국을 잇는 국경으로 다리 하나를 두고 두 나라가 마주보고 있는 곳이다. 그러나 이렇게 가까운 지형적 문화적 거리에도 불구하고 아직도 북한 사람과의 접촉이 쉽지는 않다. 북한의 삼촌은 조카와의 만남이기 때문에 연변에 올 수 있는 것이고, 남한의 삼촌은 그때에 맞추어 오는 식으로 이루어진 형제간의 상봉인 것이다.

> 이북 삼촌이 한국 삼촌에게 보내는 편지는 우리 집으로 부쳐왔다가 내가 다시 한국으로 보내야 했고 한국 삼촌의 편지는 아예 나의 필체로 고쳐서 이북에다 보내야 했는데 한 번 편지가 오고가는데도 거의 달반이 걸렸다.(137쪽)

이번 상봉을 추진하면서 조카는 여러 면에서 신경을 써야 했고 아내에게는 이번 삼촌들을 맞아 말조심하라고 거듭 당부했었다. "특히 이북에서 오신 삼촌을 더 존중하라고 강조"(144쪽)한 것은 "사람은 가난할수록 자존심밖에 남은 것이 없기에 자칫하다간 노여움을 탈 수가 있기 때문"이었다. 시장에 쌓여 있는 물건들을 보며 놀라는 삼촌 어머니(숙모)의 반응이나 미제의 남조선 주둔 때문에 "허리끈을 풀어놓고 마음놓고 먹을 수가 없는게지, 없어서 못 먹는 건 아니"(149쪽)라는 삼촌의 변명 등은 바로 내가 신경을 써야 하는 중요한 이유이다. 자칫하다가 두 삼촌의 만남이 '불쾌'로 돌아가서는 안 되기 때문이다. 실제로 이북 삼촌과의 대화에서 나름대로 신경을 썼음에도 불구하고 어려운 친척에 대한 배려가 당사자에게는 체제에 대한 모욕으로 들리는 식으로 미묘한 감정의 어긋남이 형성되기도 했으나, 자잘한 것은 혈육이라는 큰 틀 안에서 해소되고 있다. 그러나 거리 구경하러 나갈 때 가슴에 달린 배지를 떼어놓고 나가라는 손주의 말에 아예 나가지 않겠다고 대답하는 이북 삼촌의 경직되고 불안한 반응이나 '꽃 적삼'을 입고 나가려는 한국 할배에게 다른 옷으로 바꿔 입으라는 손주의 말을 따르는 한국 삼촌에게서 연길의 조선족이 남과 북의 중간 지대에서 정서적으로도 중간 역할을 하고 있음을 볼 수 있다.

남북한 사람들의 가치관이나 일반적인 성향도 대조적으로 드러난다. 이북 삼촌은 갑자기 많이 먹은 음식 때문인지 설사를 하는 중인데도 수령님이 공부하시던 길림시 육문중학교에 가보겠다고 부탁한다. 이에 반해 한국 삼촌은 우리 민족의 넋이 묻혀 있는 백두산 천지를 가보자고 해서 결국 각자 원하는 대로 따로따로 움직이게 된다. 각자 다녀온 후 이북 삼촌은 "무슨 큰 시름을 던 듯" 하고 한국 삼촌은 "무슨 장한 일이라도 해낸 듯"(150쪽)하다는 표현은 남과 북의 거리를 그대로 보여주고 있는 부분이다.

이북 체제에 대한 당황함은 이북 삼촌이 마을에서 베풀어준 축하연에서 답례로 인사말을 할 때 드러난다. '두 나라 수령님의 만수무강을 위하여'라는 철두철미한 외교 연설을 하는 것을 보며 같은 사회주의 국가에서 살아온 중국의 조카까지도 '얼굴이 화끈 달아올라' 오면서 납득하지 못하는 장면, 촌에서 베푸는 축하연에서 한국을 드나들던 덕수에게 이북 삼촌이 질겁을 하며 '나라 수령님의 이름을 마음대로 부르는' 것을 비난하니 덕수는 "이북에서는 다 좋은데 충성을 람용하는 것이 딱 우리 문화대혁명 때 같다."(155쪽)고 반박하는 부분 등이 그러하다. 덕수는 이어 남한 쪽에는 할 말을 다 하며 이북 쪽에는 할 말을 못하는 화자(조카)를 비난한다.

우리 조상들이 동족상잔하지 않았으면 우리가 왜 여기에 와 있겠소. 그래도 우린 거의 다 독립군의 후손들이라우. 형님은 다 좋은데 그 거짓말 하는 게 난 딱 질색이라우. 뻔히 이북이 어떤 면은 지나치다는 줄 알면서도 왜 감히 말 못하우. 형님, 한국 욕하는 글 신문에서 나두 봤수. 왜 한국은 자본주의라고 욕할 수 있고 이북은 사회주의라고 욕하면 안된다우? 꾸민 욕도 아닌데. 실은 안타까와서 그러는 게고 사랑해서 그러는 게지, 한번 재간 있으면 이북 어떻다고 사실 그대로 써보라구.(156쪽)

이런 덕수의 말에 모욕감을 느끼면서 자존심이 상한 이북 삼촌이 돌아가겠다고 실랑이를 하게 되고 그 과정에서 다시 6·25가 남침이냐 북침이냐 하는 금기의 주제로 논쟁하기에 이른다. 이북 삼촌의 욕지거리에서 조카는 이북 삼촌이 "그 어떤 자신의 운명에 대한 공포심이 가득 담겨 있음"(158쪽)을 느낀다. 그 두려움은 "내가 중국에 와서 한국 동생

을 몰래 만나본 일이 탄로되는 날이면 어떤 후과가 차례지는지 넌 모를
게다."(160쪽)라는 이북 삼촌의 말에서 확인된다. 여기서 이북 체제에
대한 불만이나 불평은 주로 한국을 다녀온 마을 주민 덕수에 의해 언급
되고 화자는 이를 전달하는 식인데 비해 한국에 대해서는 화자가 직접
자기 소리로 자신의 감정이나 생각을 드러낸다는 점에서 작가의 태도를
읽을 수 있다.

2) 남·북한에 대한 차별화된 애증

중국과의 국교 수교 후 한동안 중국을 방문하는 한국 사람들의 우월
감과 졸부(猝富)의식 등 사려 깊지 못한 행동이 사회 문제화되고 중국인
들을 크게 자극했던 점은 현재까지도 일부 지속되면서 진정한 소통을
가로막는 원인이 되기도 한다. 이 작품에서도 남한의 작은삼촌에 대한
서운함이 여러 경로에서 언급되는 것은 작가 자신의 경험과 무관하지
않아 보인다. 이북에서 오는 큰삼촌을 만나러 온 남한의 작은삼촌이 도
문 입구에서 며칠째 형을 기다릴 때 조카가 사다준 사이다를 "이게 어디
맛이 있어 먹겠느냐"(135쪽) 하면서 거절할 때 조카는 "측은해보이면서
도 또 어딘가 괘씸하기도 했다. 한국은 얼마나 잘 살기에 사이다도 맛없
다 하느냐 싶은 게 밸이 욱하고 치밀었다."(135쪽)는 반발심이 든다. 또
이북 삼촌을 기다리는 일주일 동안 "언제나 밥상 앞에 앉으면 타발부터
하는 한국 삼촌"(140쪽)이다. 때로는 한국에서 가져온 라면을 먹기도 하
는 삼촌이 아무래도 중국 음식을 꺼리는 것으로 비친다. "물론 한국은
잘 살아서 이보다 더 고급음식을 먹겠지만 중국에서는 그래도 이만하면
정성을 다한 셈"(145쪽)인 만큼 아무래도 서운할 수밖에 없다. 남과 북
에서 친척이 왔다고 촌에서 만들어준 축하연에서 이북 삼촌과 6·25가

남침이냐 북침이냐로 의가 상한 후 투자처를 고찰한다고 나간 한국 삼촌은 며칠이고 돌아오지 않는데 그동안 연길 가라오케에서 여자와 어울리고 있었다는 식의 부정적인 모습으로 그려지기도 한다. 그런 한국 삼촌은 정작 조카의 집에 들어올 때는 빈손으로 들어섰다. 물론 위해해관에 천연색 텔레비전을 맡겨 놓아 후에 도문해관에서 찾아 쓰라고는 했다. 그러나 조카로서는 남쪽 삼촌이 빈손으로 들어선 그 날 당시 실망했던 만큼 이북 삼촌의 자잘한 선물이 더 반갑다.

> 한국은 잘산다기에 원래부터 기대가 컸던 만큼 그 대신 가져다주는 실망도 더 컸고 이북에 대해서는 처음부터 바라는 것이 없었기에 서운할 필요가 없었던 것이다.(143쪽)

한국에 대한 불만은 한국을 왕래하는 조선족에게 부당하게 대접하는 한국 정부에 대한 불만으로 나타난다. "한국에서 불법체류, 불법체류 하면서 벌어가는 딸라를 아쉬워 하지만 그들이 통일에 기여하는 그 가치는 어찌 몇 푼 되는 딸라로 계산할 수 있겠어요. 게다가 싼 월급 대신 창조한 로동가치는 또 얼마인가요?"(153쪽)라고 불만을 쏘아 대는 데서 이들의 불만이 잘 드러나고 있다.

> 우리 마을에만 해도 한국에 갔다 온 집이 거의 절반이 되는데 올봄에 모두들 쫓겨왔다. 그들은 분한 나머지 이젠 다시는 한국을 쳐다보지도 않겠다는 맹세를 했지만 반년이 멀다 하고 또 로무일군으로 나간다, 려행사를 거쳐 나간다 하면서 갖은 방법을 다 쓰고 있다. 말로는 한국이 못살 곳이라고 욕하지만 남들이 한국 나쁘다고 하면 이를 물고 대드는 건 또 왜서일가?(153쪽)

이들은 중국에 사는 조선 사람만큼 인심이 후하고 자기 민족의 전통을 가지고 있고 남북 통일에 관심 돌리고 애쓰는 해외동포들은 없다고 자부심이 대단하다. 그런 만큼 한국 정부의 조치에 대한 불만이 상대적으로 클 수밖에 없다. 예를 들어 60세 미만은 초청하지 못하도록 한 데 대해서 "그럼 통일은 60세 미만은 관계치 말고 60세 이상 분들이 구천에 가서 하겠"(154쪽)느냐고 반문하는 식이다. 문제는 조카 자신이 바로 이 초청장 문제를 한국 삼촌에게 말하고 싶었다가 차마 입에서 떨어지지 않아 못하고 있었던 것이다. 적어도 삼촌들에 대한 감정에서 볼 때 이북 삼촌에 대해서는 측은함이, 한국 삼촌에 대해서는 묘한 아니꼬움이 우선하는 것으로 보인다.

5. 나오며―가족관계의 복원

남북 이산가족의 상봉소설은 우리 민족사의 상처와 더불어 역사, 사회적 환경 변화에 따라 그 형상화의 내용이 필연적으로 변할 수밖에 없다. 이념의 냉전 시대에는 이산가족의 만남은 거의 불가능했으니 남파간첩으로 내려 와서 혹은 제3국에서 시도하는 정도였던 만큼 가족 상봉을 그린 소설은 거의 없다[19]고 할 수 있다. 이후 남북 이산가족 찾기와 만남이 어떤 형식으로든 제도적 장치의 틀에서 이루어지는 현재에 이르면서, 또 북한과 친밀감을 유지해 온 중국과의 수교가 이루어지면서 조선족 자치구가 있는 연길 같은 공간은 비공식적인 만남의 주요 공간으

---

19 홍상화의 『우리집 여인들』에 수록되어 있는 작품들이 여기 해당하는데 1988년 서울 올림픽을 계기로 월북 문인이 해금되고 중국, 소련 등 공산권 국가와의 교류가 활발해지면서 1990년대 이후에 비로소 발표되고 있다.

로 그려져 있다.

남북한이나 중국의 조선족 소설에서 나타나는 가족상봉소설이 지향
하는 공통점은 가족 간의 화해와 휴머니즘적 자세라고 할 수 있다. 사실
혈육의 의미를 강조한다는 것은 체제나 이념을 넘어서 가족[20]이라는 어
떤 가치보다 우위에 놓여 있는 인간관계의 복원과 화해를 강조하는 결
말로 나아갈 수밖에 없다. 그리고 바로 이 부분에서 우리 민족이 공동으
로 지향해 나가야 할 덕목과 방향을 찾을 수 있겠다. 『혈맥』에서 고향을
찾는 이들은 한결같이 부모님들이 "살아계시기나 한지…"(36쪽)라며 독
백하고 있다. 어머니 대신 누이를 만나면서 누이에 대한 아련한 추억을
강조하고 그리워하는 데서 누이에 대한 열린 마음, 누이 콤플렉스라고
할 만한 문학적 형상화의 공통 정서도 읽을 수 있다. 그래서 누이에 대
한 실망으로 남매간 우애가 불화와 반목으로 틀어질 지경에서 주인공은
적극적으로 마음을 가다듬는다. 기본적으로 오빠의 누이동생에 대한 애
틋한 마음이 바탕이 되면서 '혈육의 정' '형제간의 도리' '선각자의 의
무' 같은 화해의 의지가 더욱 가능해질 수 있었다.

이산가족들이 만나는 홀 안이 격동에 휩싸이는 것을 보며 주인공과
한방에 묵는 성악가 김인석이 문득 떠올렸다는 옛 가요는 「정석가」로
"구슬이 바위에 떨어진들 /끈이야 끊기리잇가/천년을 떠나서 지낸들/정
이야 끊치리잇가…"(42쪽)라는 인용문에서 감정의 소통이 쉽게 이루어
지는 것은 같은 역사를 갖고 있는 같은 민족으로서 공통점을 찾기가 그

---

20 여러 면에서 볼 때 가족주의 전통은 사상운동의 차원보다 훨씬 깊은 곳에 자리 잡고
　있는 것으로 보인다. (최시한, 「경향소설에서의 가족」, 『현대소설의 이야기학』, 프레
　스, 2000)

만큼 수월했기 때문이다.

『혈맥』에서는 합리적이고 따뜻한 마음을 지니고 있는 주인공의 생각을 통해 결국 우리 개개인이 나아가야 할 방향을 말하고 있다. "래일도 오늘처럼 랭담하게 만나고 서로 기약할 수도 없는 작별을 고한다면 이 상봉은 기쁨보다도 고통을, 혈육들 간의 리해와 사랑보다는 반목과 질시만을 남길 것이다."(90쪽)라면서 가족의 상봉이 기쁨이 되어야 하고 혈육들 간의 이해와 사랑이 우선되어야 한다는 상식적이고도 합리적인 다짐을 하고 있다.

「어머니 마음」의 어머니는 아버지의 월북 이후 젊은 몸으로 살아가면서 아들에게 성적 문란함의 현장을 보여줌으로써 정신적 상처를 주고 40년 동안을 내내 아들의 분노와 모멸의 대상이 되어 불화의 상태를 이어가고 있다. 대련에서 가까스로 만난 아버지는 경상도 사투리의 어머니와 전혀 다른 사람으로서 표준말을 쓰고 있는데, 아버지는 북한에 살면서도 아들과 정신적 유대감으로 이어져 서로 애틋한 마음을 나눈다. 어머니에 대한 혐오감이 클수록 아버지에 대한 애정이 비례하여 증폭되면서 남쪽에서 같이 살아온 어머니와는 적대적이지만 북한의 아버지와는 더욱 친화적이 된다. 이러한 갈등이 해소되는 것은 역설적으로 어머니에 의해서 가능해진다. 대련에 머무는 동안, 또 그후에도 늘 초청장을 보내라는 사촌 누이의 간청을 들어주지 못해 부담스러웠던 문제를 어머니가 해결해주었고 그 과정에서 아버지의 월북의 실체를 알게 되었기 때문이다. 말하자면 어머니의 문란함보다는 아버지의 배신이 더 우선하였고 어머니는 전쟁 후 지금까지 강인한 생명력을 통해 세파를 헤쳐 왔던 것이다. 마지막에 어머니를 포함하여 '우리 세 식구'라는 표현을 통해 화해하는 아들의 마음을 알 수 있다. '우리 세 식구'가 한자리에 모여서 아버지가 용서를 구하고 어머니는 용서하는 꿈을 꾸는 데서 이미 어느 정도 형성된 화해의 마무리를 볼 수 있다. 가족 중에 가장 큰 상처를 입었으면서도 강인한 생명력으로 생활을 헤쳐온 사람은 어머니라는 사실을 알게 되는 데서 아들의 어머니에 대한 혐오감도 사라지게 된다. 그런데 6·25 때 월북한 당사자들이 사회주의 사상 때문이든 여인과의 사랑의 도피행이든, 월북 자체를 표면적으로 부정하는 인물들은 그려져 있지 않다.[21] 그러나 무언중 드러나는 회한을 통해 자신들의 과거를 자랑스러워하지 않는 분위기를 느낄 수 있다.

「비온 뒤 무지개」에서도 화해의 가능성을 볼 수 있는데 특히 중국의 조선족이 매개의 중심이 될 수 있다고 보고 있다. 개 한 마리를 잡아 축하연을 베풀어주는 마을 촌장이 '개고기'가 이북에서 '단고기', 한국에서 '보신탕'이라 하는데 "중국에 사는 우리는 남북 쌍방이 다 접수할 수 있는 일을 해야 한다"(151쪽)고 하는 부분이나, 북의 삼촌이 잘못 알고 있는 한국의 실상에 대해 실제로 한국을 드나들던 조선족들이 바로 고쳐주며 "남북통일은 우리 중국 동포들이 하고 있다"(153쪽)는 자부심을 보이는 데서 그들의 역할을 볼 수 있다. 이 점은 재중 조선인들의 소설에서 이미 나타난 재중 조선인으로 주체성을 분명히 하려는 의도[22]와 통하는 부분이다.

---

21 프랑스에서 근무 중인 아들이 북한에서 온 아버지를 만나게 되는 최윤의 「아버지 감시」(『저기 소리없이 한 점 꽃잎이 지고』, 문학과지성사, 1992 수록)에서 그려진 아버지의 모습 또한 가족에게 남겨진 자신의 망령을 없애야 한다는 생각과 함께 파리의 '코뮌 병사들의 벽' 앞에서 '자기 같은' 공산주의자들이 밟았던 길을 정리하고자 한다.

22 차희정, 「해방기 '연변일보' 소재 재중 조선인 소설연구」, 『한중인문학 연구』 20, 2007, 138쪽.

한편 형제간의 정은 아무리 낯을 붉히고 헤어졌어도 동생이 오지 않아 떠나지 못하는 이북 삼촌에게서도 읽을 수 있다. 사실 이북 삼촌은 "사실 말이지 내가 형제 정이 너무 그리워서 온 게지 아니면 감히 오겠나?"(160쪽)고 조카에게 말할 정도로 위험을 무릅쓰고 동생을 만나러 온 것임을 밝힌다. 조카 또한 연길에 가서 오지 않는 한국 삼촌을 기다리다 한숨을 쉬며 북한으로 돌아가겠다는 이북 삼촌을 위해 돈을 빌려서까지 재봉침 등 여러 물건들을 장만하고 "우리가 허리끈을 조여 매면 이북 손님들이 돌아가서 몇 년을 잘 살 수 있다."(160쪽)며 아내의 불만을 잠재운다. 도문에서 "혁명 사업이 바쁘다보니" 급하게 떠난다는 이북 삼촌과 헤어짐을 아쉬워하고 있을 때 한국 삼촌이 헐레벌떡 뛰어오고, 형제는 서로 자신의 잘못을 통곡하며 탓하고 다시 만날 날을 기약한다. "큰 삼촌네가 다리목에서 내려 사라진지가 퍼그나 지났지만 나와 한국 삼촌은 정신 나간 사람처럼 다리우만 멍하니 바라보고 있었다. ─비온 뒤의 무지개는 더욱 아름다웠다."(162쪽)라는 마지막 대목은 형제간의 다툼이 해소된 뒤에 보이는 혈육의 정이 더욱 두터웠다는 도식적인 결말이지만 이러한 과정과 결말은 통일로 가기 위해 거쳐야 할 필요한 단계인 것이다.

여기서 각 작품의 배경공간이 『혈맥』은 서울이고, 「어머니 마음」이 중국의 대련과 서울, 춘천이며, 「비온 뒤 무지개」가 연변인 점이 시사하는 바는 매우 크다. 주인공들이 속해 있는 체제를 넘어서 다른 공간으로의 이동을 보여주고 있기 때문이다. 이렇게 체제가 다른 공간에서 쓰인 남북 이산가족 상봉소설이 결국 가족관계의 복원을 강조하며 형상화되고 있다는 점에 주목하면서 이를 통해서 아직도 진행 중인 분단의 문제를 극복하는 여러 방향을 모색해 볼 수 있을 것이다.

다문화 사회와 한국 현대소설

1. 들어가며

오늘날은 지구촌이라는 말이 아주 당연할 정도로 세계가 이웃이 되고 있다. 세계의 어느 한 구석에서 일어나고 있는 사건들이 그대로 생중계 되거나 이웃에서 일어난 사건처럼 밀접하게 우리의 생활에 영향을 미치고 있다. 글로벌리제이션(Globalization)이 사회 전반에 걸쳐서 통용되고 경제, 문화 및 국가와 민족의 정체성에도 적용되면서 한국 사회는 매우 다양한 양상을 보이고 있다. 이제 '디아스포라'라는 용어는 더 이상 낯선 말이 아니다. 한 국가는 개별적인, 혹은 단일한 민족으로만 이루어지는 것이 아니고 국가의 장벽을 넘은 여러 민족들에 의해 이루어지고 있는 것이 오늘의 세계적 현상이다.

흔히 디아스포라를 말할 때 떠오르는 것은 우리의 경우 일제 강점기에 간도나 일본으로 떠난 이주민들과 함께 1937년 스탈린에 의해 중앙아시아로 강제 이주당한 고려인들의 삶을 떠올리게 된다. 나아가 미주나 대양주 등 세계 곳곳에서 소수민족으로 살아가는 한국 사람들의 삶을 생각하게 된다.

그래서 외국에서 살아가는 한국 사람들의 삶과 그쪽 국가의 삶과 사회에 적응하는 문제에 초점이 맞추어지면서[1] 한국에서 사는 다른 민족들의 삶에 대한 관심은 상대적으로 비중이 가벼운 편이었다.

그러나 한국 경제가 발전하고 사회가 다양화되면서 한국에 사는 외국인들이 점점 증가 일로에 있다. 그 배경이나 원인을 보면, 주지하다시피 외국인 산업 연수생이 증가하고 소위 3D업종의 한국인 기피현상에 따른 외국 노동력의 대체, 그리고 농촌 남성과 결혼해 사는 외국 여성들과 그로 인해 형성된 다문화 가정, 다양한 형태로 이루어진 국제결혼 등등임을 꼽게 된다.

한국에 사는 외국인이 126만 명 이상이며 한국인의 2% 이상에 해당한다는 사실은 한국 사회가 점점 더 다문화 사회가 되어가고 있음을 수치로 증명해 주고 있다. 국제결혼의 경우를 보다 구체적으로 보면 1961년에 이루어진 국제결혼은 국내결혼의 1.2%에 불과했지만 2005년도에는 13.8%로 증가했다. 2009년에 이루어진 결혼에서 외국인 여성은 25,142명인데 이는 당해 연도 이루어진 국제결혼의 75.5%에 해당한다[2]고 한다. 2011년 2월 기준 국내결혼 이민자는 14만 2,387명으로 여성이 86.2%를 차지[3]한다. 단순히 산술적으로 보아도 엄청난 증가를 보이고 있음을

---

1 근래에 디아스포라에 초점을 맞추어 열린 학술대회로 '구비문학과 디아스포라'(한국구비문학회, 2008. 8), '여성 이주와 정주 사이'(한국여성문학회, 2009. 10), '한민족 디아스포라 문학연구'(국제한인문학회, 2010. 6), '한국문학의 로컬리티와 디아스포라'(민족문학사연구소, 2010. 7) 등이 있으며 다문화주의 혹은 다문화 사회에 초점을 맞춘 경우는 문학의 영역뿐 아니라 사회학, 정치학, 여성학, 이중언어학 등에서 매우 폭넓고 다양하게 다루어지고 있다.

2 『조선일보』, 2010. 10. 27.

3 최재경, 「결혼이민자를 불법체류자로 보는 시선」, 『조선일보』, 2011. 7. 21.

알 수 있다. 현재는 결혼 이민자가 15만 명을 넘보는 다문화 시대인 것이다. 이 가운데 여성 배우자의 국적을 보면 베트남, 캄보디아, 몽골, 필리핀, 중국 등으로 대부분 경제적으로 어려운 환경에서 결혼을 통해 한국으로 이주해 온 경우이다. 그런 만큼 여러 불리한 조건 등에도 불구하고 한국인과 이루어진 결혼생활이 원만하지 못한 상태에서 이혼을 하는 경우가 많아지면서 그들의 자녀와 교육의 문제가 사회현상으로 대두되고 있다. 이러한 문제들을 짚어보고 있는 소설들이 나타나고 있다는 것은 그만큼 문제점이 많이 노정되고 있다는 것이지만 역설적으로, 야기되고 있는 많은 문제들을 짚어가면서 이제는 피할 수 없는 문제들을 정면으로 직시함으로써 여러 문제들을 해결하고자 하는 적극적인 의지[4]로 받아들일 수도 있다.

이런 사회현상 속에서 이제는 다문화 가정, 다문화 사회라는 용어는 더 이상 낯설지 않고 보다 보편적으로 사용되고 있는 현실이다. 사실 다문화주의는 세계화에 따른 21세기 정치, 경제, 사회 문화적 환경의 변화와 함께 진행된 것이고, 다양한 문화와 인종적 배경을 지닌 사람들이 한 사회나 국가에 공존하면서 발생하는 여러 가지 현상이나 문제를 해결하기 위해 출현한 것[5]이라고 보는 것이 일반적이다.

이러한 다문화 사회의 면모가 비추어진 소설을 통시적으로 개관하면서 오늘 현 사회의 문제를 다룬 소설을 함께 살펴봄으로써 다문화 사회

---

4 다문화주의가 실제 중요 현상에서 이념적 가치로 자리 잡으면서 각 대학마다 다문화교육센터 등 연구소를 중심으로 활발하게 논의되고 활동하고 있다. 서울대, 서울교대, 숙대, 강원대, 동의대, 목원대, 계명대 등에 관련 연구소가 있고 한성대에 이민인종문제연구소가 관련 분야를 아우르고 있다.

5 구견서, 「다문화주의의 이론적 체계」, 『현상과 인식』 90호, 2003. 30쪽.

에서 지향해야 할 방안을 아울러 모색해 보고자 한다.

2. 다문화적 면모가 반영된 소설들의 통시적 고찰

사실 한국의 근현대소설에는 이미 다문화라 할 수 있는 이민족과의 삶이 해외 이주를 통해서 다루어져 왔는데 그 대상은 주로 중국, 일본, 미국이나 멕시코 등으로 한정되었었다. 예를 들어 최서해의 「홍염」 (1927)이나 안수길의 「새벽」(1935), 「벼」(1940) 같은 단편과 장편 『북향보』(1944), 『북간도』(1959)는 만주가 배경인데 조선 땅 고향에서는 먹고 살기 힘들어서 남부여대하고 떠난 농민들의 이야기이다. 정식 농업이민으로 수전농사(논농사)를 위해 떠난 창권이 일가의 만주 정착기를 그린 이태준의 「농군」(1939)과 함께 이들 작품에서 보면 만주로 이주해간 조선 사람들이 경제적인 궁핍함으로 갖은 고생을 하면서 한편으로는 중국인들의 풍속이나 생활습관과 부딪치면서 낯선 이질감 속에서 적응하기 힘들어 하는 부분이 부각되고 있다.

만주는 1910년 전후부터 일제 강점기 동안에 조선인의 해외 이주의 주 대상 지역이었다. 조선인의 이주 수가 1860~70년대에는 77,000여 명이었던 것이 1910년에 22만여 명 정도로 증가[6]하고, 이후 1920년에는 46만 명 정도로 증가한다. 만주사변 이후 1930년대 중반부터는 재만 조선인이 급증하고 연해주를 중심으로 한 러시아 극동 지역의 경우도 그런 현상은 거의 동일하다. 그런 만큼 만주 일대는 근현대소설의 주요 배경 공간이 되어 박경리의 대하소설 『토지』의 주요 공간으로 그려져 있

---

6 권태환 편저, 『중국 조선족 사회의 변화』, 서울대 출판부, 2005, 17쪽.

고, 또 최명희의 『혼불』에서도 심양을 중심으로 강모가 머물고 있는 만주 일대의 역사를 상당 부분 묘사하고 있다. 해방이 되어 귀국, 귀향하는 사람들을 그린 이른바 '귀환소설'에서도 만주 일대를 배경으로 한 소설이 상당한데 김만선의 「귀국자」(1949)나 「이중국적」, 「한글 강습회」(1946), 허준의 「잔등」(1946), 염상섭의 「짖지 않는 개」(1955) 등에서 그 일대의 혼란상을 보여주고 있다.

한편 하와이, 멕시코 등 미주 지역으로의 집단이주는 1900년대 초에 이루어졌다. 멕시코는 1904년 10월에 이민 모집을 시작하여 1905년에 1033명 규모의 노동이민이 거의 노예무역의 수준[7]으로 이루어졌고, 하와이로 시작되는 미국에 대한 본격적인 이민의 역사는 1903년 하와이 사탕수수 농장의 노동자로 101명의 노동자가 이주하면서 1905년까지 3년 동안 65척의 선박으로 7,226명의 조선인이 이주하게 된다. 이들 가운데 2,000여 명이 미국 본토, 주로 서부에 이주, 정착하게 된다.

이해조의 신소설 『월하가인(月下佳人)』(『매일신보』, 1911. 1. 18~4. 5)에서는 멕시코 애니깽 농장으로 거의 팔려가다시피 한 노동자들의 실상이 다루어졌고, 육정수의 『송뇌금(松籟琴)』(박문서관, 1908)에서는 하와이 이민을, 이해조의 『소학령(巢鶴嶺)』(『매일신보』, 1912)에서는 러시아 이민을 통해서 현지에서 적응하고 생존해 가는 구한말 조선 사람들의 삶이 그려져 있다. 이태준의 『불멸의 함성』(『조선중앙일보』, 1934. 5.

---

7 이정숙, 『실향소설연구』, 한샘, 1989, 187쪽.
　이들은 유까딴 반도로 데려다가 입었던 옷을 모두 뺏기고 어저귀 옷을 입힌 후 불같이 쏘아 내리는 농장으로 몰아내어 여러 가지 침을 수 없는 고역을 당하고서야 비로소 자신들이 노예로 팔려 온 것을 알게 되었고 뒤늦게 사태를 깨달은 사람 중에는 자살도 하고, 농장주에 저항하다 매맞아 죽은 사람까지 생겨났다고 한다.(김순민, 「묵서가(墨西哥)에 재(在)한 조선동포」, 『동아일보』, 1922. 8. 5~6)

15~1935. 3. 30)에서도 미국에 가서 고생하면서 유학생으로 자리 잡기까지의 삶의 노정이 그려져 있다. 최근에는 김영하의 『검은 꽃』(2003)에서 구한말에 이루어진 멕시코 이주를 비장하게 다루고 있다.

일본에서의 삶은 일제 강점기하의 유학생이나 노동자들의 삶을 통해서 주로 그려지고 있다. 일본으로의 노동력 송출은 제1차 세계대전 발발 이후 호경기를 맞은 일본에서 필요한 노동력을 한국에서 보충하게 됨으로써 본격적으로 시작된다.[8] 염상섭의 「만세전」(1924)이나, 이근영의 「고향사람들」(1941), 안회남의 「섬」, 「불」(1946), 박경리의 『토지』 등에서 저간의 사정을 보여주고 있다. 일제 강점기에 일본에서 일본어로 작품활동을 하기도 했던 김사량 이후 해방 이후 활동한 이회성, 유미리, 이양지 등의 재일 동포의 작품들에서는 조국과 모국이 일치하지 않는, 한국인도 아니고 일본인도 아닌 경계인으로서의 삶이 그려져 있기도 하다.

러시아 지역에서 중앙아시아로 강제 이주당한(1937년) 고려인들의 삶과 애환을 그린 문학은 김학철, 아나톨리 김을 거쳐 최근의 미하일 박[9]에 이르기까지 중앙아시아 고려인문학으로 디아스포라 문학의 대표적인 예가 되고 있다. 김학철은 정치망명자의 속성이 아주 강한 디아스포라 작가로서 최근 한 연구[10]에서는 그의 사회신분과 문화신분이 다중적이었음을 밝히고 있다. 아나톨리 김은 1937년 강제 이주 당한 고려인들

---

8 이광규, 『재일한국인』, 일조각, 1983, 20쪽.

9 박미하일에 대한 논문으로는 졸고, 「중앙아시아 고려인문학의 보편성과 개별성—박 미하일의 작품을 중심으로」, 2010. 8. 14 카자흐스탄에서 열린 국제한인문학회, 중앙아시아 한국학회 공동 학술대회에서 발표한 논문이 있다. 아직 수정 보완하지 않은 발표만 한 상태이다.

10 김관웅, 「'디아스포라 작가' 김학철의 문화신분 연구」, 『한중인문학연구』 27집, 2009. 8.

이 처음 정착했던 카자흐스탄 원동[11] 마을에서 태어난 후, 그 곳 초원을 생명의 공간, 고독의 공간으로 품으면서[12] 소련어로 소설을 쓰는 세계적인 작가가 되었다.

화가이기도 한 소설가 미하일 박의 작품은 주로 존재에 대한 의문, 삶에 대한 공허함과 황량함, 방황과 먼 곳에 대한 그리움 등이 그의 소설의 바탕을 이루고 있다. 그동안 중앙아시아의 고려인문학에 대한 연구는 비교적 활발하게 이루어진 가운데 전체적인 개요는 어느 정도 정리되고 있는 과정에 있다. 중앙아시아 고려인문학에 대한 현황은 아래 설명을 통해서 정리할 수 있겠다.

지금까지 국내에 소개된 작품 상황을 보면, 작품의 분량은 상당한데 주로 합동작품집의 형태로 되어 문제가 있다. 기본적으로 문인들에 대한 간략한 프로필조차 없이 한 작가의 작품이 대개 10편 미만이니, 본격적인 연구자료로는 미흡하지 않을 수 없다. 사회주의 사회라는 배경의 특성, 전업문인들이 아니라는 점, 게다가 수집가가 비전문가라는 점 등으로 인한 자료수집의 한계라 할 수 있다. 작품의 창작 시기가 기록되지 않은 것이 대부분이고, 한 사람이 여러 이름을 쓰는 경우 다른 사람인 것처럼 따로 수록되어 있는 점, 수집가의 선택 기준이 다르다 보니 수집하는 사람마다 다루는 작가의 편차가 크고 따라서 많은 작가들을 발견할 수는 있지만 한 작가의 작품 세계를 깊이 있게 들여다보는 것은 어렵다는 점 등도 지적될 수 있다.[13]

---

11 카자흐스탄 최초의 한국인 정착지인 우슈토베에는 고려인 집단 거주지였던 원동마을이 있다. 원동은 연해주를 가리키는 말로 두고온 연해주 땅 고향을 향하는 마음이 담겨 있는 이름이다. 이곳에 있는 제르젠스키 학교에 아나톨리 김이 다녔다.

12 김아나톨리, 김현택 옮김, 「초원, 내 푸른 영혼」, 대륙연구소 출판부, 1995, 15쪽.

13 김종회, 「중앙아시아 고려인문학의 형성과 작품세계」, 「디아스포라를 넘어서」, 민음사, 2007, 207쪽.

이후 근래에 들어와서 미주나 호주 등지로 여행하거나 이민을 간 한국 사람들의 삶을 그린 작품들은 한국재외동포재단에서 선정, 간행하기도 하고 유학과 이민을 다룬 작품으로 형상화되어 발표[14]되기도 한다.

이렇게 흔히 디아스포라 문학이라 하는 이주, 이민을 다룬 문학은 낯선 타국에서의 삶을 시간과 공간을 달리하면서 비교적 다양하게 다루어져 왔다. 이들을 일반적으로 디아스포라 문학이라 할 수 있다면 이는 우리 민족이 다른 나라로 이주해간 삶의 노정에 초점이 맞추어져 있는 것이다.

그런데 흔히 2000년 이후 강조되는 다문화 사회와 소설에서 말하는 다문화주의는 그 공간이 한국이고 주인공은 한국으로 이주해 온 외국인들인 경우를 주 대상으로 하고 있다. 어려운 시절 생존을 위해 외국으로 이주해 간 우리의 선조, 선배들의 삶과 대조적으로 오늘날은 생존을 위해 한국을 찾아 온 외국인들의 삶의 노정을 다루고 있는 셈이다. 물론 이 두 경우를 포괄적으로 이주담론[15]으로 말할 수도 있을 것이다. 최근에 한국 사회에 급속하게 확산되고 있는 다문화적 여러 형태의 사회적 양상를 보여주고 있는 작품들을 통해서 그로 인해 야기되고 있는 여러 문제들을 짚어 볼 필요가 있다. 한편 한국 사회가 급변하면서 동성 간의 결혼을 다루거나, 서로 다른 성을 가진 형제자매들과 싱글맘의 가정을

---

14 해이수의 소설은 1990년대 여행의 자유화 이후 여행 서사를 바탕으로 탈국경서사와 다문화서사를 그리고 있다. 「캥거루가 있는 사막」(『현대문학』, 2003. 6), 「젤리피쉬」(『현대문학』, 2005. 2), 「루클라 공항」(『작가세계』, 2007 가을) 등등이 이에 해당된다.(이미림, 「해이수 소설의 여행. 디아스포라. 다문화의식」, 『국어국문학』 155, 2010. 8)

15 송현호, 「「코끼리」에 나타난 이주 담론의 인문학적 연구」, 『현대소설연구』 42호, 2009. 12. 이외에 이주 담론에 대한 연구가 여러 편 발표되고 있다.

그린 소설까지도 다문화 가정에 포함[16])시켜 다문화 사회의 한 양상으로 고구하는 시각도 있다.

3. 다문화주의와 한국 사회, 한국 소설

일반적으로 한국에는 다문화주의가 수용되기 어렵다고 생각하는 시각이 있어왔다. 이른바 '단일민족'이라고 하는 순혈주의가 이념적으로 강조되어 왔기 때문인데 "사실적 증거보다는 역사 사회적 맥락에서 형성된 일종의 이념태가 순혈주의를 지속적으로 강화해 온 것"[17])으로 보인다. 그런데 지구촌이나 세계화의 한가운데 있는 한국은 더 이상 순혈주의를 강조하기 어려운 상황에 놓여 있다. 인종, 민족, 언어, 관습, 성, 종교 등에 나타나는 문화적 다양성(cultural diversity)을 인정하고 소수를 인정하면서 서로 다른 정체성을 가진 개인, 집단, 국가가 공존하는 세계를 지향하는 '다문화주의'는 그 이념적 윤리성으로 인해 이 시대의 당위적 가치가 되었음[18])을 인정하고 객관적으로 볼 필요가 있다.

오늘날 흔히 말하는 다문화 사회는 한국 사회의 변화된 면을 강조하면서도 특히 한국 거주 외국인들의 삶과 애환, 적응과 시련 등에 초점이 맞추어진다. 다문화 논의의 핵심이 외국인 노동자의 인권, 결혼 이주 외국여성의 인권과 한국 문화에의 적응, 국제결혼가정 자녀들의 교육 문

---

16 정혜경, 「2000년대 가족서사에 나타난 다문화주의의 딜레마」, 『현대소설연구』 40호, 2009. 4.

17 우한용, 「21세기 한국사회의 다양성과 소설적 전망」, 『현대소설연구』 40호, 2009. 4, 13쪽.

18 정혜경, 위의 글, 41쪽.

제 등 문화적 갈등에 초점이 맞추어져 있는 것이다.

그런데 인간 사이의 문제가 가장 첨예하게 드러나는 곳이 가정이듯이 다문화 사회가 가장 집약적으로 드러나는 곳 또한 가정이다. 특히 소설에서 가족관계를 통해 그 심각성이 다양하게 혹은 섬세하게 그려져 있는 경우가 많다. 한국 소설에서는 이른바 국제결혼한 가정과 이주노동자들의 삶이 주 대상이 되고 있다. 김재영의 「코끼리」(2004), 박범신의 『나마스테』(2005), 천운영의 『잘 가라, 서커스』(2005), 김중미의 『거대한 뿌리』(2006), 김려령의 『완득이』(2008), 송은일의 『사랑을 묻다』(2008) 등 발표된 작품도 많고 이에 대한 연구도 점차 활발해지고 있다.

본고에서는 중간상을 통해 언어 장애가 있는 한국 남성과 결혼하여 한국에 이주해 사는 조선족 여성에 초점이 맞추어져 있는 천운영의 『잘 가라, 서커스』를 통해 다문화 사회를 그린 소설의 의미를 고찰해 보고자 한다. 이 작품을 포함하여 다문화 사회 속에서 다양하게 변모하고 있는 우리 모두의 삶을 그린 작품들이 그 대상이 될 수 있다.

4. 『잘 가라, 서커스』의 특수성과 보편성

위에서 언급한 작품들을 비롯하여 오늘날 다문화 사회가 그려진 소설의 주인공들은 대체로 경제적으로 열악한 나라에서 온 젊은이들인 만큼, 남성들은 산업연수생이나 근로자로 공장 등 직장의 상사나 주변 브로커들에게 사기당하고 저임금과 폭력에 시달리는 이야기들이 대부분이고, 여성들의 경우 사기와 폭력의 과정을 거쳐 성적으로 타락하게 되는 이야기들이 일반적이다. 물론 처음부터 한국 비자를 얻을 목적으로 사기결혼을 해서 오는 외국인들도 적지 않고, 또 농촌의 총각들이 결혼을 하지 못해서 결국 동남아 등지로 원정결혼을 가는 세태가 많아지면서 그런 뒤틀린 현실이 반영되는 만큼 다문화 가정을 그린 소설들이 부정적 인간상을 보여주면서 왜곡된 경우가 많을 수밖에 없는 점도 있다. 이들이 한국에서 살아가면서 부딪치는 문제를 송현호는 "한국인들의 배타적인 태도로 인한 외국인의 타자 대우, 낮은 임금과 부당한 노동 현실, 다문화 가정의 출현으로 인한 문화적 갈등과 수평관계가 아닌 수직관계의 한국인 남성과 외국인 여성의 결혼생활, 이주민 자녀들의 정체성과 열악한 교육 현실"[19] 등을 꼽고 있다.

『잘 가라, 서커스』에서도 이러한 문제들이 집약되어 그려지고 있다. 서커스에서 재주를 부리던 형은 사고로 줄에서 떨어져 목을 다치면서 목소리가 이상해지고 거의 어린아이 수준의 사고능력을 갖게 된다. 그런 만큼 정상적인 결혼이 어려워져 조선족 아내를 맞기 위해 연길에서 맞선을 보는 데서부터 이야기가 본격적으로 시작되고 있다. 형은 다행히 어머니가 운영하는 오리고기 음식점을 함께 돕고 있어 경제적으로는 비교적 궁색하지 않은 편이다. 그런 형을 도와 윤호는 연길에 형과 함께 와서 형을 위한 맞선을 본다. 연길에서 마사지사로 일하던 림해화는 바로 그 맞선 자리에서 형의 마음에(물론 동생 윤호의 마음에도) 들게 되어 한국으로 시집을 오게 된다. 림해화는 발해의 무덤에서 정효공주의 환상을 심어주었던 발해사를 전공하는 남자를 만나기 위해서 한국에 가야 한다고 생각해서 오로지 한국에 가기 위해 이 결혼을 하게 된 것이었다. 시작부터 사랑이 전제가 되지 않은 결혼인 것이다. 『잘 가라, 서커

---

19 송현호, 「다문화 사회의 서사유형과 서사 전략에 관한 연구」, 『현대소설연구』 44호, 2010. 8, 178쪽.

스」는 시동생인 윤호의 시각과 형수인 림해화의 시각에서 서술되는 두 이야기가 교차되는 구성으로 되어 있다. 류보선은 작품 해설에서 이 작품을 윤호의 방황기와 림해화의 모험기[20]라고 불렀는데 이들은 우연한 상황에서 심정적 일체감을 경험하면서 은밀하게 서로 생각하는 관계가 된다. 물론 두 사람이 서로의 상황이나 마음의 상태를 아는 것은 아니다. 아내가 된 해화에게 몰입해서 마냥 행복해 하던 형이 본능적으로 아내와 동생의 관계에 대해서 미심쩍어 하는 부분이 스치듯 지나가지만 당뇨로 다리를 잃어 의족을 하고 있던 어머니가 돌아가시기까지 표면적으로 이 집안은 평화롭다.(아들들에게는 그리 썩 살갑지 않은 어머니가 며느리와는 매우 절친하게 서로 의지하며 아끼는 것이 매우 소설적인 상황 설정으로 보인다.) 어머니가 돌아가신 후 형은 아내가 자신을 떠나갈까 봐 밤마다 아내의 손목이나 발목을 철사로 꽁꽁 부여 맨 후에 잠이 드는 식으로 매우 폭력적으로 변해 간다. 이런 식의 설정은 형이 자신에 대한 열등감과 아내에 대한 사랑이 복합적으로 작용하여 뒤틀리면서 드러나는 현상이라 이해된다.

제목이 말하는 '잘 가라, 서커스'는 이런 형의 위태위태한 삶과 거기에 동반할 수밖에 없는 림해화의 위태로운 삶을 서커스에서 재주부리는 위태로운 삶과 대비시켜 그런 위태로운 삶으로부터 벗어나기 위한 강렬한 바람을 담은 인사라고 할 수 있다. 형수에 대한 강렬한 연모의 정을 담고 있는 윤호의 삶 또한 위태롭기는 마찬가지이다.

이 작품은 림해화의 이야기에서 조선족 여인들이 많이 등장하고, 또 공간이 연변과 만주 일대인 만큼 다문화 가정과 사회의 양상을 주로 그

---

20 류보선, 「하나이지 않은 그녀들」, 『잘가라, 서커스』 해설, 258쪽.

린 작품이라고 할 수 있지만, 엄밀히 보면 이들 사건보다 림해화가 마음
에 담고 있는 발해사 연구하는 청년과 발해 공주의 이야기에 작가의 의
도가 더 비중 있게 담겨 있는 듯하다. 그러나 작가의 의도나 그 중요성
에 비해 소설 전개에서 크게 부각되지는 않는데 이는 주인공들의 삶이
보다 현실적으로 전개되고 있기 때문일 것이다. 발해사를 연구하는 청
년은 림해화와 마찬가지로 한국에 와 있다. 정식으로 와 있는 노동자인
지는 알 수 없으나 그는 윤호와 함께 속초항에서 중국을 넘나드는 보따
리 장사, 혹은 뱃일을 하며 그가 갖춘 지성과는 전혀 다른 막노동 일을
하며 살아가고 있다. 소설은 림해화와 그, 그와 윤호는 연결시키고 있지
만 윤호를 통해 그들 둘이 한국에서 연결된다거나, 세 사람이 직·간접
적으로 연결되지는 않고 있으며 연결될 어떤 가능성도 보이지 않은 채
끝나고 있다.

　형은 아내가 자신이 잠든 사이에 떠나간 후, 절망 속에서 결국은 윤호
와 함께 배를 타다가 어느 안개 자욱한 날 밤에 배에서 비상하는 새처럼
바다 속으로 날아가 버렸다. 림해화는 집을 나온 후, 같은 조선족 여인
들의 도움을 받으면서 삶을 지탱, 연명하면서도 발해 무덤에서 만났던
그를 찾는다. 그를 만나기 위해 속초까지 왔지만 혼미함 속에서 의식을
잃어간다. 윤호는 속초항으로 가는 배를 타고 형과 엄마와 여자를 생각
한다. 모두가 죽어갈 때, 자신만이 혼자 살아남아 슬픔을 견디고 있음을
실감하면서 그들을 향해 '잘 가라'고 손을 흔들어 준다. 어쩌면 이 세상
에서 다들 나름의 서커스를 하며 살아갔던 사람들에게 보내는 인사가
곧 이 작품의 제목이 된 것이라 여겨진다.

　이 작품에는 조선족으로 주인공 림해화뿐 아니라 여러 사람이 등장하
고 있고 일단 배경이 연변에서 시작했지만 후에 윤호가 그쪽 지역을 왕

래하는 배를 타고 보따리 장수에 나서면서 훈춘, 블라디보스토크 등까지 직·간접적으로 거론되고 있다. 그리고 림해화의 결혼으로 인한 한국 정착 등 충분히 다문화 가정의 이야기라고 할 만하다. 이렇게 조선족이 여러 사람 등장하는 데 대해 그 이유를, 자세히 나와 있지는 않지만 "조선족이나 중국인이라는 모순적 상황 때문에 겪는 그들의 정체성의 혼란에 관심이 있어서인 듯도 하고, 그들을 일방적으로 소유하고 지배하는 자본주의라는 타락한 질서를 비판하기 위해서인 듯도 하고, 또 우리와 다른 혹은 우리보다 낮은 것으로 판단되는 존재들에게 보내는 이 사회의 오리엔탈리즘을 냉소하기 위한 것처럼"[21] 보이기 위한 장치라고 보기도 한다. 그러나 작가는 '작가의 말'에서 "모든 상처받은 자들은 사랑할 자격이 있다."고 강조하고 있다. 작가는 작품을 쓰면서 해화의 사랑을 받았고 발해와 바다의 사랑을 받았다고 사랑을 강변하고 있다. 말하자면 상처받은 사람들의 사랑을 그리기 위해서 연변이라는 공간, 한국에 나와 있는 연변 조선족을 대상으로 택한 것이라 볼 수 있다.(물론 그 반대일 수도 있다. 조선족의 삶을 그리려다 보니 상처받은 사람들의 사랑을 그리게 된 것이라고. 그러나 작가의 말에 그런 언급은 없다.)

사실, 형이 자신의 아내와 동생과의 관계를 의심하면서 형성되는 비극은 일찍이 김동인의 「배따라기」에서 그려진 바 있다. 또 시동생에 대해 연모의 정을 그리는 것은 그 양상이 이창동의 「녹천에는 똥이 많다」(1992)와 비슷한 점도 많다. 남편보다 생김새나 성격, 게다가 능력까지 출중해 보이는 시동생에 대해서 형수가 느끼는 연모의 정은 그만큼 일반적인 현상일 수 있다. 김동인의 「배따라기」에서 형은 어느 날 장에 갔

---

21 류보선, 앞의 글, 해설, 268쪽.

다가 집에 돌아와 뜻밖의 광경이 벌어져 있는 걸 보게 된다. 떡상을 앞에 두고 아우와 자신의 아내가 매우 당황해 하는 것이다. "아우는 저고리 고름이 모두 풀어져가지고 한편 모퉁이에 서 있고, 아내는 머리채도 모두 뒤로 느러지고, 치마가 배꼽 아래로 느러지도록 되어" 있는 것을 보면서 형은 아우와 아내의 관계를 의심하게 된다. 두 사람은 남편이자 형의 오해와 분노 앞에서 별다른 변명도 하지 못한 채 아내는 죽음으로써 결백을 주장하고 아우는 집을 떠나 방랑길에 오르게 된다. 물론 주지하다시피 이들의 행색은 방에 들어온 쥐새끼 한 마리를 잡기 위해 벌어진 소동 때문이었다. 그러나 형은 단지 이 장면 한번 때문에 이들을 그렇게 오해했을까? 아내와 아우는 전혀 남다른 감정 없이 남편이자 형의 오해 때문에 아내는 목숨을 버리고 아우는 가정을 떠나게 된 것일까?

우연히 목격하게 된 일회적 사건으로 형이 분노했다면 그것은 작위적이고 설득력이 떨어진다. 사실은 그 전부터 형은 천진스럽게 아무에게나 애교를 잘 부리는 아내에게 사랑하는 만큼 질투를 느끼고 있었고, 시골사람에게 쉽지 않은 늠름한 위엄이 있고 얼굴도 흰 아우에게는 열등감을 가지고 있었다. 그리고 그런 아우에게 친절히 대하는 아내와 여러 차례 갈등이 있었다. 말하자면 이런 상황 속에서 '그'와 '그의 아내' '그의 아우' 세 사람의 삼각관계가 이미 내재해 있었던 것이고 사소한 쥐새끼 한 마리로 인한 우연한 사건이 비극적으로 전개될 수밖에 없게 필연성이 내재해 있었던 것[22]이라 할 수 있다. 지금은 영화감독으로 더 유명한 이창동의 「녹천에는 똥이 많다」는 서로 다른 세계에서 살던 이

---

22 졸고, 「현실보다 더욱 현실적인 일들―사건과 플롯」, 우한용·전영태·한점돌 편저, 『현대소설의 이해』, 새문사, 1999, 80~81쪽 참조.

복형제들이 십여 년 만에 만나면서 생기게 되는 미묘한 심리 변화를 잘 보여주고 있다. 운동권 동생은 도피 중에 학교 선생인 형이 새로 장만한 아파트에 오게 된다. 어린 시절부터 항상 동생에게 열등의식을 느껴왔던 형은 학교 소사로 출발해 정교사가 되고 사랑하던 여자와 결혼하고 작은 아파트까지 마련하여 이제는 어느 정도 스스로 행복해 하는 전형적인 소시민이다. 그런데 느닷없이 동생이 나타나면서 형의 자그마한 행복은 깨지기 시작하는데 그것은 아내의 변화 때문이다. 아내는 지금까지 몰랐던 세계를 보여주는 시동생에게 연모의 마음을 갖게 된다. 시동생은 자신보다 남을 먼저 생각하며 살아가는 사람으로 가끔씩은 시도 이야기하고 다정다감한 면모를 가진 세련된 사람이다. 동생의 등장으로 인한 아내의 변화를 알게 되면서 주체하지 못할 질투심을 느끼던 형은 결국 동생을 경찰에 고발해 버린다. 이렇게 형이 자신의 아내와 동생 사이를 의심하고 그로 인해 생기는 비극적 결말은 소설에서 적지 않게 다루어져 온 만큼, 『잘 가라, 서커스』의 경우도 조금 모자란 형과 정상인 아우, 그리고 형수가 된 조선족 여인 사이에서 있을 수 있는 감정의 떨림들을 보여주고 있다는 점에서 보편성을 찾아 볼 수 있다. 구성원의 한 축이 조선족이라는 점 때문에 특수성으로 한정시키기에는 이론이 있다는 것이다.

중요한 것은 다문화 사회에서 나타나는 현상을 매우 특수한 현상이라고 보기보다는 보편적인 정서의 한 표현으로 보아야 한다는 점이다. "모든 상처받은 자들은 사랑할 자격이 있다."는 작가의 말이 그만큼 보편적인 정서를 드러낸 것이라면, 다문화 가정이나 다문화 사회의 여러 현상도 특수한 '그들만의 현상'이 아니라 얼마든지 일어날 수 있는 '우리들의 일'이라고 볼 수 있을 때에 우리 사회도 비로소 보다 성숙한 사회로 접어드는 것[23]이라 생각된다.

그렇다면 이들의 삶이 어떻게 전개되어야 할까? 림해화의 다음과 같은 말에서 그 답을 찾을 수 있을 것이다.

> "제가 살던 용정에는 사과배라는 게 있슴다. 그 사과배라는 게 저희 중국의 조선족들과 똑같단 말임다. 왜서 같은가 하면 조선에서 이주해 오면서 사과 묘목을 갖고 온 사람이 그걸 연변 참배나무에 접목시키지 않았겠슴까. 모두 세 그루였는데 그중 용케 한 그루가 살아났담다. 그래서 열린 거이 모양은 사과 비슷하고 맛은 배 비슷한 희한한 과일이 나왔단 말임다. 그것이 이젠 용정의 특산물이 되었지 않았슴까. 용정에 있는 제일 큰 과수원은 그 면적이 만 무가 넘는다고 만무과원이라 함다. 그러니 중국에 터전을 잡은 우리 조선족들과 어찌 같지 않겠슴까. 복사꽃 날리는 걸 보니 자꾸자꾸 사과배꽃이 생각나지 않겠에요?"(58쪽)

비록 림해화는 죽어 가지만 이 작품에서 그려지는 연변 조선족 여인들은 "강인하면서도 부드럽고 각자가 강한 주체이면서도 타자에 대한 배려를 늦추지 않는 연변 조선족 여인네들"[24]로 정의될 만큼 긍정적 인물들이다. 바라건대 이들이 용정의 사과배처럼 낯선 환경에 적응해서 이겨나가고 새로운 인간형으로 거듭나기를 기원해 본다.

---

23 송현호는 "체류 외국인과 다문화 가정이 급증하는 상황에서 인종차별을 묵인해 온 기존의 사회적 인식을 반성하고 공론화하는 발상의 전환이 무엇보다도 시급한 실정"이라는 강조하고 있다.(「다문화 사회의 서사유형과 서사 전략에 관한 연구」, 『현대소설연구』 44호, 2010. 8, 196쪽)

24 류보선, 앞의 글, 269쪽.

5. 나오며

우리가 다문화 가정이라 할 때 떠오르는 생각은 부부의 어느 한 쪽이 미국이나, 서유럽, 혹은 일본 등 이른바 선진국에 속하는 나라에서 온 경우를 떠올리기보다는 우리보다 경제적으로 열악한 나라에서 온 사람들을 생각하게 된다. 다문화 가정의 한 축인 한국인의 경우도 인간으로서의 여러 가지 조건이 잘 갖추어진 경우보다는 신체적, 경제적, 정신적 결함이 있는 경우를 생각하게 된다. 『잘 가라, 서커스』의 가족 구성원 또한 이런 경우에 부합되는데 문제는 이렇게 뒤틀린 인간상이나 사건이 꼭 이런 식의 국제결혼을 한 가정에서만 나타나는 현상은 아니라는 점에도 우리의 시선을 놓아야 할 필요가 있다는 것이다. 앞으로의 다문화 가정과 그들이 이루어나가는 다문화 사회는 그러한 결손이 더 이상 그들만의 일반적인 현상이 아닌, 보통의 경우처럼 지나친 점도 있고 모자란 점도 있는 평범한 사람들 모두가 주축이 되어야 할 것이다.

유럽에서 비교적 다문화 사회가 잘 형성되어 있다고 하는 독일도 "다문화 사회가 실패했다"[25]고 선언하는가 하면 실제로 프랑스 사회에서도 여러 가지 사회 문제가 알제리 이민과 연결되는, 혹은 이슬람 문화와 연결되는 지점에서 야기되고 있다. 세계에서 가장 평화로운 나라라는 자부심이 무색하게 노르웨이에서 발생한 비극적인 테러(2011. 7. 25)도 그 바탕에는 이슬람 사회 등 다문화 사회에 대한 불만이 한 동기로 작용했다. 그런 만큼 유럽의 다른 여러 나라들도 독일의 견해에 공감, 호응하는 것을 볼 때 다문화 사회의 정착이 얼마나 어려운 문제인가를 실감

---

25 「獨 총리 "다문화사회 건설 실패"」, 『중앙일보』, 2010. 10. 18.

하게 된다. 미국과 같은 다인종, 다민족 국가의 사례를 보면 다문화 교육정책은 대체로 동화(assimilation)를 앞세우는 '용광로 정책(melting pot policy)'에서 '샐러드 볼 정책(salad bowl policy)'으로 이행해 왔다고 한다. 물론 강제적 폭력과 일방적인 흡수 등 용광로 정책과 같은 동화정책에는 문제가 있다. 하지만 현실적으로 개개인의 인격과 개성을 존중하고 다양성을 인정하는 방식이나 정책이 이상적으로 보여도 실제로는 많은 문제를 야기하면서 그에 대한 이견이 있을 수 있다.

바라건대 다문화 사회를 구성하는 우리 모두가 지향하는 바가 용정의 사과배처럼, 혹은 샐러드 볼에 담긴 샐러드가 각각의 형태와 맛을 지니고 전체 샐러드로 조화로운 요소를 형성하면서 그 맛을 맛있게 살리듯이 자생력, 접목, 조화 등에 초점이 맞추어지기를 기대한다.

제1부 역사의 격랑과 개인

1. 〈민족과 운명〉에 나타난 카프작가군 형상화 고찰(『국어교육』 110, 2003. 2)
2. 조명희 소설을 통해 본 내면세계 고찰(『동아시아연구』 제2호, 2002. 12)
3. 조명희의 삶과 문학, 낭만성과 혁명성(『국제한인문학연구』 4호, 2007)
4. 김사량과 재일 조선인의 문학적 거리(『국제한인문학연구』 창간호, 2004)
5. 김사량과 평양의 문학적 거리(『국어국문학』 145, 2007)
6. 『토지』에 나타난 의식의 이중성과 아이러니 (『현대소설연구』 23, 2004)
7. 『토지』의 인물 설정에 나타난 이율배반과 아이러니 (『한성어문학』 26, 2007)

제2부 이데올로기 · 이주 · 귀환

1. 해방기 소설에 나타난 귀환의 양상 고찰(『한국현대소설연구』 48, 2011. 12)
2. 6 · 25 전쟁 60년과 소설적 수용의 다변화, 그 심화와 확대(『한국현대소설연구』 45, 2010. 12)
3. 여행소설에 나타난 상상력의 구조 변화(『국어교육 105, 2001. 6)
4. 복원의 거부와 은폐, 사회소설의 한 양상 연구(『한성인문학』 창간호, 2003)
5. 가족상봉소설의 형상화 연구(『한중인문학연구』 25, 2008)
6. 다문화 사회와 한국 현대소설(『한성어문학』 30집, 2011)

기본 자료

강경애, 「장혁주 선생에게」, 『조선문인서간집』, 삼문사, 소화11년(1936).
김사량, 『김사량 작품집』, 평양 문예출판사, 1987.
______, 『빛 속으로』, 소담출판사, 2001.
______ 지음, 김재용 편주, 『항일중국망명기 노마만리』, 실천문학사, 2002.
김용성, 『기억의 가면』, 문학과지성사, 2004.
리여천 소설선집, 『울고 울어도』, 문학총서 아리랑 총63호, 연변인민출판사,
　　2000.
박경리, 『토지』 1부~3부, 삼성출판사, 1982.
______, 『토지』 4부~6부, 지식산업사, 1988.
______, 『토지』 7부~16부, 솔, 1994.
박완서, 「복원되지 못한 것들을 위하여」, 『13회 이상문학상 수상 작품집』, 문학사
　　상사, 1989.
윤흥길, 『소라단 가는 길』, 창비, 2003.
이주형 외 편, 『한국근대단편소설대계』 5, 태학사, 1988.
조명희 문학유산위원회 엮음, 『포석 조명희 선집』, 소련과학원 동방도서출판사,
　　1959.
______, 단편소설집 『락동강』, 현대조선문학선집 11, 문예출판사, 1991.
허춘식, 『혈맥』, 문예출판사, 평양, 1988.
홍상화, 『능바우 가는 길』, 문이당, 2000.
______, 『우리집 여인들』, 랜덤하우스중앙, 2006.

저서

고송무 지음, 유네스코 한국위원회 엮음, 『쏘련의 한인들 고려사람』, 이론과 실천, 1990.

고　은, 『1950년대』, 청하, 1989.

구인환 외, 『한국전후문학연구』, 삼지원, 1995.

권영민 편, 『북한의 문학』, 을유문화사, 1989.

_____ 편, 『한국근대문인대사전』, 아세아문화사, 1990.

_____ 외, 『박완서론』, 삼인행, 1991.

_____ 편, 『한국문학 50년』, 문학사상사, 1995.

권태환 편저, 『중국 조선족 사회의 변화』, 서울대출판부, 2005.

김경수, 『소설, 농담, 사다리』, 역락, 2001.

김기협, 『해방일기』 1, 2, 너머북스, 2011. 5.

김병익, 『한국문단사』, 일지사, 1980, 208쪽.

김성보 외, 『북한현대사』, 웅진씽크빅, 2007.

김수환, 『추기경 김수환 이야기』, 평화방송 평화신문, 2005.

김윤식, 『농경사회 상상력과 유랑민의 상상력』, 문학동네, 1999.

_____ · 김현, 『한국문학사』, 민음사, 1979.

_____, 『1980년대 우리소설의 흐름』 1, 2, 서울대 출판부, 1989.

_____, 『예술기행, 설렘과 황홀의 순간』, 솔, 1994.

_____, 『한국근대문학사상사』, 한길사, 1984.

김재용, 『북한문학의 역사적 이해』, 문학과지성사, 1994.

_____ · 김미란 · 노혜경, 『식민주의와 비협력의 저항』, 역락, 2003.

김정일, 『주체문학론』, 조선로동당출판사, 1992.

김종회, 『디아스포라를 넘어서』, 민음사, 2007.

리몬 케넌, 최상규 역, 『소설의 시학』, 문학과지성사, 1985.

리상태 외, 『현대작가론 1』, 조선작가동맹 출판사, 1961.

목원대 국어교육과 엮음, 『북한문학의 이해』, 국학자료원, 2002.

문학사와 비평연구회 편, 『1950년대 문학연구』, 예하, 1991.

문흥술, 『문학의 본향과 지향』, 서정시학, 2007.

미하일 바흐친, 이득재 옮김, 『바흐찐의 소설 미학』, 열린책들, 1988.

민족문학사연구소 지음, 『북한의 우리 문학사 인식』, 창작과비평사, 1991.

박경리, 중국기행 『만리장성의 나라』, 동광출판사, 1990.

박지향 외 엮음, 『해방 전후사의 재인식』, 책세상, 2006.

백　철, 『문학자서전』 후편, 박영사, 1975.

사단법인 민족정기교육연구회 부설 민족문제연구소, 『일제 식민통치기구 및 협
　　　력단체 편람(국내편:별권1) 조선총독부 기구(1)』, 사단법인 민족정기교육
　　　연구회 부설 민족문제연구소, 2002.

성문출판사 편집부, 『한국전후문학의 형성과 전개』, 태학사, 1993.

송하춘, 『1950년대의 소설가들』, 나남, 1994.

송현호, 「「잘가라, 서커스」에 나타난 이주 담론 연구」, 『현대소설연구』, 45, 2010. 12.

신성곤·윤혜영 지음, 『한국인을 위한 중국사』, 서해문집, 2004.

신영덕, 『전쟁과 소설』, 역락, 2007.

안우식 지음, 심원섭 옮김, 『김사량 평전』, 문학과지성사, 2000.

＿＿＿＿·최하림 옮김, 『아리랑의 비가』, 열음사, 1988.

역사교육연구회, 『한일교류의 역사』, 혜안, 2007.

우정권 편저, 『조명희와 선봉』, 역락, 2005.

우한용·전영태·한점돌 편저, 『현대소설의 이해』, 새문사, 1999.

유철상, 『한국전후소설 연구』, 월인, 2002.

윤여탁·오성호 편, 『한국현대리얼리즘 시인론』, 태학사, 1990.

이광규, 『재일한국인』, 일조각, 1983.

이기봉, 『북의 문학과 예술인』, 사회사상연구소, 1986.

이명섭 편, 『세계문학비평용어사전』, 을유문화사, 1987.

이명재 편, 『낙동강(외)』, 범우사, 2004.

＿＿＿＿, 『통일시대 문학의 길 찾기』, 새미, 2002.

이문열, 『사색』, 살림, 1992.

이상경 편, 『노마만리』, 동광출판사, 1989.

이상진, 『토지 연구』, 월인, 1999.

이인호, 『지식인과 역사의식』, 문학과지성사, 1980.

이정숙, 『실향소설 연구』, 한샘, 1989.

＿＿＿＿, 『한국현대소설연구』, 깊은샘, 1999.

이형기·이상호 공저, 『북한의 현대문학』, 고려원, 1990.

임규찬·한기형 편『카프 시대의 회고와 문학사』, 태학사, 1990.

임종국, 『친일문학론』, 평화출판사, 1978.

정덕준 외, 『중국조선족 문학의 어제와 오늘』, 푸른사상, 2006.

_______ 편, 『조명희』, 새미, 1999.

정영진, 『통한의 실종문인』, 문이당, 1989.

정호웅 편, 『이기영』, 새미, 1995.

조 은, 『침묵으로 지은 집』, 문학동네, 2003.

조남현, 『한국현대문학사상의 발견』, 신구문화사, 2008.

조성일 권철 외, 『중국 조선족 문학통사』, 이회문화사, 1997.

최유찬 편, 『박경리』, 새미, 1998.

한승옥 편저, 『이광수 문학사전』, 고려대 출판부, 2002.

논문

가와무라 미나토, 「김사량의 삶과 죽음, 그리고 문학」, 『김사량 작품집 빛 속으로』
　　　해설.

구견서, 「다문화주의의 이론적 체계」, 『현상과 인식』 90호, 2003.

김관웅, 「'디아스포라 작가' 김학철의 문화신분 연구」, 『한중인문학연구』 27집,
　　　2009 .8

김기진, 「時感 二篇」, 『조선지광』, 1927.8.

김미영, 「1920년대 신여성과 기독교의 연관성에 관한 고찰」, 『현대소설연구』 21
　　　호, 2004. 3.

김상태, 「1950년대 소설의 문체 연구」, 『한국의 전후문학』, 태학사, 1991.

김성수, 「북한에서의 현대소설 연구」, 『현대소설연구』 16호. 2002. 6.

_______, 「소련에서의 조명희」, 『창작과 비평』, 1989. 여름.

김윤식, 「'능바우'에서 '킬리만자로'까지」, 소설집 『능바우 가는 길』 해설, 문이
　　　당, 2000.

_______, 「북한문학을 어떻게 대할 것인가」, 『운명과 형식』, 솔, 1992.

_______, 「북한의 문예이론」, 『문예중앙』, 1988. 가을.

_______, 「'內鮮一體' 사상과 그 작품의 귀속 문제」, 『한국근대문학사상사』, 한길

사, 1984.

김재남,「김사량 소설연구」, 세종대 인문대논문집, 1991. 4.

______,「김사량문학연구」,『종군기』, 살림터, 1992.

김재용,「8·15 이후 염상섭의 활동과「효풍」의 문학사적 의미」,『염상섭선집2
　　　효풍』, 실천문학사, 1998.

______,「일제말 문학계의 양극화」,『친일문학의 내적 논리』, 역락, 2003.

______,「해금작가들과 민족 문학사」,『월간중앙』, 1988. 9.

김재홍,「프로문학의 선구, 실종 문인 조명희」, 정덕준 편,『조명희』, 새미, 1999.

김종회,「주체문학론 이후 북한 문학의 방향성」,『디아스포라를 넘어서』, 민음사,
　　　2007.

김지환,「재중국 일본 이주민의 전후 처리와 사상 교육」,『동북아의 이주와 초국
　　　가적 공간』, 아연출판부, 2010.

김태운,「해방기 귀환소설연구」,『어문연구』 25권, 1994.

김태준,「연안행」,『문학』 창간호, 1946. 7.

김현숙,「박경리 작품에 나타난 죽음과 생명의 관계」,『현대소설연구』 17호, 2002. 12.

NEXT 대담,「생명 지닌 땅의 눈으로 세상을 보라」,『NEXT』, 2004. 3.

류보선,「하나이지 않은 그녀들」,『잘가라, 서커스』 해설, 문학동네, 2005.

리상태,「조명희의 창작과정과 그 특성에 대하여」,『현대작가론 1』, 조선작가동
　　　맹출판사, 1961.

박경리,「다시 Q씨에게」,『현대문학』, 2000. 9.

백지연,「박경리의「토지」-근대체험의 이중성과 여성주체의 신화」,『역사비평』,
　　　1998. 여름.

변경화,「포석 조명희의 낙동강」, 정덕준 편,『조명희』, 새미, 1999.

서정민,「평안도 지역 기독교사의 개관」,『한국기독교와 역사』 제3호, 기독교문사,
　　　1994.

송현호,「「코끼리」에 나타난 이주 담론의 인문학적 연구」,『현대소설연구』 42,
　　　2009. 12.

______,「다문화 사회의 서사유형과 서사 전략에 관한 연구」,『현대소설연구』 44,
　　　2010. 8.

신범순,「이찬론, 현실주의적 흐름과 비관적 낭만성」,『월북문인연구』, 문학사상사,
　　　1989.

신형기, 「90년대 북한 문학의 동향」, 『문예중앙』, 1995. 봄.

신호균, 「동경재주동포들의 생활근황」, 『신동아』, 1935. 2.

신희교, 「김사량의 「물오리섬」 연구」, 우석대 논문집, 1999.

양미강, 「참여와 배제의 관점에서 본 전도부인에 관한 연구」, 『한국기독교와 역
　　사』 제6호, 1997.

우한용, 「21세기 한국사회의 다양성과 소설적 전망」, 『현대소설연구』 40호, 2009. 4.

윤경로, 「3 · 1운동 참가계층의 성향과 운동 양태」, 『한국기독교사연구』, 제25호,
　　1989. 4. 5.

이강옥, 「조명희의 작품 세계와 그 변모과정」, 김윤식, 정호웅 편, 『한국근대리얼
　　리즘작가연구』, 문학과지성사, 1988.

이광린, 「평양과 기독교」, 『한국기독교와 역사』 10권, 한국기독교역사연구소,
　　1999.

이기동, 「일제 하의 한국인 관리들」, 『신동아』, 1985. 3.

이대규, 「한국근대귀향소설연구」, 전북대 박사논문, 1994.

이명재, 「포석 조명희 연구」, 『국제한인문학연구』 창간호, 2004.

이미림, 「해이수 소설의 여행. 디아스포라. 다문화의식」, 『국어국문학』 155,
　　2010. 8.

이민영, 「해방기 귀환소설의 경계인식연구」, 서울대 석사논문, 2008.

이연식, 「해방 후 한반도 거주 일본인 귀환에 관한 연구」, 서울시립대 박사논문,
　　2009.

이정숙, 「계용묵 소설 다시 읽기」, 『문학비평』 제9집, 2004.

＿＿＿, 「소설의 교수 학습 방법과 실천 논리」, 구인환 외, 『문학 교수 학습 방법
　　론』, 삼지원, 1998.

＿＿＿, 「전쟁과 상처 극복의 몸부림 －1950년대 전후소설의 개관」, 『한국소설의
　　얼굴』 3, 푸른사상, 2006.

＿＿＿, 「조명희 소설 다시 읽기」, 『문학비평』, 2006.

이주미, 『김사량 소설에 나타난 탈식민주의적 양상」, 『현대소설연구』 19호, 2003. 9.

임기현, 「허준의 「잔등」 연구」, 『한국현대문학연구』 30, 2010. 4.

임기현, 「해방공간에서의 잔류 일본인 귀환 문제」, 『한국언어문학』, 72집, 2010.

장용훈, 「이산가족－ "우리는 만나야한다."」, 『관훈저널,』 통권 75호, 2000. 여름.

장형준, 「작가 김사량과 그의 문학」, 『김사량 작품집』, 평양 문예출판사, 1987.

田島哲夫(Tetsuo Tajima), 「김사량 소설연구」, 서울대 석사논문, 1994.

정덕준, 「포석 조명희의 생애와 문학」, 『조명희』, 새미, 1999.

정백수, 「김사량 소설연구」, 서울대 석사논문, 1991.

정병준, 「1945~48년 미. 소의 38선 정책과 남북 갈등의 기원」, 『중소연구』 100, 2004.

鄭陌今, 「間島의 縱橫觀」, 『개벽』, 1924. 8.

정원채, 「김만선 문학세계의 변모 양상 연구」, 『현대소설연구』 30호, 2006. 6.

정혜경, 「2000년대 가족서사에 나타난 다문화주의의 딜레마」, 『현대소설연구』 40호, 2009. 4.

정호웅, 「원혼의 한을 푸는 신성의 언어」, 『소라단 가는 길』 해설, 창비, 2003.

조 왈렌찌나, 「부친(조명희 작가)에 대한 추억담」, 『레닌기치』, 1990. 11. 8.

조갑제, 「총독부 고관들의 그 뒤」, 『월간조선』, 1984. 8.

조선혜, 「1941년 '만국부인기도회사건' 연구」, 『한국기독교와 역사』 5권, 한국기독교역사연구소, 1996.

조   은, 「분단사회의 '국민되기' 와 가족」, 『전쟁의 경험과 생활세계의 변화』, 한성대학교 전쟁과 평화연구소, 학진 기초학문 육성지원 1차년도 학술발표회, 2006. 5. 27.

차희정, 「해방기 '연변일보' 소재 재중 조선인 소설연구」, 『한중인문학연구』 20, 2007.

최병우, 「해방 직후 한국소설에 나타난 귀환과 정주의 선택과 그 의미」, 『한국현대소설연구』 46호, 2011. 4.

최시한, 「경향소설에서의 가족」, 『현대소설의 이야기학』, 프레스, 2000.

최연해, 「畵人夏昑 여름의 대동강」, 『조광』, 1941. 8.

하다야마 야스유끼, 「김사량작품집 『고향』의 장정을 담당한 화가 최연해」, 『고향』, 고초스린, 1942.

한국기독교역사연구소 북한교회사집필위원회 지음, 『북한교회사』, 한국기독교역사연구소, 1996.

한국기독교역사연구소, 『한국기독교의 역사』, 기독교문사, 2002.

한말숙, 「스승은 외롭지 않다」, 『박노갑 소설집 40년』, 깊은샘, 1989.

B. Myers, *HanSorya and North Korean Literature*, East Asia Program Cornell University,

Ithaca, New York, 1994.

Chris Baldick, *Literary terms*, Oxford university press, 1990.

Henri Lefebvre(translated by Donald Nicholson-Smith), *The Production of Space*, Blackwell, 1991.

K.Clark & M. Holquist, *Mikhail Bakhtin*, Harvard university press, 1984.

Paul Ricoeur, *Time and Narrative* vol 2. The university of Chicago press, 1985.

기타

김기현, 「조명희 선생 처형 사유는 소설 '만주 빨치산' 때문」, 『동아일보』, 2000. 4. 26.

유광종, 「혐오증 부르는 중국」, 『중앙일보』, 2004. 8. 6.

조벽암, 「나의 수업시대」, 『동아일보』, 1937. 8. 19~8. 21.

『문학예술사전』, 평양 과학백과사전종합출판사, 1993.

『연합뉴스』, 1996. 5. 22.

________, 「영화 〈민족과 운명〉은 어떤 작품인가?」, 2001. 5. 25.

________, 「100만회 상영 기록한 북 영화 '민족과 운명'」, 2001. 5. 25.

________, 2002. 7. 9.

『중성』 창간호, 1946. 2.

●● 저자 소개

이정숙

문학박사, 한성대학교 한국어문학부 교수이다. 하버드 대학교 Yenching 연구소 방문 교수를 하였으며 현재 한국현대소설학회, 구보학회, 한성어문학회 회장을 맡고 있다. 저서로 『실향소설연구』(1989), 『한국현대소설연구』(1999) 외에 『이청준 소설 벽허물기 열 두마당』(2007), 『문학이란 무엇인가』(2011)를 한성대 현대문학연구 모임과 함께 펴내었다. 이 외에 현대소설 관련 논문 50여 편이 있다.

푸른사상 학술총서 16

한국 현대소설, 이주와 상처의 미학

인쇄 2012년 11월 30일 | 발행 2012년 12월 5일

지은이 · 이정숙
펴낸이 · 한봉숙
펴낸곳 · 푸른사상사
주간 · 맹문재 | 편집 · 지순이 | 마케팅 · 박강태

등록   제2-2876호
주소   서울시 중구 초동 42번지 아시아미디어타워 502호
대표전화   02) 2268-8706~7 | 팩시밀리 02) 2268-8708
이메일   prun21c@yahoo.co.kr / prun21c@hanmail.net
홈페이지   www.prun21c.com

ⓒ 이정숙, 2012

ISBN 978-89-5640-971-9 93810
  값 25,000원

☞ 저자와의 합의에 의해 인지는 생략합니다.
   이 책의 전부 또는 일부 내용을 재사용하려면 사전에 저작권자와 푸른사상사의
   서면에 의한 동의를 받아야 합니다.
   e-CIP 홈페이지(http://www.nl.go.kr/cip.php)에서 이용하실 수 있습니다.
   (CIP제어번호 : CIP2012005596)

한국 현대소설, 이주와 상처의 미학

한국 현대소설, 이주와 상처의 미학